現代文學15
花開剎那的櫻樹之如夢令
（上篇）
桑桑◎著
LITERARY TIMES
博客思出版社

自序

模糊的天光裡，一張笑意盈然的臉乍然浮現。我在將明的破曉醒轉，突然無法釐清夢與醒的分際。

「讓我為你說個故事吧。」

夢中那個帶著溫暖與希望的女子笑著啟口。一段色彩斑斕的上古神話於是在眼前徐徐鋪展。五隻天地化育的鳳神，在鳳境裡交織出笑與淚的詩章，投生凡世後，開始了如夢的第一段旅程。帶給人們幸福的青鳥，以溫暖的姿態，渡了周遭一顆又一顆千瘡百孔的心。從任意遨翔的青色蒼鷹，到淡漠自持的青色櫻花，那雙山水明淨的眼眸，始終如一的真實。即便被命運殘酷的對待，仍然執著的相信，只要堅持本心，便能勿忘初衷。

能被繆思女神選中，在虛空裡看見這個故事，是第一重的賜福。在藉由文字訴說故事的過程中，能有素昧平生的小伙伴們鍥而不捨的追文鼓勵，是第二重的賜福。而在故事完成的最末，能有機會付梓成書，是第三重的賜福。

平凡如我，竟擁有這樣的機緣與福份，很高興，很幸運，很感恩。

現在，請隨我來到花開剎那的櫻樹下，一同經歷那位青鸞化身的女子在凡間璀璨又哀婉的第一世。

無法自拔的時候，請千萬記得，這只是一場夢。

二〇一三年十二月一日

花開剎那的櫻樹之如夢令（上篇）

目次

前塵

一開始的時候，她只有模糊的靈識。

隨風飄落在佛寺院裡，小小的櫻花幼苗。

日日聽著佛經頌禱，汲取香煙裊裊，突然有一天，她看見了。

看見了藍色的天，白色的雲。看見太陽閃耀金色的光芒，看見月亮灑落銀白的光輝。

她覺得既新奇又有趣。大千世界，芸芸眾生。

白日，她的靈識會探進佛堂中，虔誠的聆聽她似懂非懂的佛理。望著大殿裡被煙霧模糊了面容的佛相，她便感到心安。

這天，她與往常一樣，專心隨眾僧們閉目頌經時，突然聽到一個好聽的聲音。

「櫻。」

她睜開眼睛，好奇的張望。看見佛堂的案前，那株高雅的蝴蝶蘭，巧笑倩兮的看著她。

蝴蝶蘭，帶著晝夜交替時刻神祕的紫靛色。海的顏色。

「妳在叫我嗎？」她有些疑惑的問，止不住遇見新朋友的興奮。

案前的高雅花朵帶著隱隱的憂傷：「是啊，櫻。我是蘭。我在叫妳，妳終於聽見了。」

蓮花盛開的夏季，寺裡來了一位天竺國的尊者。尊者有著大智慧，四方仰慕者紛紛湧入，只求聆聽尊者一席教誨。

尊者在寺裡長住了下來。櫻與蘭便因此與尊者身旁隨侍的童子熟稔起來。因為尊者弘揚佛法的理念，童子被取名為弘理。

櫻能感覺得到，弘理並不是人類。可是她卻無法看出他的真身究竟是什麼。

蘭卻對這個問題不是很感興趣。她只喜歡拉著櫻四處遊玩。不似櫻對外邊世界的懵懂，蘭似乎什麼都知道。

她告訴櫻各種生物的名字，她們在佛寺外的林間溪邊遊盪。玩累了，她們便回到弘理身邊，聽他說些淺顯的佛理小故事，或是他隨著尊者四處遊歷的經驗。

這樣的日子一天又一天過去了，櫻卻隱隱覺得有什麼地方不對勁。

那個落英繽紛的春天，當蘭又帶著她在附近玩耍時，她看到了漫天璀璨的花樹。

紅的似火，白的似雪。而紅與白的綜合，那夢幻的粉紅，便似眾生心裡最美好的想望。

那種花，小小的。單看一朵，並不起眼。可是當滿樹滿林都盛開的時候，卻有著撼動心靈的力量。

櫻看傻了。她問：「蘭姊姊，這是什麼花？」

一向知無不言的蘭卻沒有回答。櫻有些詫異，原來，也有蘭不知道的花？

「你打算瞞她到什麼時候？」身後傳來弘理清澈的聲音。

回首，那已略帶少年風華的童子傲然立在風中。

「那是櫻花。」他說。

為什麼我不會開花呢？

櫻托著腮，百思不解的想著。

她問佛，佛不語。她問尊者，尊者只是微笑。

「緣起不滅。」

風中傳來細碎的聲響。然後，有種熟悉的溫暖注入櫻的知覺。那樣舒適的感覺，櫻卻第一次有了落淚的衝動。

她回到自己的身體。亭亭玉立的櫻樹前，有個似白玉雕成的男孩，正依戀的將掌心熨貼在略顯纖細的枝椏上。陽光透過樹稍，落在男孩細緻的輪廓。幾片櫻葉落下，男孩張開眼睛，燦爛朝陽映入男孩眸中，流轉間成了緋麗星光。

葉稍的朝露瞬間落下，滴在男孩白玉般的臉龐。男孩的唇揚起，環抱著櫻樹，嘆息般的將頭靠向樹幹。那樣的瞬間，櫻恍然明白，自己始終不開花的原因。

男孩的到來，彷佛劃開了佛寺的某個結界。櫻不再只能與蘭或弘理溝通。所有的萬物，突然都有了生命。佛寺裡的花花草草，蝴蝶小鳥，紛紛吱吱喳喳的和櫻說起她不知道的過去。

他們說，是男孩在很小的時候，把櫻帶來佛寺的。小小的男孩吃力的，用心的，將幼小的櫻苗栽種在土裡。卻不小心讓鋤頭劃破了手指，鮮血滲進櫻苗中。櫻苗因此有了淺淺的呼吸。帶著小男孩的氣息。

原來是這樣呵。櫻帶著神祕的笑意，溫柔的凝視樹邊的男孩。

男孩在寺裡住了下來。櫻聽見人們喚他，恆。

恆的資質聰慧，身體卻不硬朗。家人於是將他送來佛寺居住，希望能在佛祖的護佑下，平安成人。

恆日日都為院裡的櫻樹澆水。與之交談，對之吟唱。風吹過的時候，櫻樹沙沙作響，彷佛與恆對話。

「蘭姐姐，明年春季，我將開出滿樹的花。」

盛開的，繁美的，剎那即永恆的時刻。只為搏他一笑。只為他。

「不可以。」總是笑臉對櫻的蘭，第一次嚴肅的斥責了櫻。

花靈一生只開一次花。花開剎那，芳華凋零。蘭說。

「可是，妳也是花靈呀。為什麼妳的花不會凋零？」

櫻不解。蘭不再回答，月光下，帶紫的瞳泛起細碎的薄光。

「使人愚弊者，愛與欲也。」

冷冷的聲音傳來。不遠處，弘理帶著疏淡的怒意，漠然望著她們。

櫻不再提起開花的事。她乖巧的陪伴著蘭。偶爾，會笑吟吟的看著斜靠在櫻樹下冥想的恆。

冬天快要過去的某個晚上，離開佛寺回家過年的恆夢到了櫻樹化成的女孩。女孩的眉似黑緞裁成，杏眼笑的彎彎。恆卻不覺陌生，彷彿他早知道，她該有著這樣的容顏。

──妳叫什麼名字？

恆輕輕問。女孩卻迷惘的思索了下。

然後，他聽見她說。

──花開的時候，你便會知道我的名字。

春神再度降臨的時候，恆回到了佛寺。

蘭記得，那日晴空萬里。空氣裡流動著春回大地的生機，濃濃的青草香，混雜著泥土的味道。適合開花的好時節。她佇立在大殿門口，望向歸人。許是沙子進了眼，她只覺頰邊有液體滾落，滑入口中，嚐到一抹鹹。

恆的身邊盈然立著一荳寇年華的女孩。

女孩神采飛揚的指天畫地，銀鈴般的笑聲充斥在女眷稀少的佛寺院落。恆微微側首，溫柔的聆聽。那畫面，美的如同一首詩，在悠悠年歲裡等著被典藏。

「櫻，我告訴過妳的。人類與花靈，終究殊途。妳明白了嗎？不要開花，有了靈識的花靈，一生只開一次花。花開剎那，芳華凋落。櫻，不值得。」

櫻卻聽而不聞。她笑咪咪的望著女孩，沐浴在朝陽下，那樣生氣勃發，光彩奪目的麗人。有這樣的人陪伴在恆的身旁。那麼，即使櫻樹枯萎了，他應該也不會難過太久。

只是，望的久了，那眉，那眼，都像誰？

傾盡所有的情意，耗盡所有的力氣，櫻任憑所有的靈氣緩緩流逝，注入枝椏末梢那早已等待多時的小小花苞。

「你看。櫻樹開花了。」女孩恍惚看見櫻樹的某根枝椏綻出了一朵素雅花瓣。再凝神一望，不覺屏住氣息。

整棵櫻樹綻出了怒放的群花，晶瑩透亮的色彩，傾國傾城。恆抬頭望見滿樹的櫻花，怔忡間，那句嬌俏的話語撞進心間。

——花開的時候，你便會知道我的名字。

花開的時候，他終於看見。

青櫻。

——蘭，弘理，不要難過。花開花落，本屬尋常。我只是順應大道，是為他，也不是為他。

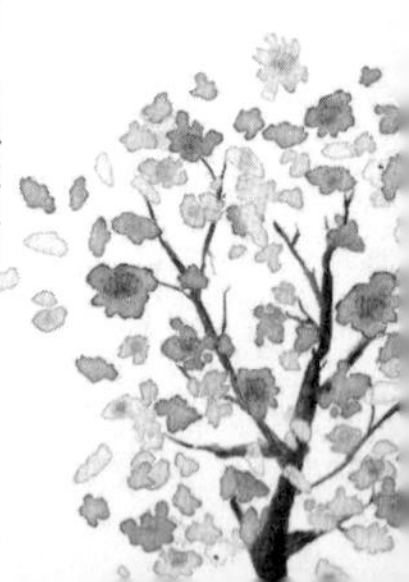

所以，請你們，別再心傷。

櫻在飄離那株盛開的櫻樹時，對塵世中掛心的二個友伴喃喃說道。佛理聽的久了，她雖然不是大徹大悟，但自有一番見解。萬物生滅，都有其因果。櫻樹存在的價值，便是花開璀璨的一刻。如果只為了貪戀生命而度過永不開花的漫長年歲，那麼，既是逆了天理，也是負了自己。

前方驀地迸射祥和的金光，從來未曾看清面目的佛祖，慈藹的出現在她面前。櫻震懾的望著佛祖，內心湧起無盡的安寧喜樂。

——孩子，你看的見我，是因為你已成佛。

——你以為佛是什麼?佛是一念之間。一念之間，可以成佛，也能入魔。

——人們都說，眼見為憑。但妳最後見到的那幕，卻非真實。那孩子身邊並沒有任何女孩。他一直都是一個人。妳看到的，是蘭和弘理弄出來的幻象。他們想阻止你開花。

——那一瞬間，妳可能會產生怨恨，可能會覺得憂傷，可能會感到憤怒。任何一種負面的情緒，都能阻止你開花。可惜他們機關算盡，也算不到妳的雲淡風輕。

——你的佛緣極深。孩子，你可願入世?

隨著祂的問話，櫻看見了人世間的景象。她看見了人間的至喜、至樂、至苦、至悲。但，也只是看見。

——看見，不等於感受。眾佛入世為人，歷劫受苦，為的，就是感同身受。惟有感同身受，才能將心比心；惟有同心，才能渡人。

櫻一直是聰慧的。她知道自己一定不是單純的花靈，也知道蘭、弘理和恆的出現不是偶然。但她從來不去追問。她明白，有些答案，時間到了便會浮現；有些問題，問了也不會有答案。

她眉眼彎彎，笑咪咪的問了佛祖最後一個問題。

——如果最終，我仍是在劫難逃呢？

佛祖的身影已在金光中漸漸模糊，消失之前，祂的答覆清晰的傳進櫻的心中。

——那麼，你便轉世再來。

佛寺內殿，尊者閉目禪思，案前跪著一男一女，弘理與蘭。自院裡的櫻花盛開後，這二個孩子便長跪於此。尊者並未詢問，二人也未開口。

終於，尊者嘆了口氣，睜開明澈的雙眼。

——執念則傷。固守執念的，從來都不是她，你們可終於明白？

弘理抬頭，一直隱藏的極好的高傲尊貴此刻盡數展現。

——她已入世，我只能相隨。

尊者智慧的雙目直視弘理倔強的眼眸。

——她已悟道，你這又是何苦？

弘理沈默片刻，輕聲回答。

——欠她的，終歸要還。

尊者幾不可見的搖了搖頭，轉向一語不發的蘭。

——妳呢？妳又是為了什麼？

那高潔冷艷的女子先是轉頭看了弘理一眼，回眸時帶著不容拒絕的堅定。

——他已負過她一次，必會再負第二次。這次，我絕不再袖手旁觀。

卷一

清 雍正四年 盛京

小橋流水的院落，小女孩笑靨如花的端著一碗黑忽忽的藥水走來。稚氣的眉眼已略帶傾城的風姿，美好的小嘴一點都不闔閣的笑著。

她踏進一個房間，喜滋滋的叫了聲：「阿恆。」

床上似白玉雕成的清雅小男孩刷的一聲，將棉被蓋住頭，死也不肯放開。

小女孩微微瞇著眼，帶著些微惱怒。「阿恆，這是做什麼。不過喝個藥嘛，別像個娘們似的。」

三個月前

「公子吉祥。你就是那個在上書房陪讀過的富察公子嗎？」

盛京的駐屯都統府內，一個笑容可掬的小女孩親切的問著衣著華麗，舉止端雅的男孩。男孩約莫七、八歲，眉眼間卻有著超齡的穩重，極有京城內世家嫡子的風範。

他不著痕跡的打量眼前的女孩。女孩與他年紀相當，頂多小個一、二歲，一雙眉似黑緞裁成，明亮的杏形眼眸此刻笑的彎彎，小巧的秀致鼻子，下頭紅潤的小嘴笑的開懷。

他素日見慣了拘謹守禮的大家閨秀，面對這樣奔放的女孩，一時倒不知如何應對。

女孩見他沒有回答，也不生氣，好脾氣的自我介紹。

「我是烏拉那拉婧櫻，今年七歲。是女字旁的青哦，因為額娘懷我的時候，經常夢見一個小女孩兒站在淡青色的櫻花樹下，所以用了這個字。」

男孩聞言，楞了楞：「從女旁的青，應該讀作靜吧？」

女孩露出崇拜的笑容：「京城來的果然有學問。我們這兒的人啊，習慣有邊讀邊，沒邊讀中間。久了，大家都習慣指婧為青。」她端詳男孩的臉龐，繼續說道：「雖然你很有學問，可你一定不知道東北草原很危險吧？沒關係，我會保護你。我看你年紀比我小，這樣吧，你叫我聲姐姐聽聽？」

男孩清雅的笑了笑。「婧櫻妹妹，在下已經足九歲了。不如，你叫我聲哥哥聽聽？」

女孩原本笑咪咪的臉瞬間垮下。富察傅恆第一次見識到什麼叫翻臉比翻書還快。

「你騙我的吧？你明明看起來很幼稚。」

傅恆小心翼翼的觀察女孩失望的神情。同時在腦裡搜尋著記憶，烏拉那拉家的小女孩，似乎有聽過什麼傳聞。

啊，他想起來了。烏拉那拉氏族有個女孩，很得當今皇后的喜愛。剛出生時，便被當時還是雍親王嫡福晉的烏拉那拉氏帶在身邊養著。後來雍親王即了位，更被帶入紫禁城嬌寵著。一年後卻不知什麼原因，把她送出宮回到親生父母身邊，不久後，她阿瑪便由原先的駐京佐領調職為駐屯佐領，舉家遷至盛京。

為了讓孩子能受到更好的教導，盛京裡有些地位的家族都將孩子們送到京城學習。許是因為這個緣故，女孩似乎很渴望有同齡的玩伴。思及此，他對著女孩說：「我的確是比妳虛長了兩歲。不過，如果妳不想叫我哥哥也沒關係。你想怎麼稱呼呢？」

女孩原本黯淡的小臉瞬間又光亮了起來。她歡喜的說：「那，我可以叫你阿恆嗎？」說完也不等男孩回應，自顧自的挽起他的手，笑咪咪的說：「阿恆，你從京城來的，一定沒見過咱們老祖宗的大草原吧？讓我帶你慢慢認識。以後，我們要有福同享，有難同當哦。」

陽光灑落，在牆上映出孩子們的翦影。女孩燦若朝陽的笑顏落入男孩眼中，從此成為他終生可望而不可及的圖騰。

多年後，她終於成為人如其名的青色櫻花，嫻雅端莊，淡漠自持；只有他知道，在那片東北大草原上，她曾是自在展翅的青色蒼鷹，天寬地闊，任其遨翔。

雖然，那都只是曾經。

＊＊＊

夏日午後，氣熱風滯，小小人兒在床上醒來，覺得渴了，卻不見侍候的婢女。

她輕巧跳下床，搖搖晃晃的去尋人，卻聽見半掩的門外隱約的交談聲。

「妳可要想清楚，一旦被發現了，可是大罪。」說話的聲音，似是侍候她的錦燕。

「我明白，可我是什麼身份，主子交代下來的事，身為奴婢的也只能照做。至少，我的家人可以過上好一點的日子。」另一個陌生的聲音說道。

「可是，她還只是個娃娃呀……」錦燕的聲音似乎帶著哽咽。

另一個聲音帶著安撫與堅決：「她現在只是個娃娃，卻已經讓那位失寵的重得了皇上的眷顧。瞧她的模樣，若是被皇上指給哪個貴重的阿哥，要扳倒那位的希望就更渺茫了。你放心，若事發，我會一個人擔。」

小小人兒呆滯了一下，悄悄跑回床上假睡。不一會兒，輕柔的叫聲傳來：「格格，格格，先起來喝碗綠豆湯消消暑氣吧。」

小小人兒睜開眼，突然搶過婢女手上的綠豆湯，揣在懷裡沒命的往門外跑去。

「砰！」一聲巨響。正在品茗閒談的皇后和熹妃目瞪口呆的望著把門撞開的小小人兒。小人兒大口大口喘著氣，一向笑的彎彎的杏眼此刻充滿恐懼。

「櫻櫻，怎麼了？是不是做惡夢了？來，來姑姑這兒。」

皇后起身，憐惜的將小人兒攬進懷中。卻覺手上似有液體潑下，仔細一瞧，一碗綠豆湯盡數傾倒出來，潑灑到腕上的純銀手釧，瞬間轉為黑色。

「小姐，小姐，又做惡夢了嗎？」

婧櫻自黑色的夢魘中醒來，見到長她十歲的貼身婢女容翠焦慮的望著她，忍不住蹭進她柔軟的懷中尋求安慰。

「嗚嗚，好可怕哦，翠翠，真的好可怕。」

懷裡的人兒不安的啜泣著。容翠翻了翻白眼，決定暫時允許主子這個疑似吃豆腐的舉動。

「小姐，那都過去了。事情一發生，皇后娘娘就立即把你送出宮，也將老爺調出了京城。現下沒有人會害你了。」

「嗚嗚，翠翠，你不知道，宮裡真的好可怕。到處都是鬼影，一到了晚上，便飄來飄去，飄到你前面，然後啊……」

「啊！」婧櫻講著講著突然大叫一聲，容翠被嚇了一跳，不自主也叫了出來。

「哈哈，翠翠你好蠢哦，哈哈。」

七歲小人笑的抱住肚子。容翠大致上明白了當年想把小主子毒死的宮婢心情。嘆了口氣，仍是將婧櫻再次抱進懷裡。只有她知道，這個小姑娘笑的有多開心，心裡就有多恐懼。

近日，盛京來了個有名的學者。學者的有名，並不是因為真的懂得許多學問，而是因為他是蒙古學者，講著純正的蒙語。

滿洲貴族必須精通滿、蒙、漢三種語言。滿語是滿人母語，自不待言；漢語因入關後日漸加深的種種漢化舉措，也不是難事；但蒙語則因京中蒙古貴族較少，要習得精純的蒙語，難度較高。因此，盛京中少數留下的孩子，每天都被送至這位蒙古學者的講堂上課。

此刻，這個自覺身價頗高的學者，正橫眉豎目的指著課堂中一個如花似玉的小女孩。

「妳，妳說，剛這個故事對妳有什麼啟發？」

小女孩美麗的杏形眼睛卻有點痴呆，可愛的小嘴微張，早已不知神遊至何處。一旁的傅恆狠狠的捏了她的大腿一下，才讓小女孩驚醒。

「啊？啟發，就是，那個，我覺得……」

傅恆無奈的舉了舉手，用流利的蒙語說道：「老師，剛才的故事用到一些較艱難的詞句，我想再重覆一次這個故事，請老師幫我看看我的語法有沒有錯誤。之後再讓她回答吧。」

學者對這個穩重清雅的學生非常欣賞，便答允了。

「從前有一個人，聽說山裡有寶藏，便找了二個同伴一起去山裡尋寶。他們費盡千辛萬苦，同心協力，終於到了傳說中的藏寶地點。這時，這人卻起了貪念。他想，一份寶藏要分成三份，那麼他能得到的部分少了很多。於是，他心一狠，殺了二個同伴。當他興奮的挖出寶藏要離開時，突然出現了一隻猛虎。猛虎追著他，將他追到了一處懸崖。猛虎一步步的逼進他，他腳一軟，就跌下了山崖，慌亂中握住一條樹藤，可是寶藏太重了，他若不將寶藏丟棄，那麼樹藤也將斷裂，而崖邊，猛虎仍虎視眈眈，不肯離開。就在這個時候，出現了一個老和尚，和尚問那人：

『事已至此，你可覺悟？』」

課堂中只聽見傅恆清朗的嗓音說著這個故事，故事複述完畢，眾人皆報以熱烈的掌聲。學者讚許的朝他點點頭，接著嚴肅的問向滿臉疑惑的婧櫻。

「現在該你了，這個故事對妳有什麼啟發？」

「呃……老師，弟子有個地方不明白，可以先請老師為弟子解惑嗎？」

學者臉上帶著不悅，卻仍是點點頭。

「故事裡的惡人，最後是抓著樹藤掛在懸崖邊，而懸崖上是猛虎？」

學者從鼻孔哼出一口氣，還以為是什麼有質量的問題。「嗯，沒錯。」

婧櫻皺著小巧的鼻子。「那，老和尚是從哪兒冒出來的？」

課堂上爆出轟然大笑，學者緊握拳頭，似在控制怒氣，連一向端重的傅恆，也忍不住翹起了嘴角。

＊＊＊

就這樣，他們在盛京度過了一段快樂的日子。

婧櫻帶著傅恆在草原上探險。他們比賽騎馬，聽天靈鳥唱歌，偷喝又香又烈的馬奶酒。

常常，他們並肩坐在小丘上，望著散在草原上的羊群。

她說，她在宮裡有個皇后姑母。宮裡壞人很多，她長大了要回去保護姑母。

他說，他在宮裡有個阿哥知己。宮裡壞人很多，他長大了要回去保護知己。

於是他們說，等他們長大了，要一起回宮裡，保護他們想保護的人。

這個傍晚，傅恆獨自躺在近郊的草地上。北方的天很藍，星星很亮，花朵很香，阿櫻很美。被自己最後一個念頭嚇到，他搖了搖頭。然後瞥見身後不遠處，似乎有隻狼。

真是稀罕。他想著。這裡離城不遠，狼隻按理是不會在離人群這麼近的地方出沒的。思及京城家中近年來的鬥爭，他微微苦笑，便是避來這裡，也不放過嗎？

他一向沈著。即使此刻性命交關，他也只是低著頭，藉由眼角餘光監視那隻狼的動向，一面不斷思索逃離的辦法。那狼卻再按捺不住，朝他跑來。電光火石間，他看見一抹青色身影策馬而來，右手使著日常護身的軟鞭，左手將一把鋒利匕首擲給他。

軟鞭甩在狼隻背上，狼隻吃痛緩下奔跑的速度，傅恆隨即將匕首刺進狼隻咽喉。

馬背上的女孩眉眼彎彎，她說：「阿恆，我說過會保護你的。」

男孩沒有回答。方才她飛奔而來的場景，如此熟悉。彷彿千萬年前，也有一個青色的影子，每每在他危難時自天而降。

才與她相識三個月，他卻覺得已過了漫長年歲。

此刻，傅恆躺在床上，躲在棉被裡不肯出來。那晚的狼沒有傷到他，卻讓他受了風寒。小女孩雖然覺得好友生病很可憐，但可以親手將苦藥餵到病人嘴裡，又覺得十分開心。

「阿恆，你出來嘛，要喝藥藥病才會好哦。」

「恆兒！」突然有個陌生的聲音自門口傳來。婧櫻向門口望去，有個衣飾華貴的青年緩步踏進。

「三哥！」傅恆拉下棉被，驚喜的自床上坐了起來，卻忍不住咳了幾聲。

被喚做三哥的青年自然的接過婧櫻手上的藥碗，親自餵傅恆把藥喝的一滴不剩。然後轉頭對婧櫻笑道：「烏拉那拉家的小姑娘真好身手。聽說，昨晚是妳救了舍弟？」

女孩笑咪咪的回答：「三哥你好，昨晚的確是我救了令弟。」

「大恩不言謝，姑娘對舍弟的救命之恩，實在無以為報。」

女孩歪頭想了想：「不如，就讓他以身相許吧。」

傅恆一聽，咳的越發激烈：「妳快回去吧，我和三哥還有事要說。」

三哥卻對這個能讓一向老成持重的十弟產生激烈反應的姑娘產生了好感。

「姑娘的提議甚好，我會稟明雙親，慎重考慮。」

婧櫻的笑越發燦爛：「三哥，你莫不是弄錯了。我是讓他以身相許……做我的僕人，供我使喚。」

三哥惋惜的說：「這也行。可惜舍弟近日就要回京城了。我這次來，就是專程接他返京的。」

＊＊＊

雍正四年　十月初五　盛京天氣晴

阿恆，算算時間，你應該已經回到京城了。我剛剛才收到你的信，就馬上回信了，很夠義氣吧？你在京城，病應該已經養好了吧？京城美食很多，你要有所節制，不要變成小胖子，做我的僕人首要條件就是賞心悅目，你可別壞了規矩。

對了，我真的覺得我的名字很像娘們。

每天都很無聊的　阿櫻

雍正四年　十月十八　京城

一，病好了。

二，沒變胖。

三，你本來就是娘們。

富察傅恆

雍正四年　十月三十　盛京下大雨

阿恆，你回的信很短，沒誠意。我爹下個月要回京述職，姑母讓爹帶我回去。到時記得要好好招待我。

阿櫻

雍正四年　十一月十二　京城

快點來，我等你。對了，長姐已讓皇上賜婚了，明年出閣。妳這次回來，正好讓她在出閣前見見，她一定會喜歡你。

富察傅恆

＊＊＊

從前從前，某個窮困人家生了個甜美可人的丫頭。丫頭的父母原本十分恩愛，家境雖不好，但一家人和樂融融。可是丫頭六歲那年，丫頭的父親染上賭癮，從此變了個人。丫頭因此每天得去客棧打雜貼補家用。原以為這樣的命已經夠苦了，沒想到十四歲那年，父親異想天開，跑去地下錢莊借錢豪賭，輸的光光後被追的無路可跑，突然想起了家中的丫頭。丫頭永遠記得那天，那個她喚他阿瑪的男人，滿眼血絲的衝進家門，抓著她對隨後進來的一群獐頭鼠目的人說：「這是我女兒，賣給你們抵債夠不夠？」她的額娘哭喊，卻被狠狠踢到角落。丫頭驚慌的看著那些不懷好意打量她的男人，朝阿瑪抓住她的手一咬，趁亂跑出家門，往平時打雜的客棧跑去。她衝進客棧裡，對著掌櫃磕頭，她說救救我吧，掌櫃的，求你救救我。可是掌櫃看著隨後趕到的那群兇神惡煞的人，終究只能搖頭。她死活不肯走，抱著客棧的柱子，她看著裡面的客人，涕淚縱橫的哀求著，只是十兩銀子，她不想從此在青樓裡過著送往迎來的皮肉生涯。可是那些衣著光鮮亮麗的客人，只是避開她的眼神，沒有人伸出手。

然後，她突然發現客棧安靜了下來。一支金燦燦的步搖出現在她眼前，她聽見一個稚嫩的聲音說道：「買斷。」

她抬起頭，看見一尊粉雕玉琢的小菩薩，笑咪咪的站在前方。

「然後呢？然後呢？」景仁宮的小廚房前，數個小宮女七嘴八舌的追問說故事的姑娘。容翠神氣的抬起頭：「沒有然後了。妳們還不快去把甜品端出來，記得，櫻格格的每一份我都要先嚐過。」

三年前的那天晚上，容翠遇到了年僅五歲的救命恩人。那個晚上，她不停的向那個名叫婧櫻的小主子道謝。小主子卻斂去所有的笑意。總是彎彎的杏眼帶著超齡的疲憊，她近乎哀求的對容翠說：「翠姐姐，如果你真的想謝我，請你答應我。如果有一天，妳仍是不得不殺了我，請妳一定不要讓我知道。」

「因為，我很怕痛。」

景仁宮內，婧櫻規矩的立在皇后座前，有些怯怯的望著三年不見的姑母。襁褓中的記憶已然模糊，紫禁城的黑色夢魘又揮之不去，饒是她的性子歡喜開朗，在這差點要了她小命的宮殿裡，仍是充滿恐懼。

座位上的烏拉那拉氏止不住滿心的悸動。那個小小的人兒，曾經為她灰黯的生命注入一點繽紛色彩的血親，此刻已認不得她。可是她記得。記得那張粉嫩的小臉曾經只有聽到她的聲音才會笑，記得那張玫瑰般的小嘴第一次喚她姑姑時的澄稚嗓音，記得抱著溫軟的小身子在懷中的充盈感，記得她二十多年無法抹平的失子之痛是如何被一點一點治癒。

可是她的貪念卻差點害死了她的心頭肉。她早該知道。她的寵愛、心計與子嗣都不足以讓她依恃。她可以默默的當個沒有聲音的皇后，但不要想再得到更多。

錦衣織就，寂寥圍繞，便是她的一生。

她早已學會不再掙扎。可是此刻，她多希望，可以把這個世上僅存的血親抱在懷裡，可以聽那張玫瑰般的小嘴再叫她一聲，姑姑。

「櫻櫻乖，我是姑姑。小時候妳最喜歡的姑姑。妳仔細想想看。」

皇后輕啞的聲音穿越記憶而來。原來，並不是只有圖像能被保存。對小小的幼兒來說，聲音更能通曉他們的內心。婧櫻於是想起。想起那懷抱的溫暖，想起那雙手的柔軟，想起那個叫做姑姑的人擁著她的時候，彷彿她是世界上最寶貴，也最美麗的東西。

那時，也是這樣的聲音，哄著她，逗著她。那聲音如此溫柔，卻那樣寂寞。

「姑姑！」婧櫻向前蹭進了皇后懷裡。聞到了熟悉的味道，後宮中獨有的花果清香。

「來，讓姑姑看看，都這麼大了。你阿瑪說，你在東北成天跑來跑去，沒人管的住你，都快成了個野丫頭。」

「哪是，姑姑，你別聽阿瑪胡說。我可乖巧了。」

皇后笑了。「姑姑就是要你當個野丫頭，無拘無束的。咱們海西王族的女兒，本就該是養在草原上的花兒。」

門輕輕的開了，一個宮女恭謹的走了進來。「皇后娘娘金安。格格吉祥。娘娘，真上薩滿已經來了。」

「快，快請大師入殿。知桐，備茶。」

那位據說名滿天下的大師緩緩走進殿內，慈眉善目，看起來真有修道人的超脫。

皇后急切的說：「大師，你上回說光看生辰八字無法準確預測，本宮現下把本人找來了。還請大師算下婧櫻的命格，若有任何兇險，請大師解厄。本宮自當重賞。」

大師清澈的目光看向婧櫻。婧櫻大方的回視著他。半晌，大師輕輕的嘆了口氣。

「稟皇后娘娘，天意如此，請恕老衲無能為力。」

皇后著急的說：「大師何出此言？大師，無論付出什麼代價，本宮都想保她周全。」

大師沈默良久。終是開口。

「格格命格貴重，前世福澤深厚，今生富貴雙全，屢遇貴人，逢兇化吉。來日必登大位。」

「可惜，她的所有福氣會在生命結束前用盡。到她嚥氣的那刻，沒有人會在她身旁陪伴，沒有人會握著她的手哄她安眠，她只能一個人，孤苦伶仃的上路。沒有人會為她送終。沒有人。」

＊＊＊

一名纖細的小太監，約莫十一、二歲，端整的跪在地上，小臉垂向地面。光線在他周邊造成些許陰影，讓人看不真切他的容貌。

服侍皇后在榻上喝完藥水的領頭宮婢，向候在不遠處的總管太監使了個眼色，兩人領著寢殿裡所有人離開，獨留小太監跪在床前。虛弱的皇后感覺到床前仍有人影，吃力的轉頭。

「你是誰？為什麼還留在這裡？本宮好似沒有見過你。」

小太監抬起頭，驚人的美貌瞬間震懾住床上的病人。

「你，你，你跑來做什麼？還打扮成這副模樣。你快回去，回去，再也不要踏進京城一步。咳，咳。」皇后一激動，忍不住劇烈咳了起來。

「姑姑。」小太監上前扶住皇后，幫她輕輕拍背。

「姑姑，櫻櫻知道姑姑一切都是為了櫻櫻好。但姑姑病了這麼久，櫻櫻都沒能前來服侍。這次是櫻櫻求了阿瑪許久，阿瑪才帶櫻櫻來的。」

自那年強行得知婧櫻的未來後，皇后便開始反覆病著。今年，她的病越發嚴重，宮內眾人心照不宣，都知道是在算日子了。

「櫻櫻，當年大師的那番話，你別放在心上。他一定是算錯了。」

「姑姑，其實若大師說的是真的，那麼櫻櫻真該感謝蒼天的。一生富貴雙全，什麼事都有貴人相助，只是生命最終的時候受一點苦，又算得上什麼呢？何況，這世間，誰走的時候不是一個人？」

婧櫻溫和的說著，似乎一點也沒將大師的預言放在心上。

皇后抬眼，望進婧櫻隱有少女風姿的美麗容顏。那雙杏眼依舊盈滿笑意的望著她，望的久了，她覺得纏繞了多年的病痛似乎都離開了。終是放心不下，皇后握著婧櫻的手：「櫻櫻，雖說姑姑已經打點好了。可是如果，如果最後還是敵不過命運的安排，你仍是回到了紫禁城，千萬記得，別跟它賭上自己的命。」

婧櫻拍拍皇后的手，笑著點了點頭。「姑姑，草原上的人說，人在離開之前，若說出自己的願望，來世便能實現。姑姑，如果有來世，你想許什麼願？」

許什麼願呢？皇后模糊的想著。她看見那年和婧櫻此刻差不多大的自己，被賜婚給四阿哥做嫡妻。那時的她，沒有太出眾的美貌，素白的容顏，小小的腰肢，帶著少女的羞澀，翩然走入皇室貴胄。

四阿哥嚴肅拘謹，對她說不上好，也說不上不好。那時的他，忙著追尋奪嫡的夢想，兒女情長的事，他是漠不關心的。後來她有了弘暉，把全副心力都放在兒子身上。是千尊萬貴的嫡子呢，鎮日裡，都聽到府裡的人們這樣說著。

可是她和這樣嬌貴的嫡子只有八年的緣份。弘暉離世後，她褪盡顏色，成為一尊白色的雕像。她是雍親王向皇上展現夫妻同心的擺飾，是雍正皇向天下昭告帝后和睦的展示。

如果有來世，如果有來世，她想許什麼願呢？

「如果真的有來世，我想要，被真心實意的對待。」

她想要好好的愛一場，想要像個女人一樣的被對待。再不要像今生一樣。一人花開，一人花落。

一雙微帶輕繭的手覆上她的眼。傳入耳裡的，是另一個烏拉那拉氏的女兒溫柔的祝禱。

「願來世，如你所願。」

——雍正九年九月，烏拉那拉皇后於暢春園逝世。同年傳出，曾被皇后撫育過的族中姪女因悲痛過度，大病不起，極可能無法參加二年後的秀女大選。

雍正十一年

京城大街上，二個翩翩貴公子併肩走著，時時引來路人的側目。

較高的那位，約莫十六、七歲，眉目清俊，神色儒雅，五官有若白玉雕成。只是臉上表情略顯老成。另一位纖細的公子貌美如花，到處對著街上的姑娘送秋波。

「阿恆，京城的姑娘真的很會打扮耶。回去我也要好好打扮我家翠翠。」

「阿恆，為什麼那些姑娘一直回頭看你？」

美貌少年的聲音帶著惱怒。

被喚做阿恆的少年無奈的回答：「你到處對著人家笑，我想，他們看的是你。」

婧櫻猛然驚覺自己是做男裝打扮，滿意的點了點頭。

「阿櫻，你還是快點回盛京。年底就要秀女大選了，你謊稱生病這麼久了，你姑母也都幫你做好了安排，你卻突然跑來，若是被發現了該怎麼辦？」

婧櫻嘟著嘴：「因為阿瑪有事要來京城一趟，我想說已經二年沒來京城了，就順道來晃晃。我晚上就回去了，你別生氣嘛。」

阿恆，其實是因為，我很想你啊。婧櫻心裡嘆息。

傅恆嘆了口氣：「我三個月前才去盛京看過你，你怎麼這麼沈不住氣。也罷，長姐今日剛好會回來，你也正好見見她再走。」

語畢，見婧櫻的衣領被風吹亂，便停下腳步為她整理。他的手指溫熱，不經意觸碰到婧櫻的頸子，婧櫻只覺頸口的熱氣瞬間衝上了臉頰。

她聽說少女情懷總是詩，可是她最大的問題是，她喜歡的人看不懂她這首詩。

富察斕妡踏進傅恆房裡的時候，看到房內有二個俊逸少年。較年長的那位，閒散的臥在軟塌上，看著另一個較年輕的表演軟鞭滅燭火。

「長姐，你來了。正好，來看我新學的招術。」

斕妡走向婧櫻，惡狠狠的扭起她的耳朵。「你穿成這樣成何體統？年底就要選秀了，你還不怕死的跑回來，你到底在想什麼？」

素指接著朝向她的胞弟。「你，給我出去。都這麼大了，還不知道男女之防嗎？」

傅恆聳聳肩，乖乖的出去。到了門口，轉頭對婧櫻說：「我會在水閣對面的松軒。如果你要找我的話。」

婧櫻笑嘻嘻的望著他修長的背影。隨即轉身抱住斕妡：「長姐，我好想你哦。你有沒有想我？」

推開小她七歲的姑娘，斕妡仍是忍不住笑了。「你這丫頭。把衣服換了，姐姐幫你梳個髮。」

和恆弟相同，她秉襲富察家的教養，一向拘謹守禮。但她出閣前遇見這個小小姑娘，卻被她歡喜開朗的奔放個性吸引。

婧櫻從銅鏡裡望著斕妡秀美的容顏。「長姐，那個阿寶王對你好嗎？」

斕妡用梳柄敲了婧櫻的頭。「是寶親王。」

「哦。反正都一樣嘛。他對你好嗎？」

斕妡想起溫存多情的夫君，嘴角忍不住甜蜜的揚起。「嗯，王爺待我是真的很好。那你呢，你是不是喜歡恆弟？」

糟，婧櫻想著，沒想到竟被難得見幾次面的長姐看破。說實話，她對阿恆真的挺上心。尤其看到他修長潔白的手指，總想抓來啃啃咬咬。這樣，算不算喜歡呢？

婧櫻陷入沈思。

斕妡見她那副模樣，心裡也有了底。只是想起自己夫君瀟灑體貼的性情，總覺得胞弟在對女孩子方面實在遜色很多。「你不覺得，恆弟太古板無趣了？」

婧櫻卻挺起胸膛，像個捍衛小雞的母雞。「我就喜歡他那扭扭捏捏的彆扭樣。」

斕妡忍不住又笑了。和婧櫻在一起，總是會不由得開心。她拉起回復女兒身的婧櫻。「對了，你們烏拉那拉氏還有未出閣的合適秀女嗎？」

「好像沒有。我們氏族的子嗣一直不太多。怎麼了？」

「沒什麼，熹貴妃嫌王爺的妾侍都是漢人出身，沒有正統的滿洲旗，要我多留意留意。」

斕妡彷彿不經意的說著。卻突然被婧櫻摟進懷裡。

「做什麼啊你？怎麼突然撒起嬌來。」

「沒有啊，晚上就要走了，想再抱抱長姐。」

婧櫻心裡想著，其實，我只是不想看見那麼難過的你，卻不能表現出難過。

水閣對面的松軒，女孩穿著青碧色的衣裳，烏黑的長髮披散至腰部。她舉起手臂，眉飛色舞的說著話，光線錯落在她臉側，停佇在她小巧剔透的下巴，將她流光溢彩旁若無人燦亮耀眼的神情，雋永成一幅圖畫。

不早不遲，來富察宅邸接嫡福晉回府的寶親王經過開啟的門邊，他看見那幅圖畫。

畫中的少女太過緋豔，撩了人心，以致於他沒有看見，少女身旁沈默的少年，始終帶著縱容的笑意，安靜的凝視著少女。

＊＊＊

「原來是那個烏拉那拉氏？皇額娘的心頭肉？嗯，這樣的姓氏，這樣的出身，雖然她阿瑪位階不高，但這側福晉的位子，她當的起。」

御花園的水池邊，年輕俊美的王爺，意態慵懶的說著。傅恆眼眸半垂，遮掩住情緒。想要開口，才發現說話竟是如此艱難。

「我以為，你喜歡嬌弱溫柔的類型。」

王爺輕嗤。「女人嘛，就該溫順聽話。我是喜歡低眉斂目的女子，可是那丫頭，那丫頭不一樣……。算了，說也說不清。反正只要是美人，本王都喜歡。何況，皇阿瑪和額娘一直對我重漢輕滿頗有微詞，難得找到一個本王看的上眼的滿人，正好一舉兩得。恆，我告訴你，女人呢，就

是要疼要寵，但千萬別放太多感情下去。否則，就是像我皇曾祖那樣的下場。」

見好友沈默，王爺眉頭微挑。「難道，你喜歡那丫頭？」

傅恆沒有回答。一雙漂亮的鳳眸定定的看著身邊從小一起長大的阿哥知己。

王爺瞭解的笑了下。「是了，你這塊木頭，怎麼會對女人上心。你是擔心你姐姐吧？放心，嫡庶有別，我再怎麼樣，也不可能做出寵妾滅妻的事。我會跟你姐姐說，皇額娘對我有撫育之恩，一向對我照顧有加，所以我決定去求皇上指婚，照顧皇額娘的親姪女，算是為皇額娘略盡一點孝心。我在松軒看到她的這件事，就當是咱們哥兒倆的祕密。」

傅恆握緊雙手，試圖做最後的努力。「弘曆，先皇后一向待我不薄。那年初進宮，在上書房陪讀，先皇后時時探視，關心我是否適應。隨你前去請安時，也總是噓寒問暖。她生前惟一的心願，就是姪女能遠離宮廷，安安靜靜的過日子。難道連這點願望，也不能被成全？」

王爺狹長的俊目微瞇。再開口，已帶著皇族獨有的霸道。

「恆，皇額娘天真，你也跟著犯傻？那丫頭的容貌、姓氏、和被皇后撫養過的事實，都注定她不可能安安靜靜的過日子。我若不先下手為強，必被弘時或其他有心人得去。」

「阿恆，你應當明白我。我得不到的，旁人也休想得到。」

寶親王踏進房裡時，嫡福晉正親自餵著四歲的永璉。他看見白嫩的嫡長子，神色驀地柔軟，逗弄了好一會兒，方讓下人帶走。

雙目含情，他上前輕輕摟住斕昕。「福晉辛苦了。你將永璉教的真好，小小年紀，聰明伶俐的，皇阿瑪和額娘都疼到心坎裡去了。」

斕昕心中情意無限，螓首微靠在夫婿肩頭。「這是妾身該做的，王爺說什麼辛苦呢。」

「我聽說，額娘最近又給你氣受了？讓你受了不少委屈吧？」

「王爺，額娘沒有責備我。只是提醒臣妾多為王爺留意滿家的大戶千金。」

「滿洲大戶多養出些驕縱奢華的女子，像你這樣年紀輕輕便賢名在外的，可遇不可求啊。」

寶親王執杯飲了口熱茶，眉間染了抹喜色，繼續說道：「今日下朝經過景仁宮，想起皇額娘，突然讓我起了個念頭。」

爛炘心裡一跳，坐直身體問道：「什麼念頭？皇額娘都仙逝兩年了，王爺怎麼突然提起？」

「妳應當聽說過，皇額娘當年曾將家族裡的一個姪女養在身邊。後來送回盛京去了，這幾年聽說一直病著，連皇額娘大去那年，也沒能回來奔喪。算算，也有十四歲了。」

他頓了頓，溫情的看向爛炘。「今天經過景仁宮時，想起皇額娘過去對我千種萬種的好，我卻不能報答萬一，便想到那個姑娘。如果，我將皇額娘視做珍寶的姪女迎來府裡，也算是，盡了一點心意吧。」

他修長的手覆上爛炘的臉頰：「當然，我主要還是為了你。那姑娘出身純正，額娘必不會再為難你。而她阿瑪只是個四品佐領，論身家，也萬萬及不上你。」

爛炘只覺空氣都被擠壓出了肺部，那一瞬間，竟不知道該如何呼吸。她木然的服侍王爺更衣睡下，腦裡卻滿是當年那個笑靨如花的七歲小女孩。因著那個小女孩的出現，一向老氣橫秋的十弟，終於有了孩子的稚氣。會被她氣的發怒，會被她逗的大笑，會在幾個月不見她時，忍不住跑去盛京找她。原以為熬過今年，下次秀女大選，那個名喚婧櫻的小女孩便過了年齡，這對金童玉女終可成為神仙眷侶。可如今，如今……

草原上的花朵，移植到王府，會不會枯萎？

如果王爺對婧櫻不好，恆弟會不會難過？

如果王爺對婧櫻太好，自己，又該不該難過？

盛京

傅恆剛踏進佐領府，容翠便迎了上來。

「恆公子，你可終於來了。」

「情況如何？」

「小姐化身為一團火，佐領府已經快被燒光了。」

庭院裡，婧櫻舞弄著軟鞭，擲出、迴轉、騰躍、旋身、落地，忽然一個側翻，軟鞭直直朝著傅恆呼嘯而去，眼看便要掃過他白皙臉龐，他卻是端正站著，連眼睛都沒有眨一下。

婧櫻總帶著笑意的杏眼此刻燃燒著火焰，稍不留神，便會將所有物事焚毀。卻終究，在最後一刻收回軟鞭。鞭勢後勁太強，婧櫻一個不穩，向後仰倒。

沒有躺上冰冷的地面，她落入一個溫暖的懷抱，迎進一雙漂亮的鳳眸。

那雙眼眸，形狀優美，平時總是沈穩不生波瀾，無喜無悲，不笑不怒。只有私下對著她時，那雙眼眸會燦亮的像星子一般，流光輾轉，熠熠生輝。

這雙眼眸的主人，古板狷介，不懂得討女孩歡心。可是他接受全部的她。她除了一張臉長的還行，全身上下都是缺點，言行外放，舉止粗獷，可是他從來沒有要她改變。

這雙眼眸的主人，卻終究，不是她的良人。

「聖旨已下，你還來做什麼？」

傅恆並未接話。他從袖裡掏出一枚青玉指環，放在婧櫻掌心。玉指環浮雕著一隻栩栩如生的鷹，銜著一朵綻放的櫻。

「你總嫌自己的名字太秀氣，我原想，等你過門後，便喚你阿鷹。旁人見你是乖巧的櫻花，可在我心裡，你是草原上的蒼鷹。」

傅恆灼灼的望著她，第一次如此外顯的表彰自己的情緒。

「阿櫻，我的命是你救的，你說過我是你的僕人。那麼，身為主子的你，希望我怎麼做？」

他眼中的火焰益發熾熱，與婧櫻燃燒的杏眸交相輝映。

「阿櫻，只要你說，我便去做。」

她抬頭望著他，知道他的決心。聖旨已下，他們只有二條路，各自生，或，一起死。

她想讓他做什麼？她該讓他做什麼？她又能讓他做什麼？

「富察傅恆，你心裡有我，你可知道？」

「我富察傅恆心裡是有你烏拉那拉婧櫻。」

「那，你答應我，」婧櫻的聲音漸漸變的柔軟，眼中的火焰逐漸淡去。

「你答應我，將來，如果有另一個姑娘走進你的心裡，你也絕不能忘了我。」

「你要連著我的份，加倍對她好。」

傅恆一雙鳳眸緊緊盯著婧櫻，良久，他眼中的火焰終於熄滅。

「我答應你。」

落日西斜，殘暉掩映，少女的頭疲憊的靠在少年肩上。

阿恆。

嗯？

我們死了以後，再在一起吧。

好。

卷二

洞房花燭夜，春宵一刻值千金。

當今皇上最器重的四阿哥寶親王，帶著微醺的酒意，顴骨泛著桃紅，大步走進房間。

他的女人都是含羞帶怯的大家閨秀，素日對著他總是低眉斂目。因此，當他掀開鴛鴦喜帕，見到那雙眨也不眨的美麗眼眸時，有些楞住。

他的小新娘，睜著一雙晶燦的杏眼，一瞬也不瞬的望著他……的手，然後小嘴一張，咬了下去。

婧櫻原本在房裡坐的已快睡著。她一向好動，被折騰了一天卻也累了。於是乖乖的坐在床頭，好奇的想像自己的夫婿生的何種模樣。

她的性子歡喜開朗。說放下，便真的放下了。她喜歡阿恆，那麼，不論她在不在阿恆身邊，阿恆總會在她心裡。可是，當她的新婚夫婿朝她走來，伸出手要揭開喜帕時，她卻覺得心口一陣緊縮。

潔白修長的手指，指節分明，那樣相似的一雙手。

喜帕揭開，她來不及看清自己夫婿的面容，卻忍不住張口，朝那手咬了下去。

早知道，成親前應該要狠狠把阿恆的手咬咬啃啃一番。小新娘心裡想著。

年輕的王爺吃痛，卻也不惱。他憐惜的抬起新娘的下巴：「忙了一天，莫不是餓了？」

婧櫻這才抬眼望向她的夫君，寶親王弘曆。是個好性情的男人呢。她想。

然後，朝他漾出一朵笑，杏眼彎彎，紅唇灩灩。弘曆見了那朵傾城笑容，心神一蕩，上前吻住婧櫻。他說：「會有些疼，你別害怕。」

婧櫻並不害怕。她在草原上被狼隻咬過，她學騎馬時被狠狠摔過，她練軟鞭時被無數次的傷過。她並不害怕。

只是，成為女人的那刻，美麗杏眸仍是湧上了氤氳水霧，卻不是因為疼。

「你長的真好看。」

婧櫻半趴在弘曆胸膛，雙手撐著臉，仔細觀察弘曆的五官後，下了這樣的結論。眉毛比阿恆的淡些；眼睛的形狀是狹長的，不像阿恆是微微上挑的鳳眸；鼻子比阿恆的秀氣些；唇比阿恆略薄。這是一張和阿恆一樣好看的臉，這是一個性情很好的男人。所以，再給她一點時間，她也可以像喜歡阿恆一樣的，喜歡上他吧？

弘曆覺得有趣。他的妻妾都與他年齡相當，差距不超過三歲，個個對他言聽計從，通常是他說什麼，她們答什麼。洞房夜裡更是羞澀無限，這個小他七歲的新娘，卻和她們都不一樣。

「你不怕我？」

「你很可怕？」

「我不可怕。」弘曆輕笑。「你不必怕我。」

「弘曆？」

「嗯？」

「你之前有見過我嗎？」

弘曆停頓了半晌。「不記得了。怎麼？」

「我小時候在宮裡住過，想說也許你見過我。也許你喜歡上小時候的我，所以一直記著要把我娶回來。」

婧櫻隨口胡謅著。她感到很睏了，把玩著弘曆的手，依戀的放在頰邊，漸漸睡去。

弘曆一直到身旁的人兒發出熟睡特有的均勻呼吸，才輕輕側身，凝視自己的小新娘。他的手戀戀的撫過她黑緞似的眉，濃密的長睫，停在紅豔的小嘴。然後輕輕的，吻上她的額頭。

「妳還是和小時候一樣可愛。」

依稀是皇阿瑪登基後不久，他自上書房出來，去景仁宮向皇額娘請安。剛踏進宮門，便看見一個小小的人兒搖搖晃晃的朝他走來，大大的眼睛眨啊眨，雙手伸出，含糊的說：「抱……抱……」他一時間竟不知該如何反應，下意識的想上前抱住，耳邊卻響起額娘的叮囑。她說，孩子，如今不比從前，進了紫禁城後，誰都不能相信。

他尚在遲疑，小小人兒眼看便要跌倒，此時身邊六歲的傅恆一個箭步向前，穩穩的接住了小小孩。小小孩的注意力全部轉向傅恆，粉雕玉琢的小臉綻出了燦爛的微笑，彷彿世界上，只剩下傅恆。

翌日一早，趕在向嫡福晉的敬茶禮前，婧櫻先到富察爛妡的院落請安。見到爛妡端莊秀美的容顏，婧櫻小嘴一扁，怯怯的說：「姐姐，你是不是討厭我了？」

爛妡千百次想過，再見到婧櫻，她當如何？是客氣生疏的待之以禮，還是熱絡熟稔的裝做什麼事都沒發生？可是此刻，她身不由己，雙手像是有自己的意識，上前緊緊的摟住婧櫻，摟住那年七歲的女孩。還未說話，眼眶便已紅了。「傻孩子，姐姐怎麼會討厭你，姐姐疼你都來不及，怎麼會討厭你？」

傻孩子，到底，是姐姐對不住你，對不住你們。

王爺入宮請旨前，傅恆曾來王府求過她。那樣冷淡自持的胞弟，從來沒求過她什麼，第一次求她，她卻不能答應。

她說，恆弟，王爺心意已決，沒有辦法挽回了。

是不是真的沒有辦法挽回，她不知道。

可是她知道，王爺眼下對她的好，有很大部分是來自母家的勢力。出身名門，世代簪纓，她太清楚女子在皇家的生存法則。如果一定會有個人來分寵，如果一定要是側福晉的高位，那麼，那個愛笑的女孩，會不會是最好的選擇？

她厭惡自己這樣晦暗的心思，卻只能對著滿臉絕望的親弟說，恆弟，你早該明白，我們出生在這樣錦衣玉食的家庭，代價就是自由。你要爭氣，要出頭天，只有你在朝廷爭得一席之地，姐姐才能過的好一些，婧櫻，也才能過的好一些。

她的弟弟再沒有求他。白玉雕成的臉上面無表情。離去之前，他說，長姐，我會爭氣，我會做你最堅強的後盾。

所以長姐，請你，為我照顧她。

斕炘定了定心神，事已至此，再沒有轉圜餘地。

「婧櫻，姐姐現在同妳說的話，妳要好生記著。王府和一般大戶人家不同，並不是你不犯人，人家便不來犯你。皇上對王爺的看重，天下人心知肚明。你年紀輕輕，被皇上親賜個王府側福晉的高位，府裡這些資歷比你深的人，都把眼睛盯在你身上呢。婧櫻，你要記得，這府裡只有長姐能相信，長姐與你同命，只要長姐有一口氣在，必保你無憂。」

凝月軒，一個弱柳般的身影伸直雙臂，要婢女妙兒再加緊些力道。妙兒滿頭汗，努力將特製的布條纏繞在主子已經十分纖細的腰上。

「福晉，你的身子如此弱，我如果太用力，你連呼吸都會有困難的。」

纖弱身子的主人已然有些暈眩，卻固執的說：「沒關係，你再加把勁，再束緊一點。」

再束緊一點呵，她模糊的想著，抱月飄煙一尺腰，她的夫婿最鍾愛的，她的楊柳小蠻腰……

她從小就身體不好。額娘的病痛似乎全移轉到她身上，可是那些珍貴的藥材卻讓她出落的異常嬌美。

她是高家寶愛的千金，父兄珍視的明珠。捧在手裡，擱在心上，隨著日子一天天過去，高氏父子開始煩惱，該讓高家惟一的女兒，花落誰家？

她卻是不知愁的。熟讀詩詞，精通琵琶，她在春日的午后揣想，她在夏日的傍晚怔忡，她讀著字裡行間的情愛，覺得每個字都認得，組合在一起卻又那麼陌生。然後，秋日的早晨，她在陪額娘上香的白馬寺前，見到了那個風中的少年。

少年獨自立在風中，孤傲出塵。她自恃飽讀詩書，那瞬間竟找不出合適的形容。

最後，也只得八個字。

梅花為骨，秋水為神。

當住持自寺中走出，她聽見住持喚他，四阿哥。

自白馬寺上香回來的高家小姐，舊疾復發，來勢洶洶。

高氏父子憂心忡忡，女兒已經十五歲，這年的選秀注定逃不過。可這病弱的身子，出閣後可會得到夫家悉心的照顧？

「還是，想個辦法讓旁人頂替？」高家長子心疼妹妹，心直口快的脫口而出。

「不行。」房門外，臉色蒼白的高沁玥輕聲說道。她一個字一個字，緩慢但清晰：「阿瑪，你和哥哥都是有才情的人，卻也需要伯樂提攜。咱家只是包衣，若能有人入了皇家，雙管齊下，高家才有真正出頭的一天。」

高斌知道女兒的性子。她一向執拗。看著她的神情，他知道，女兒在白馬寺，怕不是遇到風寒，而是遇到什麼人了。

「沁玥，若入皇家，以我們的家世，妳只能成為妾室。這樣，妳真的甘願？」

高沁玥輕咬朱唇：「女兒心甘情願。」

高斌輕撫額頭，心疼的望著女兒。要成為皇親的使女侍妾並不難，因為不需正式冊封，皇子親王們要多少就可以有多少。只是女兒心高氣傲……

「罷了。沁玥，阿瑪會為你做主。」

她如願成了四阿哥的使女，那個比她還小上一歲的少年。他待她柔情似水，和煦如風，他讚嘆她不盈一握的腰肢，他憐惜她嬌弱纖細的身子。她是他第一個女人，她要成為他最看重的女人。

可是，為什麼接二連三的多出了那麼多女人？他不是孤傲出塵的男子嗎？為什麼會如此縱情？

她哭的喘不過氣，他哄她，說她們都及不上他，說即使是嫡福晉，也及不上她在他心中的地位。

沁玥，你在我心中的位置，無人能取代。

她相信了。

然後，看著富察家族的兩個女人，包辦了他所有的子嗣。

究竟什麼該相信，什麼不該相信？

許是對她有愧，他向皇上請旨，拔擢她為側福晉。是無上的榮耀啊，家宴上，阿瑪得意非常，風光無限。兄長卻是太瞭解她，痛楚的問她，王爺待你不好嗎？好，怎麼會不好。她風情萬千的笑著。

他從來沒有對她不好，他只是，對太多人都太好。

而她被請封為側福晉的風光才沒過多久，他又求娶了另一個側福晉。

「福晉，時辰到了，我們該去大廳了。新福晉要向嫡福晉敬茶。」

高沁玥看著鏡中的自己，腰肢終於被束成一個不可思議的窄度。留不住呵，什麼都留不住留不住，她的子息艱難，青春不再，她還有什麼可以憑恃？

「好。回頭你再去向蔓鶥多拿一些她特製的珍珠粉。我這陣子用了，覺得很好。」

她整整衣飾，端出最受寵的福晉氣勢，往大廳走去。

＊　＊　＊

婧櫻雖曾聽說過寶親王爺的風流事蹟，但走進大廳，親眼見到一字排開的女子，仍被深深的震懾住了。

——翠翠，這麼多人，王爺記得住名字嗎？

——小姐，這不關你的事吧？

——翠翠，她們每個人都弱不禁風的，好像一陣風就能把她們吹走呢。

——小姐，請收起你色瞇瞇的眼睛。這種時候，妳只要裝可愛就可以了。

婧櫻聽從容翠的建議，綻開乖巧的笑容，向嫡福晉孄妡行了周全的大禮，再向側福晉沁玥行了不卑不亢的平禮。孄妡滿意的浮起端莊的微笑，沁玥卻掩不住滿臉的驚訝，細長美目不住往婧櫻臉上打量。最後，勉強朝婧櫻笑了笑。

「妹妹生的花容月貌，難怪王爺破例求皇上賜婚呢。」

「玥福晉這麼說就不對了。婧櫻妹妹出身高貴，是先皇后親自撫育過的格格，王爺求娶，是為了盡一份孝心。怎麼，在沁玥妹妹眼裡，王爺便是這般貪戀美色之徒？」孄妡語音柔和，卻氣勢萬鈞。

高沁玥眼中閃過不豫，卻硬是壓了下來。「妹妹所言失當，還請姐姐切莫怪罪。」

孄妡點點頭。「這原不是什麼大事，姐姐自然不會介懷。」接著轉向垂首候在一旁的侍妾們，向婧櫻一一介紹。

「婧櫻來，姐姐同你介紹。這是咱富察家的富察鈴依。這是蘇予蓁、金芸熙、陳蔓鵑、還有黃毓芊。」

婧櫻笑咪咪的一個一個見過。孄妡隨即帶著威嚴說道：「櫻福晉的出身尊貴，不比旁人。你們切莫因她年紀小就暗存不敬之心，今後誰若是惹櫻福晉不快，便是對本福晉不敬，明白了嗎？」

眾人除高沁玥外，原本就對富察孄妡唯命是從。而今聽了她這番話，也明白這櫻福晉是孄妡的人馬，心裡對勢單力薄又是使女出身的高沁玥，都隱隱生了僭越之心。

「蓁姐姐，這新來的側福晉年紀輕輕，看起來挺親切的。妳怎麼看？」

蘇予蓁的房間裡，金芸熙托著腮，眨著清澈的眼睛問道。

蘇予蓁歪著頭思索了下：「她長的和我們都不同。很特別。」

「是啊，妳也發現了對不對？」

在婧櫻入府前，王府裡的女子都是同一種類型，柳眉細目，巧鼻淡唇，纖腰款擺，小鳥依人。可這個櫻福晉卻是黑眉杏眼，挺鼻紅唇，高挑窈窕，英姿颯爽。看著人的時候，總是笑咪咪的，不懂得掩口淺笑，卻不自覺讓人想要親近。

「蓁姐姐，玥福晉孤傲，嫡福晉又難以親近。這個櫻福晉看起來沒有城府，你說，我們是不是該和她打好關係？」

「妹妹，」蘇予蓁皺了皺眉：「防人之心不可無。我們表面上當然是要向她示好，可也得有所保留。」

她看似天真純潔的臉上揚起一抹笑：「芸熙，無論如何，咱們姐妹才是可以真正彼此倚靠的。」

宮裡，斕妡帶著婧櫻前來參見熹貴妃。

熹貴妃語帶哽咽，撫著婧櫻的手說：「好孩子，你姑母從前厚待滿宮妃嬪，福澤庇佑於你，終是回到本宮身邊，讓本宮能好生照料你。」

她對著姐妹倆說：「王府裡高貴出身的滿洲旗也就你們二個了，彼此可得好生扶持，明白嗎？」

斕妡及婧櫻恭謹答道：「兒媳明白。」

此時外頭傳來聲響：「皇上駕到。」

正是皇上帶著寶親王來到了熹貴妃所居的永壽宮。

靖櫻向皇上盈盈拜倒。昨日大婚時隔著頭蓋，賓客眾多，皇上並未仔細見過靖櫻。此刻，方能好生端詳這個新媳婦。他凝神看著靖櫻，卻又不像是在看她。眼裡浮現另一張容顏，素白的臉孔，小小的腰肢。像隻蝴蝶，翩翩飛進他的心裡。

可是後來，怎麼就模糊了？

他忙著在朝廷上爾虞我詐，回府的時候，總有抹淡淡的身影伴著他。沒有年妃那樣的張揚顯眼，卻穩穩的駐紮在他心裡，讓他覺得安心。他煩心的時候，焦躁的時候，震怒的時候，就會想喝一杯她泡的茶。那茶也沒什麼特別，只是有一種穩定人心的味道，她的味道。

然後，會有一雙軟軟涼涼的手撫上他的眉心，輕輕的為他按著。睜開眼，便會看到那張熟悉到不能再熟悉的娟秀臉孔，恬靜的看著他。

她一直那麼安靜，他以為她天生便是喜靜的。可現在想來，她初入府的時候，似乎也曾經像個天真愛笑的少女，對他咕咕咕咕的說些傻氣的話。

可是後來，怎麼就安靜了？

她已經離世二年，他卻一直沒有太大的感覺。也許是因為她將所有能安撫他的訣竅，都教給了熹貴妃。他隱隱覺得有些不同，但他實在太忙，他沒有餘力去分辨當中的不同。

直到此刻。

他眼前這張與她有著血緣卻完全不相像的青春容顏，讓他終於痛徹心扉的明白，再怎樣傾城的名姝，也比不上那張樸素的臉孔。

可是那張臉孔的主人，他結褵四十餘載的結髮妻子，再也不會回來了。

他花了那麼多時間，希望能不愧對先帝，不愧對百姓。

可原來他惟一愧對的，只一人。

而那人，他再不能喚她那個許久未曾喚過的名字。

韻儀。

「皇上？」

熹貴妃見皇上失了神，輕輕喚了聲。

皇上眨了眨微溼的眼，和藹的對婧櫻說：「算起來，朕是妳的姑丈呢。朕還記得，你小時候很愛笑，朕還抱過你。你在的那段時間，你姑母真是開心。」

「熹貴妃，難得媳婦兒們來陪你，你們多聊聊吧。朕先回養心殿，弘曆，你隨朕來。」

一出房門，皇上看了蘇培盛一眼，四周侍衛便都退至五步之外，獨留皇上與寶親王在玉階上。皇上看著弘曆，眼裡是弘曆從未見過的柔情。「弘曆，婧櫻是你皇額娘的心頭肉，也是當年助我愛新覺羅得天下的女真王族之後，答應朕，無論發生什麼事，你都要視她如珍如寶，對她不離不棄。」

「兒臣將銘記在心，永誌不忘。」

婧櫻與斕妡在熹貴妃處用過午膳，服侍熹貴妃睡下，姐妹倆便有說有笑的回到王府。

傍晚的時候，婧櫻婉拒了王府膳房例出的大魚大肉，自己與容翠弄了簡單的三菜一湯，主僕二人準備享受寧靜的晚膳時分。

被撥至櫻福晉院落的婢女婼兒卻突然衝進來說：「櫻……櫻福晉，王爺來了。」

婧櫻舉箸的手一抖，與容翠面面相覷。今早見到那麼多妻妾，婧櫻雖然算術不是頂好，也知道每個人輪一圈下來，半個月就過去了。昨晚洞房花燭夜王爺已陪了她，今天應該是要去別人房裡了吧？

弘曆帶著一堆公文疲憊的走進來。

容翠早自動自發的退了出去。婧櫻為他盛了飯添了湯，好脾氣的說：「我不知道你會過來用膳，沒煮什麼好料理，你將就著吃吧？」

弘曆沒有回話，拿起碗筷優雅沈默的吃了起來。婧櫻耐不住靜，在一旁跟他說草原上發生的故事。繪聲繪影，非常精彩。弘曆不知有沒有仔細在聽，但三菜一湯吃的一點不剩，讓婧櫻看的目瞪口呆。

飯後，他拿出公文仔細批覆。婧櫻隨手拿起看到一半的書，挨到弘曆身邊，捉著他的手靠在頰邊，自顧自讀了起來。

一個多時辰過去，弘曆終於閱完了所有公文。他好奇的瞥了瞥婧櫻在看的書，挑起了好看的眉。

「你一個女孩子家跟人家看什麼孫子兵法？」

「女孩子家為什麼不能看孫子兵法？你沒聽過巾幗英雄嗎？」

「那妳說，不知戰之地，不知戰之日，則左不能救右，右不能救左，前不能救後，後不能救前，而況遠者數十里，近者數里乎？這段是什麼意思？」

「你要我解釋我就要解釋嗎？你這麼看不起人我為什麼要乖乖聽你的話？」

「是你自己說你是巾幗英雄的，是你自己看了半天孫子兵法的。看不懂也沒關係，我可以教你。」

「誰看不懂啊，你真是氣死我了你。」

不知道為什麼最後兩人會打了起來。婧櫻自小習武防身，弘曆受過的皇家武術訓練更不在話下，二人你來我往打的不亦樂乎。

弘曆不知道自己為什麼會這麼惱怒，也許是她並非花拳繡腿的真功夫激起他的自尊心，也許是她生氣時像朵火焰的光芒太刺人，總之等他意識到自己在做什麼的時候，婧櫻已被他制服在床上，小臉紅撲撲，雙眼氣呼呼的瞪著他。

「你這丫頭的脾氣怎麼這麼壞？」

「我脾氣壞？我是有名的笑臉小公主，見到誰都笑咪咪的。倒是你，昨天還以為你是好性情的人，原來根本就瞧不起女人。」

「我瞧不起女人？本王對女人若說不好，那世間沒人敢說自己對女人好的。」

「可是你明明就對我不好。」

「我對你不好？」男子的聲音漸漸變的低沈。「那我現在便讓你明白什麼叫對你好。」

數個月過去了。每到櫻福晉服侍寶親王的隔日，就會聽到下人間這樣的低語。

「王爺和櫻福晉昨晚又打起來了？」

「似乎是。」

「真是撲朔迷離啊。說王爺寵她嘛，每次總是打打鬧鬧的；說不寵她嘛，王爺上她那兒的次數又是數一數二的。」

「是呀。說也奇怪，這櫻福晉人可好了，見了我們這些下人都是笑咪咪的；王爺也是，多溫潤如玉的俊人兒呀，可怎麼他們兩個碰在一起，總是不得安生呢？」

府裡頗有歷練的老嬤嬤淡定的說：「這有什麼，不是冤家不聚頭罷了。」

＊＊＊

京城的滿福樓，平常總是座無虛席，今日二樓卻只有一桌客人，是一位貌比潘安的絕世佳公子，及他氣韻不俗的書僮。

「快快快，給我上一盤酥脆小油雞，本少爺想死這道油膩膩的菜了。」

貌美如花的少年迫不及待的吩咐店小二。等菜都點好了，若有所思的轉頭問向書僮。

「翠翠，你會不會覺得我剛才救那個小姑娘太魯莽了？」

「怎麼會呢？容翠當年也是因為少爺的魯莽才得救的……啊……好痛……我錯了。但是少爺，話說回來，剛才少爺的舉動，若是恆公子見了，應該是不會有什麼表情，只會默默的幫少爺收拾爛攤子。若是王爺見了，不知道會怎麼樣呢？」

扮成男裝的婧櫻沒好氣的哼了聲：「一個流氓，他還會怎麼樣，痛罵我一頓，再和我打一場罷了。」

主僕倆正聊著，卻聽有人踏著階梯朝二樓上來。

「富察公子，真對不住，這二樓已經被人包下來了。」

清冷的聲音響起：「待會兒是寶親王和格泰貝勒要來，你帶我去找那位客人，我得勞煩他換個地方，費用我們會全數負責。」

這樣好聽的聲音，婧櫻卻如遭雷亟。

一旁的容翠也嚇的六神無主。「死定了，怎麼辦？少爺，怎麼辦？」

「我怎麼知道怎麼辦。啊，走過來了走過來了。」

傅恆隨著店主人走向靠窗的雅座，卻見看來像書僮打扮的青年低頭用手帕遮著臉咳嗽，而看來像是主人的少年，穿著式樣簡約但質料極好的衣服，蹲在地上……撿筷子。

那身影，便是化成灰他也認得。

漂亮的鳳眸瞇了起來。

店主人突然打了個冷顫。他疑惑的看向身邊的公子，這公子一向喜怒不形於色，但舉止合宜有禮。可剛才，他分明見他眼裡有著怒火。

「你先下去吧。我來同這位公子說行了。」

店主人求之不得的逃離現場。

「起來。」冷冷的二個字。

桌底下的少年乖乖站了起來。轉頭望向傅恆，想要像從前一樣將眼睛笑的彎彎，卻無法控制的流下淚來。板著臉孔的傅恆於是心軟。嘆了口氣，舉起手想像從前那樣擦掉她的淚水，才發現已不能夠。

那潔白修長的手停在空中，無法再向前，卻又捨不得放下。

卻終究，只能放下。

「你堂堂王府裡的側福晉，為什麼會這副模樣出現在這裡？」

「因為我半年來都很乖，我向長姐求了很久，她才答應讓我出來兩個時辰打打牙祭透透氣的。」

「算了，你快回去吧。」傅恆不再看她，淡淡的說。

婧櫻向容翠使了個眼色，雙腳抹油準備閃人。卻聽傅恆接著說：「阿櫻，別再任性了。他不是我，他不會無條件的容忍你。」

此刻，寶親王、格泰貝勒及傅恆三個人，正在滿福樓二樓用膳。

格泰貝勒看了半天，實在是忍不住。「你腰間這個穗子，是……蝙蝠？」

弘曆漫不經心的看了下：「我不知道。」心裡想著，剛才進酒樓時，那個用手帕矇住臉往外跑去的怪異少年，怎麼有種熟悉的感覺？

「你這個荷包，繡的是……蘋果？」

弘曆偏頭思索了下：「好像是荔枝。」那眼睛，很像……很像誰呢？

「是你那個新福晉裁製的？」

「應該是她親手做的吧。這麼蹩腳的手藝，我府裡也找不到第二個。」說著，弘曆突然拍了下桌子：「我想起來了，那小子的眼睛和那丫頭一模一樣。那樣的眼睛世間絕不可能有第二對。那丫頭竟然給我扮成男裝跑出來溜達？成何體統。」

格泰貝勒一時反應不過來。「眼睛？丫頭？男裝？你到底在說什麼？」

傅恆臉上波瀾不興。「你在胡說些什麼？我們還是快想想皇上讓我們交的治水方略怎麼擬吧。」

弘曆卻不放棄。「恆，你和那丫頭挺熟的。你應該知道她造反的本領。我剛才進酒樓時看見一個矇臉的少年，那眼睛和她一模一樣，肯定是她。而且光天化日之下矇著臉，想也知道有問題。不成，我要回去堵她。」

「你絕對是看錯了。她沒事扮男裝跑出來做什麼？莫不是你娶了個新福晉，就開始重色輕友，隨便找個藉口就想打發我們回去？」

「不是，恆，那丫頭真是什麼都做的出來。」

傅恆閉了閉眼。睜開，誠摯的看著好友：「弘曆，我和她自小就在盛京認識。我傅恆敢用人格擔保，她絕不會做出這種事，你看錯了。」

夜已深。寶親王府的繡房裡，只剩珂里葉特芷蘭還在和一團五顏六色的繡線奮鬥。她是今年選進寶親王府的秀女，被分發至繡房。依以往的慣例，王爺總會寵幸幾個容貌較為出挑的秀女，但今年這些秀女卻全部被分發至王府各處工作，尚未有飛上枝頭的例子。聽說，是因為王爺年初時娶了個善妒火爆的側福晉，王爺不敢輕舉妄動。

芷蘭對這些傳言卻是不怎麼上心的，微弱的燈光照在她清麗的小臉上，隱約有種高潔的光輝，和她低下的出身不怎麼般配。

終於挑完了最後一種顏色。她伸伸僵硬的四肢，輕輕轉動酸痛的頸子，起身要回房休息。偌大的王府已經沒有什麼燈光，芷蘭只能憑著月光辨路。但她畢竟入府沒多久，走著走著，竟覺得周邊環境越來越陌生。

「鵲夫人，王爺喝醉了，剛請示過嫡福晉，她吩咐今晚由你伺候。」

芷蘭看到前方燈火通明，間雜著人聲，一時躊躇，不知該上前還是回頭。

「是誰？」

有人意識到芷蘭的出現，掌著燈的方向轉向芷蘭。

那個被喚做鵲夫人的女子，五官精緻，古典的丹鳳眼中，似是無邊的海洋幽深，完全看不出她所思所想。

「好標緻的丫鬟。怎麼沒見過你呢?你是誰房裡的?」

陳蔓鵲淡色的唇輕啟，問著芷蘭。

芷蘭怯生生的回答：「回夫人的話，奴婢是繡房裡的。」

「是剛選進來的秀女?」

「是。」

陳蔓鶰打量了她半晌，笑了。「新人來了，總是要給新人個機會。」她對著掌燈的管事說：「今晚，讓這位秀女伺候王爺吧。嫡福晉若問起來，你知道怎麼回話吧？」

那管事接過沈甸甸的銀兩，堆著滿臉的笑：「小的明白。夫人原本要依嫡福晉吩咐伺候王爺，不料新人妄想攀高枝，搶著服侍，夫人胸懷寬大，便想著提拔新人，不跟新人一般見識。」

陳蔓鶰滿意的點點頭。深幽的眼眸望向不知所措的芷蘭：「你的福氣到了，還愣在那兒做什麼？」

華麗的寢房內，芷蘭認命的清理著地上的穢物。

被推進房裡的時候，她原本嚇的發抖，後來才發現，喝的爛醉的王爺根本什麼事都沒法做，只是時不時的嘔吐。她為王爺更衣，伺候他喝了幾杯濃茶，他便沈沈睡去了。

難怪那個被喚做鶰夫人的妾侍不願意伺候呢。芷蘭心裡想著。

她的父母早逝，寄養在不甚寬裕的友人家中。很小就學著女紅針黹，貼補家用。所幸養父母對她還算親厚，雖然沒有餘錢讓她上私塾念書，但養父得空便會教她認字，告訴她一些做人做事的道理。她進王府的前一晚，養母給了她一包銀兩。「蘭兒，你雖不是額娘親生的，但這些年來，額娘真把你這個乖巧聽話的孩子，當親生女兒在疼。」

「蘭兒，你要記住，人必自重而後人重之。咱家雖貧，但你切莫因此輕賤了自己。額娘及阿瑪有弟弟們會孝順照料，你切勿掛心。」

她原想著，等領到這個月的例銀，要讓阿瑪和額娘添些好飯菜，給弟弟們打打牙祭。可現在發生這樣的事，真不知是福是禍。想著想著，不覺靠在床柱上睡去。

翌日早晨，婧櫻一早便被爛䓻傳見。

——翠翠，你知道是什麼事嗎？

——小姐，聽說昨晚王爺喝醉，有個秀女竟然主動跑去服侍，今早消息傳出，嫡福晉震怒了。

婧櫻踏進爛䓻所居的尊碧樓時，高沁玥及陳蔓鶓已在裡頭。

只見陳蔓鶓哭的梨花帶雨，自責的說：「都是妾身不對，沒有按姐姐的吩咐伺候王爺。可是姐姐，妾身趕到的時候，那秀女，她……她已經扶著王爺，說是王爺指了她，要她伺候的。」

高沁玥秀眉微蹙：「姐姐，這事不能怪蔓鶓呀。王爺歷來寵幸秀女，都是清清楚楚下了吩咐的，從來沒有像這次，竟有女人敢趁王爺酒醉，硬是爬到王爺床上去。唉，想不到咱王府竟會出這樣的事。」

「姐姐，依我看，這樣的狐狸精應當嚴懲，絕對不能縱容。否則今後，一個一個都妄想用這樣的方式飛上枝頭，那還了得。」

富察爛䓻黑玉般的眼眸漠然看著前方，一語不發。在這樣凝重的氣氛裡，婧櫻尷尬的向嫡福晉請了安，並向另兩位問了好。

見大家都不說話，婧櫻問了聲：「鶓妹妹，那王爺今早起來怎麼說？」

陳蔓鶓有些不屑：「聽說啊，王爺根本不認得她。聽了事情的來龍去脈，只淡淡的說，交由嫡福晉處理。」

「哦，」婧櫻恍然大悟。「那麼，既是交由嫡福晉處理，就不勞咱們費心啦。玥姐姐和鶓妹妹又何必你一言我一語弄的嫡福晉心煩？」

「你……」高沁玥氣結，卻又不知如何反駁。

富察斕昕卻是這時才顯出點笑意：「婧櫻說的是。這點小事，妹妹們也無須大驚小怪，本福晉自會處理。沁玥，你身子一向就不好，大清早的就過來，若著了涼怎麼辦？蔓鶰，你先陪玥福晉回去吧。」

一直到高沁玥和陳蔓鶰離去，富察斕昕才放下武裝的面具，整個人癱坐在椅子上。婧櫻過去為斕昕捶著背，有感而發：「當嫡福晉可真不輕鬆。」

斕昕苦笑了下：「你才知道。這事你怎麼看？」

婧櫻歪著頭想了想：「嫡福晉威嚴，玥福晉嬌氣，櫻福晉善妒。這三個福晉聽起來都不好惹，我還真不相信有秀女膽大包天到這種地步。」眼睛滴溜溜一轉：「說不定真是你那個人盡可妻的夫君看上人家。」

斕昕氣的打了她的手背一下。「什麼人盡可妻，你這話在姐姐這兒說說就算了，讓旁人聽去還得了？」說完嘆了口氣：「這事不好辦。處理的嚴了，顯得我沒有容人之量，王爺也不會高興；處理的寬了，該有的規矩就破壞了。」

婧櫻靜默了一會兒，終是開口。「姐姐是嫡福晉，動輒得咎。不如放話出去，將此事交給我辦吧。若是辦的不好，還有姐姐為我求情緩頰。」

斕昕原本欲伸向茶盞的手，聞言竟有些顫抖。她看著婧櫻，想說些什麼，卻只是點了點頭。抬眼瞥見婧櫻皓腕上豔紅的佛珠，秀眉卻驀地緊皺，捉住婧櫻的手，想將佛珠拔下。

「姐姐你做什麼？這雞血石佛珠一式兩副，你賞了玥姐姐和我的。怎麼，捨不得了，想拿回去？」

斕昕惱怒的看著她：「我不是跟你說過，重要場合再帶出來便罷，平時不要帶著嗎？純然天成的雞血石如此罕見，弄壞了可怎麼辦？」

婧櫻定定的看著斕妡：「姐姐，這佛珠是你和王爺希望二個側福晉和睦親愛的象徵。我若不時時帶著，玥姐姐又如何會時時帶著呢？」

繡房裡，芷蘭專心的挑著手上的繡線，彷彿四周那些帶著嘲弄、羨慕、不屑的指指點點，都和她沒有關係。

她想起今天早上那個俊美男子淡漠的神情。

也許因為她見過他最不堪的模樣，因此，他風靡王府內萬千少女的容貌，並未帶給她多大衝擊。

只是，她該怎麼辦？明明什麼都沒有發生，但她已被認定服侍了王爺一夜。若王爺不願收她，她便只能再回到繡房，承受眾人的指指點點。

王爺不經心的瞥了她一眼，淡淡的說，交給嫡福晉處理吧。

嫡福晉的指示遲遲沒有下來，她於是乖乖的回到繡房。

「我說，你不是昨晚已經飛上枝頭了？怎麼，跌下來啦？」

終於有人按捺不住，直接跑到她面前嘲弄。

欺負人這種事，往往只要開了頭，便收不了尾。只見越來越多的繡娘加入調侃的行列。

「我說，該不會是被退貨了吧？」

「哈哈哈，退貨，有可能哦。我一見她，就覺得她那狐媚的眼睛不安份。」

「什麼東西被退貨？」清脆的聲音好奇的問。

「就是她啊，咦，你不知道嗎？她昨天妄想爬上王爺的床，做王爺的女人，怎知，這一早還不是乖乖回到繡房，這不是被退貨是什麼？」

「你怎麼知道王爺或嫡福晉不會讓她成為格格？」好奇的聲音繼續問道。

「我怎麼會不知道？對了，你哪位啊？赫，櫻……櫻福晉吉祥。」

原本答的順口的某個繡娘轉頭才發現清脆聲音的主人是櫻福晉，嚇的都傻了。

雖然是很美麗的一張臉，但是，她很害怕啊……

「本福晉怎麼不知道咱王府的繡房都變成說書房了？一個個都不用幹活了嗎？」

婧櫻板著臉孔數落眾人。

接著，目光落在安靜的芷蘭身上。

「喏，你，」婧櫻青蔥似的手指向芷蘭，芷蘭愣愣的看向婧櫻。「你以後就是本福晉的人了，明白嗎？」

弘曆踏進滴翠閣的時候，看見婧櫻乖巧甜美的笑容，直覺有些不對勁。

「你又闖了什麼禍？」

「沒有啊，我可乖巧了。」

「你昨天是不是偷跑出王府，還扮男裝？」

「王爺想像力真豐富。婧櫻沒事扮男裝出王府做什麼？採花？」

「哼。沒有就最好。恆還用人格擔保你不會做出這種事，看來你欺騙世人欺騙的很徹底啊。喂，你幹嘛，酒都灑出來了。」

婧櫻慌忙替弘曆擦拭，一邊溫順的說：「姐姐今天提點過我，夫為天，婧櫻不該時時與王爺衝撞，應該要和婉為上。」

弘曆狐疑的看著婧櫻：「你這麼乖的樣子，我還真不習慣。」

婧櫻嫣然一笑，舉杯先敬了弘曆一杯。兩人說說笑笑，飯菜沒吃多少，雙雙喝的滿臉通紅。

「弘曆，你今早不是讓姐姐處理昨夜那個秀女的事嗎？姐姐將這件事交給我了。」

「嗯，也是該讓你學著分擔些。沁玥身子不好，額娘也不太喜歡她的出身，這些年斕昕一個人操持家務，是辛苦了。」

「你可真是個有心人啊，處處留情，累不累？」

弘曆卻是蕭索的扯了扯嘴角。「我是容易動情，但我不輕易動心。」

婧櫻眨著因酒意而帶著水氣的眼睛問道：「那，你對我動情了嗎？」

弘曆斜睨了她一眼，輕笑。「丫頭，我對你那是……發情。」

婧櫻氣的推了他一把。但她並不是普通的弱質女流，所以這一推把堂堂王爺推到了椅子下。王爺的面子掛不住，二個人又開始打了起來。婧櫻這回太生氣了，她覺得她之前每次都輸，是因為先天體型和力氣的弱勢，因此她決定要使用軟鞭助陣。卻不料，她才剛甩沒幾下就被奪走，弘曆還用來綑住她的手。

弘曆覺得一切都是因為他喝醉了，否則他本人不會這麼不憐香惜玉。起初只是為了要壓制那丫頭的爪子，所以把她按在桌上，但她一點都不認份，一邊掙扎一邊怒罵，單衣於是莫明其妙被他撕裂，露出了光潔的背，誘人的腰線，然後一發不可收拾，他處於極度亢奮的狀態，從後面侵入了她……

可是婧櫻還是不服輸，像隻小母豹似的張牙舞爪，讓他更覺得憤怒。真是令人生氣的丫頭，總是破壞他溫柔多情的形象，他真想生生撕了她。

「怎麼，巾幗英雄就這點能耐？」他著迷的啃咬她纖細的頸子：「不是很神氣嗎？嗯？」

「你根本是個無賴。」婧櫻怒喊著。

「我沒說我不是啊。」他轉而攻擊她小巧的耳垂。

婧櫻狠狠一撞，兩個人於是滾到了地上。雖然最後還是被弘曆得逞了，但當他抱著已然癱軟卻仍惡狠狠瞪著他的婧櫻回到床上時，自己也已去了半條命。

＊　＊　＊

滴翠閣的院落裡，六歲的永璜和四歲的永璉正有模有樣的打著拳，白胖的小手，紅嫩的小臉，讓他們的指導師傅極想親他們幾口。

他們的指導師傅正是對小男生有著莫明偏好的寶親王府側福晉烏拉那拉婧櫻。

永璉自出生後身子一直不甚強健，時不時便感染風寒。斕妡聽從婧櫻的建議，讓他隔一天便來婧櫻院落裡練練拳，希望能藉此讓身子骨變的強健些。婧櫻於是把富察鈴依的孩子永璜也一起找來，和永璉做個伴。

芷蘭坐在一旁的石椅上，專心的縫著靴子。菱形的嘴唇不自主的上揚。就像一場夢一樣。那個充滿生命力的年輕女子，素手一指，將她帶離了流言如沸的繡房，來到這個院落。那女子的杏眼總是帶著笑，拉著自己的手問東問西。芷蘭聽著她清脆的嗓音，看著她飛揚的側臉，才驀然發現，原來生命也可以這樣美好，原來沒有什麼事是過不去的。

「奇怪了，你長的挺美的呀，應該是他會喜歡的類型。他為什麼不直接收了你呢？」

那個名喚婧櫻的高貴側福晉，當時端詳著芷蘭的臉老半天，微感疑惑。

芷蘭有些訥訥。「回側福晉的話，奴婢身份卑微，怕是入不了王爺的眼。」

婧櫻笑咪咪的拉著她的手：「我看你含羞帶怯的樣子，不像是會主動勾引王爺的性子。來，告訴姐姐，那晚究竟是怎麼一回事。」

來，告訴姐姐，那晚究竟是怎麼一回事。

對婧櫻來說，那只是極其簡單的一句話。聽在芷蘭耳裡，卻激動的無法言語。

她相信她。她居然相信她。沒有質疑，沒有嘲弄，她讓她說，她聽她說。

也許她一直在等的，只是這樣一個相信她的人。壓抑住滿心的顫抖，芷蘭將那晚的情形全盤說出。

嗯，陳蔓鶥。婧櫻在心裡捉摸著陳蔓鶥這樣做的真正原因。一時間卻無法找到能說服自己的答案。

「芷蘭，你說的話，我是相信的。但陳蔓鶥已經讓府裡的人都有了先入為主的想法。這樣吧，你既然被分配在繡房，想必針線工夫一定頂好，你繡雙靴子，做的精緻些，我來探探王爺的心意。」

就這樣，芷蘭暫時在婧櫻的滴翠閣裡住了下來。

此刻，芷蘭在清晨溫煦的暖陽下繡著快要完成的靴子，心裡萬般不捨。多希望這雙靴子永遠都不會完工，多希望能就這樣靜靜的伴在櫻福晉身邊就好。

「櫻姨娘，我最近晨起時，都不再咳嗽了。額娘可歡喜的緊呢。」

永璉稚氣的對婧櫻說著。

「真的嗎？那你得好好感謝櫻姨娘，讓姨娘親一口吧。」

婧櫻嘟起小嘴，就要朝著永璉胖嘟嘟的雙頰親去。卻見永璜一把拉走永璉。

「櫻姨娘，男女授受不親。」才六歲的永璜非常鄭重的說著。然後，以一種慷慨赴義的決

心，閉上眼睛，抬起臉頰。

「不過，如果你一定要親，就親我好了。」

芷蘭忍不住笑了出來。不遠處，那個全身散發著光熱的女子，惡狠狠的回頭瞪了她一眼。芷蘭卻覺心頭一暖，揚著收不攏的嘴角，完成了靴上最後的花紋。

「這是？」

王府的書房裡，弘曆看著面前端莊坐著的美麗少女，指著她放在桌面上的東西問道。

「回王爺的話，這是靴子。」

「本王沒瞎，自然看的出這是靴子。本王是問你，這雙靴子要做什麼？」

「呃……穿在腳上？」

「烏拉那拉婧櫻！」寶親王終於忍無可忍。「我知道你無事獻殷勤，非奸即盜。說，你究竟想做什麼？」

婧櫻無辜的眨著眼睛。「就想獻雙美靴給你穿啊。」

弘曆挑起一邊眉毛，終於凝神研究起面前的靴子。那靴子裁工精細，縫邊針腳極為綿密，靴側的金色簡龍圖樣，適可而止的點出親王身份，卻又不顯僭越。

「你該不會是要告訴我，才沒幾個月，你的女紅突飛猛進成這般了？」

「本福晉自然不是這種冒名頂替者。」婧櫻將手撐在桌上，托著腮，無奈的說。「弘曆，我已經問過那個秀女了，那晚她只是走錯路，誤打誤撞伺候了酒醉的你。呃，不是那種伺候，你應該也很清楚吧。我想了想，覺得一切還是以你的心意為首要。她是鑲藍旗的正身旗人，如果你收了她，熹貴妃那邊自然也是歡喜的；如果你不想收她，那就讓她做我的貼身女婢，總不能再讓她回繡房去招人笑話了。」

弘曆若有所思的看著她。片刻，指指自己的肩膀：「酸了。」

婧櫻柔順的起身上前為他按著。

「你這丫頭，還以為你多大本事。本王把這難題丟給爛炘，爛炘丟給你，結果你倒好啊，又丟回來給我。」

「她長的是你喜歡的型啊，為什麼你不收她？」

「你又知道我喜歡什麼型？」

「跟我不同型。」

「算你有自知之明。好，今晚讓她侍寢吧。」

淡紫裙襬繞著精細繡花，輕紗披覆香肩，若隱若現的雪肌在燭光掩映下更顯誘人。

王爺輕輕托起芷蘭的下巴：「原來鑲藍旗也有這樣的美人。」

芷蘭隨著王爺的動作抬眼，清澈的眼睛對上他溫柔的視線。

兩人同時一怔，燭光映照在兩人的臉上，似乎有些什麼被開啟，非關情愛，卻讓命運之輪再無法逆轉的，向前滾動。

「這世上最容易被取代的，就是美人。」芷蘭不知道一向怯懦的自己，為何會脫口而出。

王爺溫柔的笑容不變，卻隱約帶了抹殘酷。「那就想辦法做個，不容易被取代的美人。」

羅衫盡褪，婉轉承恩。芷蘭在巨大的痛楚中，努力想著那張明眸淺笑的容顏。過了今晚，她便是明正言順的格格，是櫻福晉的妹妹。那個英姿颯爽的女子，一定會保護她的，從此，她再也不用害怕了。

月夜。

澄波池上盛開的碧荷，在如輕紗覆蓋的月光下，透出清麗絕俗的光澤，涼風襲來，空氣中滿是碧荷獨特的清香。

「真沒想到，明明之前這池裡栽種的都是白蓮，怎麼今年開出來的，卻成了碧荷？」池邊的水閣裡，陳蔓鶥望著水上的荷花，發出疑問。高沁玥攏了攏髮，不甚感興趣的說：「這有什麼奇怪。府裡誰正當寵，所有的花便換做那人的顏色罷了。蔓鶥，那珍珠粉又快用完了，你記得幫我補上。」

陳蔓鶥皺了皺眉，遲疑半晌，開口道：「姐姐，妹妹在一開始就提醒過姐姐，這特製的粉末雖可讓肌膚維持青春，吹彈可破，但對女子的生育有一定的影響，姐姐該不會忘了吧？」

高沁玥嫵媚的細眸望著她，一向孤芳自賞的臉上，透出幾許柔軟。望的久了，她終是嘆了口氣，眼神迷濛的說起多年前的那段往事。

「蔓鶥，我知道我性子素來孤傲，難以相處。從前與你們同是阿哥使女，卻始終瞧不上你們。也只有你，不管我再怎麼冷淡，總是陪在我身邊。」

「在嫡福晉入門後，你和蘇予蓁進門前，我曾經大病一場。其實，也不是什麼大病，就是連續掉了兩次孩子。」高沁玥淒然一笑。

「王爺為我請了宮裡的太醫來診治，說是我的體質本就不適合生育，經過那兩次折磨，再不可能有孩子了。我當時，真是連活下去的意願都沒有了。那時的我，還不到二十歲，以為找到命定的良人，卻得屈居在出身較高貴的女人之下；想要有個孩子傍身，卻是再沒有機會。」

「蔓鶥，你說，我這一生，還能有什麼指望？」

那句輕柔的詰問在夜色中飄散。陳蔓鶰想著高沁玥這些年來在風光與盛寵下的悲涼，不覺有些動容。月光照在高沁玥雪白腕上的豔色佛珠，發出瑩潤的亮光。陳蔓鶰被那亮光眩了眼，突然想通了什麼。

「姐姐，那……嫡福晉知道嗎？」

「她自是知道。王爺向皇上請封超拔我為側福晉時，向嫡福晉說了這個原由。」高沁玥不屑的笑了下：「那女人一向與我水火不容，母家卻掌著大半兵權呢。王爺自是得先將她安撫好。」

「原來是這麼回事呢。妹妹原本一直想提醒姐姐，這佛珠怕是有什麼見不得人的祕密，但見櫻福晉也有一只，便沒再多心。眼下姐姐說了，嫡福晉是知道姐姐不可能生育的，那這佛珠若真有什麼機巧，便是針對櫻福晉了。」

高沁玥疏懶的扯動了嘴角。「那是，這佛珠沒什麼便罷，若真有什麼，便明擺著是針對她親愛的婧櫻妹妹，本福晉正好隔山觀虎鬥。」

陳蔓鶰嘆了口氣：「想不到，嫡福晉看來雍容大度，對櫻福晉百般疼愛，卻原來……」

「疼愛她是一回事，讓她生下子嗣是另一回事。這烏拉那拉氏可不比其他低賤出身的侍妾，若王爺真成了大業，依大清立賢不立嫡的傳統，她的孩子可真有拼搏的本事。再說了，王爺對所有妻妾們都輕聲細語，溫柔體貼，獨獨對她，總是揶揄取笑，唇槍舌劍。這樣的特別，我不信富察斕炘當真一點都不介意。」

高沁玥嬌美的臉孔泛起一絲蒼涼的笑。「富察斕炘再怎麼賢慧，再怎麼尊貴，到底，也只是一個女人，一個和許多女人分享同一個男人的女人。」

陳蔓鶰深不見底的眼眸掠過一抹不易察覺的情緒。但那情緒如此複雜，又消失的太過迅速。她斂斂心神，想起什麼似的說道：「對了姐姐，你可聽說了？蘇予蓁似乎有身孕了。」

高沁玥聞言一震。「怎麼可能？自櫻福晉進門後，這些格格們的侍寢機會少之又少，一個月看輪不輪的到一次，這樣也能讓她矇中？」

「姐姐，妹妹雖然不才，但也略通醫理。女子若是身體強健，想求生育的話，那麼承寵的時機是多不如巧。這一年多來，蘇予蓁及金芸熙都依附著櫻福晉，想安排在最容易受孕的時機侍寢，倒也不難。現在蘇予蓁有了，不只是櫻福晉悉心照料，王爺也是十分歡喜呢。」

高沁玥一臉惆悵，心裡彷彿有萬隻螞蟻在鑽動。不是早就該看開了嗎？為什麼心還能一次又一次的被刺痛？那年風中的少年，究竟是自己的緣，還是孽？

陳蔓鵑見高沁玥臉上寫滿了落寞，眼中狠意浮起。「姐姐何須喪志？孩子嘛，誰說一定要是自己親生的呢？」

高沁玥訝然。「你是說？可是眼下所有人的眼睛都盯著蘇予蓁……」

「姐姐，蘇予蓁的孩子能不能生的出來還是未知呢。眼下，不就有現成的孩子？」

「現成的孩子？嫡福晉的孩子自是不可能，你是指……永璜？」

陳蔓鵑清秀的眉眼在月光下是那樣溫婉，彷彿她接下來說出的話，只是風花雪月的一場閒聊。

「要取走一條人命，病人自然是比一般人要容易的。這個時候，誰的額娘正病著呢？咱們看了也不忍心，不如，助她一臂之力，早登極樂，她的孩子，自有姐姐照顧。」

兩人喁喁私語的聲響漸漸遠去，獨留一池碧荷，在銀輝無際的月色中，兀自芬芳。

「姐姐，你要找我怎麼不讓人來傳一聲就好呢，還親自跑這麼一趟。」

爛炘踏進滴翠閣時，婧櫻訝異的起了身，開口迎道。

斕妡只是笑笑：「也是該走動走動，順道看看你這古靈精怪的丫頭都在這裡藏了什麼。」

婧櫻撒嬌的靠在斕妡肩上：「妹妹還能藏什麼呢，就是藏了對姐姐的一片心意。」

「你這張嘴啊，沾了蜜似的。」

沈吟許久，終是斂去笑意。她望向少女澄淨的笑容：「婧櫻，姐姐考慮了很久，這件事，還是應該由我親自跟你說聲。」

「阿恆他，要成親了。」

少女聞言，眉眼有一瞬間的空白。

還是沒有放下嗎？斕妡在心中嘆息。她再度開口，才發現要說完這每一字每一句，都是如此艱辛。

「是名門大戶的嫡女，阿瑪親自求了皇上主婚。如果……如果你想去參加婚禮，姐姐可以帶你一起去。」

婚禮。婧櫻恍惚想著。許久以前，她似乎，也參加過一場婚禮。新郎握著新娘的手，向雙親行大禮，交拜，叩首，入洞房。

「阿恆，什麼是洞房？」

九歲的婧櫻在阿瑪同僚的婚禮喜筵上，疑惑的問著十一歲的傅恆。清雅的男孩臉上浮現淡淡的紅暈，有些惱怒的說：「我怎麼知道。」

「阿恆，我以後要做你的新娘，我要和你洞房。」女孩得不到答案，決定不管是什麼，都先下手為強。

男孩臉上的紅暈更甚，表情卻依舊淡定。他說：「阿櫻，等會兒回去，這句話再說一遍。」

婚禮結束，他們跑到近郊的草原。女孩早就忘了剛才的事，想去追著羊隻玩。男孩不讓，他抓住女孩，說，剛才那句話，再說一遍。

那時，陽光中有淡淡的花香，幸福離他們那麼近，只要一伸手，就能觸摸。

那麼近那麼近，卻終究，到不了。

「婧櫻？」

一回神，是爛蚧擔憂的面龐。

婧櫻有些傷心的笑了。她想笑，卻又忍不住傷心。不想讓爛蚧看出傷心，只好笑。

「姐姐，我還是不去了。我已經嫁人了，過去的，早該放下了……」

「姐姐，你幫我跟阿恆說，就說，就說我祝他們……」

「床頭吵架床尾和。」

爛蚧離開了。

婧櫻彷彿失了所有的力氣，跌坐在地上。

要知足。要惜福。她告訴自己。

皇上、熹貴妃、王爺、嫡福晉、容翠、芷蘭……，所有人都對她很好很好，她要學會去珍惜這些已經握在手中的好，不該為注定得不到的東西無謂傷心。

再給她一點時間，她一定可以學會。只是，在那之前，可不可以讓她傷心一下？

可不可以讓她，再默念一次那個刻在心裡的名字？

阿恆……

阿恆，隔著深宅大院，隔著數里長街，我可以忍的住，不去想你。

可是，若你就在我身邊，穿著大紅喜袍，牽著另一個女人的手，我不知道我能不能忍的住，

所有的思念。

如果我忍不住，你該怎麼辦？

如果你忍住了，我又該怎麼辦？

＊ ＊ ＊

盛京

容翠坐在印有王府標記的馬車裡，心裡忐忑不安。她微微拉開帘子，看到駕著馬車的石濤挺直的背影，心裡才覺得踏實一點。想到再過不久，就能見到柳桑生，容翠心裡泛起一絲甜蜜。

柳桑生是盛京都統府的文員。在盛京時，偶然與容翠相識，兩人年紀相彷，又頗有話聊，漸漸互生情愫。二年前，容翠隨婧櫻嫁入京城的寶親王府，桑生曾向婧櫻允諾，二年後容翠二十五歲了，會親自將容翠迎娶過門。

時間飛逝，轉眼間二年過去了。近日傳出皇上身子不好，各皇子都暗自準備著，其中勢頭最盛的當屬四阿哥寶親王。婧櫻怕日後真進了紫禁城，容翠要出來就難了，特意讓容翠回盛京探探親，順便看看桑生何時把兩人的事辦一辦。

正想著，馬車停住。門帘被掀開，石濤因為刀疤而顯得有些猙獰的臉探了進來。

「容姑娘，到了。」石濤有禮的說著。

「好，石大人，有勞了。」容翠誠懇的道謝。

石濤其實也是盛京人。是富察家族在盛京某個家業的侍衛，小姐嫁進王府前，富察傅恆將石濤舉薦進了寶親王府。此次容翠回盛京，小姐特地囑託石濤護送。

「石大人，」容翠下車後向立在一旁的石濤說：「這一路上多謝你了。麻煩你回去後向小姐說，容翠一切都好，一個月後便會自行返回。千萬別再讓王府派人來接了，這樣越制會被說話的。」

石濤不置可否，只微微頷首。光影交錯下，容翠才發現，如果沒有那條刀疤，其實，他的五官十分端整。

等馬車離開了視線，容翠深吸一口氣，輕輕敲了敲柳桑生的家門。

開門的是一個約莫十七、八歲的少女，說是少女，卻是做少婦打扮。少婦見到容翠，似乎有些怔住。一個男人的聲音隨後響起：「芙兒，是誰？」

是柳桑生的聲音。即使隔了兩年，容翠依然認得。

柳桑生步出大廳，見到了風塵僕僕的容翠，白淨的臉上泛起不知所措的紅潮。

容翠呆呆的看著他，看著她，看著他們。

少婦有著光潔的額，細細的眉，靈動的眼，盛放的青春。

「表姐。」女子怯怯的喚她。「我是芙兒。」

哦，芙兒。容翠想起來了，似乎有這樣的一個表妹，額娘那邊的親戚，很小的時候，她還有著完好的家的時候，見過幾次面。

「是這樣子的……」柳桑生有些急促的解釋。

說，自她離去之後，他很思念她，很傷心。後來，她的表妹芙兒來找她，桑生基於未婚表姐夫的立場，收容了芙兒。芙兒安慰著傷心的桑生，兩人日久生情。一年前，納了芙兒為妾。

「但是，正妻的位置，是為妳留的。翠兒，妳才是我的妻。」柳桑生深情款款的對容翠說。他伸出手，想要握住容翠。容翠下意識的避開。

兩年前，也是這樣的晚霞裡，她問傷心的小姐：「小姐，你為什麼不和恆少爺走？容翠會幫你們隱瞞，天涯海角，總會有你們容身的地方。」

那個年紀小小的姑娘，卻漫開溫柔的笑意。「翠翠，我們走了，你怎麼辦？阿瑪額娘怎麼辦？他富察家族上百條人命怎麼辦？」

「翠翠，愛情不是生命的全部。阿恆和我都還這麼年輕，我們都有很長很長的路要走。我們也沒有權利以愛之名，傷害別人。翠翠，如果有一天，桑生讓你覺得難過，卻說那是因為他愛你，你千萬不要相信。」

那時的她不懂。此刻終於懂了，卻寧願永遠都不要懂。今夕何夕，她在已然破碎的夢中抖瑟。

決然轉身，容翠不顧身後桑生和芙兒的呼喊，她奪門而出，不停的向前奔跑。

她想回家。她的家，沒有固定的地點，從前是盛京佐領府，此刻是寶親王府，未來也許是紫禁皇城。小姐在的地方，就是她的家。那抹亭亭的身影，才是她永恆的依靠。

淚水終於忍不住湧出的那刻，她見到路的盡頭，有著王府標記的馬車，靜靜的停在那裡。石濤淡淡的說：「櫻福晉吩咐過，讓卑職多等些時候。」

他掀開馬車的門簾，似是沒見到她滿臉的淚痕，說：「回家吧。」

雍正十三年八月，清世宗愛新覺羅胤禛駕崩，由第四子愛新覺羅弘曆即位。養心殿內，新即位的皇帝和尚未正式冊封的皇后正商議著後宮的事。

兩人因著連日來的守靈治喪，都熬瘦了許多。皇上心疼的看著皇后：「你身子一向就弱，這陣子怕是把你累壞了。瞧，一張臉都比我的手掌還小了。」

爛炘溫和的回答：「皇上愛惜臣妾，是臣妾讓皇上擔心了。沁玥身子比臣妾還弱，臣妾也不好太勞動她。倒是婧櫻，年紀雖然最小，但幫了臣妾最多，皇上回頭可得好好賞賞她。」

皇上不覺失笑：「還賞她？皇阿瑪、額娘、朕及你都快把她寵上天了，若真要賞她，朕還真想不出能賞些什麼。」

爛炘露出端莊的笑。「皇上即位，初封六宮，這位分便是最好的賞賜了。不知皇上對各位妹妹的位分封號可有了想法？」

皇上自桌案取出一張紙：「朕的想法都在這上頭了，皇后先看看吧。」

爛炘依言取過紙，紙上的字映入眼中，她心頭一跳。正欲開口，抬眼對上皇帝深不可測的注視，一時有些語塞。

皇帝收回視線，一轉眼，又是平時春風和煦的笑容。

「沁玥初封貴妃，箇中原因皇后你也是知道的。再者，高家父子在朝廷也是朕的得力助手，這貴妃的位置，沁玥是當得起。但，也就這樣了。」

「朕知道你一向偏疼婧櫻。可是朕初封六宮，一次就封二個貴妃並無前例。婧櫻眼下不過十七歲，朕雖只給了妃位，來日她誕育皇嗣，自有晉位的空間。朕的這番考量，皇后可明白？」

「臣妾明白了。皇上用心良苦，臣妾自嘆弗如。」爛炘溫婉的回應。

「位次和封號朕都擬好了，居所就交由皇后你來發落吧。」皇上溫和說道，正欲起身，又想起了什麼似的補上：「對了，婧櫻，就賜居翊坤宮吧。」他的唇邊蘊了一絲揶揄的笑：「翊坤宮霸氣，嫻妃霸道，相得益彰，堪稱絕配。」

斕忻怔怔的看著皇帝開懷的眉眼。也許連他自己都沒有察覺，他對妻妾們一向柔情繾綣，溫存體貼，卻總帶著三分真情七分假意。只有在對待那個年紀最小的福晉時，他會像個真實的人。真實的喜，真實的怒。那是他用嘲笑、調侃、捉狹、譏諷也掩蓋不了的，真實。

翌日晌午前，皇帝冊定位分的旨意傳遍六宮。

高沁玥封為貴妃，賜居咸福宮；烏拉那拉婧櫻封為嫻妃，賜居翊坤宮；蘇予蓁封為純嬪，賜居鍾粹宮。一宮主位的就封了這三位，餘下的，黃毓芊、金芸熙及陳蔓鵑封了貴人，芷蘭封了常在。貴人以下的，都分別跟了一個主位居住：黃毓芊隨皇后居長春宮，陳蔓鵑隨貴妃居咸福宮，芷蘭隨嫻妃居翊坤宮，金芸熙則隨純嬪居鍾粹宮。

翊坤宮為西六宮之一，庭院舒闊恢弘，大氣天成。可壯麗中不失精巧，前後迴廊皆細細繪著江南秀麗清美的景致。婧櫻小時在宮中住過，對富麗堂皇的宮殿擺設並無太大感觸，倒是芷蘭，因著能和婧櫻同住翊坤宮欣喜非常，對於只封了常在的位分絲毫不放在心上。

「喏，手絹給你。」芷蘭邊走邊傻笑著，冷不防身邊出現婧櫻遞過來的手絹。

「姐姐？」

「妳笑的嘴都合不攏，口水快流出來了，還不拿手絹擦擦。」婧櫻取笑著。

芷蘭窘的小臉全紅了。「妹妹只是太開心了……」

婧櫻柔聲道：「我知道。進了宮不比從前，皇后姐姐把你放在我這裡，便知道她待你也不薄，你可要記得皇后姐姐的好。」

芷蘭忙點頭。「妹妹知道。皇后娘娘是宮裡最尊貴的人，妹妹對皇后娘娘一向敬若神祇。」

為著搬遷忙進忙出的容翠神氣的指揮宮裡的下人，趁著空跑來婧櫻身邊說道：「嫻妃娘娘萬福金安，奴婢想跟嫻妃娘娘討個翊坤宮總管婢女的頭銜，不知娘娘允不允？」
婧櫻作勢沈思：「允是自然可允，但這總管婢女一向是跟總管太監配對的，你……」
「奴婢自不量力，胡亂碎嘴，還請嫻妃娘娘當作奴婢沒有說過。」容翠哭喪著臉。
「翠翠，私底下你還是叫我小姐就行了。你討什麼總管婢女呢，這宮裡的人，誰不識得翠兒姑姑？」
容翠開心的笑，正想繼續去幹活，又折回來。「對了，皇上不知何時會過來呢？」
「這第一晚呢，皇上肯定是留給長春宮的。之後應該就照位分吧，先是貴妃姐姐，然後……看他心情吧。」婧櫻不挺上心的回著。
卻見翊坤宮總管太監閬寶慌忙來報，說是皇上去慈寧宮向太后請安，回程路上一時興起，繞來翊坤宮看看。話還沒說完，頎長的明黃身影已踏進殿中，正在忙碌的眾人全部跪了一地。
婧櫻一時有些恍惚，迎面站著的年輕男子，清俊面容上意氣風發。分明，在哪時哪刻，見過。
在不應該有記憶的稚拙歲月，在另一座宮裡，有個迎面站著的俊逸少年，眼睜睜的看著她，跌倒。
是他嗎？是他嗎？
跪在一旁的芷蘭見婧櫻始終站著，焦急的拉著她的衣擺。婧櫻回神，盈盈跪倒。「皇上萬福金安。」
「都平身吧。」年輕的皇帝笑意盎然，伸手扶起婧櫻。
「你們都先退下，朕同嫻妃說會兒話。」
待眾人皆退，皇上擺擺手。「行了行了，現下就我們兩個，你就別裝模作樣了。快向朕顯露你的本性吧。」

婧櫻溫婉的笑容瞬間不見，她氣鼓鼓的問道：「你給我取這個封號是什麼意思？」

皇上開心的說：「嫻，雅也。取其嫻淑端莊，溫婉柔和之意。這封號很好啊，朕可是挖空心思才為你想到這麼貼切的封號。」他神祕兮兮的靠近婧櫻：「朕聽說，有一種取名方式，就是命裡缺什麼，就取什麼名字。所以，這個嫻字，你當之無愧。」

婧櫻氣極，正想回嘴，卻被皇上拉進懷裡。她看不見他的表情，只聽見有些壓抑的聲音從上方傳來。

「你別怕。紫禁城現在是朕當家做主，再不會有人敢害你，朕保證。」

六宮位分底定的第二天早晨，眾人至長春宮向皇后請過安，蘇予蓁和金芸熙便纏著婧櫻，想瞧瞧和長春宮齊名的翊坤宮是何等氣派。

進了翊坤宮，蘇予蓁雖沈穩，仍不免被疏闊大氣的門庭殿宇震懾，較孩子氣的金芸熙更是忍不住連聲驚嘆了起來。芷蘭卻是感染了風寒，略感不適，先行告退回了自己的西廂房。

進了殿裡，婧櫻讓人上了御賜的白針毫耳茶，三人便隨意聊了起來，如同之前在潛邸的時光。

「宮裡面都在傳，嫻與賢同音。皇上親封娘娘為嫻妃，是暗指娘娘在皇上心中的地位，就如同當年賢妃在順治爺心中的地位呢。」金芸熙藏不住話，將她昨日聽到的傳聞說了出來。

婧櫻似笑非笑：「賢妃最後下場如何？傳這話的人不明擺著在咒本宮嗎？」

蘇予蓁忙接著說：「嫻妃娘娘切莫氣惱，芸熙也是聽那些宮人胡說的。芸熙，妳也真是的，這紫禁城裡什麼傳言都有，你自己得有些計較，別什麼不入耳的渾話都帶來娘娘跟前。」

金芸熙吐吐舌頭：「是嬪妾一時失察了，還請嫻妃娘娘切莫怪罪。」

婧櫻見她們你一言我一語，用著宮中特有的敬語，不覺有些煩悶。

「予蓁，芸熙，咱們私下閒聊的時候，還是用姐妹相稱就好吧？本宮嬪妾的，聽了心煩。」

「是，嫻妃娘娘。」予蓁和芸熙異口同聲道，說完才發現又喊了敬語，三人笑成一團。

「玥姐姐一向對於我和她同為側福晉有些不滿，眼下皇上封了她為貴妃，她應該很歡喜吧。」婧櫻隨口問道。

金芸熙有些神秘的壓低音量：「貴妃又有什麼用，先不說皇上此刻正是用人之際，這個位分多少看在她父兄的面子上，我聽說啊，真正的原因，怕是為了補償。」

「補償？」婧櫻和予蓁皆感詫異。

「我也是前幾日聽萍兒說的，她在太醫院有些舊識。說是，這貴妃娘娘似乎無法生育。不過，這事可千萬不能外傳，否則，太醫院裡那些太醫可得掉腦袋的。」

婧櫻聞言震驚，予蓁卻輕嗤了一下，彷彿覺得芸熙大驚小怪。

婧櫻奇道：「怎麼，你也原本就知道？」

「我是不敢肯定。不過，這些年看她總是把腰束的如此纖窄，也大概猜到，她約莫是不能生育了，才會如此不顧惜身體。你們說吧，腰窄成那樣，怎麼可能受孕呢？即使受孕了，孩子也不健康呀。」

芸熙崇拜的望著予蓁：「蓁姐姐，妳說的真有道理，我從前怎麼都沒有想到呢。咦，嫻妃娘娘，妳的臉色怎麼這麼蒼白？」

婧櫻想要回話，卻覺發不出聲音。予蓁看出婧櫻的不適，忙喚容翠過來服侍。又說了幾句慰問的話，便拉著芸熙離開了。

「小姐……」容翠小心翼翼的看著婧櫻。

婧櫻卻不能言語。金芸熙帶來的訊息在耳邊繚繞，那訊息夾帶蠢蠢欲動的線索，等著她，裝傻、妥協、或是、揭發。

混亂的腦海，雜沓的思緒，一段應該模糊的對話卻那樣鮮明的浮現。

那時，她抱著予蓁剛出生的孩子永璋，有模有樣的逗哄著。予蓁打趣的說：「姐姐這麼喜歡孩子，什麼時候自己也生一個，那必當是集萬千寵愛在一身的天之驕子。」

婧櫻只是微笑。

回到滴翠閣，一向安靜的芷蘭似是下了很大的決心，鼓起勇氣對她說。

「姐姐，有件事，就算是妹妹多心，也想提醒一下姐姐。」芷蘭指著婧櫻腕上的佛珠：「妹妹從前在家裡，曾做過類似的女紅活兒貼補家用。像這樣的佛珠，裡面是空心的，可以在裡頭放些東西。」芷蘭咬著嘴唇，緊張的都快咬出血來：「妹妹知道這樣的猜測對嫡福晉是大不敬，可是姐姐年華正好，又寵遇優渥，按理說，應該早就有消息了才對。」

婧櫻安撫似的拍了拍芷蘭的手。「芷蘭，你和予蓁芸熙不同，我知道你是真心為我好。其實，我也知道這佛珠可能有問題，否則長姐不會要我別常戴。可是，這佛珠是一對的，長姐一定是為了防高沁玥，才不得不順道也賞我一只。芷蘭，長姐對我極好，她想做的事，我一定會幫她。」

原來，是這樣嗎？自以為是的幫助，原來，只是自做多情嗎？

「翠翠，」婧櫻無意識的呢喃：「原來，高沁玥根本就不能生育。你說，長姐知不知道呢？你說，這佛珠，究竟是意在高沁玥，還是……我？」

她看著佛珠，覺得血液變得冰涼，覺得連呼吸，都像被刀割，只能小口小口的，吸著氣。一個不小心，就會窒息。

容翠不忍，流著淚：「小姐，也許佛珠裡什麼都沒有呢？翠翠幫你打開來看看，看到裡面是空的，就好了。即便不是空的，把東西拿出來，也就好了。佛珠一定可以回復原來的樣子，一切都會回復原來的樣子。」

十七歲的少女嫻妃卻不讓。她沈默的盯著佛珠，許久許久，說：「我不敢。我怕痛。」

烏拉那拉婧櫻生長在一個充滿愛的環境。她的家世其實普通，阿瑪不過是個四品佐領，若不是和當時的皇后有那麼一點親戚關係，實在算不得名門。但是，也因為不是名門，沒有大戶人家那些見不得人的骯髒事。阿瑪只有她額娘一個妻子，一家三口，平和踏實。

在盛京居住，在草原成長，她知道真正的生活是什麼模樣。是拿著丈夫掙來的一份工晌，計算如何使用才能將效益發揮到最大；是守著辛苦買來的牛群羊隻，日出而做，日落而息；是盼著朝廷官府能少征點稅，餘下的銀兩能為兒女做幾套保暖的衣裳。

偶爾，她會想起四歲前在紫禁城的日子。那日子像一團黑霧，陰暗寒冷，只有姑母輕柔的聲音，是那段日子裡惟一的救贖。

皇城裡的女子，有自私無情的，有熱烈狂暴的，有心機深沈的，有囂張跋扈的。她們錦衣玉食，不愁吃穿，被保護得好好的，為了虛無縹緲的恩寵位分，勾心鬥角，你死我活。

她原本以為，可以冷眼旁觀這些紛紛擾擾。長姐是皇后，就和姑母一樣，有著至高超然的地位。她只要伴著長姐，長姐要她做什麼，她便做什麼。

原來，還是太天真了。

她只想著用自己的方式，陪伴長姐。卻沒有想過，長姐要不要她的陪伴，卻沒有想過，自己的存在，是不是就是一種傷害。長姐在賞她佛珠的時候，掙扎過多久？長姐叮寧她別時常戴著的時候，矛盾過多久？從她和弘曆的洞房花燭夜開始，長姐是不是就獨自承受了漫長的煎熬？這是她最愛的人心裡最親的長姐，可她竟是傷了這個長姐。

阿恆，我真的很努力，想要保護長姐不受傷害。可是究竟要多努力才夠？可是有些事，是不是不管再努力都沒有辦法？

婧櫻開了窗，九月初，風微涼。她未挽髻的長髮漫天飛揚，髮絲輕觸臉頰，她在剎那間清明了心志。她想要全心全意的對待這個長姐，即便掏空了心，付出了全部，仍被無情的背叛，她也沒關係。

在草原上，想要喝水，必須走到很遠的河邊汲水。路途很危險。可能會遇到狼隻，可能會遇到暴雪，可能在都無人煙的地方受傷，卻不能求救。

但是，想要喝到水，就必須走上這一段。想要得到，就必須付出。

婧櫻輕輕撫摸著腕上的佛珠，起身往長春宮走去。

「皇后娘娘，翊坤宮嫻妃娘娘求見。」

「快傳。」

孄忻端坐在長春宮正殿，見婧櫻穿著一身湖水綠織紋彩衣，素淨的緞面上，以數種色線織成幾朵雅緻花卉，清麗而不顯俗豔，襯著她高挑的身段，隱然已有一宮主位的架勢，不覺含了抹欣慰的笑。

「嫻妃妹妹好氣勢，難怪皇上昨日中午迫不及待先去見了妹妹。這後宮之中，妹妹可是第一人。」孄忻打趣說道。

換做平時，婧櫻只覺斕妡是在取笑。可此刻，她卻分辨不出那是不是僅僅是在取笑。

「皇上後宮的第一晚，是在長春宮度過的。這其中的意義，滿宮皆知。姐姐，你方才那麼說，是認真的嗎？」

斕妡有些訝異。她招招手：「來，來姐姐這裡。你說什麼呢，姐姐不過開個玩笑罷了，你別往心裡去。」

婧櫻緩步走向斕妡，杏形眼眸盈滿憂傷。她抬手，痴痴的問：「姐姐，我一直以為，這佛珠，是為賞給貴妃姐姐的。可其實，是為了賞給我嗎？」

猝不，及防。

斕妡只覺咽喉似被突然掐住，許多許多的情緒瞬間翻湧而上。她一直那麼用力的，在按壓這些情緒，把它們鎖在最深最深的地方，假裝那些怨恨氣憤妒嫉都不存在。此刻，那把鎖卻被婧櫻毫不留情的開啟，情緒反噬的力道震的她理智全失。

她顫巍巍的起身，指著婧櫻，一個不穩，跌坐在地上。

「是，是賞給你的，就是針對你。你明白了吧，我就是這麼惡毒，就是這麼陰狠。我不是什麼賢慧的女子，不是什麼大度的妻子，我的心也是肉做的，為什麼我得在夫君臨幸別的女人時，笑逐顏開？恆弟要我照顧你，先帝要我照顧你，太后要我照顧你，皇上要我照顧你，所有人都要我照顧你，那麼，誰來照顧我？你告訴我，誰來照顧我？」

這個剛被冊立為皇后的年輕國母涕淚縱橫，哭的像個孩子。可她卻是連孩子都沒有當過的。剛懂事，便被訓練的沒有自己的個性。笑不露齒，怒不外顯，舉止有度，進退得宜。富察家族的尊貴嫡長女，不能驕矜，不能放肆，不能縱情，不能隨心。嫁進四阿哥府為正妻，她沒有時間耽溺於兒女情長，必須立即建立在下人心中的威信，必須想辦法取代沁玥在王爺心中的地位，必須調養身體多生子嗣，必須用盡全力讓自己的位置牢不可破。

然後婧櫻出現了。在王府裡過的那樣恣意隨興。高興的時候就哼著曲兒，不開心的時候就耍槍舞鞭。下人們喜歡她，孩子們親近她，侍妾們依附她。有時想想，真恨她。她不是愛著恆弟嗎？為什麼不是鎮日以淚洗面？為什麼把日子過的這般張揚？而這樣的張揚，竟有大部分，是歸功於自己這個嫡福晉的包容。

多希望，也能這樣舒心快意。多希望，也能有人這樣照顧自己。

一隻纖長的手伸向她。那手不若一般閨閣女子柔嫩，因為長年練武而有細細的輕繭。那隻手的主人語音清脆，她說：「我照顧你。姐姐，給我機會，讓我照顧你。」

婧櫻緩緩蹲下，將嬌小的皇后攬進懷裡。她記得第一次見到長姐的時候，她只及長姐的肩，曾幾何時，她已經出落的比長姐高了半個頭。

「姐姐，我已經被命運無情的玩弄，我絕不要順應它的步伐，任它擺弄。這佛珠裡裝著什麼，我都不在乎，我會一直戴著。如果要終生沒有子嗣才能得到你的真心，我可以。姐姐，我跟天賭，我賭有一天，你會親手為我摘下這串佛珠。」

那隻手輕輕的拭去了爛䜣臉上的淚水，細繭帶來粗礪的觸感，摩挲她的臉頰，也摩挲她的心房。

「皇后娘娘累了，嬪妾先行告退。請皇后娘娘好生休息。」

婧櫻緩緩起身，行禮告退，是嫻妃該有的風範。

爛䜣愣愣的看著她高挑的背影。那背影和另一個小巧的身影重疊，那身影總是笑靨如花的喚她長姐。第一次喚的時候，有個小男孩惱怒的反駁，說妳真沒規矩，那是我長姐不是你長姐。小女孩卻不生氣，好脾氣的過來拉著她的手，說你長姐就是我長姐啊。一向端謹的自己不由自主的笑個開懷，憐惜的拉過小女孩，說是是是，恆弟的長姐就是婧櫻的長姐。

這個長姐送了婧櫻一串佛珠。這串佛珠會讓婧櫻生不了孩子。

「如果，」爛妡聽見自己的聲音響起：「你賭輸了呢？」

即將步出殿門的嫻妃回首，黑白的眼裡有著分明的溫柔。

「婧櫻，願賭服輸。」

＊＊＊

「咦，為什麼有一個棋子不見了？嫻娘娘，是不是你藏起來了？」

「哪是，嫻娘娘是這種人嗎？」

「是。」稚嫩的聲音肯定的答道。

長春宮內，嫻妃與皇后嫡子永璉正下著棋，皇后在一旁檢視著內務府呈上的月度帳冊。氣氛一片和樂融融，彷佛皇后和嫻妃相處得很好。事實上也真的很好，因為皇后略過那個賭注，假裝那不存在，假裝一切一如以往。

雖然，不知好歹的嫻妃會時常挑戰皇后的底限，例如現在。

「姐姐……」

永璉被乳母抱進內殿休憩，婧櫻走到皇后面前，伸出纖細的手腕。

「姐姐，其實你很想幫我把佛珠取下吧？你取吧，就讓我贏一回嘛，姐姐……」

爛妡氣惱，卻不看她，繼續盯著帳本。「佛珠是戴在你手上的，手是長在你身上的，你自己不取下，卻要本宮幫你取，這是什麼道理？」

婧櫻無奈的伸回手：「真是斕心如鐵……」

斕妡的手微微抖著，幾乎想要伸出手去取下婧櫻腕上的佛珠。

幾乎……

「皇后娘娘，嫻妃娘娘，皇上有旨，請兩位至養心殿。」外頭狄裕步進殿內，恭敬的傳著皇上的口諭。

「知道是什麼事嗎？」皇后問道。

狄裕垂手立在一旁：「奴才不知何事。不過，此刻凌答應也在養心殿。」

皇后與嫻妃互看一眼，兩人優雅起身，往養心殿出發。

凌答應是皇上這三個月來的新寵。她原是教坊舞伶，本姓余，十歲時因著一曲驚為天人的「虞美人」，被坊主賜名虞姬。某天獻舞時被皇上看中，封為答應。因為迴旋之姿有如凌波仙子，皇上特賜封號「凌」。承寵之後，接連侍寢數日，一時間風光無人能及。皇上讓她獨居永和宮。據聞，伺候她的宮人，比不受寵的儀貴人黃毓芊和婉貴人陳蔓鵑都多。

婧櫻還記得，凌答應第一次去皇后宮裡請安便遲到。姍姍來遲後，只淡淡說是因為服侍皇上而晚了，水靈白淨的臉上頗顯傲氣。婧櫻當時便在心裡為她默哀，暗暗幫她算了死期。

果然，十多日前，婧櫻在梅林附近，撞見了凌答應與貴妃的爭執。

只聽見凌答應有些輕蔑的說：「貴妃娘娘琵琶之音冠絕天下又如何，眼下皇上就是喜歡嬪妾這身不入流的舞藝罷了。」

說完，還挑釁似的加了句：「同樣的調性聽久了，也是會膩味的，貴妃娘娘你說是不是？嬪妾對詩書雖不通曉，但也聽過一句，花無百日紅……」

婧櫻原想閃避，卻已被眼尖的妙兒看到。既是避不開，婧櫻便順水推舟的說：「凌答應你好大膽子，竟敢對貴妃姐姐無禮。還不快向貴妃賠罪？」

貴妃卻是不領嫻妃的情。「不勞嫻妃，這事本宮自會處理。凌答應，你竟敢出口不遜，給本宮跪下。」

凌答應高傲的抬著頭：「嬪妾是皇上親封的，豈能隨便下跪？」

貴妃已是氣到發抖，眼神一使，身邊太監立即朝凌答應的膝蓋敲去，迫她跪下。

「想來你的教事嬤嬤只讓你學會如何狐媚惑主，卻沒讓你學會宮裡的尊卑之序、貴賤之別。無妨，本宮一向厚待新人，今日，本宮便讓你好好長長見識。」

只見方才迫使凌答應跪下的太監伸出雙手，重重按在凌答應肩上，無論凌答應如何掙扎，也掙脫不了他的箝制。

凌答應一共跪了三個時辰。這原也不算太過嚴厲的懲罰，可凌答應卻以受寒為由，從此避不面聖。幾天後更傳出凌答應雙膝受損過劇，連站都站不起來。皇上近日朝政繁忙，並未對此事做出任何回應。想來，是凌答應不甘受辱，終於去找皇上主持公道了。

皇后與嫻妃進到養心殿西暖閣時，皇上坐在塌上，貴妃坐在一旁的矮凳上，凌答應被跪在地上的教養嬤嬤抱著。滿是淚痕的清秀臉龐憔悴削瘦。

「你們來了，都坐吧。」皇上讓皇后坐在身邊，命人拿了另一張凳子讓嫻妃坐下。

待皇后及嫻妃皆坐定，皇上緩緩開口道：「凌答應的雙膝受傷這麼多天了，似乎一直不見好。她受傷的因由，朕也略有耳聞，都說是貴妃因故罰了她跪。朕聽聞當時嫻妃也在場，嫻妃，不如妳說說當時的情景吧。」

婧櫻看著凌答應楚楚可憐的樣子，開口說道：「那日，臣妾確實聽見貴妃姐姐及凌答應起爭執。開頭的緣由臣妾雖不清楚，但就臣妾所聽到的片段，凌答應在言語間確實是對貴妃姐姐不甚尊敬。」

凌答應一張白淨嬌秀的臉孔瞬間抬起，憤恨的對著婧櫻喊道：「嫻妃娘娘為何如此誣賴臣妾？臣妾蒙皇上寵幸，貴妃娘娘心裡再如何不平，也不該讓個奴才伸腳蹬踢臣妾呀。這些臣妾都認了，可是臣妾按時塗抹太醫院送來的藥，膝上的傷卻不見好轉，反而更加惡化。」

她說著說著，突然掀起了裙裾，撕去膝頭上的紗布。只見那原本纖細嫩白的膝頭，不僅腫脹瘀紫，上頭的皮肉甚且已經潰爛，一片血肉模糊，慘不忍睹。

殿中所有人俱是一驚。婧櫻下意識看向皇上，想看看他是否對新寵膝上的傷痕感到心疼。皇上的表情卻無太大變化，只是目光微冷：「太醫院送來的藥？是哪個太醫送來的？」

凌答應尚未回答，皇后便道：「是臣妾為了後宮和睦，讓辰兒去取的藥，也是臣妾讓辰兒去送的藥。臣妾想，這原只是件小事，趕緊讓凌答應的膝傷好轉，回復以往的靈動，好生伺候皇上，才是最要緊的。」

皇上贊許的看了皇后一眼：「皇后有心了。」

凌答應怔怔看著皇上，皇上對她安撫地笑了笑，對狄裕道：「朕記得有位太醫，專門伺候皇額娘關節溼痛的毛病……」

狄裕忙答道：「是邵行邵太醫。」轉身便差人去請太醫邵行過來。

邵行進殿後，分別向皇上及幾位后妃行了禮，便在皇上准許下，凝神看起凌答應膝上的傷。他觀察完傷口，沈吟了一會兒，取過教養嬤嬤遞過來的藥膏，在手背上揿開，嗅了嗅味道，皺起了眉頭。

「皇上，這藥膏確實是太醫院給出的沒錯。主成份是天仙藤，專用以活血消腫。只是天仙藤含微量毒性，在敷用期間需特別避免同為活血化瘀的食材或藥膳，否則易引發兩者相衝，導致氣燥血熱，傷口發炎難癒。敢問凌小主，療傷期間是否完全遵從太醫院醫囑？會不會誤食了什麼補身的燉品？」

凌答應一聽，原本止住的哭泣又開始，她看著辰兒道：「皇上，臣妾不知得罪了什麼人，竟使出這樣的手段陷害臣妾。臣妾自知出身低微，有人特地為臣妾送藥，臣妾滿懷感激，不敢多問，卻不知竟因此著了藥性相剋的道。入冬了，這滿宮裡誰不燉些活血益氣的補品養身子呢？」她越說越激動：「皇上，臣妾從不敢有非份之想，臣妾只盼能一直舞下去，為皇上分憂解勞。可現在……皇上，臣妾好怕再也不能跳舞給皇上看了，皇上，你要為臣妾做主啊。」

殿內一片死寂，只凌答應的哭聲止不住的迴盪。皇后及貴妃臉色凜然，膝傷是貴妃造成的，藥膏是皇后差人送的，此刻梨花帶雨的凌答應，那訴不盡的委曲，倒像是被妒心過重的皇后及貴妃聯手欺壓了。

皇帝啜了一口茶，對著婧櫻道：「這事嫻妃怎麼看？」

婧櫻看著皇上，腦中千思百緒飛轉，先是問了邵太醫：「凌答應膝頭的傷，可能治好？」

邵太醫恭謹答道：「只是食材上的相剋，衝撞了凌小主身子。只要凌小主按微臣開的方子調養，不出半個月，凌小主的膝傷定能恢復如常。」

婧櫻點點頭，字斟句酌的道：「這事說起來也不是什麼大事。皇上後宮裡的妃嬪原本在潛邸就是好姐妹，各自的性情都十分清楚，對尊卑上下更是謹守不犯。凌答應是皇上在宮裡召幸的第一個新人，又是舞伶出身，對宮規較不熟悉，不知謹守位分尊卑，才觸怒了貴妃姐姐。以下犯上，此其一。」

「皇后娘娘慈悲為懷，知道凌答應受傷的事，立即囑託太醫院送藥醫治，凌答應得了藥卻未向皇后娘娘道謝，也未詢問藥膏在使用上有無需要特別留心的地方。知恩未報，得藥未詢，此其二。」

「自罰跪事件至今已逾十日，凌答應發現膝傷未好，瘀腫惡化，卻未稟告皇后娘娘，反而直接來找皇上評理，言下之意似是後宮眾人皆有嫌疑，皆有害其之心。恃寵而驕，目無體制，此其三。」

凌答應聽至此已無法忍受，她激動的喊著：「原來全都是臣妾的錯嗎？皇上，你聽到了吧，她們都見不得臣妾受寵，都想盡辦法要阻止臣妾再侍候皇上。皇上，請皇上為臣妾做主。」

婧櫻無奈的嘆了口氣，覺得十分疲累。「以你一個答應的位分，皇后、貴妃及本宮有必要陷害你嗎？後宮之事本就由皇后做主，若是每個妃嬪心裡覺得委屈就來找皇上，皇上還要不要理朝廷的事，還要不要治理天下？」

皇后沈穩的聲音順著婧櫻的話響起：「嫻妃所言甚是。本宮吩咐辰兒至太醫院領藥送至永和宮，原也是一番好意。不料卻釀成這樣的風波，想來倒是本宮多事了。前幾日立冬，太后特命御膳房給每宮妃嬪送去一盅盅以多種名貴藥材精燉的何首烏雞湯。何首烏雞湯最是濃郁滋補，極有可能便如邵太醫所言，因此造成了妹妹傷口惡化。可妹妹自小在教坊習舞，最是明白四肢保養之道。膝傷多日未癒，怎麼就沒想過自己問問太醫究竟疏漏了什麼？」

凌答應眼裡含著淚花，正想著要回應，貴妃高雅起身，走到凌答應面前：「你說來說去，不就是想向皇上說本宮沒有容人之量，不就是想讓皇上知道本宮罰你跪有多可惡罷了。是，本宮沒能忍下你的忤逆之語，命人迫你跪下是本宮不對，皇上若要為此責罰本宮，本宮自是領罰。你又何必導了一場苦肉戲，把皇后和嫻妃都拖下水？」

凌答應見到後宮三個位分最尊的后妃似是連成一氣，不覺被這樣的氣勢震住。她滿心氣惱，原以為皇上一定會幫著她，那些侍寢的夜裡，他是那麼溫柔多情，對她那樣寵溺呵護，就憑著他對她這樣的盛寵，她想他定會為她出口惡氣。可為何，為何一直到現在，都不見他有任何表示？

始終不發一言的皇上此刻笑意淡淡，他看著凌答應，那目光如此陌生，語意如此森寒：「凌答應，你都聽到了吧？皇后正位中宮，後宮之事本就由她做主，另有貴妃及嫻妃輔佐。若皇后處置不當，太后自會定奪。你的膝傷，皇后會請邵太醫好生診治，若你對貴妃罰跪一事不平，或對藥膏成分仍有懷疑，便去向皇后稟明，請皇后為你調查。」

「今日之事，朕不希望再發生第二次。」

婧櫻緩緩步出養心殿，見外頭雪色的暖陽映照，趕緊深吸一口冷冽的空氣，想驅散方才煩悶膩人的感覺。身後卻傳來高沁玥的聲音：「嫻妃……」

婧櫻轉身，見高沁玥披著寶藍色的貂毛翎氅，俏生生的立在殿門。一向孤傲的臉上，有些不自然的彆扭神情。

婧櫻杏眼一轉，不懷好意的走向她。「貴妃姐姐想向我道謝嗎？」

高沁玥咬著形狀優美的薄唇，想開口，卻又拉不下臉。

婧櫻開心的笑，眉眼彎彎，紅唇灩灩。「沒關係，妹妹知道姐姐想說什麼，妹妹心領了。」

高沁玥氣極：「你這人真是……」。目光掠過婧櫻腕上的佛珠，細眸閃過一抹光，倨傲的抬了抬下巴，伸出戴著同款佛珠的雪白手腕。

「本宮一直想跟你說，這佛珠，戴在本宮這樣柔嫩的腕上才顯得有價值，戴在你手上，倒顯得廉價了。本宮勸你，不適合你的首飾，還是別戴了。次次見到都傷了本宮的眼。」

婧櫻聞言呆了半晌，高沁玥不再多言，攏攏大氅，款擺著不盈一握的纖腰，施施然離去。

「阿恆，我真希望有朝一日，自己也能騎馬入戰場，殺敵報國。」

十三歲的婧櫻策馬而行，在草原高處望著駐紮的軍營，豪氣萬千的說道。

「可是，額娘說姑娘家不該想這些打打殺殺的事。」想起額娘的責備，婧櫻有些喪氣。

穿著杏色長衫的傅恆驅著馬到她身邊，鳳眸燦亮，星光流轉。

「阿櫻，上戰場殺敵是希望渺茫。不過，你不是很會紙上談兵？來日我上朝回來，定將朝中大事一一說與你聽，你便可以運籌維握，調兵遣將，何需親自上場？」

婧櫻聞言，杏眼閃閃發亮，笑顏燦燦生輝。卻又不知想到什麼，笑容瞬間黯淡。

「可是，額娘說這樣不是個好妻子。」

「你是做你額娘的妻子，還是做我傅恆的妻子？」

「阿櫻自然是做阿恆的妻子。」少女毫不扭捏的直視少年。

可是少年漂亮的鳳眸卻不再看她，他看著身邊一個嬌小的女子，他說，阿櫻，這才是我妻子。

婧櫻倏地睜開雙眼。

只是夢，她大口的喘著氣，只是夢呵。

可是環顧四周，典雅的寢房，簡約的擺設，眼下她確實已為人妃，眼下他確實另有婚配，眼下那夢，確實不是夢。

「小主，」婼兒端著水走進來。「你可醒了。剛聖旨來，說今晚皇上與皇后宴請傅恆大人夫婦，皇上想到小主與傅大人是舊識，特地傳旨讓小主與宴。」

「容翠呢？」

「皇后娘娘挑了件禮服及幾樣首飾讓小主晚上穿戴，吩咐翠姑姑過去取呢。小主，奴婢先幫你梳頭吧。」婼兒嬌脆的嗓音持續說著：「聽說，富察夫人是個美人呢。不過再怎麼美，也美不過小主，翠姑姑和婼兒一定會把小主打扮的美若天仙。奴婢還聽說啊……」

聽說……婧櫻恍惚聽著，想叫婼兒別再說了，卻忍不住豎起耳朵聆聽。

聽說，夫人通曉詩書，時常同大人一起舞文弄墨。

聽說，夫人手藝精湛，大人的衣袍針腳綿密，皆是夫人親手織就。

聽說，夫人備受呵護，大人曾向岳家承諾，今生不納侍妾，只得一妻。

聽說……

別再說了，求求你，別再說了……

富察傅恆的夫人名喚瓜爾佳雪晴，她有一個簡單平凡的夢想，是在見到嫻妃以後破碎的。

那是個起風的午後，她懶懶靠在酒樓靠窗的位置，看見長街的對面，立著二個少年。較高的少年，有著烏黑的鳳眸，裡頭星光燦爛，流光輾轉，他為較纖細的另一個美貌少年整理衣領。眼神如許溫柔，澄淨若水。

從那天起，她的小小心田，長滿相思草。

二年後，她在富察家族做東的宴會上，再次見到他。

她知道這場宴會有許多目的，其中之一，便是她的婚事。她覺得意興闌珊。是誰都不重要，都不會是她心中那個長街上的少年。

「雪晴，這是富察家的十公子，富察傅恆。」她聽見阿瑪刻意討好的語調。

抬眸，那少年的面容映入眼中。

她笑了。蔓生了二年的相思草，頃刻結滿花朵。

她懷著滿心的盼望，嫁給了他，嫁給她思念整整二年的心上人。洞房夜裡，她凝眸等待，在頭蓋掀起時給了他一抹傾城的笑，頰邊梨渦淺淺，望能得夫君憐愛。

她的夫君溫和注視她，漂亮的鳳眸微微上挑，裡頭，什麼都沒有。

沒有驚艷，沒有動容，沒有歡喜，沒有情慾。那雙眼裡，無喜無悲，不笑不怒，什麼都沒有。

他對她其實極好的。溫文有禮，客氣疏離。

但是，太有禮了，太疏離了。即便是在床第之間，也似乎沒有靈魂。

她不能理解。她自詡才貌雙全，溫婉柔順，為什麼，他的眼眸不會對她燦亮？

只要一次就好，讓他用那樣溫柔的眼神注視她，像那個起風的午後，像他對那個貌美的少年……

少年……她彷彿想通了什麼，全身突然都輕盈了起來。

原來，她惟一輸的，只是性別嗎？

那也好。至少，她是他惟一的女人。至少，他不會有其他的女人。她這樣安慰著自己。這是個簡單平凡的夢想，她會是他夫君惟一的女人，不論是心裡，還是身體。

然後，在這座華麗的宮殿裡，她見到傳言中寵冠六宮的嫻妃。

墨如鴉羽的髮鬢，笑意盈然的杏眸，當她高挑纖長的身影踏入殿中，彷彿整個冬天的寒冷都被她溫暖氣息融化。

是他，竟然是他，原來是她。

她看見長街上的貌美少年，經過二年的歲月，化為眼前的少女嫻妃。她看見自己簡單平凡的夢想，剎那間變的愚蠢可笑。

婧櫻穿著皇后賞賜的桃底金邊織錦長袍，領口上別著一枚白玉櫻花簪。底下配著深紫百褶鳳羅裙，裙角精緻繡著栩栩如生的九鸞飛天圖飾。耳上戴著晶瑩的珍珠耳墜，尾指上套著金護甲，上頭嵌著燦艷的珊瑚珠子。一步一步，踏進設宴的重華宮。

她的座位在皇帝西首，東首是皇后富察斕圻。底下坐著國丈夫婦，及晚宴的主角，傅恆夫婦。

她端著得體的笑，應對進退，目光環視全場，只略過一人。

然後，落進一雙驚愕的眸中。

那眸子的主人雪膚花貌，牡丹般的容顏，豐腴嬌媚。傅恆夫人，瓜爾佳雪晴。

似是察覺自己的失態，傅恆夫人趕緊收回自己的視線。

婧櫻不以為意。她向皇上敬酒，向皇后敬酒，向國丈敬酒，向大家敬酒。

來，這是喜事。傅恆大人年輕有為，已是朝廷棟樑，現下又成家娶妻，甚好，甚好。來，本宮敬大人，本宮敬夫人。

「愛妃入宮後不比從前在潛邸自在，宮規不許隨意飲酒，怕是悶壞了。」皇上調侃的聲音傳來，藏住其中的縱容。「來，賜『龍泉春』，今晚朕要眾卿不醉不歸。」

嫻妃在朦朧中看著皇上俊美的側臉，剛才酒喝太急太快，她已有些醉意。這個男人，對她似乎不錯，可卻是愛不得的。他是長姐的，是眾多妃嬪的，是天下的，是百姓的。

想愛的，不能愛；能愛的，卻不該愛。

好苦啊，她又喝了一盅。酒，香醇甘洌；寂寞，深入骨髓。
「嫻妃喝多了，怕是不舒服呢。容翠，扶嫻妃出去透透氣。」
皇后的聲音響起。嫻妃望進斕炘混合著疼惜與擔憂的眼，長姐，你還是放不下婧櫻，對嗎？
她被容翠攙扶起身，搖搖晃晃的走出重華殿。出了側門，她擺脫容翠，往殿後的花園走去。
立在長廊盡頭的假山旁，婧櫻的酒力漸漸發散，讓她全身覺得燥熱。冬天的寒風破空而來，她的酒意漸醒，見滿園乾枯的落葉被風吹的漫天飛舞，不覺伸直雙臂轉了個圈。暈眩之中，見到暗處似有人影，她輕輕旋身，緩緩回眸。他在風中，與她遙遙相望。
他。富察傅恆。阿恆。
「夜涼如水，嫻妃娘娘莫要凍著，還請快進殿裡。」他說。神色如常，聲音平穩。
婧櫻看著他的衣裳，玄衣如墨，袖口針腳綿綿密密，想回聲好，卻聽見自己說：
「夫人身段玲瓏有致，抱起來一定好生銷魂。」
他似乎一楞，垂放身體兩側的修長手指微微顫動。
「嫻妃娘娘何苦取笑微臣。」
婧櫻無意識的笑了笑。
「本宮年少時曾與一摯友許下死後之約。可是人世變幻，滄海桑田，本宮真不知那位摯友會否記得這個約定。」
「娘娘所說的摯友，微臣恰好也識得。這位摯友請微臣轉告娘娘，而君子，重然諾。碧落黃泉，絕不毀諾。請娘娘，也務必守諾。」
婧櫻如畫的眉眼柔軟：「本宮每每想到這個約定，就真想快點去死一死呢。」
傅恆雙眼微瞇：「微臣請娘娘保重玉體。若娘娘執意先行赴約，也請記得，那位摯友必當隨後就到。」

他咬著牙，一字一字的說著，覺得寒冷昏亂。方才，他看著她一盅接一盅的飲，知道她心裡苦，自己卻無能為力。她時常哭嗎？哭的時候有人安慰嗎？她是草原上無拘的鷹，卻被折了翅膀，豢養在金碧輝煌的籠子裡。而他卻沒有能力為她打開籠子的門，只能在籠外，看著她在裡面認命的妥協。

他其實並不是非婧櫻不可，只是，沒了婧櫻，其他人好像都無可無不可。自婧櫻離去後，他漸漸明白，人生在世，便是為了償恩還債。他要讓父母安心養老，讓妻子衣食無缺，為朝廷貢獻心力，把所有恩義情債都還清。然後，當最後的時刻到來，他便可以無所牽掛的，赴那個死後的約定。

「那便勞煩大人同那位摯友說，他的話，本宮收到了。」

婧櫻說完，轉身款款離去。那端正而高挑的亭亭背影，越走越遠，就要消失在他的視線裡。

「阿櫻。」他終於忍不住喚出口。不是嫻妃，不是娘娘，只是阿櫻。

女子回首，因酒意而泛著水氣的杏眸望著他。可他其實是無話可說的。只是站著，在長廊的這一頭，看著她，在另一頭。

回到殿內，婧櫻已然清醒。在龐大的悲哀裡，感覺到細碎的溫暖。

人生如夢，夢過也就算了。她嫁她的，他娶他的，誰又能規定枕邊人一定要是心裡那個人？他們都是堅強的人，他身邊沒有她，她身邊沒有他，還是能好好的過日子。

因為生命結束之後，他們終將在一起。所以此刻，是不是該對身邊的人再好一點？

「皇上，臣妾敬你。」她醺生雙頰，眼波似水。

皇上卻伸手取過她的酒杯。「婧櫻，喝多了。別再喝了，等會兒難受。」

她眨著眼：「皇上等會兒過來嗎？」

皇上輕笑：「你若求朕，朕便去。」

「皇上，臣妾求你，求你千萬別來。」

傅恆在座下看著座上的皇上與嫻妃調笑，鳳眸痛楚焦灼。他不怕那個尊貴的男子對她好，他只怕那個男子不會永遠對她好。他的長姐是皇后，有他阿瑪、他兄長、還有他做為後盾；就像貴妃，即便只是包衣出身，也有整個高氏家族為她撐起一片天。可是他的阿櫻，什麼都沒有，只有一個上三旗的姓氏，只有一個先后親族的頭銜。

而他即便想成為她的靠山，也沒有立場。他是什麼立場？他憑什麼立場？

他想起二年前，還是寶親王的皇上迎娶婧櫻時，曾問過他，那丫頭喜歡什麼？不喜歡什麼？最怕什麼？

他說他不清楚。說他們雖是舊識，但交情也沒好到知道這些小女兒的心思。

怎麼能說？如何能說？那是詢問，更是試探。他只能沈默，把所有的情緒壓下。

他多想說，說她喜歡孫子兵法，不喜歡風花雪月；說她喜歡策馬奔馳，不喜歡侷限拘束；說她喜歡仗義勇為，不喜歡被他人保護；說她是個堅強勇敢的姑娘，但只怕一件事。

背叛。

所以，如果你沒有把握永遠對她好，一開始就請別對她好。別疼她，別寵她，別讓她把整顆心都交給你之後，才狠狠的拋棄她。因為，這個姑娘最怕的，就是身邊信賴的人，會像四歲那年她全心倚靠的婢女錦燕一樣，背叛她。

婧櫻斜靠在翊坤宮暖閣塌上，已被換了寬鬆的單衣衫裙，卸盡鉛華。酒氣上湧的面頰，帶著嬌媚的潮紅。她在燭影中蹙眉，覺得難受，喚著容翠，有人輕輕拍撫她的背，那力道有些陌生，卻也不像婼兒。她呢喃著，因為氣悶迸出淚來，淚花中朦朧見到一雙疼惜的眼睛，那眼睛有些熟悉，卻又顯得陌生。也許是那眼中從未有過疼惜的表情，她思索著，那眼裡，好像總是戲謔的，嘲笑的，那眼，是誰的？

那人靠進她，以唇將溫熱的茶水餵進她口裡，她突然覺得渴，討了一杯又一杯，聽見一個溫柔的聲音，要她慢慢來，別嗆著了。那聲音有些熟悉，卻又顯得陌生。也許是那聲音從未有過溫柔的音調，她思索著，那聲音，似乎總是揶揄的，調侃的，那聲音，是誰的？

她模糊的睡去，倚靠著一雙可以信賴的臂膀。她縮在那樣的臂膀中，覺得安心。

第二天醒來，天已經全亮。她伸展四肢，倚在床畔的容翠忙用手絹沾溼熱水為她拭臉。

「翠翠，昨晚是你陪著我嗎？」

容翠邊為她擦臉邊笑道：「不是，昨夜皇上恩准富察老夫人留宿長春宮，皇上是待在翊坤宮的。皇上來了之後，吩咐奴婢們都下去。昨夜陪著小姐的，只有皇上。」

原來是皇上嗎？婧櫻想著，有一種難言的愁惻，自胸臆緩緩升起。

＊＊＊

都說嫻妃病了。

晚宴之後，嫻妃染了風寒，雖然幾日便好了，但卻從此沒有笑容。再不是杏眼彎彎，紅唇灩灩，見到誰都笑咪咪的嫻妃。

意興闌珊的。雖然仍是去長春宮找永璉玩，去阿哥所探望永璜，去鍾粹宮找純嬪嘉貴人閒聊，但更多的時候，只是和海常在待在翊坤宮挑著繡線，繡著絲帕，學著如何可以將針腳縫得綿綿密密。

養心殿中，為了準噶爾某個部落叛變的事忙了個把月的皇帝，看著事情平定的奏折，終於舒展了緊皺十多天的眉頭。狄裕落下心中的大石，上前問道：「皇上已經一個多月沒進後宮，也未翻牌了，不知皇上今日午膳想如何安排？」

皇上閉目思索了一會兒，徐徐道：「既然一個多月未進後宮，那便先去長春宮吧。」

狄裕忙應是。又聽皇上問道：「這段日子後宮可有什麼事？」

狄裕琢磨著，堆著笑臉說：「後宮有皇后娘娘管著，一切風平浪靜呢。只是……」

皇上俊目睜開，看著他問：「只是什麼，有話便說，做什麼吞吞吐吐的。」

狄裕忙道：「萬歲爺息怒。只是嫻妃自上回染了風寒後，心情似乎一直沒有平復。奴才昨日在長春宮見到嫻妃娘娘，嚇了一跳，娘娘熬瘦了許多呢。」

「嫻妃染了風寒？什麼時候的事？太醫怎麼說？」皇上一連串的問完，不待狄裕回答便又說道：「擺駕翊坤宮。」

皇家轎輦停在翊坤宮外，皇上下了轎，制止了欲往內通傳的侍官，對狄裕道：「你們在此候著，朕進去一會兒便出來，等會兒直接去長春宮。」

他緩步走進，莫明的有股近鄉情怯的心情。未及細想，宮內少有的高挑身影撞入眼中。她站在背光處，背脊伶仃瘦弱卻顯得桀驁倔強。一抹玉色，呼喚他遙遠的記憶。

他輕聲喚她，櫻櫻。

她轉身，原本美好的鵝蛋臉瘦成了瓜子，只顯得眼睛更大。卻是沒有了笑容與溫度，充滿了倦意。小小的容顏，單薄乾淨。

酸楚的痛惜劇烈翻湧，他有一刻幾乎不能自己。很危險，他想著，胸腔靠近左側的地方，有一種特別的情緒在波動。這個情緒只在十一歲那年出現過，自那件事後，他發過誓，再不會讓這樣的情緒出現。

那件事，他絕不願再回想的那件事。

他快步向前，猛然拉過她擁入懷中。明明沒有責備的意思，說出的話卻是：「你究竟在做什麼？為什麼把自己弄成這副德性？」

他知道自己非常自私。女人一個又一個，待婧櫻，真算不上怎麼好，從不對她輕聲細語，總是冷嘲熱諷。床第之間，也不會對她輕憐蜜愛。他不明白自己為何會這樣待她，就像那年在富察宅邸見到她之後，他向傅恆、向斕妡、向額娘、向皇阿瑪，說了一堆冠冕堂皇的理由，為何要娶她的理由。可其實，那些根本都不是理由。他想得到她，沒有理由。

可是婧櫻對他很好，非常好。不像其他女人那樣曲意求全，盡心服侍，只為有求於他。她只是自然而然的待他，沒有勉強，不帶討好，想到什麼就說什麼，那種感覺很熨貼。不用哄不用騙，從不使小性子，生氣的時候發發悶，開心的時候唱唱歌，他來找她，她便與他談天說地，比手畫腳；他不來找她，她也沒有關係，自己打發時間。旁人看到的是王爺，是皇上，她看到的卻是弘曆，如此而已。

這樣的她，讓他很心疼。

他不知道她想要什麼，也不知道自己能給什麼。那些說不清的，他也不想看清。這樣就好，他想，她在他身邊，這樣就好。

婧櫻聽見一個多月沒見到面的皇上喚她名字，才剛轉身，便被攬進一個暖熱的懷抱，那懷抱如此熟悉，二年多來打打鬧鬧，有著親人的溫度。

她的淚，在頃刻間如雨落下。

一個多月來，她只覺得心都被掏空了，無著無依。這樣的空落，延遲了二年。二年來，她過的鬧鬧騰騰，還以為自己真是個拿得起放得下的颯爽女子，直到那日相見，她才知道自己一直在自欺欺人。原來她從未有一刻放下，從未有一刻放棄與那個白玉少年並轡馳騁的夢想。

卻終究，彩色的夢想已成黑白。眼裡所見，一片灰色。

她抱著皇上，哭的那樣傷心。「皇上一個月都沒來找臣妾，臣妾以為皇上生氣了，再也不理臣妾了。皇上現在心裡只有凌答應，臣妾知道不該，可是心裡就是犯堵，就是傷心……」

她斷斷續續的說著，連自己都要相信了，相信自己是個醋意橫生的妃子，相信所有的愁思都是因為新寵奪愛。可是真真假假，誰又看得清？

她的阿恆，她的弘曆，都不是她的。他們的似水流年裡，都有著各自的如花美眷。只有她，一個人，妄想著地老天荒。

皇上的聲音傳來，帶著低啞難辨的情緒：「你說什麼呢，朕都一個月沒進後宮了，何時搭理過凌答應了。」

「可是，你為朕傷心，朕真是歡喜。」

他又夢到了一樣的場景。

他自個兒在踢著球，球越滾越遠滾到了額娘房間外的偏廳。他從窗外看進去，幾個婢女抓著蒲扇，輕輕搧著桌上的藥爐。空氣中瀰漫著濃郁的藥味。他隱隱覺得有什麼地方不對勁。是了，其中一個婢女的衣著太華麗了，鵝黃色的綢緞長袍，那打扮分明是……

「大阿哥……」永璜被孫嬤嬤的叫聲喚醒。夢中的情景模模糊糊，他甩甩頭，想甩掉夢中陰暗的感覺。

他回神，眼前是孫嬤嬤慈祥的笑臉。「大阿哥，皇上要見你呢。快，老身幫你梳洗整理下。」

皇阿瑪找他？他有些疑惑的想著，終是小孩心性，聳聳肩，任由嬤嬤婢女梳理起來。

永璜進到長春宮的時候，見到皇阿瑪與皇額娘坐在正中，旁邊還有貴妃及嫻妃，小臉一凜，不知究竟是何事。卻見一向與他親厚的嫻妃擠眉弄眼做了個鬼臉，他心下一鬆，不覺笑了出來。

「兒臣叩見皇阿瑪，皇阿瑪萬福。兒臣叩見皇額娘，皇額娘吉祥。兒臣見過貴妃娘娘，嫻娘娘。」永璜端正跪在地上，一絲不差的向眾人請安。

皇上憐愛的說：「快平身。來，永璜，來皇阿瑪這裡。」他示意永璜坐在身前的矮凳上，溫和的摸摸永璜的頭，緩緩說道：「進宮之後，永璜雖然住在阿哥所，但吃穿用度樣樣不差，學問規矩也都相當不錯，這都要歸功於皇后的賢慧。」他嘉許的看了皇后一眼。

「朕前幾日追封了大阿哥的生母為哲妃，便想起哲妃離去前對大阿哥滿心的不捨與擔憂。儘管生母已逝，但有個屬於自己的母親在身邊，對孩子來說意義總是不同。朕的大阿哥也才八歲，儘管衣食無缺，但心靈上總還是需要母親的關愛。朕想了想，決定為他找個額娘。」

貴妃一聽，不覺喜上眉稍。她嬌美的臉孔滿面含笑：「皇上，想來是臣妾的請求皇上聽進去了。臣妾膝下無子，長日漫漫，還請皇上將大阿哥交給臣妾撫養，臣妾必當恪盡為母之責，悉心照料。」

皇上安撫的拍了拍她的手。「朕明白。這也是朕將你及嫻妃找來的原因。要為大阿哥找母親，自然是要妃位以上的位分才行。」他看了看婧櫻：「嫻妃呢？」

婧櫻小心翼翼的瞥了眼皇后，慢慢回答：「皇上思慮周密，臣妾自是萬分樂意。只是，貴妃姐姐與臣妾皆無生養經驗，不若皇后，且永璜與永璉感情也好，若由皇后撫養，似乎更加圓滿。」

皇上聞言開懷大笑：「嫻妃的心思與朕原先的設想一模一樣。不過皇后的考量朕也覺得有理，皇后膝下已有一子一女，斷不如貴妃及嫻妃可以全心照顧。因此最後朕決定，讓永璜自己選擇。」

皇上有些感傷的牽起永璜：「你是朕的長子，雖然你親生額娘先去了，但她一定也希望能有個人代替她照顧你。這裡有你皇額娘、高娘娘及嫻娘娘，你告訴皇阿瑪，你喜歡誰做你額娘。」

永璜原本想也不想就要奔去婧櫻座前，卻又硬生生停住腳步，滿面紅暈，端著皇子應有的禮節，緩步走到婧櫻跟前。

皇上含著瞭然的笑意：「緣份天定，永璜既是選擇了嫻妃，以後嫻妃便是永璜的額娘了。」

皇后也欣慰笑著：「嫻妃從潛邸至宮裡都不忘時時看顧永璜，現在真正做了人家額娘了，以後不可再這麼孩子氣了。」

婧櫻親暱的捏了捏永璜的臉頰，抬眼卻見貴妃臉色黯淡，無限失落，美目含著碎光，似是快落下淚來。

皇上不忍，柔和的說：「貴妃也別失望，你身子一向不好，永璜又正是好動的年紀，少不了把你折騰一番。」

婧櫻心念一轉：「皇上，貴妃姐姐通曉漢家詩詞，滿宮裡是數一數二的。臣妾想，是不是能讓永璜每隔一天去咸福宮向貴妃姐姐學習詩詞，如此不會讓貴妃姐姐太累著，也對永璜有所助益。」

皇上的眼神越發清湛：「這樣的心思也虧得嫻妃想的出。貴妃若是願意，朕自是答允。這事兒，貴妃怎麼說？」

貴妃卻顯得有些懶洋洋：「皇上怎麼說便怎麼是了。」

皇上與三位后妃又閒聊了一會兒，眾人便各自散去了。

「叫額娘。」

「不要。」

「叫母親。」

「不要。」

「不然，叫嫻額娘？」

「我不要。」

翊坤宮內，婧櫻正威逼利誘永璜喚她這個養母正式一點的稱呼，永璜卻漲紅著一張小臉，不肯叫就是不肯叫。芷蘭在一旁安靜的微笑，輕輕摟過永璜：「大阿哥別跟嫻娘娘置氣，嫻娘娘逗著你玩的。」她搖著頭對婧櫻道：「姐姐，永璜才剛過來，你便讓他改口，他當然覺得彆扭。」

永璜被芷蘭抱著，覺得溫軟舒服，與逝去的額娘有相似的味道，不覺依戀的靠進芷蘭懷裡。

「海娘娘對我真好。」

芷蘭的珂里葉特氏俗稱海佳氏，由於皇上並未特別賜予她封號，因此宮中皆稱她海常在。

婧櫻惡狠狠的瞪著甜蜜蜜的兩人：「好好好，海娘娘對你最好，你最喜歡海娘娘，你們兩個就抱到天亮好了。我再也不理你們了。」

永璜一聽慌了，他一向最喜歡潛邸的櫻姨娘，宮裡的嫻娘娘，喜歡她笑容可掬的臉，喜歡她旁若無人的神氣。可是不知為什麼，想到要叫她母親之類的稱呼，他便覺得全身不對勁。他委曲的走到婧櫻身邊：「嫻娘娘，永璜不是故意的。永璜只是，只是……」

他一急，又不知該如何表達，一時竟哭了。婧櫻忙抱住他哄道：「你哭什麼呢，我跟你鬧著玩罷了。你想叫什麼都行，以後你就有嫻娘娘，海娘娘，還有翠姑姑一起疼你了。」

容翠按婧櫻意思收拾了東配房做為永璜的居所。其餘的瑣事，婧櫻完全不上心，整個下午拉著永璜跑來打去，玩的不亦樂乎。芷蘭及容翠認份的張羅著衣料、擺飾，分配著新發落來伺候大阿哥的下人，忙了一整個下午。

傍晚的時候，一切打點妥當，婧櫻拉著永璜過來，嚷著肚子餓。

容翠沒好氣的說：「小姐，為什麼奴婢覺得是海小主多了二個孩子呢？」

婧櫻一聽卻眼睛發亮：「那是，其實我也只比永璜大了九歲。永璜，你以後喚我……神仙姐姐吧？」

永璜一時反應不過來。芷蘭饒是十分崇拜婧櫻，也不禁在心裡想著，這樣，真的可以嗎？一抹頎長的影子落在地上，餓到發昏的婧櫻呆呆想著，翊坤宮裡還有比她更高的人嗎？便聽到耳邊傳來戲謔的聲音：「原來朕的後宮裡有神仙啊？」

眾人瞬間跪了一地，婧櫻回神，轉身紅著臉要行禮，被皇上按住。

「大阿哥喜得神仙做母親，朕來沾沾仙氣，共進晚膳，不知仙子允不允？」

婧櫻想回嘴，卻見下人都在，只能微笑答道：「臣妾與永璜說著玩呢，皇上別笑話臣妾。」

皇上含著溫煦的笑意，牽著永璜往殿內走去。芷蘭見狀原想離開，卻被婧櫻拉著，一同入了內殿用膳。

「娘娘，翊坤宮派人過來詢問，大阿哥申時想來向娘娘學習詩詞，不知娘娘意下如何？」近午時分，妙兒走進咸福宮後園，向貴妃問道。

與婉貴人陳蔓鵑在涼亭內賞花的高沁玥，瑩白臉上閃過一絲光亮，不置可否的說：「要來便來唄。」

陳蔓鵑啜了一口茶，眼中有些難辨的神情。她等妙兒走遠，低聲說道：「枉費咱們布置這麼久，結果竟是白忙一場。」

貴妃不悅地看了她一眼：「妹妹說什麼呢，本宮也不過向皇上提了幾次該為大阿哥找個養母，算得上什麼布置？」

婉貴人微微一笑：「姐姐這麼說，是想與妹妹撇清關係了？」

貴妃滿臉怒色，正想發作，卻突然想到什麼，臉色瞬間慘白：「你……你……，難道你真的……」

婉貴人卻是十分從容：「什麼真的假的呢，妹妹只希望姐姐知道，妹妹不論做什麼事都是為了姐姐，姐姐切莫信了旁人的虛情假意。」

永璜下了學，便被嫻妃直接帶去了咸福宮。

婧櫻牽著他的手到了宮門口，想著貴妃對於爭子事件恐怕還有芥蒂，便叮嚀了永璜幾句，讓他自己進去。永璜被下人帶至正殿，貴妃已備了許多精巧的點心等著他。她雖然一向自命清高，但宮中歲月漫無邊際，能有個孩子作伴，即便只有一個時辰，仍是讓她寬慰許多。因著大阿哥過

來，在咸福宮住著的婉貴人也過來同他打聲招呼。永璜在潛邸時極少見到陳蔓鵑，入宮後更因宮規森嚴，幾乎未再見過。此刻見婉貴人一襲淡黃宮裝，抬眼對上她深不可測的丹鳳眼，不知為何心裡一慌，下意識的往貴妃靠近。貴妃卻沒發現永璜的不對勁，她難得找到生活中的寄託，迫不及待的拉著永璜，先招呼他吃點心，喝茶水，邊指著精挑細選的幾闕詩詞講解起來。永璜承襲了生母的敦厚，對人總是抱著善意。他見高娘娘那樣歡喜的模樣，也不覺敞開了心懷，隨著吟誦起來。

一個時辰過去，已是傍晚時分。永璜崇拜的向貴妃說：「高娘娘，你真的好厲害。嫻娘娘果然沒說錯，她說你是宮裡文采最好的。」

貴妃只是矜持的微笑。她低頭為永璜整理了衣著，牽著他的手往宮門口走去。

這是夏季，咸福宮內樹木繁茂，她在離宮門不遠處見到斜倚在廊柱旁等待的嫻妃。夕陽的光線落在嫻妃的側臉，沁玥只覺恍惚中見到被韶光鑲染成金色的美麗神祇。

這個美麗神祇見到她們，笑咪咪的開口：「貴妃姐姐，這個小毛頭很好玩吧？」

神祇跌落凡間，瞬間破壞了高沁玥的想像。

永璜憤憤的說：「嫻娘娘，永璜是人，為什麼會很好玩？」

婧櫻狠狠的捏著他粉嫩的臉頰：「說你好玩就是好玩，哪來那麼多問題。跟高娘娘問安道別吧。」

永璜扁著嘴向高沁玥揮了揮手。心裡開始懷疑當初到底有沒有選錯人。

皇上登基的第二年，嫻妃得永璜為養子，日子充實忙碌，逐漸又回復了那個愛笑愛鬧的心性。芷蘭也因為同居翊坤宮，照顧永璜有功，而讓皇上進了位分成為貴人。

這一年並未多添新人，後宮除長春宮是中宮，有固定的承寵日子，主要仍是翊坤宮及咸福宮的天下。只是皇上仍多少守著雨露均霑的原則，鍾粹宮及永和宮即便不是盛寵，也有著細水長流的君恩。凌答應也由於收斂了脾氣，在芷蘭晉位時，同時晉位成常在。可惜江山易改，本性難移，乾隆三年春，凌常在被太醫診出喜脈，由於是皇上登基後第一個孩子，意義非凡，永和宮瞬間成了春風最常吹拂的所在。皇上並令生養過的純嬪蘇予蓁多加照料，在安穩度過前三個月後，皇上將凌常在晉為貴人，吃穿用度比照嬪位，並將照顧有功的純嬪晉為純妃。凌常在因著這樣的殊寵，逐漸故態復萌。

乾隆三年夏　養心殿

「此事當真？」

養心殿內，皇上狹長俊目發出凌厲的鋒芒，修長的手指在桌案上敲打，顯見其怒氣。

傅恆在一旁完全不受影響。他平穩的說：「先帝在時，理親王因著輩份，未有太大的動作。但這些日子密探回報，理親王與眾多皇親國戚私下互動頻仍，有幾支旗主也與他過從甚密。」

皇上輕蔑一笑。「就憑弘晳？他阿瑪在世時都鬥不過皇阿瑪，他會鬥得過朕？」

傅恆輕皺了下眉：「皇上，寧可信其有，萬事還是小心為上。」

皇上卻似乎不怎麼放在心上。話鋒一轉：「對了，你的表現出色，朕決定授你藍翎侍衛長一職，等磨鍊一段日子，進頭等侍衛。朕要讓你成為最年輕的御前侍衛總長。」

傅恆面上波瀾不興，他端正跪下：「謝皇上隆恩。微臣定當殫心竭慮，為皇上盡忠。」

長春宮內，富察斕妡剛審完內務府呈上的帳本，隨即拿起太醫院送來有關凌貴人安胎狀況的報告。婧櫻認真的翻著斕妡審完後丟給她命她學習的帳本，卻覺裡頭每個字都化做瞌睡蟲在向她招手。

「咦，」斕妡疑惑的問向恭立在一旁的太醫秦晁。「凌貴人的安胎藥量為何這麼多？這看來約二個人使用的份量了。」

秦晁忙答道：「回皇后的話，是因為傅恆大人的夫人也傳有喜了，皇上命微臣準備同一副安胎藥給傅恆夫人。」

斕妡眼角瞥向婧櫻，卻見婧櫻的頭「碰」一聲撞到桌子，似是打瞌睡打到桌上去了。她不好意思的抬頭，唇邊一抹乾淨的微笑，帶著陽光的氣息。

事情發生的時候，婧櫻其實是憑著本能出手的。

端午夜宴剛過，眾妃嬪紛紛離去，只留被翻牌的嫻妃陪同皇上回養心殿。凌貴人卻突然興致來，嚷著要去御花園賞魚，非要皇上陪她去不可。皇上因著她的身孕，對她比以往多了幾分縱容，又因夜宴過後心情愉悅，便帶著嫻妃一同往御花園走去。

「皇上，難得出來夜遊，跟著這麼一大群人真掃興。」凌貴人在皇上身旁嬌氣的說。

皇上笑了笑，轉頭吩咐狄裕，讓一眾隨從留在原地，只帶著嫻妃及凌貴人往內花園走去。婧櫻卻覺得有些不安，在草原成長的經驗讓她對危險有種天生的直覺。她悄聲對狄裕說：「還是讓幾個侍衛悄悄跟著。」這樣一個囑咐的瞬間，凌貴人已拉著皇上走遠。婧櫻忙快步跟上，看著凌貴人與皇上談笑風生，婧櫻靜靜的跟在皇上左後約一步之遙。繞過斜柳假山，紅魚輕躍的水池出現，在宮燈映照下更顯別致。凌貴人開心的拉著皇上向前，便在此時，一抹黑影騰空躍下，帶著銀晃晃的亮光眩了人的眼。婧櫻本能上前，錯開刀鋒，伸臂為皇上擋了這刀，鋒利的匕首劃破單薄的絹質衣袖，帶出一道血痕。

身後傳來凌貴人的尖叫聲，一切都發生的太快，婧櫻來不及細想，只能憑著一點練武的基礎吃力的與對方周旋。她想刺客主要的圖謀只是趁其不備，此刻先機已被她破壞，皇上雖是萬金之軀，但依之前在王府比劃的經驗，武功不弱，在侍衛趕到之前，不可能傷到性命。

眼角餘光瞄到凌貴人似乎已然暈厥，皇上顧著凌貴人，分不出身來幫她。

她的視線與他對上，那雙清俊的眼裡有著請求，與，不忍。然後，他抱著凌貴人，緩慢的往假山處移動，尋求屏蔽。

她咬咬牙，估摸著五招內侍衛應可趕到，拔下頭簪繼續撐持。

只是對方的攻勢越見凌厲，她左支右絀，眼見就要避不開越來越快的招式，卻覺身後似有援兵趕至，對方猛然收手，欲自刎滅口。她想也不想，伸出手去護住對方咽喉，匕首狠狠劃過她纖長素手，劃出一道殷紅血瀑。

她看見一抹玄色身影飛奔而至，制住刺客，隨後趕上的侍衛們將刺客密密綑綁。

她聽見一道冷靜的聲音說：「仔細盯著，萬不可讓他尋死得逞。」玄色衣袍忽而跪地：「微臣傅恆救駕不力，請皇上治罪。」

她聽見皇上的聲音有些沙啞：「嫻妃受傷了，快傳太醫。」

她徐徐轉身，看著昏厥的凌貴人嬌弱的攀附著皇上，看著皇上將她護的密密實實，生怕她受到一丁點兒傷害。

絲蘿非獨生，願託喬木。

她想婧櫻你是不是傻啊，好好的絲蘿不當，裝什麼喬木呢？

傅恆自懷中取出一方絲帕：「微臣斗膽，還請嫻妃娘娘先用以止血。」

婧櫻看著那方絲帕，簡單的繡著幾枝翠竹。她恍惚中想要伸手去接，才瞥見右下方刺著二個極精緻的小字，左邊是「恆」，右邊是「晴」，她的手一鬆，絲帕便落到了地面。

「啊，掉了。」她漫不在乎的說。挺著瘦削的窄肩，那樣倔傲的姿態。

皇上看著她立在宮燈下，金黃色的光暈為她添上幾分聖潔。他看見十一歲的自己和二十六歲的自己在此刻重逢，相隔十五年，卻原來什麼都沒有改變。他依然只能眼睜睜見她跌落，她依然是被傅恆所救。

而十五年後的她孑然站在那裡，對著他漾開漫天微笑。彷彿什麼事都沒有發生，彷彿她並沒有像剛才那樣，被他拋棄。

* * *

婧櫻自內殿步出的時候，傅恆還候在外頭。太醫已仔細的為她清理了傷口並包紮，太醫說，只是皮外傷，小心護理，擦上太醫院研製的美容膏，一定不會留下疤痕。

婧櫻只是無所謂的笑。她腳步不停的往前走，似乎沒有見到佇立在門口的玄色身影。

「嫻妃娘娘傷勢可有大礙？」極有分寸的，臣對妃的禮貌問候。

婧櫻扯扯嘴角：「死不了。」

「皇上請嫻妃娘娘在此休息，皇上送凌貴人回永和宮後便會返回。」玄色身影繼續說道，字字分明，太過清晰。

那個瘦削挺直的背影無動於衷，冷漠了周身，毫不留戀的離去。

他靜靜的看著她離去。眉目深斂，看不清表情。

明黃色的皇家儀仗停在她面前，在她獨自走回翊坤宮的途中。轎輦上的男子下了轎走向她：「不是讓你在養心殿休息？」

她杏形眼眸微彎，裡頭卻無半絲笑意。「臣妾都傷成這樣了，皇上還要臣妾侍寢嗎？」

男子沒有回答，扶在她腰上的手加重了力道，硬是把她帶回了養心殿。

暖閣裡，燭光明滅不定，婧櫻伸手要為皇上寬衣。

「你做什麼？真把朕當成禽獸？」

婧櫻看著他，黑白分明的眼睛泛著柔和的霧氣。小小的委曲。

皇上低頭，墨黑的眼瞳被光影遮掩，聲音透出幾許乾澀。

「這次，真的傷到你了。」

婧櫻語音輕輕，像做錯事的孩子：「其實，也沒怎麼傷到。可能太久沒見血了，你知道，我以前，不是這樣的。」

我以前，不是這樣的。總是覺得沒什麼事過不去，總是不把別人的傷害當一回事，總是覺得再痛只要哭一場也就沒事了。可是以前，只要轉頭就會有人在那裡守著，天塌下來他也不會走那樣。

現在，那個人不在了……

她並不是要故意對阿恆那麼冷淡。只是她見到絲帕時才幡然領悟，如果他的夫人那麼努力的想走進他心裡，她憑什麼成為他們的阻礙？如果她一直在原地踏步，他又如何能放心向前走去？

她也不是故意要生皇上的氣。他本來就不屬於任何一個女人，危急的時候，選擇護著有身孕的嬌弱妃嬪，也是人之常情。是自己因著他這些年來的厚待，起了幾分不該有的心思。

終究釋然，她笑，一貫的眉眼彎彎，紅唇灩灩。

眼睛卻被人用絹子縛住，伸手不見五指。

皇上遮了她的眼，怕接下來的表情，對於一個帝王而言太過卑微。

「櫻櫻，朕保護的，不是凌貴人，不是她肚裡的孩子，是皇阿瑪和朕這支血脈的正統性。」

「理親王一直蠢蠢欲動，他打的旗幟，是嫡脈正宗。帝王之家，最看重的便是天命徵兆，朕登基後的第一個孩子，關係到大清國祚，若有任何差池，便是弘皙最好的藉口。他掌握的宗室皇子眾多，畢竟長了朕快二十歲，他已經部署多時，勢在必行。」

「櫻櫻，我別無選擇。」那聲音如此無奈，連朕的稱呼都忽略，帶著深深的寂寥。

「櫻櫻，若我只是個閒散親王，斷不會叫你為我犧牲。」

如果可以，他多想與她併肩作戰，多想擋掉落在她身上的刀劍。可是他總是太過遲疑，可是總有更重要的東西需要他去守護。十一歲那年就已明白，江山、社稷、天下、百姓，便是他的全部。抵觸這些的，通通都可以捨棄。

「我知道。」眼睛縛著絹子的姑娘溫柔開口。她伸出手，摸索著，觸上他的面頰，起身將他擁進懷中。

於是剎那間，江山、社稷、天下、百姓，全部被她的溫暖懷抱排除在外。終是柔軟了眉眼，他任自己陷溺於那樣的溫暖中，再也無法放手。

傅恆回到府邸的時候，已是深夜時分。

他的院落裡卻仍有燈光，他遲疑的走進門，看見斜倚在軟塌上的雪晴單手支著頭打著盹。

鳳眸有些不悅，他轉身欲離開，聲響驚動了雪晴。

「大人，」雪晴慌忙說著：「大人別走。雪晴這就離開。」

傅恆溫和的說：「夫人有孕在身，不宜太晚休息。今晚便歇在這裡吧。」

雪晴臉上喜色乍現：「多謝大人。那妾身服侍大人睡下。」

傅恆卻道：「不勞夫人了，夜已深，夫人快歇息吧。」

語畢，轉身步出寢房，往書房的方向走去。

雪晴看著他修長的背影，淚水無可遏止的落下。

他們成親之後，一直分別住在各自的院落。每月她最容易受孕的日子，他會來她院落與她同宿。自從她診出喜脈後，他便再也未曾在她的院落過夜。表面是憐惜她有孕，但她隱隱的害怕，怕他只是為了給她一個子嗣，怕從此，他再也不會涉足她的院落。

但願一切只是她多想。但願。

傅恆進到書房，原本隱忍的怒氣終於爆發。

「陸群！」他喚著貼身管家。

陸群機伶的跑進書房：「大人何事吩咐？」

冷冽的鳳眸瞪著他。「我所有的衣飾配件都是你負責張羅的，你明明知道我用慣了素色帕子，你說，為什麼會換成夫人的帕子？」

陸群嚇的直打哆嗦，跟了少爺十多年，他素知他的脾氣。喜怒不形於色，只一人，能讓他動怒。夫人的帕子，怕不是惹到少爺，而是惹到那人了。

「是因為……因為……那個……夫人說……」陸群結結巴巴的不知該如何解釋。

傅恆煩悶的揮了揮手。「我不管是什麼理由，我不用女人的東西，記住。」

眸光掃過桌案上一支極舊的書鎮，上頭繪著一株橫躺的櫻花。

是誰那樣任性，大聲嚷著阿恆阿恆我學會畫櫻花了，我要畫在你最寶貝的書鎮上。

哪有橫的櫻花？有人不解風情。

我就是恆的櫻花。有人臉蛋紅紅。

終是年少無知，畫下圖案，便以為地久天長。

鳳眸裡水光浮動，為那個撲身擋刀的女子，落下疼痛的淚。

「痛痛痛，好痛……」婧櫻伸出受傷的手，在斕炘面前喊疼。

那日的事被壓了下來，所有人皆被封了口，只讓太后及皇后知道。

此刻，斕炘正在翊坤宮探視受傷的婧櫻。

「那刀，怎麼不順便把你這個礙眼的佛珠砍掉？」

婧櫻愕然，長姐是，心軟了嗎？

斕炘卻是兇惡的瞪著她：「你到底是皇上的妃子還是侍衛？你以為你有幾條命？學學人家凌貴人，她……」似是想到什麼，語氣軟了下去。

「她懷著孩子，皇上便連你也不顧了。你可終於明白子嗣的重要了？」

「再重要也沒有長姐重要。」婧櫻撒嬌。

容翠衝進殿裡，少有的慌張。「皇后娘娘，小主，不好了，海小主和婼兒在西長街不知為何衝撞了凌貴人，此刻正被罰著跪。」

婧櫻方才的小女兒嬌態瞬間消失。她淡笑起身，看著斕妡。斕妡對她點點頭。婧櫻轉身離開。帶著旁若無人的氣勢。

芷蘭和婼兒剛從內務府的繡房領了幾匹杭綢，有說有笑的走在長街上，轉彎時卻碰上了凌貴人。婼兒忙向她行禮，芷蘭也向她行了個平禮，正欲離開，卻聽凌貴人嬌滴滴的喊道：「慢著。」

凌貴人看著婼兒秀美的輪廓，若仔細裝扮起來，姿色也不下於自己。加上翊坤宮的宮人穿著向來出眾，不以華麗取勝，低調內斂，卻有著說不出的賞心悅目。繡娘出身的芷蘭更時常指點宮人們在領襟、袖口、裙襬等處繡些別緻的圖樣，以達畫龍點睛之效。海貴人一向沈默懦弱，凌貴人並不放在心上。但見婼兒穿著較一般宮女出挑的服飾，整個人亮麗的讓人移不開視線，想起自己當初承寵的因由，一張因懷孕而略顯豐滿的臉不禁又陰暗了幾分。

「你們走在長街上，一點規矩都沒有，若是衝撞了本貴人肚裡的孩子，你們可當的起？都說嫻妃將下人調教的極有規矩，今日看來，翊坤宮的奴才也不過爾爾。」

芷蘭低著頭，連聲賠不是。婼兒卻是沈不住氣，翊坤宮一向在紫禁城裡霸道慣了，即便宮人們按嫻妃吩咐不敢仗勢欺人，出門也是享受慣了奉承的，何時受過這樣的氣？

「奴婢莽撞，衝撞了小主，是奴婢不對。但這全是奴婢一時疏忽，和嫻妃娘娘無關，還請小主莫對嫻妃無禮。」

凌貴人不怒反笑。她正擔心婼兒和海貴人一樣窩囊，讓她沒有把柄可以發揮。「好個伶牙俐齒的奴婢，本貴人不過說你幾句，你倒教訓起本貴人來了。你說本貴人對嫻妃無禮，難道你對本貴人便有禮了?本貴人今天便讓你知道，奴婢的本份究竟是什麼。」

她揚起臉來：「給我跪下。」

芷蘭在一旁嚇的六神無主，但也無法眼睜睜見婧櫻的貼身婢女受辱，鼓起勇氣道：「妹妹何苦與奴婢一般見識？婼兒不懂事，回頭姐姐一定稟告嫻妃，讓她好生處置。」

凌貴人見她們左一句嫻妃，右一句嫻妃，完全不將她放在眼裡，更加憤怒。她氣急攻心，向芷蘭喝道：「本貴人現下懷有龍胎，用度一應比照嬪位，你還當真以為與我同一位分嗎？竟敢為個賤婢向我回嘴，給我跪下。」

芷蘭被她氣勢嚇住，愣愣的跪下，一旁婼兒哭道：「海小主，你是皇上親封的貴人，凌小主與你同一位分，你不需聽她的。海貴人，都是奴婢不好，連累了你。」

凌貴人恨恨的指著婼兒：「你這奴婢真是存心要氣本貴人，本貴人如何不能要個衝撞龍胎的失寵貴人下跪了？這宮裡的規矩原來是你說了算嗎？」她朝婢女新兒使了個眼色，狠戾的說：「給我掌這個賤婢的嘴。」

新兒對婼兒本就懷著妒意，同是貼身婢女，婼兒所享用的不知比她好了多少。她得意的揚起手，朝向婼兒的臉頰狠狠摑了兩巴掌，婼兒白皙的臉瞬間印上清晰的指痕，紅腫起來。

婼兒不再說話，但一張臉揚著，不馴的看著凌貴人。凌貴人怒氣更盛：「你這賤婢不服氣是吧？新兒，再給我重重的打。」

新兒聞言正要再揚手，只聽一聲清脆的斥喝：「住手！」

幾步之遙，一個高挑的身影氣勢萬鈞的站著，正是翊坤宮主位嫻妃，身旁帶著領頭太監闐寶，及太醫院院判秦晁。

嫻妃一步一步的走過來，黑緞似的眉微挑，杏形眼眸泛著冰冷的霜華，少了春意盎然的笑容，那美貌太過鋒利，一不小心就會傷了人。

她走到凌貴人身前站定，杏目眨也不眨的看著她。

凌貴人只覺雙腳發軟。她從來不知道嫻妃會有這樣的氣勢。嫻妃只比她大一歲，卻已是翊坤宮這樣尊貴殿宇的主位。幾年來，嫻妃在宮裡總是笑臉迎人，看起來天真無害，何曾有過今日這般唯我獨尊的強大姿態。

「妹妹不是最注重宮規？怎麼見了本宮也不知行禮？」嫻妃似笑非笑的開口。

凌貴人只覺口乾舌燥，方才的盛氣凌人全部不見，忙向嫻妃行禮。

嫻妃望了眼跪在地上的芷蘭及婼兒，目光掃過婼兒紅腫的臉頰，冷笑道：「翊坤宮是沒主子了嗎？還得勞煩凌貴人教訓？」

凌貴人看了眼新兒，新兒只得硬著頭皮答道：「方才海小主和婼兒走路冒失，衝撞了凌小主，又在言語上對小主不敬，小主懷胎甚是辛苦，近日火氣較大，一時氣不過，便罰了她們。」

嫻妃點點頭：「奴婢衝撞主子，是該罰。婼兒的臉，是你打的？」

只是一句簡單的問話，卻把新兒嚇的發抖。她顫抖的說：「是……是小主命奴婢打的。」

只聽嫻妃突然厲聲道：「跪下。」她示意闐寶上前，對著凌貴人說：「本宮的奴婢犯了錯，本宮自會處置。什麼時候輪到你和你的奴才出手？闐寶，按祖宗傳下的規矩，妃嬪私下掌摑宮人，該當何罪？」

闐寶恭敬答道：「回嫻妃娘娘的話，輕則罰俸數月，重則降位廢號。」

「若是宮女掌摑宮女呢？」

「回嫻妃娘娘的話，若是宮人，那便是發落慎刑司處置。」

新兒聞言，瞬間癱軟在地。她不是不知道老祖宗不讓主子傷奴才臉面的規矩，可她沒有想到嫻妃會為個小小宮人出頭。她是凌貴人的貼身婢女，如今凌貴人身懷龍胎，誰不賣她幾分面子？

可依嫻妃方才之意，卻是要將她究辦了。去慎刑司轉一圈，她就算不死也得重傷啊。

嫻妃命閬寶扶起地上的芷蘭及婼兒，居高臨下地看著凌貴人及新兒，漂亮的眉眼凌厲：「本宮缺點不少，其中之一就是護短。本宮的人有錯，本宮絕不寬待；但若有人因為莫須有的罪名欺侮本宮的人，」她笑，眼中光芒乍現：「誰動她們一寸，本宮便還誰一丈。」

凌貴人被震懾住了，愣在原地。

嫻妃卻溫和了臉孔，剛才的怒氣瞬間消失。她親熱的拉起凌貴人的手：「妹妹別怕，那都是下人的錯，讓她去慎刑司受個幾天罰，將來伺候你才能更盡心。你也真是的，辛苦懷著身孕還老出來走動。」她轉頭示意太醫秦晁向前。「本宮心疼妹妹肚裡的孩子，跟著妹妹橫衝直撞的，到處得罪人可怎麼好。特地請了秦太醫來護著妹妹，可別說咱們翊坤宮沒有照顧好妹妹腹裡的龍胎啊。」

「秦太醫，凌小主就交給你了。喏，本宮現下可是好好的把人交給你了，一切還請太醫多多費心。」

凌貴人梨花帶雨的進入養心殿時，皇上低垂著眸，收攏起一抹厭棄。狄裕進來通報時，他實在很想避不見面。可是想到那個象徵大於實質意義的孩子，還是讓她進來了。

凌貴人聲淚俱下的說完長街上發生的事，對於自己懲治芷蘭和婼兒的部分輕描淡寫，著重於嫻妃如何兇惡狠戾，說完抬眼，卻見皇上似乎……在笑？

皇上與她的目光對上，笑意未減，無奈道：「後宮裡也就你與嫻妃年紀最小，你現在有著身孕，就別那麼容易動怒了。」

凌貴人還想再說，卻見皇上冷了眉眼：「虞姬，過了。」

凌貴人心中一跳，不敢再多言。此時狄裕恭敬的進來說道：「太后有旨，請皇上及凌貴人移駕慈寧宮。」

皇上著急問道：「是皇額娘身體不舒服嗎？」

狄裕低著頭答道：「回皇上的話，太后一切都好。只是嫻妃懊悔方才怒氣太過，未對懷有身孕的凌貴人多所忍讓，此刻在慈寧宮門口脫簪待罪。現下日正當中，皇后勸解無效，嫻妃身上還帶著傷，太后心疼不已，讓皇上及凌貴人儘速過去一趟。」

皇上聽了，眼中柔和如潺潺溪水。帶著驚疑交加的凌貴人，往慈寧宮出發。

慈寧宮內，風韻猶存的太后憐惜的撫著伏在她膝上哭泣的婧櫻，一雙帶著歲月痕跡的智慧眼眸深深的看著凌貴人。

凌貴人被看的心虛，不敢回視，心裡嘀咕著竟然漏了太后這關。

太后偏疼嫻妃，滿宮皆知。當年先帝看重漢家旗，身為少數滿妃之一的太后與先皇后互為援引，感情極好。曾經養在先皇后身邊的嫻妃因此也曾承歡太后膝下，嫻妃人美嘴甜，每日至慈寧宮晨昏定省，是太后身邊的大紅人。

皇上滿面含笑，嘴裡似是斥責，卻顯得親暱：「婧櫻你做什麼呢？不過就是奴才們不懂規矩，做什麼把自己折騰成這樣，還驚動皇額娘。」

太后頷首：「既然皇上也覺得是奴才們不懂規矩，那麼哀家便來處置這些不懂規矩的奴才。」

「凌貴人自從有孕後，三番四次與宮內妃嬪發生爭執。從貴妃、嘉貴人、一直到今日嫻妃，滿宮不得安寧，想必是凌貴人身邊的奴才不夠伶俐，伺候的不夠周全。依哀家之意，將凌貴人身邊所有下人全部換過，挑些警醒些、沈穩些的，皇上以為如何？」

「皇額娘所言極是，是兒臣疏忽了。」

太后唇邊一縷笑意如煙：「皇上國事如麻，若連後宮之事也得操煩，便是後宮諸位妃嬪之失了。」

皇后聞言，忙自座上起身跪下：「兒臣失職，還請皇額娘降罪。」

太后和藹的說：「你一向賢慧有度，秉上承下，這事皇額娘知道與你沒有關係，你不必自責。」

她繼續說道：「這胎眼下也四個多月了，依哀家之意，若再有與凌貴人相關的風波發生，便讓凌貴人搬來慈寧宮讓哀家照看著，免得皇上不省心，為了這個皇嗣日夜擔憂。皇上意下如何？」

皇上嘴角含著薄薄的笑意：「兒臣遵照皇額娘囑咐。凌貴人，還不快向太后謝恩？」

凌貴人想到要搬來鎮日佛音繚繞的慈寧宮，心都涼了半截，連忙說道：「臣妾知錯，臣妾會靜心思過，以回報太后一番愛護之意。」

待得皇上與凌貴人離開，太后原本莊嚴的神情轉柔，她輕拍膝上的人兒：「櫻櫻，你該不會睡著了吧？」

斕妡笑著打趣：「皇額娘，這可說不準，婧櫻總是這樣的。」

婧櫻抬起猶有淚痕的臉：「人家哪有那麼誇張啊。太后和皇后慣會取笑婧櫻。」

斕妡含笑：「也虧得婧櫻機伶，趁著這次機會想出這個法子。連皇額娘都出面了，希望凌貴人能收斂些。」

太后撫著胸前的翠玉流蘇，輕嘆了口氣：「也不想想自己什麼出身，仗著身孕鬧得滿宮不得安生。」她愛憐的為婧櫻擦拭臉上的淚水：「倒是你，什麼時候為哀家添個皇孫，那才真叫哀家歡喜。」

慈寧宮內婀娜的煙霧在重重的錦紗帳間散開，斕斨的臉在繚繞的香煙中顯得朦朧。黑玉眼眸落在不知名的遠方，不再言語。

乾冽的空氣泛著一絲熟悉的香味。

她猛然自驚悸的夢中醒轉，不住的喘著氣。輕風吹來，她看見窗戶半掩，明明，睡前密密關好的。心中一動，她朝桌上看去。就著月色，一張白紙靜靜躺在桌面。

她的心急跳如擂鼓，點了燭，將白紙就著燭火烘了半晌，上頭緩緩出現三個字。

她艱難的看著那三個字，丹鳳眼裡有著無助與脆弱。

閉了閉眼。再睜開時，只餘深不可測的黑。

白紙漸漸被燭火吞噬。她木然的回到床上，卻不論睜眼閉眼，都只能見到那三個字。

除嫡子。

趁著仲夏時節，皇上依著貴妃的提議，在木蘭秋獮前，先帶著後宮妃嬪、皇子公主、及較親近的皇親大臣，在皇家獵苑舉辦了小型的馬上競技。獵苑是個廣闊的草原牧場，周圍的山巒峽谷覆蓋著由白樺樹和落葉松組成的森林。山不算高，但起伏有致；周圍還有湖泊，碧藍清澈、晶瑩優美。

皇上的妃嬪多是弱柳扶風的漢家嬌柔女子，舉目望去也只婧櫻精於騎射，不肯待在皇家三面圍著的大帳裡靜靜觀賞，陪著永璜永璉蹓著他們的馬，也順道為自己選了匹通體黑亮的駿馬。

瓜爾佳雪晴一眼就認出了嫻妃。嫻妃墨黑的頭髮簡單的挽著髻，以瑩白的珍珠櫻花簪扣住。裏頭穿著水紅窄袖緞裙，外面套著銀貂綴紫短襖，腰裏系著一條桃紫長穗帶。站在一匹黑亮的駿馬旁，裙裾迎風飛揚，宛若謫仙。

雪晴看向一身玄色獵裝的夫婿。他沈默的站著，鳳眸裡映著一抹水紅身影，孤立淡漠。

馬上競技開始。永璜是頭一個上場的，婧櫻開心的看著永璜表演精湛的騎術，他揚著馬鞭，精準的卷起地上放置的彩旗，無一錯落，博得滿堂喝采。她得意的望進帳內端坐正中的皇上，皇上的臉上滿是春意笑影，清湛的眸捉狹的對她眨了下。皇上右側坐著皇后，左側小鳥依人的，卻不是貴妃，而是安份了好些日子的凌貴人。

婧櫻扁了扁嘴，回過頭，等著永璉的表演。

隨著一陣叫好的聲音，永璉小小的身影矯健的出現。七歲的年紀，駕馭馬的功夫卻十分沈著，他時而側騎，時而單手支撐，速度卻一點未見減緩。婧櫻激動的看著永璉的表演，想到甥兒多似舅，忽爾便惆悵了。

咦，婧櫻定睛細看，發覺永璉所騎的馬，右後腳似乎染著血色。

便是此時，晴朗的天空忽然陰暗下來，接著劃過一道白亮的閃電。婧櫻駭然，轉頭想喊人，卻看見身後站著傅恆夫婦。瓜爾佳雪晴似乎十分害怕的抓著傅恆，傅恆雙手扶著她，以一種大樹守護藤蔓的姿態。

啊，是了，她肚裡有孩子。

婧櫻再往帳內看去，因為上方被帳頂遮蔽，皇上並未見到閃電。此刻凌貴人不知與皇上說著什麼，皇上側耳凝聽，神態親暱。

啊，是了，她肚裡也有孩子。

可是沒有時間了，婧櫻咬牙。這樣的閃電之後必是旱雷，旱雷在連綿的草地上驚起的聲響足以撼動訓練有素的馬匹。

她跳上自己選定的駿馬，風馳電掣的往永璉的方向衝去，一面在馬匹耳邊輕語，雙手緊持韁繩，為即將到來的雷聲先行安撫馬匹。

「轟！」雷聲以驚天之勢響起，永璉身下那匹通體雪白的馬匹受到驚嚇，不受控制的揚起前蹄，右後腳卻似乎受傷，無法支撐全部的重量，眼看便要把伏在馬上，緊緊抱著馬背的永璉甩下。

婧櫻趕到永璉身邊，朝他伸出手，一把將他抓了過來。此時第二道閃電再次劃過，婧櫻抓緊時間騎到最近的侍衛身邊，將永璉交過去後，再要下馬卻已來不及，第二聲巨雷迅速響起，她因預備下馬，原本握著韁繩的手已然鬆脫，身下的駿馬劇烈跳動後，高高仰起前蹄，將已無施力點的婧櫻以一個優美的弧度遠遠甩出。

耳邊有風聲，好像，還有尖叫聲。短暫的騰空，然後，落地。

鋪天蓋地的暈眩，撕心裂肺的疼痛。

她想伸手，卻動不了。只聞到鮮血的味道，間雜著骨頭斷裂的聲音。

倒在草地上，腦中一片模糊，急促的心跳，緩慢的呼吸，如果一切在此刻終止，似乎比繼續要容易許多。

睜眼，大雨傾盆落了下來。

她靜靜的望著天。每個人都有最重要的，最想要守護的人。阿恆最重要的，是雪晴肚裡的血脈；皇上最重要的，是凌貴人腹中開國的第一個皇嗣；長姐最重要的，是永璉這個千尊萬貴的獨子。

她烏拉那拉婧櫻不是不重要，只是，總有人比她更重要。只是，她也總把太多人看得比自己重要。

想通了也就好了。誰還會記得曾有誰說，阿櫻，你希望我怎麼做？只要你說，我便去做。誰還會記得曾有誰說，婧櫻，紫禁城現在是朕當家做主，再不會有人敢害你，朕保證。

好累啊。雨水淅瀝落在臉上，她眨眨眼，雨水消失，只剩一雙痛不欲生的眼睛。

聽說，生死交關時，第一個出現的人，便是最愛你的人。

是這樣嗎？婧櫻在雨中望著那雙眼的主人。弧度柔美的額，疏淡的眉，明亮卻盈滿苦痛的眼，芷蘭的臉。

這裡離大帳有多遠？這個柔弱的嬌怯的女子，是如何在這麼短的時間內奔跑過大半個馬場？她有沒有跌倒？她會不會害怕？

接著，出現在芷蘭身邊的，是喘息不止的容翠。她的翠翠，婧櫻驕傲的想著，一滴淚都沒掉，堅毅的用手絹擦拭她的臉，鎮靜的說，小姐，沒事的，你別怕，沒事的。

好想睡啊，婧櫻想著。身體這樣寒冷，心裡卻這樣溫暖。她的眼皮越來越沈重，閉上眼之前，她看見長姐的臉，自容翠身後出現。雨水混著淚水，那樣狼狽，再不見皇后威儀。

她笑了。原來，在她的似水流年裡，也有著自己的如花美眷。

在她看不見的遠處，有個玄衣男子，蒼白著臉龐，駕馭著那匹受驚的黑色駿馬，阻止了牠瘋狂朝她奔去的可能。

大雨滂沱，明明毫髮無傷，他卻痛的似乎隨時都會倒下。

＊＊＊

他在花園中，看到一隻青色的鷹。來不及捉住，青色的鷹振翅飛去。他有些惆悵，覺得一顆心也隨著牠飛走了。

突然間，皇額娘樸素蒼白的臉出現。她說，弘曆，算是皇額娘求你，你放了櫻櫻，你放了她，好不好？他不解，為什麼？皇額娘，為什麼我不能和櫻櫻在一起？

皇額娘那樣哀傷，她說，你有更重要的東西要守護，你守護不了她。愛新覺羅，注定負我烏拉那拉。求求你，放了她。

他頹然。他一向和皇額娘親近，比自己的生母還親。親生額娘對他背負了太多期望，在她身邊，他總感到壓力。可是皇額娘不同，他記得小時候，額娘位分不高，他曾讓皇額娘養過一段時間。若是病了，睜眼便可看見皇額娘的焦慮；他依靠在皇額娘懷裡，總能全然的放鬆與依賴。

好，放了她嗎？我會。我放了她，我再不想起她。

其實，他想不起櫻櫻是誰。他想，應該是那隻青色的鷹吧？然後，似乎過了很久，他突然又看見那隻青色的鷹。碧綠燦爛的羽毛，澄澈無瑕的眼睛，在他眼前盤旋，那樣耀眼的姿態。

他忍不住，捉下了牠。

他想，皇額娘，對不起呵，我也想放了她。可是，看不見的時候，我以為無所謂。再次看見的時候，我卻無能為力。

她帶著我的心回來，我想拒絕，卻無能為力。

皇上自夢中驚醒。他全身冷汗直流，不知是不是因為方才的夢。可是到底夢了什麼，卻已想

不真確。

「狄裕。」他喚。

狄裕忙上前：「萬歲爺，現在才寅時三刻，您再睡會兒吧。二個時辰前您才從翊坤宮回來，太后知道了會怪罪奴才的。」

皇上卻似乎沒有聽見。他自顧自的問：「翊坤宮有消息了嗎？」

狄裕遲疑了下，終是不敢欺瞞。「回皇上的話，方才有宮人回報，嫻妃終於醒了。」

果不其然，皇上立即起身，邊讓宮人們伺候更衣邊說：「擺駕翊坤宮。」

他坐在輦轎上，覺得有些冷。好像，自從那天以後，他就一直覺得冷。明明是仲夏時節，總忍不住發抖。尤其，是看到那張慘白的小臉、緊閉的雙眼、沒有血色的唇，他的冷意就會由腳底竄上心底。

是怎麼發生的？凌貴人正在跟他說腹中胎兒踢了她一下，他忽然便見到那抹水紅色的身影躍身上馬飛奔而去。他聽見有人喊，糟，有旱雷。他聽見有人喊，快，保護二阿哥。他感覺身邊的皇后站起身，疾步出了大帳。他起身想往外走，御前帶刀侍衛索爾泰上前，在他耳邊說：「皇上，理親王今日也在場，還請皇上小心為上。」便是這時，他聽見雷聲驚天動地的響起。他抬手，索爾泰帶著四名侍衛亦步亦趨的跟著他走出大帳，他看見傅恆突然跳上最近的一匹馬往前方衝去，第二聲雷響起，他看見一道水紅的身影劃出優美的弧線，重重的落在了地上。

他覺得全身的血液都凍結了。好像該做些什麼，卻不知所措。他看見侍衛帶著永璉過來。永璉抱著他，說，皇阿瑪，你別擔心，永璉沒事。然後眼眶一紅，說，可是嫻娘娘為了救我摔下馬了。皇阿瑪，嫻娘娘會不會死？

他沒有回答。他想，她終究還是離開了他。他終於明白，其實，她一直在想辦法離開他。他想向前跑去，他想看她的傷勢，可是他被侍衛擋著，被太監攔著，被一堆妃嬪拉著，他們每個人都在對他說話，可是他一句也聽不見。

他喃喃的開口，卻沒有人明白。他說，為什麼所有的人，都不讓我們在一起？

「皇上駕到。」內官通傳的聲音將他拉回現實。

他下了輦轎，抿抿薄唇。他是皇上，沒有人，可以阻止他們在一起。包括她。

婧櫻醒來的時候，覺得渾身似乎被馬車輾過十遍。睜開眼，看見芷蘭憔悴的臉。

「姐姐，你終於醒了。」芷蘭終於鬆開緊皺了三日的眉心，眉眼溫柔的說道。

「真對不住，嚇到你了。翠翠呢？」

「姐姐昏迷了三日，翠兒衣不解帶的照顧。妹妹讓她先去休息了。」

芷蘭微笑著回答。然後靜靜的凝視著婧櫻，問：「姐姐，你是故意的嗎？」

容顏絲毫未改，婧櫻覺得芷蘭似乎變得不同，從前的怯懦被如今的堅毅取代。

「妹妹總覺得，姐姐這樣一次次的奮不顧身，是故意的。興許，姐姐自己也沒有察覺這樣的故意。」芷蘭笑了笑：「姐姐，你要去哪裡都沒有關係，就是記得帶上我。」

外頭傳來皇上駕到的通傳，芷蘭細細的為婧櫻擦拭了臉龐，才緩緩離去。

皇上進來的時候，下顎滿是青髭，下巴凹了進去，眼睛青黑。

婧櫻望著他，這個虛弱憔悴的男人，像是舉步維艱，一步步，費力的走到她的身邊。他坐在她的床邊，顫抖著撫上她的臉，輕輕捧起她纖長的手，吻了下去。

四下裡寂靜無聲，一片寧謐溫馨，他卻突然冷厲了俊目，怒聲道：「你當數百個皇家侍衛都是死人嗎？就你最厲害，就你最英勇，刺客來了你擋，皇子出事了你救，你就這麼愛出風頭，就沒有一點為人妃嬪的自覺？」

「還是，」他深深的看進她眼裡：「你根本是故意的？想盡辦法逃離紫禁城，想盡辦法逃離朕身邊。」他深吸了一口氣，壓抑的聲音裡帶著止不住的狂暴，他說：「婧櫻，如果你敢離開朕，朕一定會忍不住殺了你。」

婧櫻靜默，認真的看了看他，胸臆再度升起莫明的愁悵。她對他，有一種謹小慎微的珍惜，要很小心的斟酌分量，這些，他都不會明白。她伸手，輕撫他耳邊細碎的髮，輕啞的說：「對不起，我太衝動了。可是，我絕對沒有想要離開你。」

他滿是疲憊的臉上終於浮現笑意，似是凋零的花朵瞬間又開滿枝椏，清俊的眉眼帶著緋豔的春色。他伏在婧櫻懷中，喃喃的說：「那就好，那就好。」

嫻妃以驚人的生命力，短短一個月便康復，活蹦亂跳與之前幾乎無異。

與之前相異的是，從前除非皇上傳召否則不會主動至養心殿求見的嫻妃，自太醫宣布大致痊癒，可適度走動後，日日下午都帶著幾樣小點至養心殿求見。

「今天又是什麼？」皇上望著眼前的麗人，不帶希望的問道。

麗人笑靨如花：「今天是紫藕芋香糕。」

皇上伸出有些顫抖的手，拿起來嚐了一口。

還好，這次有加糖，沒有燒焦。

「愛妃的手藝日益精進，朕甚感欣慰。女人家就是該鑽研這些。」皇上笑開，像個普通的年輕男子，一點不似平時高高在上的模樣。

嫻妃無奈的說：「皇上，臣妾就算不把時間花在製作糕點上，也絕對不會再傷害自己。臣妾看皇上吃的痛苦，臣妾實在於心不忍。皇上，臣妾不要再每天做糕點來了，好不好？」

皇上把玩著她的手，笑的像是當年沒心沒肺的王爺：「不好。」

永璉自馬上競技的風波後，受了驚、淋了雨，感染了風邪，反反覆覆病著，一直不見好。皇后為了二阿哥的病，日夜煎熬，氣色較從前差了許多。嫻妃為此時時至長春宮陪著照顧永璉，太后也為此日日至宮中的法華寺跪求神佛庇佑這個金貴的嫡長子。

這天早晨日光晴好，婧櫻扶著容翠和婼兒的手，伴著芷蘭慢慢走在長街上，準備去長春宮向皇后請安。因著永璉昨日高燒已退，婧櫻心情極好，望著天邊流金般的初陽照在琉璃瓦上，不覺看的痴了。

「嫻妃妹妹好興致，有輦轎也不乘。」身邊傳來嬌脆的聲音，婧櫻轉頭，看見高坐在輦轎上的貴妃似笑非笑的看著她。

「看著天氣不錯，便想著活動下筋骨。」婧櫻淡淡的回答。

貴妃卻笑盈盈的說：「是了，本宮想起來，昨夜皇上翻了嘉貴人的牌子，是宿在鍾粹宮呢。自妹妹受傷以來，本宮還以為翊坤宮日日如春，再也沒有四季之分了。」

婧櫻也不氣惱，只是微微笑了下，繼續往前走。進到殿裡時，幾乎所有妃嬪們皆已到了。她趕緊按著自己的位次坐定。皇后也因著永璉病情的好轉，容光煥發。她含笑看著婧櫻：「這幾日幫著照顧永璉真辛苦你了。你身子也才剛好，記著自己好生休養，莫讓太后及皇上又掛念著。」

婧櫻剛要回答，便聽見純妃帶著笑意的聲音傳來：「嫻妃姐姐萬千寵愛集於一身，託嫻妃的福，嬪妾的鍾粹宮也有喜事了。」

純妃的話如那日獵苑的旱雷，驚的所有妃嬪面色俱變。只有皇后維持著端謹的面容，蓄了抹寧和的微笑：「是純妃又有身孕了嗎？」

純妃搖了搖頭，手指著嘉貴人道：「是芸熙妹妹有喜了。皇上昨夜知道此事，立即開口進了妹妹嬪位呢，現下可得改稱她嘉嬪了。」

只見嘉嬪靜靜坐在位上帶著笑，眼角眉稍俱是掩不住的桃花風情。眾人紛紛向嘉嬪道賀。皇后更是立即吩咐整理啟祥宮讓嘉嬪居住，並撥出幾個下人照顧嘉嬪。

婧櫻靜靜看著這一幕。她覺得自己跟她們像是不同世界的人。

一個小小的生命，還未成形，就可以令孕育他的母體翻轉命運。失寵的復寵，得寵的寵上加寵。

究竟，期盼的是孩子本身，還是隨之而來的榮寵？

究竟，榮寵的是母親本身，還是孕育生命的能力？

婧櫻小心的偷覷貴妃的神色。她粉面含笑，淡色薄唇微微上揚，跟著大家一起恭賀著嘉嬪。誰又會注意，她眼裡無盡的絕望；誰又會在意，她心裡洶湧的苦楚。

婧櫻摸著手上的佛珠。她想，我的孩子，我希望有一天，當我終於可以生下你的時候，是因為我想生下你。不是為了爭寵，不是為了奪嫡，只是單純的因為，想看看你的樣子。

在那一天到來之前，我們最好，不要見面。

「姐姐，若不是你教妹妹如何計算日子，又時時以三阿哥的名義讓皇上惦記著鍾粹宮，妹妹真不知何時才能懷上龍胎呢。姐姐的恩情，芸熙一輩子都不會忘記的。」

鐘粹宮裡，嬌嫩可人的金芸熙認真的對著純妃蘇予蓁說道。

純妃笑著拍拍嘉嬪的手：「這是什麼話呢，咱兩姐妹相依為命。當初選秀時，咱們順序被排在前後，已是一重緣分；後來被選進四阿哥府，先後承寵，又是第二重緣分。這樣的緣分多少人修都修不來呢。」

嘉嬪憶起往事，頷首說道：「姐姐說的是。咱們的家世算不得頂尖，寵愛也不算厚重，一切都要彼此相扶持。嫻妃雖說對咱們都不錯，但她到底是金尊玉貴的滿家上三旗，不若我們姐妹倆知心。」

純妃清純秀雅的臉上蘊了抹不易察覺的輕視：「她再怎麼尊貴，再怎麼受寵，沒個孩子傍身，在這宮裡能得意多久?那大阿哥畢竟不是她所出，再過幾年也得成家立業，我就不信自己會一直被她壓在下頭。」她拿起桌上的小點吃了幾口，復又說道：「現在宮裡有孕的就你和凌貴人。凌貴人出身寒微，自是不能和你相提並論，不過，你之前和她有過節，如今你尚在初期，千萬小心不要被她激怒，反傷了自己。」

嘉嬪嘆口氣：「這我自會有分寸。可是我總覺得，皇上對凌貴人才是真心的好。你也知道，皇上雖然多情，但從前在潛邸時，服侍他的都是選秀進來的秀女。身邊的婢女丫鬟，皇上是看也不看一眼的，這也才讓一堆巴望著上王爺床的奴婢們死了心。像虞姬這樣伶人出身而獲寵的，可是前所未見。原以為皇上對她也只是貪一時的新鮮，可是她有孕後，皇上對她疼愛的程度真是令人側目。把她寵的不像話，還得靠太后出面制止。那虞姬沒有家世，姿色也只是中上，你說皇上不是真心待她是什麼?」

純妃不甚在意的說：「皇上再怎麼真心，也得看能持續多久。更何況，還有太后及皇后管著呢。」

時序即將邁入初秋，鐘粹宮外仍是艷陽高照。宮內的姐妹倆笑聲晏晏，彷彿握著彼此的手，在這座與世隔絕的深宮裡，便再沒有什麼需要懼怕。

養心殿內，皇上細細問著專門負責照顧凌貴人身孕的太醫邵行。

「看來凌貴人的胎象一如預期？」

「回皇上的話，凌貴人的安胎藥及日常飲食皆由微臣一一開單檢視，凌貴人也完全按照微臣的醫囑執行，並無異狀。」

「行，你先下去吧。若有任何狀況，隨時回報。」

待邵行離去，從剛才便一直在旁邊凝神細聽的傅恆開口道：「如果之前掌握的情報正確，這幾個月應該是她讓自己滑胎的最佳時機。可是就剛才的問話來看，她倒挺看重肚裡的胎兒，一點也不像是要打胎的樣子。」鳳眸難得露出捉狹的笑意：「莫不是，對皇上動了真情。」

皇上冷淡的嗤了聲：「就憑個伎伶也有真心？在朕這裡用慣了好東西，有人伺候著，樣樣都舒適，她何必聽舊主的話？若孩子平安生下來，她保不定得個嬪位，也算是富貴雙全了。」

「那麼皇上的意思，是心軟了？」

「心軟？」皇上輕笑：「朕養這顆棋子養了三年，如今終於可以派上用場，你說朕會不會心軟。朕明明知道弘晳心懷不軌，偏偏他一日不動作，朕就一日無法收拾他。他在等個名正言順的藉口，朕就給他這個藉口。」

傅恆看著皇上冷酷的神情，不發一語。沒有人比他更瞭解這個權傾天下的男子，是如何善於隱忍，如何精於佈局。這個男子所做的每一件事，都是一步棋路；所用的每一個人，都是一枚棋子。理親王在先帝末年便已不甚安份，彼時還是皇子的弘曆，對外營造了風流多情的形象，讓人認為這是個可以被美色迷惑的軟弱親王。登基後，理親王獻了一批教坊的舞伎，皇上便半推半就的收了下來，並寵幸了其中最出挑的虞姬。他縱容她在宮裡興風作浪，冷眼等著理親王如何藉由她出手。按理親王的計畫，虞姬應該在上個月想辦法弄掉身上的胎，盛寵虞姬的皇上必會傷心欲絕，疏於防範，理親王便可用當年雍親王篡改遺詔，違逆天命，以致繼位者登基後第一個皇嗣便遭到天譴為由，起兵撥亂反正。

幾年來，皇上和理親王爾虞我詐，原以為雙方將決戰於近日，豈知一切竟因虞姬悖離了理親王的命令而出現變數。

「那麼皇上想何時收網？」傅恆繼續問道。

皇上雙眉微挑：「看來投靠理親王的宗室還挺不少。朕倒想看看還有多少不忠之徒會變節，正好一網打盡。就延到她生產之時吧。」

傅恆默然。到了生產之時，已是成形胎兒，按目前太醫的醫囑，生出來也只會是死胎。聽起來很殘忍，但是傅恆知道，易地而處，他也會做一樣的事。他和皇上都是冷酷理智的人，在本質上，並無不同。

皇上看著傅恆，突然轉了話題。「對了，嫻妃所提，當時永璉所騎的馬匹受傷的事，調查的如何？」

「照著傷口比對，是被尖銳的枯木枝所傷。獵苑腹地廣大，馬匹被偶落的樹枝傷到也不是全然不可能。這事如果真是人為，那麼手段非常高明。如果不是嫻妃眼尖，實在也不容易察覺。」

「你覺得是弘晢所為？」

傅恆思索了一會兒。「目前看來，是理親王嫌疑最大。只是，微臣總覺得這手法十分細密，不太像是理親王一貫的做法。」他停頓一下，又問道：「永璉好些了嗎？」

皇上露出清煦的笑容。「反覆病了這些日子，總算是有些起色了。這陣子，你姐姐瘦了一大圈，朕真是心疼，還好有嫻妃幫著。」

提到嫻妃，皇上有些無奈：「你說她這麼喜歡孩子，怎麼就是懷不上呢？雖說阿哥固國本，但朕真想那丫頭為朕生個女兒，跟她一模一樣的女兒，那一定可愛的緊。」他的臉上流露一種罕見的神情，那神情傅恆曾無數次見他半真半假的對其他人流露過。可是像這樣真心實意毫無防備的流露，是第一次。

那樣的神情，人們稱之為，溫柔。

入秋以後，永璉的病情復發，益發嚴重，太醫一批批的進入長春宮，卻始終未能好轉。好不容易養的圓潤的小臉又削尖下去，瘦伶伶的身子，和他皇額娘一樣黑玉的眼珠帶著早熟的沈穩，清醒的時候總是說，皇額娘，你別擔心，嫻娘娘，你別擔心。

婧櫻記得永璉小時候很鬧人，和她特別親近。她想富察家的人對她大概是沒有抵抗力的。他才見過婧櫻一次面，每次見到便黏著她，含糊不清的喊著姨姨、姨姨。

婧櫻總是笑，把他抱在懷裡，餵他吃飯，偷偷的說，不是哦，你叫錯了，你應該喊我，舅媽。永璉小小的腦袋歪著，笑啊笑，固執的說，姨姨、是姨姨。

於是她終是成了他的姨姨，他的櫻姨娘。

永璉病著的時候總是囈語著，婧櫻看著他伸出小小的手，那麼努力的想抓住什麼，卻什麼都抓不到，心裡就會絞痛，想著如果能代他受這苦該有多好。偶爾他清醒的時候，會像個小大人似的和婧櫻閒聊。他說，嫻娘娘，你一直沒有孩子，是為了我嗎？

他辛苦的擠出一個笑容，他說嫻娘娘，皇額娘不明白，但永璉明白，無論如何，你都不會害我，不會害一個原本應該叫你舅媽的孩子。

婧櫻不知所措的傻笑，她說你這孩子，你說什麼呢？

永璉卻嚴肅了俊秀的眉眼，他緊緊握著婧櫻的手，他說，嫻娘娘，永璉請你幫永璉照顧皇額娘。她看起來那麼堅強，其實最是脆弱。她很想像個普通的慈母一樣寵著我，卻背負著太多包袱，只能變成苛刻的嚴母，督促我在各種學問和技藝上出類拔萃。她總是這樣，永遠無法做自己真正想做的事。

婧櫻撫著他的臉，說，但是那並不代表，她不愛你。

永璉說，我知道。只是看著她那樣壓抑隱忍掙扎，我很心疼。

婧櫻說，我也是，我也很心疼。

他們倆笑，手指打勾，說這是他們的祕密。心疼那個口是心非的女人，是他們共同的祕密。

夜裡，永璉又發了燒，始終不退，呼吸急促，失去意識。婧櫻自翊坤宮趕來的時候，太醫跪了一地。斕炘卻彷彿沒有知覺，她額頭緊緊貼著永璉，木然地為他擦拭，嘴裡喃喃說著，永璉乖，皇額娘平時把你逼的太緊了。你只是太累了，先睡一會兒，皇額娘不吵你。

永璉小小的臉蛋在母親懷裡睡得香甜，發著高熱的身子卻漸漸冷了，涼了。

秦晁起身，探了二皇子的鼻息，艱難的說：「皇后娘娘節哀，二阿哥歿了。」

皇后彷彿沒有聽見，一向直挺的雙肩柔弱，固執的抱著懷中的孩子。

婧櫻問，皇上呢？太醫說，嘉嬪鬧腹疼，皇上守在啟祥宮。因為二阿哥的病反反覆覆，症狀都相似，沒料到今晚會這麼嚴重，因此還未通知皇上。

她忙吩咐人去通知皇上，並遣退了太醫。轉身的時候，聽見窗外下起大雨，狂風吹開窗櫺，吹熄了桌上的燭火。她喊，姐姐。

孄炘終於回頭，雙眼漆黑空洞。她喃喃的說，婧櫻，你不知道，永璉是個多麼貼心的孩子。他每天醒來都會先給我一個笑容。他最喜歡窩在我懷裡，跟我撒嬌。可是，我對他那麼嚴厲，深怕他不符合嫡長子該有的風範。他才三歲，那麼小，我就逼他背書，他背不出來，我打他，他不敢哭，揉揉眼睛，說額娘對不起……他……他甚至不知道，我有多愛他……

她哽咽了起來，終於痛哭失聲。

婧櫻站在那裡，杏目微紅，卻不敢哭泣。她想她要忍住，否則長姐真會崩潰。

窗外風狂雨驟，孄炘突然起身，她將永璉輕輕放在床上，仔細的蓋了被子，轉身對著婧櫻跪了下來，用力的磕著頭。她說，婧櫻，長姐對不住你，長姐惡毒，長姐負了賢名，長姐枉做皇后，長姐不該不讓你生孩子。長姐知道錯了，你幫長姐跟老天說，請祂不要把永璉帶走，你幫幫長姐吧，求求你。

她一遍又一遍的磕著頭，力度過大，聲聲響脆，她說，鳳冠給你，后位給你，皇上給你，所有的一切，我通通給你。你把永璉還給我，我求求你，把永璉還給我。

孄炘的額頭碰出血水，順著她鼻翼兩側流下，就像是蒼白的臉上，蜿蜒了兩行血色的淚。

乾隆三年十月十二日，嫡長子愛新覺羅永璉薨逝，追封端慧太子。

母親的淚。

＊＊＊

永璉故去之後，孄炘先是大病了一場，病好之後，卻一切如常。端謹雍容，除了清瘦許多，言行舉止毫無異狀。只是和婧櫻獨處時，常常會失了神，或是若有所思的，注視著婧櫻。

太后及皇上則對這個惟一嫡子的故去傷心欲絕，整個宮廷籠照在愁雲慘霧之中。

婧櫻依舊時時去長春宮與皇后作伴，但是她和爛炘都知道，有些東西已經死了，有些東西正在重生。重生出來的會是什麼，她們都在等待。

此刻，爛炘黑玉般的眼睛看著婧櫻，那眼裡裝著從前沒有的霜影，語音清淡：「嫻妃，你真是個好人。本宮這樣對你，你卻奮不顧身的去救永璉，又衣不解帶的照顧他。你說，世上怎會有這麼好的人？」

婧櫻坦然的回視她：「姐姐，婧櫻沒有生育過，再怎麼難過，也及不上姐姐的椎心之痛。如果恨著婧櫻，可以減輕姐姐的痛，那麼姐姐便恨著婧櫻罷。」唇邊浮起一抹無奈的苦笑：「不論姐姐相不相信，婧櫻對長姐的真心，從七歲至今，都沒有變過。」

爛炘未再回話，眼睛一動也不動的望著婧櫻，面容卻是一片空白。

十二月的某天晚上，婧櫻和皇上在養心殿的暖閣下著棋。婧櫻喜歡下棋，勝在謀略；皇上也喜歡下棋，勝在佈局。這局眼看婧櫻要贏了，卻被皇上半路截殺，硬是殺成平盤。

婧櫻抿著小嘴，不樂意了。

皇上正要取笑她沒有風度，卻聽見外頭有急促的人聲，接著狄裕的聲音在暖閣門口傳來：「啟稟皇上，永和宮的人來報，凌貴人已有產兆，應是要生了。」

婧櫻心中一跳，她想起皇上曾說過這個孩子意義非凡，連忙握住皇上的手：「皇上別慌，臣妾陪你一塊兒去。」

皇上的表情卻十分鎮靜，帶著微微的笑意，捏了捏她的鼻子：「朕倒覺得你比朕還慌。」

還未進到永和宮，凌貴人淒厲的叫聲便已傳來，在安靜的冬夜，格外令人膽顫心驚。婧櫻的手心立即沁出冷汗，她擔憂的問出來接駕的宮人：「凌貴人這是足月生產，怎麼叫聲聽著比純妃那時還痛苦？」

那宮人急著說：「皇上，嫻妃，貴人直嚷著肚子痛的厲害，不過太醫說胎兒已經下來了，不出一個時辰應可見喜。」

皇上與婧櫻連忙入了宮門，只見宮人們進進出出地忙碌著，端熱水，加炭火，換毛巾。皇上拉著婧櫻坐下，沈著安靜。婧櫻有些訥悶，這是……開國第一子不是？她還為了這個第一子挨了兩刀，怎麼皇上如此的從容不迫？

「在想什麼？」皇上問道。

「男人心，海底針。」婧櫻順口答道。答完才發現逾禮，小臉通紅一遍。

皇上笑容滿面的握住她的手，此時，皇后帶著人走了進來。婧櫻見到皇后，下意識的抽回自己的手，連忙起身：「姐姐來了，姐姐快請坐。」

皇后面容端肅，卻不看她，只是沈穩的取代了婧櫻的位子，握住皇上的手：「皇上，凌貴人自有身孕以來，太醫向本宮回報的狀況都十分穩定，必能母子平安，為皇上再添個皇子。」

皇上頷首，欣慰的說：「皇后賢慧，所有事都打理的有條不紊。」

皇后柔和的綻開得體的笑：「臣妾身為六宮之主，讓妃嬪開枝散葉，本就是臣妾的職責。」

婧櫻靜靜站在一旁，看著帝后如尋常夫妻一般談話。突然有一種自己不該存在的自卑感從心底慢慢浮現。她究竟算什麼呢？對皇上而言，對皇后而言，自己究竟算什麼呢？剎那間，她真希望可以消失在空氣中，真希望能變成無人見到的塵埃。

正在胡思亂想時，突見永和宮領頭太監福康滿臉驚慌的自內殿出來，他見到皇上，膝下一軟，跪了下去。

皇上臉色十分難看，急問道：「這是在做什麼？孩子生下來了嗎？怎麼沒有聽到哭聲？」福康囁嚅不敢回答，皇上往前幾步，向著隨後出來的秦晁道：「究竟是怎麼回事？快說。」

秦晁跪下，有些顫抖：「皇上，皇上節哀，小公主一出生便沒了氣息，是個死胎。」

皇上的臉色瞬間灰敗，婧櫻忙上前扶住他。

皇后語音冷冽：「胡說，凌貴人自懷胎以來，有專門的太醫在照顧，一直都沒有異象，怎麼可能足月順產卻生個死胎？之前平安脈都診不出嗎？」

秦晁嘆了口氣：「稟皇后娘娘，凌貴人懷胎後不常走動，後期食慾大開，以致胎兒過大，生產時頭部卡了約半個時辰一直出不來，估計孩子是在那時窒息的。」

整個偏殿突然都安靜下來，所有人都愣在了原地。婧櫻只覺心亂如麻，無法思考。她一手扶著皇上，另一手緊緊握著他的手，希望五指連心，能給他一點溫暖。

皇上面色蒼白如紙，一言不發，彷彿就要倒下。

婧櫻心中一酸，顧不得仍有旁人在場，她捧著皇上的臉，認真的說：「皇上別傷心，這只是個意外，來日凌貴人及其他妃嬪們還會為皇上綿延子嗣的。」

凌貴人的聲音在此時響起，她氣若游絲的問著：「孩子呢？讓我看看我的孩子。」

婧櫻悚然心驚，想到也才剛喪子的皇后。她抬眼尋找，正好對上爛姸寒星般的眼瞳。她朝婧櫻及皇上走過來，從容而堅決的說：「凌貴人福薄，未能誕下健康的孩子，為皇上開枝散葉。望皇上節哀，以龍體為重。」語氣一轉，她溫婉的說：「皇上累了，不如臣妾陪皇上回臣妾宮裡休息。臣妾出來時正好吩咐小廚房準備了一些安神湯，」她語氣一滯，苦笑道：「原是臣妾自己要喝的。豈料出了這事，皇上也喝一碗定定神吧。」

皇上此時已逐漸恢復，表情有些冷然。他點點頭，對婧櫻說：「出了這事，朕去宿在皇后宮中，彰顯帝后同心，以安穩後宮。你也累了，快回去歇息吧。」

婧櫻身體微微發顫，覺得遍體都是涼意。她明知不該，卻忍不住問：「皇上……不去看看凌貴人嗎？」

她知道這是個愚蠢的問題，凌貴人產下死胎，打破了皇上對登基後第一個孩子的美好想望，皇上此時又豈會想見她？可是……可是他曾經那樣寵愛凌貴人，那樣縱容她，那樣保護她……

「啪」。一記清脆的耳光打在婧櫻臉上，爛炘冷冷的看著她，聲音裡有刺骨的寒意：「凌貴人不祥，誕下死胎，嫻妃卻要皇上去見她，成何體統？」

皇上不忍：「好了，嫻妃一向心軟。嫻妃，皇后的話，你可明白了？」

婧櫻到底被先皇后養在身邊多年，明白皇室的遊戲規則。她恭順的屈膝行禮：「臣妾失言，請皇上及皇后恕罪。」

皇上疲憊的擺擺手，與皇后一同離開了。

婧櫻立在原地，聽著凌貴人淒苦的哭聲，雖然一向和她不睦，仍忍不住溼了眼眶。

乾隆四年春，理親王弘皙以嫡宗正脈，撥亂反正為由，發動叛變奪位，被佈署多時，等待已久的皇帝迅速平定。多位享有貴權的皇室宗親涉案，皆被一網打盡，皇帝藉此逆案徹底鞏固了權力，向宗親大臣、天下百姓昭示了至高無上的皇權。

四月，產下死胎後失寵的凌貴人因故頂撞貴妃，遭降為常在。

五月，嫻妃的阿瑪及額娘相繼病逝。

在婧櫻的印象中，她的阿瑪深愛著額娘。對於獨生女的她來說，阿瑪與額娘在日常生活中平淡卻真摯的情感，便是一種最美好的回憶。她的阿瑪和其他滿洲大姓的男子不同。憑著當時椒房貴戚的身份，她阿瑪其實可以爭取到更好的官位，和其他大戶人家聯姻，過個典型滿洲權貴的奢靡生活。可是他遇到了家世普普的額娘，一見傾心，為了恬靜的額娘，一輩子守著佐領的職位，過著只羨鴛鴦不羨仙的生活。

婧櫻小時候最喜歡和阿瑪玩搶額娘的遊戲。他們父女倆睡前會玩蒙古流行的摔角，贏的人才能取得和額娘睡的資格。阿瑪也常帶著她四處亂跑，縱容她為非作歹。額娘常被這對幼稚的父女氣的哭笑不得。婧櫻記得出嫁的前一晚，一向笑口常開的阿瑪第一次落下了男兒淚。他說：「櫻櫻，阿瑪今生惟一對不住的人便是你。你額娘當初生你時很辛苦，差點便去了。阿瑪自私，為了怕失去你額娘，不讓她再為你添弟弟妹妹，害你一直那麼孤單。阿瑪將來和額娘一起走的時候，你沒有手足可以分擔悲傷，可怎麼辦？」

婧櫻笑咪咪的說：「阿瑪和額娘一起去天上等著櫻櫻，櫻櫻只會歡喜，不會悲傷。」

阿瑪破涕為笑：「對，不愧是我那爾布的女兒。咱們約好，到時你可不許哭。」

這個承諾如此鮮明，婧櫻從來沒有忘記。所以，阿瑪和額娘雙雙離世的消息傳來，她沒有哭，一滴淚也沒有掉。

此刻，婧櫻聽到壓抑的啜泣聲隱隱從床前傳來。

「翠翠，你想哭就大聲哭，不用顧忌我。」

「小姐，老爺和夫人去了，你真的不難過嗎？你如果難過，哭出來心裡會好受一點。」

「翠翠，我是真的不難過。額娘和阿瑪一起走了，路上有伴，一點也不孤單，多好啊。」

良久，容翠聽到婧櫻有些落寞的聲音再度傳來。

「翠翠，你常說我天真，說我對長姐、對芷蘭、甚至對你，都好過頭了。其實，我對你們這麼好，是有目的的。」

「當年我跟姑姑說，真上薩滿的預言我一點也不害怕，是騙她的。其實，我很怕，我很怕呀……」

豆大的淚珠自婧櫻的臉上一顆又一顆滑下。她不知道死後的世界是怎樣的，真的有那樣的世界嗎？自己會變成什麼樣子？還會記得生前的一切嗎？

「我曾經以為，那樣的預言怎麼可能成真？還有額娘阿瑪啊，還有你啊，還有阿恆啊，你們怎麼可能把我拋下，怎麼可能忍心讓我一個人上路？可是我來到紫禁城，才想起所有的事都是有可能的。普通人怎麼可能會想要害死一個四歲的小孩呢？堂堂的皇后怎麼會連族女都保護不了呢？翠翠，我想，是因為我對錦燕不夠好，才會讓她捨得害我。如果我不是那麼驕縱，不要那麼煩人，幫她跟姑姑多說些好話，她是不是就狠不下心來害我了？」

在她的眼中，紫禁城內另成一個世界。所有的常規道理在這裡都無法適用。她聽說過在這宮裡想要生存就必須泯滅人性。可是她不相信。

她固執的相信，一切只是因為這城裡的惡意太過強烈。但是再強烈的惡意，終會被更強烈的善意打敗。她要帶著這樣的善意，對這些她在意的人好一點，再好一點，更好一點。

那麼，曲終人散的時候，是不是至少會有一個人，捨不得讓她一個人上路？是不是至少會有一個人，願意握著她的手哄她安眠？

「咦，好漂亮的十字繡，小主，你又在幫嫻妃娘娘的宮服畫龍點睛了嗎？」

巧兒端著熱好的茶水進到房裡時，見到芷蘭菱形的嘴唇微微上揚，眼神溫柔的在一件衣服的袖子上繡著繁雜的十字繡。

「嗯，轉眼夏天又快到了。內務府最近送來許多夏服，我閒著發慌，想幫姐姐做點事。」

巧兒為芷蘭倒了杯茶，笑著說：「小主和嫻妃娘娘感情真好。不過，」巧兒猶豫了下，接著道：「小主對自己也太不上心了。就算小主心境淡泊，不願爭寵，也是個貴人小主。奴婢看婼兒的打扮，都快越過小主去了。」

芷蘭聞言，若有所思的放下針線：「你也覺得婼兒最近的打扮越來越逾矩了對嗎？我老覺得她不只是打扮，連言行舉止，還有眼神，都和以前不同了。」

巧兒猛點頭：「是啊，奴婢看婼兒儼然就把自己當成主子了。」她似乎又想起什麼，向著芷蘭低語：「還有件事奴婢不知該不該說……這一、兩個月來，奴婢時常見到婼兒自告奮勇帶大阿哥去咸福宮，這原也沒什麼，可是前幾日，奴婢發現婼兒從長春宮出來，卻是單獨一人，並不是陪著嫻妃。」

芷蘭拈著針的手猛的一震，細細的針扎入指尖，一滴艷紅的血滴落在月白的衣袖上。

「小主……」巧兒看主子受傷，忙要拿手絹為芷蘭止血。卻聽外頭傳來闐寶的聲音：「海小主，長春宮派人來傳，請小主速至長春宮一趟。」

芷蘭慌忙起身：「嫻妃姐姐呢？」

「嫻妃原本在慈寧宮請安，也被皇后娘娘傳至長春宮了。」

芷蘭沒有再問下去。明明是初夏時節，她卻覺得全身都浸在冰水裡，冷涼浸骨。

芷蘭到的時候，所有妃嬪已全部坐定。皇上及皇后坐在正中，皇帝臉上看不出喜怒，皇后則是冷若冰霜。跪在兩人面前的，是凌常在與她的貼身婢女新兒，以及……婼兒。

芷蘭一一請過安，不安的絞著手絹坐了下來。她看向婧櫻，婧櫻一臉木然，望著婼兒，不發一語。皇后待芷蘭坐定，冷冷開了口：「本宮今日找各位妹妹過來，還驚動了皇上，是因為此事事關重大，本宮必須謹慎處理。凌常在，你將今早向本宮說過的，向皇上再說一遍吧。」

凌常在產後憂思過度，未仔細調養，整個人憔悴孱弱，不復往日飛揚神采。此刻，一張慘白的臉充滿了恨意，她說：「皇上，臣妾一直以為是自己福薄，才未能平安產子，為皇上添喜。可是喪子之痛真的好難熬，臣妾……臣妾實在熬不下去了，前幾日一時想不開，差點隨孩子去了。可是新兒見到臣妾的模樣，於心不忍，終於告訴了臣妾這樁陰謀。皇上，咱們的孩子是被害死的，皇上，你要為臣妾做主啊。」

她轉向婧櫻，猙獰如厲鬼，枯瘦的手指著她：「嫻妃，我知道你一向討厭我，可是你為什麼連我的孩子都不放過？那也是皇上的孩子啊。」她轉回頭，哀婉的向皇上哭泣：「皇上，新兒說，生產前，嫻妃曾和婼兒來永和宮交給她一包藥，請她在生產前務必讓我服下。就是這包藥讓臣妾的孩子未能順利出世，整整卡了半個時辰，最後終於沒了呼吸。皇上，皇上，你一定要為臣妾做主。」

皇上面無表情。他並不看凌常在，而是盯著跪在另一旁的婼兒，語音清冷：「看來，你承認了？」

婼兒嘴唇顫抖，欲言又止，突然轉頭對著婧櫻磕了三個響頭：「嫻妃娘娘，奴婢自在潛邸時便一直跟隨你，你待奴婢恩重如山。可是……可是，」婼兒遲疑著，終是咬咬牙：「可是這樣大逆不道、欺君罔上的行為，奴婢實在再也瞞不下去了。」

她仰頭望著皇上，楚楚可憐：「皇上，小主從前在潛邸是年紀最小的，也是最受寵的。可是進宮後，凌小主屢屢搶了她的風頭，甚至比她先有身孕。小主恨極了，常常對著奴婢咒罵凌小主，日日期盼凌小主滑胎。可是皇上對凌小主照顧有加，小主一直沒有機會下手。後來，小主讓奴婢去買通新兒，讓新兒在凌小主生產前喝下延胎藥。小主說，延胎藥的作用是讓不足月的產婦安胎，以延後胎兒出來的時間。若是讓足月生產的產婦在產前喝下，便可拖遲整體產程，增加胎兒窒息的風險。即便最後孩子保的住，智力也會受到影響。皇上若是不信，小主寢殿內還有剩餘的延胎藥，皇上可以派人去搜。」

新兒順著婼兒的話，滿臉羞愧的說：「奴婢自知罪該萬死，不敢奢求皇上原諒，只是冒死也要澄清小主的冤屈。奴婢看婼兒身為奴婢，吃穿用度卻都是一等一的，心生羨慕，一時被迷惑，鑄成大錯。皇上，奴婢萬死不足惜，但是小主和公主真的是被害的，請皇上明察啊。」

三個人的泣訴在大殿裡迴盪，字字血淚，芷蘭想說些什麼，卻發不出聲音。她看容翠忍不住想開口，卻被婧櫻死死扣著手。

皇上嗤笑一聲：「朕還以為有什麼了不得的證據。就憑二個奴婢的證詞，就想置嫻妃的罪？」他看向身旁的皇后，眼底有深深的失望：「皇后，枉你向來與嫻妃情同姐妹，竟然連幾個奴婢賣主求榮的把戲也看不出來嗎？」

皇后不卑不亢的笑了下：「皇上說的極是，臣妾本也覺得這只是奴婢們瞎編出來陷害嫻妃的把戲。可是……」她嘆了口氣：「可是桂兒竟然向本宮說，她的確見過婼兒和嫻妃一同去過永和宮，只是當時不知有異……，桂兒是本宮的家生丫鬟，若是桂兒所言，本宮便不得不信了。來，桂兒，你說。」

只見桂兒怯生生的站出來：「皇上，奴婢去年十二月初一時，去內務府替皇后娘娘取帳本，經過永和宮時，看見嫻妃娘娘和婼兒正要進去。嫻妃娘娘已經入了宮門，沒見到奴婢，但婼兒卻瞥見了奴婢，奴婢當時只覺婼兒的臉色不太自然，並且立即遮掩起手上拿著的一包東西。奴婢並未多想，便回長春宮了。是今早聽見婼兒向皇后坦承此事，才想起來的。」

貴妃彷彿事不關己的開了口：「桂兒好記性啊，都半年前的事了，卻連日期都記得住，真是令人印象深刻。」

桂兒神色自若的答道：「回貴妃娘娘的話，因為每月初一，奴婢都得去內務府取上月的帳本，而翊坤宮向來與永和宮不睦，嫻妃與婼兒竟會去永和宮，讓奴婢感到奇怪，加上婼兒的神色太過詭異，凌小主又恰巧在幾日之後生產，奴婢才會印象如此深刻。」

桂兒自小與皇后一同長大，是皇后自富察府帶來的家生婢女。當年寶親王為了顯示對嫡福晉的愛重，自嫡福晉過門後，命府內所有婢女皆仿桂兒之名，擇名中一字搭配「兒」結尾。桂兒的話一定程度地代表了皇后的意思。皇上聽了桂兒的話，眼神濃黑如墨，看不出喜怒，卻不再出聲。

皇后輕輕蹙眉，她看著婧櫻，彷彿痛心疾首：「婼兒和新兒或許會出賣你，但桂兒所言，本宮卻不得不信。嫻妃，皇上一向寵愛你，太后偏疼你，本宮也厚待你，你究竟還有什麼不知足？為何做出這種事來？」

婧櫻沈默，小小的臉上一片空白。她起身，走向婼兒，蹲下來，深深的看著她，有些無奈：「婼兒，原來我對你，還是不夠好嗎？」

原來，吃穿用度都頂尖，也不夠嗎？原來，真心實意的對待，也不夠嗎？

她想起第一次見到婼兒是個黃昏，剛成為側福晉的她對著有些彷徨的婼兒笑彎了眉眼。容翠說，你叫婼兒是吧？告訴你，你可好福氣了，跟了櫻福晉是三世修來的福。那天晚霞明媚，婼兒在涼風中綻出放心的笑容，她說，櫻福晉，你看起來就是個好人，難怪額娘總說，婼兒是個有福之人。

婼兒很會按捏，順著筋絡，讓人覺得通體舒展。在紫禁城內，常常，覺得再無法忍受時，婧櫻會靠在婼兒身上，讓婼兒軟軟的手在身上按壓，然後，假裝是她按的太大力，理所當然的哭了出來。

婼兒迴避著她的眼神，頭低的不能再低，她說，對不起，小主，對不起。

對不起什麼呢？婧櫻還在思索，突然覺得手腕傳來一陣劇痛，她回神，佛珠被斕妡剝了下來。

斕妡的眼神冰冷沒有溫度：「這個佛珠，本宮當初是為了提醒兩位側福晉親愛和睦，希望你們時時記得后妃之德，才賜與你們。如今看來，你根本不配戴著這個佛珠。」

婧櫻長年戴著佛珠的腕上此刻終於空無一物，只餘一圈清晰的痕跡，昭示它曾經的存在。婧櫻模糊的憶起，某年某月某一天，似乎曾有個人對她說，長姐與你同命，只要長姐有一口氣在，必保你無憂。再某年某月的某一天，她對那個人說，她要跟天賭，她賭有朝一日，長姐一定會幫她取下這串佛珠。

究竟，她是贏了，還是輸了？

＊＊＊

「阿恆，長姐是什麼樣子的？」

「長姐就是長姐的樣子。」

「你和長姐感情好嗎？」

「我和長姐沒有感情。」

「呃？」女孩睜大杏眼，十分困惑。

男孩難得的眨了眨漂亮的鳳眸，捉狹的說：「只有親情。」

親情不講道理沒有邏輯，不論發生什麼事，親情凌駕於所有感情之上。容翠和芷蘭無法理解婧櫻對爛炘的執著。其實，她只是無法傷害阿恆的親人，無法因為傷害長姐而讓阿恆難過，如此而已。

有時，她把自己放在爛炘的位置，把阿恆放在皇上的位置，便覺得無法呼吸，便覺得連想像都不能忍受。她因此更加心疼那個高高在上的女子。儘管那女子始終無法對她放心。

她可以自己取下佛珠，也可以向太后皇上說出佛珠的祕密，但做出這些事，只是讓她徹底淪為紫禁城的又一個俘虜而已。

堅執自己的信仰，是一條寂寞而漫長的道路。但人生如夢，如果連信仰都不能堅持，她不知道自己還剩下什麼。

此刻，爛炘似是十分嫌惡的將佛珠交給了另一個婢女辰兒。接著，她問婼兒：「桂兒說是去年十二月初一見到你和嫻妃去了永和宮，你可承認？」

婼兒似乎有些遲疑，不太確定的看著桂兒。皇后冷笑：「你看桂兒做什麼？你有沒有做過什麼事，還需要看別人嗎？本宮看你支吾其詞的樣子，難道你真是誣賴嫻妃？」

婼兒似乎聽懂了什麼，眼神轉為堅定，她點點頭：「奴婢方才一時記不得日期，但聽桂兒姐姐說每月初一是她去內務府取帳本的日子，奴婢確實記得和小主去永和宮那天，有見到桂兒姐姐拿著帳本經過。」

皇后轉向新兒：「所以嫻妃和婼兒是在十二月初一到永和宮把藥交給你？這種事嫻妃為何要親自去而不避人耳目？」

新兒不假思索的回答：「奴婢為了小主的胎，每日都有細細紀錄當天發生的事。為了這件事，奴婢心裡一直受煎熬，因此關鍵的日期都記的十分清楚。婼兒拿藥給奴婢的日期確實是十二月初一。嫻妃當天也到，是因為要取信於奴婢，讓奴婢相信事成之後嫻妃會請皇上將奴婢調到翊坤宮。」

「胡說，全部都在胡說，皇上，臣妾和嫻妃同住在翊坤宮，臣妾敢以性命擔保，嫻妃絕不是這樣的人。」芷蘭終於再也忍不下去，她激動的對著皇上喊道。

甫順利於年初產下四阿哥的嘉嬪，細細觀察了皇上的神色，咬了咬嘴唇，下定決心出了聲：「皇上，皇后，臣妾懷胎後期十分辛苦，嫻妃時常來探望臣妾，並要臣妾多走動，好讓胎兒順產。臣妾相信嫻妃絕不是這樣的人。」

純妃也跟著說：「是啊皇上，臣妾的三阿哥，當時也是嫻妃悉心照料才順利產下的，臣妾也相信嫻妃絕不是這樣的人。」

皇上沈吟片刻，凝神看向婧櫻：「嫻妃可有話說？」

婧櫻只是痴痴的看著皇后，想要從她霜華雪影的眼中看出昔日的溫暖。十二月初一，那個日子，長姐怎麼可能不記得？她是故意忘了，還是……

婧櫻斂了眉眼，意興闌珊：「臣妾做人失敗，遭奴才反噬，無話可說。」

皇后看著她，細細觀察她的表情，如霜的眼裡迸出細碎難辨的光影，驀地上前，用力抬起她的下巴：「枉你堂堂一個妃位的主子，面對奴才的指控，竟連一絲反擊的能力都沒有嗎？」皇后眼裡有熾熱的火焰，那樣的亮度，和另一個人如此相似。「你仔細想想，去年十二月初一你做了什麼？去了哪裡？和誰在一起？」

洶湧的淚漫進婧櫻眼裡，她抬眼迎向皇后，目光絲毫不肯退縮。「嬪妾，真的可以說嗎？」皇后的眼神一掃之前的寒冷，眼裡有著燦光流轉，是婧櫻再熟悉不過的神韻。

「只要是嫻妃說的，本宮都信。」

婧櫻看著皇后，杏眸漾出絕豔光采，唇畔生花。她穩了穩心神，清脆嗓音不怒而威：「凌常在，新兒，婼兒，本宮不知你們為何要聯合起來陷害本宮，但本宮沒有做過的事情，你便是找一千個、一萬個人來誣賴本宮，本宮仍是沒有做過。你們說本宮去年十二月初一到過永和宮，那麼，是什麼時辰？」

凌常在搶在其他人之前，不屑的回答：「你倒是忘的一乾二淨，那便讓我來喚醒你的記憶，我清楚記得那天午睡醒來時，曾見到你假意前來探望。」

婧櫻不解的搖了搖頭：「凌常在，去年十二月初一，本宮根本不在紫禁城內。」

「那天，本宮陪同太后及皇后，至城外的白馬寺參加端慧太子七七四十九日的超渡祈福法會，根本不可能在你所說的時辰出現在永和宮。」

自從永璉去後，爛圻覺得自己彷彿一分而二。一個她冷靜理智，知道生死有命，上天的安排誰也無法阻擋；另一個她歇斯底里，心裡的痛沒有邊際，固執的要找個理由，解釋永璉的死去。

她的母親是嫡妻，儘管地位超然，仍是躲不過和幾房姨娘吵鬧爭鬥的命運。她看過與額娘表面交好的三姨娘，是如何在五姨娘滑胎後指證歷歷的控訴她額娘；她看過外祖家道中落後，阿瑪是如何對額娘鄙棄忽視。她的額娘從小就教育她，世上只有三哥和十弟這二個同胞所出的兄弟可以信賴。夫妻之情、男女之愛、朋友之義，假的，都是假的，世上惟一可以毫無保留去相信的，只有親情。

於是那個歇斯底里的她看著婧櫻，她想，哪有這樣的人呢？又不是傻子，被算計不能生育還死心塌地的守護，婧櫻必定有所圖。圖什麼呢？是了，婧櫻必定日夜詛咒永璉，表面對他很好，其實恨不得他死。

一定是這樣。歇斯底里的她找到了宣洩痛楚的出口，恨著婧櫻，便是她的出口。

可是冷靜理智的那個她又會跳出來，苦口婆心的說，不會的，婧櫻不是這樣的人。永璉臨死前親口說過，要你相信嫻娘娘；恆弟那樣痛苦的求過你，要你照顧婧櫻。婧櫻不是那樣的人，你要相信婧櫻。

她日日夜夜在這樣的煎熬中反覆，直到婼兒來找她，跟她說婧櫻陷害了虞姬。她想，這個手法真粗劣啊，一個失寵的常在，二個奴婢，就想扳倒一向是太后和皇帝心頭肉的嫻妃？冷靜理智的她告訴自己，婼兒來找她，必是看出了她對婧櫻的猜忌，千萬要小心；歇斯底里的她告訴自己，光憑那三個女人也許沒有辦法扳倒嫻妃，但若她這個中宮皇后也出手，局勢便會不同。

她用桂兒設了一個局，所有的結果都計算的剛好。她想婧櫻看她這樣設局陷害她，一定會向皇上抖出佛珠的祕密；即便婧櫻沒有說出佛珠的事，為了自保，也一定會立即提出十二月初一不在宮內以證實清白。她都想好了對策說詞，她的意圖並不是在這次就置婧櫻於死地，她只是想讓自己可以名正言順的恨著婧櫻。她是正宮嫡后，有整個富察家族做為靠山，她什麼都不怕，只等著婧櫻露出真面目，只等著自己可以心安理得的算計嫻妃。什麼賭注，什麼真心，大難臨頭時，誰都顧不了。她要證明，恆弟和皇上看重的女子，也不過如此。

可是她千算萬算，卻沒算到婧櫻竟然是這樣的反應。那個應該憤怒、委屈、想盡辦法反擊以求自保的姑娘，一語不發，只是愣愣的看著她，好像，迷了路。

「恆弟，如果我和婧櫻同時遇到危險，你會先救誰？」

「自然是長姐。」

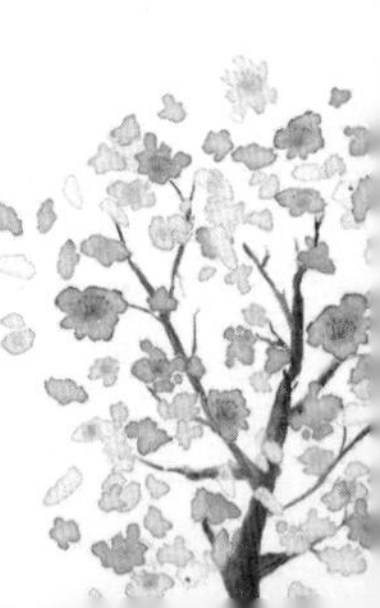

「哦？那婧櫻怎麼辦？」

「阿櫻解決了她自己的危險後，便會來救我們。」

「瞧你說的，婧櫻是姑娘家，你不去救她，反倒想靠她來救你，你羞不羞？」

她的胞弟神色微柔，似是嘆息。「長姐，你不明白，阿櫻不需要人救，她比任何人都強大。」

這些支微末節的記憶在腦中盤旋，她想起曾經問過婧櫻，為什麼要提議讓永璜去咸福宮學詩詞，是為了拉攏貴妃嗎？那個姑娘有些疑惑，她說，因為貴妃姐姐沒能撫養永璜，看起來很難過啊。在潛邸時，她也曾經問過婧櫻，為什麼要收下芷蘭？那個姑娘一臉不正經，她說，因為芷蘭長的挺對我的胃口。

這麼多日子過去了，那個總是杏眼彎彎的愛笑女孩，卻竟然，一如初見。

隨心所欲，縱情奔放。那個女孩做事從來沒有目的，覺得想做，便去做；喜歡你，便全心對你好；不喜歡你，便老死不相往來。她想她終於明白了那樣的強大。任憑滄海桑田、物換星移也不改其志的強大。

一念之間，她大徹大悟。她什麼都無法掌握，聖意的陰晴、子嗣的多寡、生命的來去，惟一能掌握的，只有一顆早已放在她手中多時的真心。

她伸手摘下婧櫻的佛珠。不是因為恆弟，不是因為永璉，只是因為，她是婧櫻。

嫻妃的話驚動了在場每一個人。但算算日子，那天確實是端慧太子的七七。

皇上盯著桂兒，擰緊了眉頭。

「后妃們出宮，廷冊必有紀錄。」

狄裕聞言知道聖意，忙示意小太監們火速去調閱。

皇上又看向皇后，臉色陰霾，聲音帶著掩不住的哀傷。「皇后怕是傷心過度，忘了十二月初一是什麼日子了。」

皇后漆黑的眼眸此刻帶著琉璃的光澤迎向皇上，正要開口，殿前傳出內官的呼喊：「太后駕到。」

隨著烏金儀杖敲擊在地面的篤篤聲，太后莊嚴的身影出現。她風姿卓然的走過眾位妃嬪，每一步，都帶著看盡人間百態的悠容。

太后端雅的坐下，朝著婧櫻招手。「好孩子，來，來哀家這裡。」

接著，太后朝跪在地上的三人丟出一本廷冊：「去年十二月初一，皇后及嫻妃陪著哀家，自卯時從慈寧宮起駕赴白馬寺，至戌時始回到宮中。當天嫻妃全程伴在哀家身旁，哀家倒很想知道，你們那天何以能在永和宮見到明明在白馬寺的嫻妃？」

凌常在與新兒不知所措的看向婼兒，婼兒低著頭，並未回答。

桂兒輕蔑的望著她們：「皇后娘娘知道你們的狼子野心，特意讓奴婢設這個圈套引你們入洞。你們咬定嫻妃害了凌常在的胎，即便皇上不信，嫻妃也已無端被蒙上一層陰影。皇后娘娘便是要用這次機會，讓你們無從抹黑嫻妃娘娘，同時端肅奴才謀害主上、賣主求榮的歪風。」

太后寶相莊嚴的臉上有著淡淡的寒意：「凌常在，你過去在宮裡鬧出多少風波，哀家都能因為你伺候的皇上開心而不去計較。可是你竟然狠心拿無緣的孩子做引子，陷害他人。你有沒有想過，興許就是因為你這樣歹毒的心腸，才折了那孩子的福？」

太后保養得宜的一雙手摩挲著儀仗頂端，繼續說道：「哀家還想知道，是誰策畫了這整件事？」

新兒哭著道：「回太后的話，太后明察，這一切都是婼兒教奴婢的。前幾個月，婼兒因為經常送大阿哥去咸福宮找貴妃娘娘，奴婢幾次在長街上與她相遇。是她問奴婢想不想幫小主出頭，而謀畫了這整件事。求太后開恩，求皇上開恩。」

太后清藹的望向皇帝：「皇上，奴才們死不足惜，但凌常在一向是聖眷極隆的，這次的事，還是讓皇上處置吧。」

沈默已久的皇上帶著疏懶的笑意，突然問道：「婼兒，朕彷彿記得，高斌大人手下有個頗受重用的知府依爾根覺羅氏，女兒在嫻妃身邊當差。他是你阿瑪？」

婼兒滿臉慘白，抬起頭望向皇上：「皇上，一切都是奴婢的錯，與阿瑪無關，求皇上明察。」

皇上輕笑：「朕自然知道和你阿瑪無關。朕不過因為你阿瑪是高斌大人舉薦的，印象特別深刻罷了。」

在皇上提到依爾根覺羅氏時便已面無血色的貴妃，顫抖的開口：「皇上難道懷疑這一切是臣妾所主使？」

皇上眼裡滿是溫煦的情意，他安撫的看向貴妃：「你說這什麼話呢，朕豈會懷疑你。」

他閉上眼思索片刻，再睜眼，裡頭已如深淵靜水：「傳朕口諭，凌常在欺君瞞上，心狠手辣，著貶為庶人，發至冷宮。其奴婢新兒即刻拖出去亂棍打死。」

「至於婼兒，交由嫻妃發落。」

聖旨已下，眾妃嬪們依皇上旨意散去。芷蘭起身時儘管有巧兒攙扶著，仍覺得雙腿發軟。忽然，有人從另一邊扶住了她，耳邊傳來容翠的聲音，語不落四方：「小姐要奴婢陪海小主回去。

小姐說，芷蘭那個膽小鬼，一定被嚇破膽了。」

芷蘭聞言想笑，卻覺得眼中有什麼被打落。她想，她再不要懦弱的躲在一旁，只會傷心哭泣。她要改變，要想辦法做個能保護姐姐的人。

長春宮內，婧櫻環視殿內，婼兒仍跪在地上，太后深深的看著她，若有所思。皇上看著皇后，眼裡滿溢著敬重。「這次的事情，皇后心思縝密，處理得宜。朕不得不說，皇后賢名在外，當之無愧。」

皇后恬淡的笑了下：「太后與皇上全心信賴臣妾，將後宮諸事全權交給臣妾打理，臣妾自當竭心殫力，不負所託。」

皇上讚許的點了點頭，走向太后：「皇額娘，兒臣雖下旨讓婼兒由嫻妃處置，不過，」他看了眼婧櫻，帶著無可奈何的神色：「婧櫻一向心軟，兒臣想，還是由皇額娘處置，不知皇額娘意下如何？」

太后望向皇上的眼裡有著母親對孩子的瞭解：「哀家還不明白你嗎？眼下正是用人之際，這奴婢有個好阿瑪，保了她一條命，可你又怕留在婧櫻那傻孩子身邊，她又會遭到算計。」她嘴角蘊著莫測的笑，對著婼兒說：「你便留在哀家這裡將功贖罪。哀家正好也有些話要問你。若你答得好，哀家便從輕發落。」

婼兒聞言卻未見喜色，只木然的朝著太后叩了首，嘴中喃喃說道：「奴婢謝太后恩典。」

皇上見一切都已告一段落，向太后行了禮：「皇額娘，那麼兒臣先告退了。」接著對嫻妃說：「你來送送朕。」

婧櫻陪著皇上走出殿外，甫出了太后及皇后的視線範圍，便覺左手被溫暖的大掌包覆，耳邊傳來輕暖的氣息：「剛才，怕不怕？」

婧櫻抬頭，面前的男子似在微笑，清澈的眸中卻有不容錯認的擔憂。婧櫻有些恍惚，皇上私下面對她的模樣，總讓她無法和眾人面前的皇上聯想在一起。又不禁想著，他私下對著虞姬，是不是也是這樣呢？

她搖搖頭：「不怕。只是臣妾也想知道，皇上可曾對臣妾有過一絲懷疑？」

皇上薄唇綻開，笑意中帶著幾許嘲諷：「也不是說真的多相信你。只是你一向懶散，朕只是不相信你會花這麼多時間精力，蒐羅布置這樣的局。」

「那麼，若皇后娘娘並未出手救了臣妾，皇上會怎麼做？」婧櫻繼續追問。

皇上漾開玩世不恭的散漫：「那就蓋座富麗堂皇的冷宮，把你關進去。朕夜夜溜去找你，好不快活。」

不能氣，不能怒，他是皇上，不是王爺。婧櫻在心裡默念。忍住打人的衝動，謙和的屈了屈身子：「話不投機半句多。臣妾恭送皇上，皇上慢走，路上小心。」

皇上笑的開懷無比，攬了攬她的肩，便要離開。突然想起什麼，回頭說道：「你別擔心阿瑪和額娘的後事，朕已派了傅恆去盛京處理。他雖然是堂堂御前侍衛，但重情重義，十分敬重你阿瑪的為人，一切會處置妥當的。」

婧櫻立在玉階上，突然不知該說些什麼。想想，也只能微笑，真心的說了聲：

「謝謝。」

婧櫻返回殿內時，太后和皇后正在品茗聊天。婼兒跪在門口，仰頭，眼角有狼狽的淚。

「小主，你會原諒我嗎？」

婧櫻有些戒備，認真的思索了下：「我想不會。」

「我想也是。」婼兒輕聲的說。她動動嘴唇，似乎還想說些什麼，最終化為複雜的一抹笑：「小主，謝謝。然後，對不住。」

她想說，咸福宮那邊用她阿瑪的前途身家在威脅她；她想說，她事先去找皇后娘娘披露這件事，其實隱隱抱著皇后可能會站在嫻妃這邊的希望；她想說，其實她是逼不得已，不是存心背叛。她想說，她只是在阿瑪和小主之間，選擇了阿瑪。

可是她看著那張坦然真率的臉，她發現自己所有的藉口涼薄的那樣可笑。嫻妃如此受寵，她大可以向嫻妃說出一切，請嫻妃幫她想想辦法。追根究抵，真正支持她背叛的理由，只是因為，她想當皇上的女人，她想飛上枝頭，她想高高在上。

她做了，她輸了，她認了。可是今天看到虞姬的下場，她也忍不住想，即使她成了皇上的女人，又能得意多久？

她腦中浮現過去五年多的日子，她看見在嫻妃羽翼下歡好無憂的自己，終於明白，原本已經握在手中的幸福，竟是生生的，被自己拋棄了。

太后帶著婼兒離開了。正殿內只餘斕妡和婧櫻。

婧櫻眼中流光翻轉，帶著止不住的渴望。她問：「姐姐，所以，我賭贏了嗎？」

斕妡白淨的臉像是雨後清新的梔子花。她想，這個姑娘明亮的杏形眼眸看起來，好暖和。

「對，你贏了，我輸了。婧櫻，我多想恨你，卻抵不過對你身上溫暖氣息的眷戀。」

在這陰暗冰冷的紫禁城，婧櫻是她僅剩的一點光明和溫暖。而她，差點就親手扼殺了最後的這一點光明和溫暖。

斕妡輕啟朱唇，一字一句：「從今天起，你烏拉那拉婧櫻便是我富察斕妡沒有血緣的親妹妹。和富察傅恆在我心中，有著一樣的地位。」

話音剛落，那個總是太過情緒化的姑娘，狠狠的撲進了她懷中，填補了她自永璉離去後始終無法癒合的蝕心之洞。

她想，額娘，你說的沒錯，卻也錯了。

世上惟一可以毫無保留去相信的，的確只有親情。

可是，並非只有血脈相連，才能成就親情。

卷三

富察傅恆風塵僕僕自盛京返回宅邸時，瓜爾佳雪晴抱著四個多月大的兒子，等在他的院落。一向冰冷沒有溫度的鳳眸在看到兒子時，浮現幾許溫柔。

雪晴看著這個清雅俊秀的男子，心裡百味雜陳。她想，她約莫是全京城所有女人最羨慕的妻子了。懷孕時，夫君為她延請專門的大夫伺候著；每月會有太醫自宮裡來為她診脈；所服用的藥物與皇家妃嬪相同；為了她懷孕的身形，更請到京城最有名的布莊為她量身打造衣飾。

她想，如果她再不滿足，是不是會遭天譴？

可是她寧願遭受天譴，也想換得夫君再與她同眠共枕。

已經生完孩子四個月了，他卻未曾再與她同床。她是女子，咬著牙不知羞的問了自己的夫君，可想為兒子再添個弟妹？她的夫君溫和微笑，禮貌拒絕。

此刻，她看著甫經過長途跋涉，看來疲累不堪的夫君，脫口而出：「大人真是重情重義，不遠千里去盛京為嫻妃娘娘的雙親送葬。」

鳳眸如預期的染了冷意：「嫻妃是獨生女，我奉皇上指示赴盛京處理二位老人家的身後事，夫人多慮了。」

「大人是以什麼身份？執禮如孝婿嗎？」她嬌柔的問。

傅恆看向她，表情嚴厲，眼神冰冷。

她毫不在乎，如果注定下半生都得獨守空閨，她還有什麼好害怕？

「我到底哪裡比不上她？」

傅恆緩和了臉上的表情。他淡淡的看著她，溫和眼中沒有一絲情緒。

「夫人，你在大戶人家長大，應當明白，政治聯姻，保障的是雙方家族的利益，是嫡妻身份的尊貴安穩，情與愛，並不在保障範圍。夫人，華服美食，富貴權勢，只要是我傅某有的，一樣不少，全部給你。就像我承諾過的，夫人會是我今生惟一的妻子，擁有我惟一的子嗣。」

那嬌媚如牡丹的女子卻不肯放棄。她放下驕傲的自尊，指著他的胸膛。

「那麼，你的心呢？我想要，你的心。」

傅恆沈默。玄色衣裳在殘陽中顯得刺眼。再開口時，他第一次喚了她的名字，鳳眸滿是苦澀。

「雪晴，我的心，我不是不想給你。可是它不在我這裡，我給不了你。」

咸福宮內，滿面冰霜的貴妃怒視著好整以暇端坐在位上的婉貴人，再忍不住，啪的一聲，一巴掌打在婉貴人白皙面龐上。

「本宮明明告訴過你，那種賣主求榮的賤婢，那種不入流的手法，本宮不屑攪和。你為什麼自作主張？你假藉本宮名義威脅利誘了婼兒，你有沒有想過，事成便罷，若事敗，受牽連的會是我，你……」

貴妃太過激動，嬌弱的身子負荷不了，一口氣差點緩不過來。

陳蔓鵾有些憐憫的看著高沁玥，她想，自己當初怎麼會覺得，她和他相像呢？

想到他，蔓鵾的心又微微刺痛起來。她從不知道他生的什麼模樣，他總是帶著精緻的銀色面具，遮住半邊臉龐。輕魅嗓音彷彿上好的絲絨，在耳邊盤旋。

「蔓兒，我們要做的事，將會改寫歷史。蔓兒，為了這樣的大業，只能犧牲這些兒女情長。蔓兒，你明白的，對嗎？」

她其實不明白。可是他想要做的事，她都會幫他完成。

丹鳳眼裡帶著嘲諷的笑意，蔓鶥慢悠悠的說：「是妹妹忘了，姐姐一向最是孤傲，最是高貴，這些骯髒事，妹妹幫你做也就是了，竟然還處理不好，弄的姐姐一身腥，妹妹真是罪過。」

高沁玥氣的渾身發抖：「本宮從來沒有指使你做過任何事，你不要含血噴人。」

「對，姐姐從來沒有指使過妹妹。可是姐姐，妹妹要做任何事前，可都有向姐姐說過。姐姐不想髒了自己的手，從不親自參與，可也從未阻止過妹妹啊。」陳蔓鶥淡淡的回著。

她第一次在潛邸見到高沁玥時，她們都正在最好的年華。她覺得高沁玥好似一朵潔白的荷花，出汙泥而不染，孤芳自賞。當時高沁玥是資歷最深，也最受寵的使女，陳蔓鶥用盡心機，終於成了高沁玥惟一說的上話的姐妹。

可是，所謂的孤芳自賞，其實只是獨善其身。她原不想傷她，可惜她太讓她心傷。

高沁玥漸漸冷靜下來，她端著貴妃的架子，居高臨下的說：「這些年，你依附著本宮，若不是本宮護著你，從潛邸到宮廷，你能過的這樣舒心？你今天這樣對本宮無禮，就不怕本宮讓皇上把你轟去冷苑和虞氏作伴？」

陳蔓鶥笑：「貴妃娘娘，承蒙你的照護，你可知入宮四年來，妹妹承寵的次數是多少？二次，貴妃娘娘，僅僅二次。咸福宮的恩寵不遜於長春宮和翊坤宮，可是娘娘，你何時想過妹妹？何時想過在皇上面前為妹妹美言幾句？」

她略略停頓，眼中湧現幾許自嘲。

「我看著你汲汲營營的追求皇上那根本不存在的真心，覺得可笑至極。但是想想，我又何嘗不是呢？我這樣小心翼翼的為你籌謀策畫，你根本不屑一顧。」

「是我太奢求了。我是個被詛咒的人，怎麼配得到真心呢？」

她再開口，丹鳳眼中只剩無邊的冰冷：「至於你要讓我去冷宮和虞氏作伴，讓我想想，若我告訴皇上富察鈴依的死和你有關，不知我們姐妹是不是可以在冷宮再續前緣？」

時間彷彿靜止在此刻。高沁玥不敢置信的看著陳蔓鶰。她想，是，她是自私了點，從來沒想過為蔓鶰爭取點什麼。可是，她那樣愛著皇上，她無法忍受讓身邊的人分了皇上的寵。她一直都知道蔓鶰智謀計略出類拔萃，她也理所當然的享受因此帶來的好處。可是她從來沒有故意想去害誰，蔓鶰不可以這樣冤枉她。

沁玥乾澀的開口：「你別胡說，本宮沒做過的事，你憑什麼誣賴本宮？」

蔓鶰有些哀憫的看著她：「我不需要誣賴你。是我以你的名義煽動婼兒背叛，藉著高大人對她阿瑪的威，佐著幫她成為皇上妃嬪的利。今日之事，太后和皇上必定疑心於你。皇上也許會顧念舊情，可是太后……」

太后素來不喜高沁玥，不只因為她的個性及出身，更是因為她的經歷、家世、位分，都和太后最恨的那個人如出一轍。

年氏，貴妃，敦肅皇貴妃。

虞姬進到養心殿的時候，見到殿內有另一個年輕男子，微微楞住。

將入冷宮，她千求萬求，求得了一個面聖的機會。她刻意做著素淨的打扮，清新如初晨含苞的茉莉。

她向皇上請了安，有些遲疑的看向那個男子。男子軒昂的劍眉下，有雙微微上挑的鳳眸，挺致的高鼻，飽滿的嘴唇。清雅俊秀，冷漠疏離。她覺得他似塊白玉，冰寒刺骨，迥然不同於皇上的溫潤多情。而不知為何，那男子雖然並不看她，她卻明顯感覺到他對她的敵意。

皇上淡淡的說：「恆不是外人，有什麼便直說吧。旨意已下，你還來做什麼？」

虞姬抬起光潔的下巴，眼波盈盈的望著皇上。「皇上，虞姬自知罪孽深重，不敢奢求皇上原諒。只是想讓皇上知道，虞姬對皇上用情太深，一時糊塗，犯下大錯。虞姬願於冷宮思過，望皇上能記得虞姬對皇上的一片心意，虞姬也就不枉此生了。」

皇上漫不經心把玩著手上的玉如意：「余淇，你真是個性情中人。」

虞姬如玉的頰上血色盡失，他怎麼會知道這個名字？難道他原本就知道了？

那個總是溫和待她的男子，此刻噙著殘酷的笑：「你是何時對朕用情的？發現朕能給的，比理親王多？還是，發現朕任你為所欲為，極好操控？你帶著理親王為你取的名字來到朕身邊，虞兮虞兮，霸王別姬。你的霸王，是弘晳，還是朕？」

虞姬神色茫然，一直以為的深情繾綣，原來只是南柯一夢嗎？

「皇上從一開始就知道了？」

皇上的回答那樣清晰，每個字都似利刃，刺的她體無完膚。

「是，從頭到尾，清清楚楚。你說，朕如何能讓你生下孩子？你既然背叛了弘晳，又如何不會背叛朕？」

「朕原想若你安份，過些日子恢復你貴人的位分，讓你安然終老。可惜，你傷了朕的心，朕留不得你。」

虞姬纖白修長的手捂住嘴唇。失寵的這些日子，她靠著三年來的美好回憶支撐自己。他輕撫她髮時的溫柔，他親吻她唇時的熱情，他溫暖她身子時的激昂。她總想，他是愛她的，現在只是一時生氣，過些日子氣消了，就會將她自冷宮裡放出來。滿宮裡只有她沒有任何背景，他卻如此待她，那不是愛是什麼？

原來，那真的不是愛。

連支撐自己活下去的理由都沒有了。她彷彿行屍走肉的離開養心殿。往冷宮的路上，她想，她虞姬何德何能，可以傷了那個冷酷帝王的心？她自始至終傷的，不過一個嫻妃罷了。

慈寧宮內，一如往昔的煙霧裊裊，矇矓中有雙銳利的眼眸，盯著跪在地上的宮女。

「所以，你剛所說的這一切，都是貴妃指使你的？」

婼兒咬著唇，腦中閃過那雙深不可測的丹鳳眼，點了頭。

那是一個日暖靜好的午后，嫻妃去養心殿伺候皇上午睡，容翠有別的事在忙，她於是去上書房接了大阿哥去咸福宮。便是那一次，婉貴人在她即將出咸福宮宮門時，叫住了她。

婉貴人一向不得寵，依附著貴妃生存。婼兒原對她有幾分輕視，但婉貴人卻絲毫未將婼兒的無禮放在心上，隨意與婼兒話著家常。卻是在這樣的隨意中，婼兒不知不覺打開了心防，覺得彷彿已與婉貴人相知多年，覺得心裡最深處那不可言說的痴心妄想，好像有了那麼一點實現的可能。後來她總抓著機會，自告奮勇送大阿哥去咸福宮，幾次談話下來，她該說的，不該說的，都說了。

——婼兒，就憑你的姿色與才情，一輩子做個宮女，委曲你了。

——不委曲，小主待我極好。

——待你極好又如何？在所有人心中，你也不過就是個奴才罷了。婼兒，你阿瑪已被高大人拔擢為知府，依爾根覺羅氏正身旗人的出身，你就算做個小主，也配的上啊。你就真的甘願一輩子為奴為婢？你小主若真為你設想，就該為你鋪路，讓皇上召幸你。婼兒，我是個沒什麼指望的人，這宮裡只有貴妃姐姐對我好。貴妃讓我做的事，我是一定要為她辦到的。婼兒，即便不是為了你阿瑪，你就不想為自己，爭一爭？

她動心了，拉攏了新兒，說服了凌常在，三個人都有一樣的渴望，君恩眷顧。

婼兒逸出一聲嘆息：「太后娘娘，奴婢的阿瑪在貴妃阿瑪手下當差，奴婢實在別無選擇。奴婢知道錯了，求太后娘娘開恩，求太后娘娘開恩。」

太后帶著細紋的眼角微揚，幽深的眼瞳似能看透人心：「別無選擇？婼兒，你阿瑪堂堂一個朝廷命官，竟是會為了後宮爭寵這樣的事危及身家性命的嗎？你若告訴嫻妃，告訴皇后，告訴哀家，難道這些主子便沒有辦法制住咸福宮？哀家原本以為你是真心悔改，此番話聽下來，你根本不知道自己錯在哪裡。」

「每個人都有自己的本份。做奴才的本份就是伺候的主子開心。你不安本份，想要飛上枝頭，原也不是什麼大錯。但你為了這樣的念頭，不惜背棄你的主子，栽贓嫁禍，哀家便饒不得你。」

太后閉上眼睛，淡淡說道：「念在你阿瑪頗有功績，哀家也不想取了大清功臣之女的性命，你便留在哀家身邊當差。你千伶百俐的，哀家也捨不得你將來出宮遠嫁，便將你賜婚給慈寧宮副總管太監晟安吧。」

婼兒一聽，渾身搖搖欲墜，她張口想喊叫，卻在接觸到太后深潭般的眼眸時，頹然閉上。她想起額娘說過她是個有福氣的人。她想，她一生所有的福氣，約莫已經用盡。

婼兒離開了，候在殿外多時的秦晁恭謹走進正殿。

太后原本清厲的神情在見到秦晁時柔和下來，看向他的眼裡，有對舊日時光的緬懷。

「微臣向太后請安，願太后千歲安康。」

「秦晁，你和哀家說話不需這樣拘禮。哀家還記得，你當年跟在衛太醫身邊時的青澀模樣。」

秦晁想起已逝的恩師，眼眶微紅：「微臣有今日的成就，全靠先師的栽培，以及太后的提拔。太后對微臣的大恩，微臣謹記在心。」

太后幾不可聞的嘆了口氣：「什麼大恩呢，你心知肚明，當年哀家有多少次死裡逃生，都是靠著你和衛太醫。」

她帶著深深的倦意：「秦晁，哀家老了，不想再造孽殺人了。」

秦晁微微一震，抬眼看向太后。平日因著禮節，秦晁從未敢正視太后。此番抬眼端詳，才發現當年那個風姿卓絕的女子，已是歷盡風霜，早生華髮。此刻眼中充滿疲憊。

「可是，哀家不殺人，並不代表哀家就必須救人。貴妃的身子一向不好，秦晁，身為院判，藥方與病因都是你說了算的。你可明白哀家的意思？」

秦晁心下雪亮，他低首回答：「微臣明白。」

太后望著秦晁離去的背影，眼中閃爍著細碎的光。秦晁是她與舊日時光的聯繫，她想起痛徹心扉的那年，她曾失手打了秦晁，她說，大膽，你個奴才，竟敢詛咒皇后，皇后不是好好的躺在那裡嗎？你竟敢說她崩了。本宮饒不了你。

秦晁只是垂手站在那裡，不發一語。床上，那個先帝惟一的皇后靜靜躺著，再也與這座宮城裡發生的任何事情無涉。

年妃張揚狂妄的年代裡，是那個娟秀素淨的女子牽著她的手，穩穩的走在刀光血影的紫禁城裡。那個女子的恬靜，全然不同於她姪女的外放。可是她們有著一樣的特質，光明溫暖，燃燒著熾熱的生命之火。

她那樣愛著那個女子，可是，她到底還是負了她。那女子臨終前的眼神，是她餘生永遠忘不了的痛。

她握著她的手，指節冰涼，說：「妹妹，其實那件事，不是年妃做的，對嗎？」

「我原本沒有疑心，可是你這些年面對我時，總忍不住閃過愧疚的神色。我也是最近躺在床上胡思亂想的時間多了，才想通的。」

「原想把這當成祕密帶到地下，可你最是鑽牛角尖，想想還是告訴你，我已經知道了，氣過了，也放下了。」

「妹妹，我原諒你。可是你答應我，盡你所有的力量讓櫻櫻遠離紫禁城，答應我。」

那女子的眼神晶瑩澄澈，寬恕包容。她原諒了她，她卻從此無法原諒自己。

她說，姐姐，我答應你。我會發布她重病的消息，讓她不用參加秀女大選。我答應你。

可是她卻再一次的負了她。她拒絕的了任何人，獨獨拒絕不了她此生最愛的男人，她的兒子。

太后痛苦的捂著心口，姐姐，對不起，她終究還是回到了紫禁城。可是你相信我，我一定會保護她一世長安，我一定會。

皇上下了朝，走進御花園時，一抹淡紫身影撞進眼簾。

那是個清麗脫俗的女子，淡紫宮服襯的她粉膚花貌，堆縱的雲鬟間，綴著銀鑲翠玉鈿兒，在即將邁入初秋的晚夏時節，帶來一股沁涼的氣息。皇上心下暗自讚賞，女子盈盈福了福：「皇上萬福金安，臣妾貪看花園景緻，驚擾聖駕，望皇上切莫怪罪。」

皇上扶起她，笑意溫存：「你便是這花園裡最美的一抹景緻，朕又如何會怪罪？」

他的目光自她清新奪目的臉略微下移：「極少見你穿著如此粉嫩的顏色，也極少見你出來走動。今日可真是巧，都讓朕碰見了。」

那女子正是芷蘭。此刻，她光潔的臉龐微抬，笑意盈然：「皇上，芷蘭今日是特意打扮，盼能博得皇上眷顧的。」

皇上微哂，妃嬪們花心思打扮無非就是搏寵，但像芷蘭這樣明白說出，一點也不拐彎抹角的，他倒是第一次見。

「平時看你在嫻妃身邊羞怯怯的，倒看不出有這番心思。」

芷蘭笑意微斂：「皇上也知道，嫻妃姐姐前不久遭人陷害，讓臣妾好生厚怕。連姐姐這樣受寵，都會遭到算計，何況是臣妾。」她略微傷感的搖搖頭：「臣妾一身所有，都是皇上所賜，本就應該盡心伺候皇上。只是，」她雪白臉上浮起兩朵紅雲：「皇上眼裡只有嫻妃姐姐，看不見臣妾呢。」

皇上親暱的執起她的手：「說這是什麼話，你這樣花心思取悅朕，朕又豈能辜負？」

兩人攜著手，軟語儂言的離去。夏季將離，涼風中，第一片轉黃的葉子在空中翻滾了幾下，終是落了下來。

「嫻妃娘娘，剛才敬事房姜坤來報，皇上晚上翻了海小主的牌子。」

婧櫻正在練著字，宮女香兒喘著氣衝進來說著。

「皇上翻芷蘭的牌子，你做什麼這麼大驚小怪？」婧櫻疑惑的看著香兒。

香兒有些不平：「娘娘，如果是皇上自己想到海小主也就罷了，可是……可是奴婢聽說，今早海小主特意打扮了一番，候在御花園等著皇上，分明就是要和娘娘爭寵。」

婧櫻沈穩的握著手上的筆，端正的劃完最後一個筆畫，不甚在意的說：「那便爭唄。」

晚膳時，皇上與芷蘭似是熱戀中的情人，眼波流轉，情意無限。婧櫻被晾在了一旁。

她看著皇上與芷蘭旁若無人的調情，突然便覺得不能忍受了。她想這紫禁城真是個奇怪的地方，皇上寵幸貴人，這麼正常的事，她的心為何那樣堵呢？

她求助的看向容翠：「翠兒，本宮突然想起，皇后下午似乎有事找本宮？瞧本宮的記性，竟然給忘了。」

容翠慌忙答道：「糟了小主，奴婢一時也給忘了。皇后似乎挺急的，還是奴婢先去回報一聲？」

婧櫻順勢放下碗筷：「皇上，臣妾怕皇后有急事，你和芷蘭慢用，臣妾先告退了。」她抱歉的看向芷蘭：「妹妹，你好好服侍皇上用膳，本宮先走了。」

她像是逃離似的出了翊坤宮門。可她其實是無處可去的。只是慢慢走在路上，覺得天下之大，她卻無處容身。她不清楚自己為何會有這樣的反應，她甚至不知道，她是因為覺得皇上被芷蘭搶走了而難過，還是因為覺得芷蘭被皇上搶走了而傷心？她喜歡他們，可是他們彼此喜歡的時候，她卻覺得難受。

她不懂。然後，從來沒有像此刻一般，那麼希望阿恆在她身邊。

婧櫻蹲下來，用手環住身子。她凝神細想，想阿恆的笑，想阿恆的怒，想他們在草原上無憂無慮的年少，心情慢慢的平復下來。她想，阿恆，如果剛才是你和芷蘭在調情，我一定用鞭子抽死你。

想著那雙鳳眸被她抽的滿地求饒的樣子，她終於笑了。

「嫻妃娘娘萬福金安。」輕柔的聲音在前方響起。

婧櫻緩緩起身，眼前盈盈立著的，是咸福宮的婉貴人。

「這麼晚了，妹妹是來翊坤宮找人，還是路過？」

「妹妹是聽說皇上今晚翻了海貴人的牌子，怕嫻妃姐姐長夜寂寞，特地來陪姐姐說說話。」婉貴人拈著手絹，遮口笑了下。

婧櫻溫雅開口：「海貴人能有今日的榮寵，全都歸功於妹妹當年慧眼識英雄不是？」

婉貴人丹鳳眼微瞇：「妹妹當年是無心插柳，真正慧眼識英雄的，是姐姐。就不知姐姐此刻是否覺得，養鼠為患？」

婧櫻微笑：「本宮什麼都養，就是不養老鼠。倒不知妹妹所說的老鼠，是指誰？」

婉貴人語音溫柔，卻蘊著絲絲縷縷的冷意：「妹妹知道姐姐最是宅心仁厚。就不知姐姐回想過去對婼兒種種的好，可有一絲一毫的後悔？妹妹心疼姐姐，就算不好聽也要奉勸姐姐一句，防人之心不可無。婼兒都可以背叛姐姐，難保海貴人不會。」

婧櫻伶仃著瘦弱的肩骨，笑開了眉眼：「本宮一向今朝有酒今朝醉。人活著，就為了開心，如果要每天猜忌防範身邊的人，那真沒意思。就說婼兒吧，本宮和她過了五年開心的日子，這五年，她心裡怎麼想本宮不知道，本宮也控制不了，但本宮是真心對她好，也享受了她為本宮做的一切。就算最後她背叛了又怎麼樣，好歹本宮和她有過五年的好日子，勝過本宮時刻都活在算計猜疑下，沒一日舒心。」

「你的好意，本宮心領了。翊坤宮的事，不勞咸福宮費心。」

自長春宮請安回來的路上，芷蘭在婧櫻身後慢慢跟著。她看著婧櫻高挑的背影，在心中描繪那飛揚的黑眉，大大的杏眼，渾然天成的氣勢，高貴無雙。

一早醒來，送走皇上，巧兒既高興又擔憂，她說，小主，皇上疼愛你是好事，就不知嫻妃娘娘會不會介意。

芷蘭望著鏡中嬌妍的自己，露出一抹篤定的笑。

此刻，她在心中默默數著，一、二、三，然後，如願地看到那個高挑的背影停住，轉身，氣呼呼朝她走來。

「你為什麼不理我？」杏眼女子齜牙咧嘴。

芷蘭眼角帶著委屈：「妹妹以為姐姐生氣了，不敢打擾姐姐。」

婧櫻赧然，山水明淨的眼中盈滿歉疚：「芷蘭，我昨天不是生你的氣，我只是……」她停了下，思索著適當的用詞：「只是覺得被冷落了，心裡有點不舒坦。」

芷蘭定定的望著婧櫻，緊緊握住她的手：「姐姐，妹妹故意這麼做，就是希望讓你看清楚，皇上不是你的良人。他今日可以為了妹妹冷落姐姐，來日也會為了別人冷落妹妹。當咱們姐妹年華老去，能做伴的也只有彼此。妹妹知道姐姐的心很大，放了許多人，可是姐姐，你心裡可以放進任何人，就是千萬別把皇上放進去。」

芷蘭明亮的眼裡，有著不容忽視的堅決：「歷來愛上帝王的女人，注定死路一條。姐姐，妹妹絕不能任由你把自己往死裡送。」

婧櫻頓住腳步，依舊是山水明淨的眼，卻有些無措：「嗯。」

芷蘭接著又含了抹神祕的笑：「妹妹這麼做還有另一個目的。姐姐，大阿哥再過一兩年，便不適宜再住在翊坤宮了。姐姐聖眷一直頗隆，卻始終沒有傳出喜訊，可翊坤宮不能沒有自己的孩子。姐姐，妹妹想生個孩子，我們的孩子。」

＊＊＊

婧櫻在御書房為皇上研墨。皇上望著那雙微布細繭，不若富貴千金滑膩無瑕的手，失了神。

很久以前，他坐在書桌前的椅子上，皇阿瑪坐在他現在的位子上，問著他功課。一旁研著墨的，是皇額娘。

他對答如流，皇阿瑪很是高興。皇額娘對他讚許的笑了笑，然後捉狹的眨了眼。他暗笑，心裡想，功課答的好，皇額娘可得守諾，讓他抱抱那個小格格。

皇阿瑪發現他們的小動作，一向嚴竣的眉眼染了幾許暖色：「你們這樣眉來眼去，眼裡還有朕嗎？」

皇額娘溫柔的說：「臣妾和四阿哥的眉間眼裡，全是皇上呢。」

皇阿瑪笑開了，他輕輕撫上皇額娘研墨的素手，說：「這便是，少年夫妻老來伴了。」

他那時想，整座宮裡，或說，整個天下，大概只有皇額娘，是不怕皇阿瑪的。

「皇上在想什麼呢？這是臣妾的手，不能吃的。」婧櫻的聲音傳來。

他回過神，涼涼的問：「昨晚皇后找你何事？」

婧櫻的臉剎時抹上紅暈，她支吾其詞，最後銀牙一咬：「皇后沒有找臣妾。是臣妾隨口瞎編的。」

「哦，」皇上饒富興味的看向她：「欺君之罪你都敢犯，究竟所為何事，說！」

婧櫻不服輸的看向他：「臣妾覺得芷蘭被皇上搶走了，心裡不痛快。」

皇上沒料到這樣的回答，楞了下，瞬間笑岔了氣。

他指著她：「你真是，你真是，」他笑的幾乎喘不過氣：「你真是朕的開心果。」

從王爺到皇上，從皇子到皇阿瑪，他的人生經歷了許多改變。初登基的那二年，午夜夢迴，時常，他會突然驚醒，忘了自己在哪裡。已經沒有皇阿瑪為他撐起一片天了，自今爾後，他便是天下萬民的天。

他感到惶恐。鎮日裡見到的人，都直不起腰。他們跪著，以仰望的姿態，膜拜著他。每個人都變的畢恭畢敬，每個人都想向他求些什麼。

可他只是血肉之軀，他也怕，怕自己辜負了皇阿瑪的託負，怕自己辜負了愛新覺羅的傳承。這樣的包袱常常讓他幾乎無法呼吸。

然後那個少女，灩紅的唇含著笑，坦然無懼的望著他。回話的姿態，隨意的那樣放肆。彷佛他們只是從京城走進了另一座城池，而那座城池，剛好叫做紫禁城而已。

他便忽然覺得可以呼吸了。想，有什麼大不了呢？皇阿瑪將天下交給他，必是他有這分才能，他盡心盡力也就是了，其餘的，便交給天罷。

「皇上笑完了嗎？」婧櫻冷冷的聲音傳來。

他莞爾頷首。

「那麼，」婧櫻行了個禮：「開心果把墨磨好了，也讓皇上開心了，先行告退了。」

狹長俊目望著那抹月白的背影，他知道她昨晚在鬧彆扭，心裡暗自有著莫明的竊喜。她總能引發他最真實的情緒，純粹的歡愉，純粹的憤怒。只有在與她相處的時候，自十一歲起開始的假面人生，才有了真實參與的感覺，才變得不那麼令人難以忍受。

他想，少年夫妻老來伴，雖然她不算他的妻，但他也想與她老來相伴，這樣，應該不算貪心吧？

芷蘭有孕的消息傳來時，已是第二年的春末。婧櫻興奮又焦急，身為翊坤宮主位，宮裡第一次有了懷孕的妃嬪，又是自己最親近的芷蘭，卻不知該注意些什麼，她一會兒想詢問太醫，一會兒想吩咐小廚房，心念一轉又想叮嚀內務府裁製較為透風舒適的衣裳，最後整個人像陀螺似的在原地打轉，什麼也沒辦成。

芷蘭拈著手絹捂唇直笑，皇上忍不住輕咳了一聲。

「嫻妃，如果沒記錯，朕才是孩子的阿瑪。你會不會太興奮了點？」

婧櫻笑得杏眼瞇成一條線，難得的沒有向皇上回嘴。她挨到芷蘭身邊，孩子氣的輕撫芷蘭的肚子，溫柔低語：「娃娃，我是嫻娘娘，你可要乖乖的，別讓你額娘難受，知道嗎？」復又想起什麼，對著宮人們喊：「太后知道了嗎？皇后知道了嗎？還不快去通傳。」

皇上看著她歡喜天真的模樣，心頭驀地發軟。

「你呀你，從純妃、嘉嬪到如今海貴人，每個孩子你都照顧有加，怎麼自己就不爭氣點，為朕生個白胖的娃兒呢？就算這孩子像你一樣時時忤逆朕，朕也開心。」

婧櫻原本燦爛的笑淡了些，目光有些逃避，正想回答，香兒端著太醫院送來的坐胎藥進到了內殿。

芷蘭微笑：「皇上，太后為求皇室開枝散葉，帝祚永存，自年初命太醫院配製坐胎藥，定期發送各宮。臣妾也是因為按時服用了坐胎藥，沒多久便傳出這好消息。相信姐姐不久也會懷上龍胎的，皇上莫著急。」

婧櫻感激的望了眼芷蘭，對著容翠道：「翠翠，幫我把藥端進寢殿吧，我進去喝。」

皇上疑惑：「做什麼去寢殿喝？在這兒喝不成嗎？」

容翠連忙回答：「皇上，小主極怕坐胎藥的味道，每次都是奴婢捏住小主的鼻子灌下去的，喝完後也得趕緊奉上梅子好去掉那味道，以免小主又嘔出來。小主不敢讓皇上看見這樣子折騰的畫面，還請皇上恕罪。」

皇上有些動容，他拉過婧櫻的身子：「朕不知道你喝個藥還這麼多名堂，你這性子，若真懷上了還不知要受多少罪。」

婧櫻垂頭不語，紅唇微抿。皇上又同芷蘭說了些話，方起身離去。

寢殿裡，容翠望著空落的藥碗，輕輕嘆息。

「小姐，太醫診過你的身子，原本就是極不易受孕的體質，這些年又受那佛珠的影響，怕是難上加難了。皇后還特意吩咐，讓太醫在小姐的坐胎藥裡多加些調養溫補的藥方，小姐卻一口都不喝，這樣……」

婧櫻望著倒在盂裡的藥湯，雖然未喝，嘴角卻微微發苦。她不像長姐那樣理性，也不若芷蘭那樣冷靜，時常，都會因為旁人小小的善意而動了心。皇上這些年對她的好，她不是不知道，卻不知道該如何自處。她羨慕芷蘭對皇上的態度，男歡女愛，各取所需；她也羨慕長姐對皇上的態度，相敬如賓，不慍不火。她卻始終做不到像她們那樣的剛好。她的個性大鳴大放，只能全有，或是全無。那種恰到好處的，不損人不傷己的分寸，總是拿捏不準。

「翠翠，我……我還沒準備好，生下他的孩子。」

生下孩子之後，長姐和她好不容易明朗的關係，會不會又有變數？

生下孩子之後，芷蘭和她相濡以沫的患難情感，會不會發生質變？

那個孩子，會有她的眉，他的眼，她的骨，他的血。她最懼怕的，其實是隨著孩子的誕生，她對孩子的阿瑪，會起了控制不住的貪念。

於是，沈吟再三，終究還是任一碗又一碗的藥水，在指間滑落。

內務府門外，一批新進的宮女規矩的站著，等著主事太監宣讀她們被分撥的去處。其中一個宮女容顏清秀，瑩白的小臉上，是典型漢家女子的柳眉細目。她輕輕咬著嘴唇，忐忑著自己的命運。

眼見一個一個同期的宮女都被領走了，只剩寥寥數人，她不禁有些著急。

那大太監略微停頓了下，望著剩下的四名宮女，嘴角掛了抹心照不宣的笑。

「你們四個，即日起入侍長春宮服侍皇后娘娘。這等差事是拔尖兒的，多少人求都求不來，你們可得好好當差，別丟了我的臉面，明白嗎？」

那宮女只覺原本提在半空中的心穩穩的回到了胸腔中，她想，還是宇成哥哥想的周到，為她張羅了那些銀子，才能謀到這份好差事。她想到被分撥入浣衣局的彩茗那絕望的神情，再次為自己感到慶幸。

「姐姐，我叫淑宜，上個月剛滿十三歲，不知姐姐如何稱呼？」與她併肩走著的宮女開口與她聊了起來。

「我是嫣然，算起來比你大了三個月，也是十三歲。」魏嫣然答道。她打量淑宜，見她容貌平凡，稚氣未脫，心裡暗忖是個可以結交的伴，以後也好有個照應，遂堆起親切的笑容。「宜妹妹，聽說內廷裡的宮女都固定去掉名中一個字改為兒結尾的。以後你就是宜兒，我就是嫣兒了。咱姊妹倆要彼此扶持，有什麼事都要互相照顧，你說好不好？」

宜兒嬌憨的笑，忙不迭的點頭。嫣兒見她的模樣，忍不住笑了出來。

當天夜裡，嫣兒躺在床上，細細回想進宮後的種種，以及今日見到氣派的長春宮時心裡的震懾。

身旁，宜兒睏倦的聲音傳來：「嫣姐姐，皇后果然是神仙一般的人物呢，好標緻好有氣勢，但對咱們這些下人卻是和顏悅色的，難怪大家都說來長春宮當差是一等一的福氣。」

嫣兒虛應了聲，沒再接話。她心裡想著，皇后怎麼稱的上是神仙般的人物呢，真正神仙般的人物，她是見過的，那時，她還不到七歲……

「嗚……嗚……額娘……額娘在哪裡……」

六歲的魏嫣然走在京城的大街上，她與額娘甫自千里外的家鄉來到京城與阿瑪團聚，可是京城人好多，每個人都形色匆匆，她顧著東張西望，與額娘牽著的手不知何時鬆脫了。她楞在原處，不知所措，矮小的身子被淹沒在人群中，根本無人注意到她的無助。

「小妹妹，你怎麼了？走失了嗎？」清脆的問話傳來，嫣然抬起滿是淚水的臉，望進一雙神采飛揚的杏形眼眸。

那是個極為美麗的少年，顧盼之間，流光溢彩。他纖長的手輕輕拭去嫣然頰上的淚痕，指節上有細細的繭，讓人莫明的安心。

「走失的時候，記得留在原地，你親人一定會回來找你。如果你繼續漫無目的亂走，就真的會和家人失散了。」少年蹲在地上，目光與嫣然平視，認真說道。

嫣然呆呆的點點頭。從來沒有人這樣慎重的與她說話，每個人都覺得她只是個孩子，對孩子只需要敷衍，不需認真。

大約過了半刻，嫣然看見額娘焦急的臉在人群中出現，心下一鬆，隨即湧上的，卻是微微的失落。要和這個好看的哥哥分開了。她想著。京城裡的人，果然特別不同。第一天，就讓她遇見了個神仙般的人物。

「小妹妹，你額娘來了，這次記得要牽緊，別再走失哦。」少年眼神溫柔的與她道別。轉身卻訓了她額娘一頓，要她多用點心，別再把女兒弄丟。

嫣然戀戀的看著少年離去的高挑身影，耳邊傳來額娘鄙視的評語：「哼，神氣什麼，男人女相，福少命薄。」

嫣然心下一驚，有些忿忿的看向額娘。

額娘卻無所覺，牽著她繼續往前走，嘴裡叨念著：「滿福樓究竟在哪？這京城忒大，真難找啊。」

嫣然緊緊牽著額娘的手，乖巧的走著。終於找到了滿福樓，她抬眼，卻見到了另一個神仙般的人物。

不同於少年的美貌，眼前這個男子長身玉立，狹長眼眸帶著玩世不恭的散漫，他隨意站在那裡，便吸去了周圍所有人的目光。那時，他微瞇著眼，望著一個離去的身影，喃喃自語：「大白天的矇著臉，怪人。」

他卻不知道，自己如何魅惑了一個小小的姑娘。

許多年過去了，她已是個亭亭玉立的少女，周邊不乏愛慕她的人，其中最殷勤的，便是在富察府邸當護院的厲宇成。

她知道宇成哥哥對她好，可是，她總忘不掉那二個龍鳳一般的人物。

難道，她只能、只配，在這樣尋常的男子身邊過完平凡的一世？

她想起宇成哥哥有次同她閒聊時說起的一句話，那句話大約是她這細微心事的最佳寫照。

宇成哥哥說，富察家的恆少爺娶親前，並無新郎倌的喜色，一向無表情的臉上，帶著淡淡的憂悒。那天，他聽見同屬嫡出的勤少爺揶揄的對恆少爺說：「恆弟啊，你這樣當真是，不如不遇傾城色。」

厲宇成不懂這句話是什麼意思，只是跟嫣然打趣的說，原來富貴人家也有不知名的煩惱。嫣然卻是為了這句話怔忡不已。原來她一直以來的不甘心，也是因為這樣嗎？不如不遇傾城色。

年關將至的時候，貴妃舊疾復發，皇上大為心疼，命秦晁組織太醫院為貴妃進行會診。數個月調養下來，貴妃身體略有起色，皇上也終於緩下緊皺的眉頭。同時間，高斌父子又因治水功績，加官進爵，有旨嘉獎。一時間，咸福宮寵冠內廷，連太后也數次親至咸福宮探視貴妃。

另一方面，芷蘭腹裡的龍胎被皇后和嫻妃密密實實的照料著，嘉嬪亦時常帶著四阿哥至翊坤宮與芷蘭閒聊，以過來人的經驗叮囑芷蘭種種需要注意的瑣事。

新年剛過的二月初，婧櫻在模糊的睡意中，被容翠慌張的搖醒。

「小主，小主，快醒醒，海小主、海小主好像要生了。」

芷蘭在越來越密集的陣痛中幾乎渙散了心智。她知道生孩子會很疼，可是真正面臨的時候，卻驚覺自己的不自量力。她的髮鬢凌亂，香汗淋漓，四肢百骸都似有細刃在凌遲。她想，她要熬不過去了，她再撐不下去了，睡一下，睡一下，睡一下就好……

一雙帶著細繭的手握住了她。熟悉的清脆嗓音霸道的響起：「珂里葉特芷蘭，你如果敢就這麼睡去，我一定不會原諒你。」

芷蘭勉力睜開眼睛，所有的疼痛彷彿瞬間淡去。是她，她來了。黑眉緊蹙，杏眸冒著火焰，這麼些年過去了，她始終是那年任意妄為的飛揚女子，從來也不曾捨棄她。

婧櫻環視殿內的三名太醫，卻發現皆是陌生面孔，心下一驚。

「秦晁呢？邵行呢？江儀廷呢？貴人的胎一向是他們在照料的，這麼重要的時刻怎麼都不見人影？」

其中一名太醫緊張的跪在地上：「回嫻妃娘娘的話，貴妃深夜舊疾又發，院判大人帶著邵太醫及江太醫趕去了咸福宮。海小主的產兆是剛才出現的，宮人來報時太醫院內只剩微臣等三人了。」

婧櫻心內大駭，卻是死死的咬住嘴唇，不肯在芷蘭面前顯出驚慌。她對著宮人們喊：「還楞在那兒做什麼？快去通知皇上及皇后，儘速將秦太醫帶來。」

望著芷蘭慘白的臉，婧櫻拿過毛巾沾了熱水，輕輕的為她拭去額上的汗。

「姐姐，疼。」芷蘭在痛苦中輾轉，軟軟的撒著嬌，因為婧櫻伴在身旁而安心。

「你乖，再忍一下，再努力一下。咱們的孩子還在等著和咱們見面呢，你說是不是？」婧櫻忍著淚說道。

眼前的女子曾如驚弓之鳥，羞怯柔弱，只想安靜的生活。卻為了她，不畏人言如沸，不懼妒嫉如劍，將自己迎向爭寵奪愛的風口浪尖，拼盡所有，只為生下子嗣供她傍身。

「嫻妃娘娘，海小主的胎兒一直下不來，這樣下去母子都會危險。」太醫程億端上一碗藥：「這是催生藥，藥量極輕，先讓海小主喝下看是否能有改善。」

婧櫻握著拳，指節泛白。她為了芷蘭的胎，惡補了許多醫理知識，明白催生藥在生產時是極為普遍的。可是，可是這人可信的過？

芷蘭的氣息已極為微弱，再拖下去，力氣耗盡，會更為危險。婧櫻咬咬牙，點了頭。

大約半刻過去，藥效發作，胎頭明顯下降，劇痛卻更甚。婧櫻見芷蘭咬的嘴唇都已出血，撬開芷蘭的唇齒，讓她咬住了自己的手臂。藉著手臂傳來的痛，感受到了芷蘭所經歷的一切。

那樣漫長的煎熬中，芷蘭的臉模糊了，清晰了，復又模糊。

「怎麼還沒有聽到孩子的哭聲呢？」
程億著急的滿頭大汗。「嫻妃娘娘，海小主的身形看來正常，但胎兒似乎比尋常要大了一些。」
「你在說什麼？本宮聽不懂。」
「嫻妃娘娘，微臣剛略略看了海小主孕期的飲食，一切雖然正常，但小主自四個月起，餐餐都佐以牛肉。牛肉養胎，一般是孕期末再加強即可。小主也許為了龍胎著想，提前預做了準備。但因小主身形纖弱，胎兒較尋常為大，此刻……此刻……」
「此刻將你們太醫院的看家本領都給本宮拿出來。海貴人或龍胎都不許出絲毫差錯，否則本宮絕不輕饒。」
皇后從容不迫的聲音傳來，一雙素白的手搭上婧櫻的肩。
「別怕，長姐來了。」
婧櫻的眼淚瞬間決堤，原本強裝的鎮定碎的七零八落。
那時那年，長姐還未出閣，她在富察府邸做客，每每和阿恆拌嘴，她總氣的淚花直落，在園裡亭中嗚咽。芳齡十五的尊貴嫡女端莊走來，帶著笑的珠玉嗓音，說的便是，別怕，長姐來了。
她往後靠進長姐懷裡，覺得一切都踏實了，篤定了。
斕妡蹙眉掃過婧櫻被咬的鮮血淋漓的手臂，黑玉眼眸堅定的望向芷蘭。
「芷蘭，後宮裡就我們三個滿人，這個孩子，會是尊貴的純滿皇子，是八旗貴冑的希望，本宮必定保你母子均安。所以芷蘭，你千萬不能放棄，千萬要堅持下去。」
跟在皇后身旁的秦晁察看了芷蘭的情形，吩咐邵行及江儀廷監督著穩婆，按他口述的藥方即刻換藥給芷蘭服下。

不知道過了多久，芷蘭原本淒厲的叫聲已然沙啞，婧櫻原本雪白的手臂也再無一塊皮肉完好，終聽到一聲極為洪亮的嬰兒啼哭，劃破了殿內原本沈重的氛圍，似風雪過後第一道晨曦，照亮了晦暗的洪荒。

巧兒第一個回過神來，她喜極而泣：「恭喜皇后，恭喜嫻妃，恭喜小主。小主，小主，是阿哥，是個阿哥。」

穩婆幹練的為皇子梳洗穿衣，迅速的將包裹在紅緞襁褓中的嬰孩抱給了皇后。

爛圻眉眼柔軟，她抱著孩子坐到芷蘭身邊，讓芷蘭及婧櫻都能清楚看到這個方頭大耳，白胖可愛的孩子。「芷蘭，你看，這是五阿哥，是你懷胎十月誕下的皇子。皇上已在偏殿等候多時，本宮先將阿哥抱去給皇上看。」

婧櫻戀戀的看著孩子，輕輕的說：「你真淘氣，將來可要好好孝順你額娘。」

芷蘭的聲音模糊含混，似是極累了：「姐姐，你的手……」

婧櫻微笑，抹開眼角的淚：「傻芷蘭，我的手算什麼。你好好歇著，我會一直在這裡。」

芷蘭的聲音漸漸淡去，卻始終重覆著：「姐姐，你可不許騙我，你要一直在這裡。」

＊　＊　＊

婧櫻回到寢殿時，東方已微微露出天光。她有些訝異未見到容翠身影，方要開口呼喚，冷不防被擁進熟悉的懷抱。

「累著了吧？」皇上低啞的聲音傳來。

婧櫻仰頭：「怎麼累得過芷蘭呢。臣妾恭喜皇上，喜得龍子。」

皇上略顯疲憊的臉上有著喜色：「朕心大悅，剛已發朕口諭，進海貴人為嬪，封號愉，賜居儲秀宮。芷蘭早已同朕說過了，朕也同意，將五阿哥交由你撫養。」

儲秀宮。婧櫻心中漫過暖意，儲秀宮與翊坤宮仳鄰，皇上為了她們姐妹，果然處處用心。

皇上抱著她坐到塌上，望著她皮開肉綻的手臂，不發一語。

婧櫻紅了臉：「我知道可以讓她咬毛巾，只是一時間沒想那麼多。」

皇上沒有說話，墨黑的眼裡有些難懂的光芒。而她其實懂得，那樣的光芒她曾經在另一個男子眼中看過。

那個男子的妻子，也是像芷蘭這樣，九死一生的為他生下孩子嗎？

那男子眼中還有光芒嗎？那樣的光芒，是否已屬於那個名正言順的女子？

婧櫻的眼角滲出淚珠，而她並不明白自己為什麼會哭。就像她不明白剛才拼盡所有產下孩子的明明是另一個女子，眼前的男子為何會在此刻對她露出這樣的光芒？

她拒絕再細想下去。芷蘭說世間男子多薄倖，皇上更是薄倖界中的第一把交椅。她豔紅的唇吻上眼前的薄涼嘴唇，顫抖著，汲取用這樣的方式最容易得到的，也最容易消逝的，溫暖。

皇上的情慾漸漸被挑起，於是他忘了方才在偏殿等候，一度誤以為在拼死生子的是婧櫻時，那種肝膽俱摧的震撼。那時他想，如果她始終無法懷上孩子，那樣也好，那樣也好。

芷蘭要搬去儲秀宮的前一天，跑來和婧櫻擠一張床。就像從前在潛邸時，每次遇到鬼月，不用侍寢的晚上，兩姊妹總是擠在一張床上。明明已經很害怕，還是央著容翠說草原上的鬼故事，三個人在燭影搖晃中驚聲尖叫。

「芷蘭，以後你就是一宮主位了，怕不怕？」婧櫻的聲音在黑暗中傳來。後宮裡的女子，能做到一宮主位，必然都是欣喜若狂的。可她知道，身邊這個淡泊冷然的女子，寧願一輩子守在她的翊坤宮裡，也不想獨自掌著偌大的宮殿。

芷蘭搖搖頭。「不怕。姐姐，如今我也是一宮主位，皇后也與我們同聲一氣，若真有人還想算計我們，也沒那麼容易了。」

婧櫻略略沈默，半晌，有些感傷的聲音響起：「芷蘭，是我對不住你。」

她常在想，當年，若不要自做聰明的把靴子獻給王爺，讓王爺寵幸了芷蘭，芷蘭的日子會不會好過一些？如果自己能再理智一點，多用點心在後宮權謀上，芷蘭是不是就不用為了她這樣費心籌謀？

芷蘭轉身緊緊摟住婧櫻，溫熱的淚沿著兩頰流下。

「婧櫻，」她第一次喚了這個名字：「你我之間，永遠不許說誰對不住誰。能支撐我做這些事的原因，無非只是，若易地而處，我相信你也會做一樣的事。」

床邊，有人吸了吸鼻子，似是哭了。

「翠翠，你也太愛哭了吧？」

容翠委屈：「小姐，明明就是喜事，怎麼你和海小主搞的像是生離死別。」

婧櫻笑，突然想起什麼，微瞇了眼。

「對了芷蘭，太醫程億說你有孕時，餐餐都佐以牛肉。這我竟然沒注意到，是你吩咐的嗎？」

「嗯，是嘉嬪說牛肉有益養胎，又不會影響母親的身形，我才讓小廚房儘量弄些以牛肉為主的膳食。嘉嬪說她有孕時也是佐以牛肉，四阿哥才如此聰穎。怎麼，有什麼不對嗎？」

「我也說不上來。長姐和我分析了下，總覺得你生產的時機和貴妃發病的時間有些巧合，胎兒過大的事也是。都是些可大可小的事，嚴重的話可以致命，但細查下來又似乎合情合理，無法真的定誰的罪。」

芷蘭挽住婧櫻的手。「不管怎樣，幸好永琪和我命大，都平安活了下來。」她輕輕閉上眼，想著紫禁城中這段美麗溫暖的緣份。

「只要咱們姐妹同心，沒有人可以拆散我們。」

宮裡的梧桐綠了又黃，黃了又落，樹影斑駁中，時間緩無聲息的前行。

純妃獨自走在西長街上，心裡有著說不出的焦慮。芸熙已在去年五阿哥出世後不久，與芷蘭一同進位，愉嬪嘉妃。宮裡有生育阿哥且阿哥仍然存活的妃子，也就她們三個。她原想，大家平分秋色，各憑本事，日子也就這樣過，雖然賜名永琪的五阿哥因為純滿血統及養母嫻妃的關係，備受太后及皇上愛寵，她也因為自己出身到底不如人，忍氣吞聲。可是前幾天太后大壽，自己的永璋一時緊張，賀壽時詩歌朗誦的結結巴巴，在眾人面前大大失了臉面，還被皇上斥責，饒是她一向隱忍自持，也覺得再不能這樣與世無爭下去。

她回到鍾粹宮，見到去年選秀時分到她宮裡的陸常在正於大殿等著她。

陸常在是六品大臣陸士隆的嫡女，名喚景默，生的嬌小可愛，聰慧伶俐，十分討人喜歡。不過自五阿哥出世後，皇上全副注意力都被翊坤宮奪了去，去年新進的這些新人，除了家世顯要的葉赫那拉氏，倒是沒有出類拔萃的寵兒。

「純妃娘娘吉祥。」陸景默嬌俏可人的行了禮。

「免禮，坐吧。」純妃有些煩躁的擺擺手。

「娘娘似乎心事重重？有沒有什麼可以讓嬪妾為娘娘分憂解勞的？」陸常在善體人意的問

著。

純妃啜了口茶，瞄了她一眼。「本宮能有什麼心事？那日的壽宴，四阿哥聰明伶俐，才四歲的年紀，就把三字經背得一字不差。五阿哥更不用說了，和大阿哥及三公主合演了那麼精彩的雜燴，又是相聲又是劍舞，把太后和皇上逗的合不攏嘴。只有本宮的三阿哥，現在怕是已成為滿宮茶餘飯後的笑柄了。」

景默眨了眨靈動的眼，誠摯的說：「娘娘，景默入宮以來，一直承蒙娘娘照顧，娘娘的心事，也就是景默的心事。三阿哥秉性純厚，若是遭人存心逗弄，也難怪在壽宴上會出糗。」

純妃一向溫和的眼神瞬間凌厲：「存心逗弄？你這話是什麼意思？」

景默嘆了口氣：「娘娘，嬪妾也是聽婉姐姐說的。那天，婉姐姐正好坐在嫻妃對面，婉姐姐說，她親眼見到嫻妃對著三阿哥擠眉弄眼，讓三阿哥分了心，才害三阿哥背不出早已準備多時的詩歌。」

「有這回事？」純妃的聲音透著刺骨的涼意，整張臉籠著森寒的怒氣。

景默明麗的小臉帶著幾絲超齡的成熟。「娘娘，景默知道娘娘和嫻妃一向交好，婉姐姐的話娘娘未必會信。只是，景默不得不說一句，眼下的情勢，由皇后為尊的滿妃們是春風得意。咱們漢妃若想出頭，可得更加團結。」

純妃神色冷然，心裡卻波濤起伏。永璋出生時，前頭已有永璉這個嫡子，因此她一點非份之想也無。可自永璉死後，皇后一直無所出，備受寵愛的貴妃和嫻妃也無生育。現下嫻妃手中已有大阿哥及五阿哥，再怎樣也不可能顧及她的永璋了。為了孩子的前途，她是不是該為自己籌謀打算？

她望向陸景默，想起與景默同時入宮的葉赫那拉薏婕，阿瑪是兵部侍郎，一入宮就賜封貴人，同年又進為舒嬪，榮寵冠絕一時。若讓她也生下阿哥，永璋就毫無希望了。

純妃白皙秀美的指握緊了座位旁的把手，眼中驟然浮現狠意。一旁的陸景默眼眸半垂，巧妙的遮掩住其中得償所願的光彩。

乾隆七年，富察傅恆升任御前侍衛統領，總管內務府大臣，管理圓明園事務。

因著與前任總管大臣交接，已有月餘未回到府邸的傅恆，被院落裡迎上來的新婢女嚇了一跳。

婢女誠惶誠恐，低頭行禮：「奴婢幼瑛，見過大人。」

傅恆眉頭微皺：「又櫻？誰讓你來我這兒的？」

「大人莫要會錯意了，是幼兒的幼，玉字邊的瑛。」雪晴嬌柔的聲音響起。

「妾身嫁與大人多年，膝下只得一子，是妾身之過。前幾日見到幼瑛，看她一雙眉長的極好，大人應該會喜歡，妾身便自做主張買了下來，若大人看了合意，收做妾侍，為大人綿延子嗣，也算是彌補了雪晴之過。」

幼瑛彎了彎黑緞似的眉，靦腆的笑：「夫人的大恩大德，幼瑛沒齒難忘。幼瑛不敢有非份之想，只想伺候的大人開心，幼瑛便算不負夫人所託了。」

傅恆看向雪晴，微嘆了口氣：「這便是你想要的？」

雪晴端著嫵媚的笑，頰邊梨窩微現；「大人想要的，便是妾身想要的。」

「行，」傅恆漫不經心的應道：「隨你。」

他揉揉緊繃了數天的額頭，大步往房間走去。

「你跟著我做什麼？」他冷聲問向亦步亦趨跟著他的幼瑛。

幼瑛小小聲：「奴婢伺候大人更衣。」

傅恆停下腳步：「然後呢？」

幼瑛小臉通紅：「然後大人想奴婢做什麼，奴婢就做什麼。」

傅恆笑，鳳眸滿是累到極致的辛酸：「我想讓自己再喜歡上旁人。不如，你努力試試，看能不能讓我喜歡上你？」

甫自長春宮正殿請安出來，她覺得極累，想快些回自己的殿內休息。她想，還好自己就住在長春宮，否則近日越來越萎靡的精神，怕是每日的晨昏定省便要去了她半條命。

「儀貴人請留步。」身後有人叫住她。

儀貴人黃毓芊懶懶回頭，見到婉貴人陳蔓�笑吟吟的走向她。

「儀妹妹，怎麼這麼急著回去呢？咱姐妹有日子沒好好聊聊了。」

「婉姐姐，真對不住，妹妹不是有意的，只是最近不知為何，身體極為疏懶，想快些回殿內躺下。」

婉貴人心念一動，捉起儀貴人的手。「是嗎？那當真是姐姐疏忽了，竟沒見著妹妹臉色不太對勁。」她湊向儀貴人耳邊，低聲細問：「上回我給你那些好藥，你可按時服用了？」

儀貴人看了看四周：「有，妹妹按姐姐的指示，在皇上召幸前服下了。就等著看能不能快些傳出好消息。」

婉貴人不動聲色的放下儀貴人的手，胎象極弱，但她精通岐黃之術，必定不會診錯。「妹妹莫急，這藥極為管用，不日定會有好消息。不過，太醫院送來的坐胎藥，你記得也要照樣服用，才不會引人疑竇，明白嗎？」

儀貴人點點頭：「妹妹明白。那妹妹先去休息了，姐姐慢走。」

婉貴人目送著儀貴人離去，古典婉約的臉龐有一瞬間的空白。人性，她想著，人性。總是奢望著不屬於自己的，強求著不該得到的。當傾盡性命的那刻，是否會後悔？

「蔓兒，你此番進宮，我再不能時時出現，叮囑你如何行事了。我只能告訴你，我想要的故事結局是如何，中間的情節發展，得靠你自己去編了。蔓兒，你冰雪聰明，必能不負我所託。你記住了，你所掌握的最佳利器，就是人性。想操控人性，就用慾望去主宰。」

她痛苦的回想著那個男子在她耳邊如情人似的呢喃。她總是伸手想觸摸他的臉，卻只能摸到冰冷的銀製面具。

再回神，丹鳳眼中又是深不可測的黑。她緩步離去，等著，天黑，收網。

事情發生的時候，已是深夜。

她覺得有溫熱的液體濡溼了自己的下身，忽而腹痛如絞，她張口，喑啞的呻吟：「亭兒……亭兒……」

喊了許久，卻不見任何身影。她覺得連氣都要喘不過來了，她想，她不甘心，好不甘心，當年從嫡福晉的侍女搖身成為王爺的妾侍，原以為飛上枝頭，可王爺對她不過爾爾。入了宮後，雖然依附著皇后，那恩寵卻如沙漠中的水，久久才飲的上一口。難得近日與婉貴人熟絡，她告訴她，有種藥極為有效，保證懷的上胎，只是對母體會有些損傷，若用了，一輩子大抵就只有這一胎。婉貴人的臉上情真意切，她說，儀妹妹，姐姐看還是算了。咱們這種出身不高又恩寵不大的，雖然在這宮中不上不下，但至少不會引人注目，遭人暗算，安安穩穩過完餘生也就是了。何苦去拼搏？可是她聽不進去，她想，長日漫漫，能有個孩子總是有個想頭，即便是公主也好。她向婉貴人拿了藥，藉著皇上固定來皇后宮裡的日子，想盡辦法引起了皇上的注意，讓他念起了舊日的情份，這個月裡翻了幾次她的牌子。難道，是那藥引起的？

她顫抖的摸了摸身下的液體，在黑暗中湊進鼻邊，濃重的血腥味傳來，她再支持不住，失去了意識。

長春宮內燈火通明，夜半在養心殿被驚醒的皇上及嫻妃趕到時，儀貴人已幾無氣息。

皇上臉色鐵青，聽到太醫說儀貴人身上有著不到一個月的身孕時，咬著牙從齒縫裡迸出：「不是定期都有請平安脈嗎？怎麼沒診出？」

太醫邵行跪在地上，神色哀痛：「皇上，儀貴人這半個月來總推說身體不適，微臣等來請平安脈時，貴人都在熟睡中，是微臣未盡職守，請皇上降罪。」

皇上閉上眼，平緩情緒。再睜開時，冷冷的看向邵行：「即便未診出喜脈，怎麼突然間連性命都不保了？」

邵行面有難色，遲疑了下，字斟句酌的說：「皇上，依微臣所診出的脈象，儀貴人似乎……似乎……服用了不該服用的藥物。」

面色慘白的皇后嚴厲問道：「說話別吞吞吐吐的，什麼不該服用的藥物？」

「回皇后的話，儀貴人的脈象紊亂，血氣相衝，以出血的狀況看來，應是服用了俗稱『催育引』的禁帖，此帖藥性激烈，服用後會加速女體循環，使其容易懷胎，但十分損陰耗元，若身子骨不夠強健，便會造成出血不止。加上，此藥方與太醫院定期配製的坐胎藥藥性相衝，才造成貴人大量出血。」

邵行看向慘無人色的亭兒：「你是儀小主的貼身婢女，難道你今晚沒聽到任何聲響？儀貴人沒有喚你嗎？」

亭兒不停的打著哆嗦：「趙大人明察，奴婢的確沒有聽到任何聲音。是奴婢想到小主近日身體不適，夜半想著看看小主，才發現小主整床被褥都染了血色。」

邵行搖了搖頭：「依血液凝結的成色看來，儀小主出血已有二個時辰以上，失血過多，微臣恐怕……」

婧櫻心跳急促，她握起皇后和她一樣冰冷的手，逼迫自己冷靜出聲：「亭兒，事已至此，你實話說，邵太醫所說的禁藥，你家小主是否確有服用？」

亭兒身子一震，似是再無法承受任何壓力，她偃仆在地：「皇上明察，皇上明察，小主確實有命奴婢私下偷偷熬煮一張祕方上的藥引。奴婢曾覺得不安，特意問過皇后娘娘，但皇后娘娘只淡淡的說，無妨，隨她去，奴婢才敢繼續讓小主服用的。」

皇后端正的站姿絲毫未受影響，她昂首冷笑：「亭兒，你這樣信口開河，含血噴人，是想藉你家主子的禍，成就別人的福了？」

亭兒嗚咽：「亭兒不明白皇后娘娘在說什麼。奴婢自知人微言輕，說的話未必有人相信，但小主命在旦夕，奴婢也只是實話實說，望娘娘切莫怪罪。」

婧櫻想開口，卻見皇上擺了擺手：「罷了，朕相信皇后。」他轉頭看向斕妡，眸中卻全然不似他語意裡的信任。「皇后，朕相信你並未默許儀貴人服食禁藥。但你是長春宮主位，正位中宮，居住在你宮裡的妃嬪卻出了這樣的事，朕不得不說，這是皇后之失。」

大殿裡所有的人都跪了下來，婧櫻覺得全身發冷。後宮相軋，性命相搏，貴為皇后，原來，也躲不掉嗎？

皇后神色平靜，領罪謝恩。黑玉眼裡湧現了淡淡的自嘲：「臣妾未能善盡職守，保護好皇嗣，還請皇上賜罪。」

皇上起身，再不看她。離去前輕聲留下一句，雷霆萬鈞。

「這幾日，未詔不得面聖。」

爛炘跪著，面上波瀾不興。小時候，她曾經十分寶愛詩經裡的一句話：「執子之手，與子偕老」。即便被教養的端莊嚴謹，小女兒家仍忍不住在心中勾畫未來夫君的樣貌，想像兩人情深意重的畫面。

嫁給四阿哥後，她曾有短暫的迷惑，以為那個風流深情的男子，真是自己終生的倚靠。直到她的長女夭折那年，高沁玥也同時掉了孩子，她見自己的夫君往返兩個院落，極為傷心，卻仍不忘寵幸其他格格，讓富察鈴依立刻又懷上了孩子。她在痛楚中徹悟，她的夫君只有兩隻手，要如何執起那麼多女人的手，一起偕老？她告訴自己，嫡福晉的身份，嫡子女的血統，母家的支持，才是自己的一切。

爛炘淡漠了臉上的神色，挺直腰桿，端雅站起，搖搖欲墜的身子憑著胸臆間的一股氣勉力支撐，她清楚明白，她是家世傲人的大清皇后，無論是誰，都動不了她。

只有婧櫻捕捉到了爛炘眼裡無邊的心寒。她想著皇上與長姐十多年的夫妻情份。如果自己是她，如何能不心寒？被自己的夫君如此質疑，如何能不心寒？

青蔥般的纖白指尖在琵琶上飛快舞動，隨之散出的樂音行雲流水般充盈於養心殿內，皇上緊皺的眉頭終於有了幾絲和緩。

「沁玥，你的琵琶曲，果然是只應天上有，越發精進了。」

貴妃嫣然一笑：「那是皇上不嫌棄。若皇上喜歡，臣妾日日都為皇上彈奏一曲。」

皇上笑意淡淡，清澈的眼裡有些倦怠。「那也要你身子養好一些。」

貴妃有些惆悵的撫了撫自己削瘦的臉頰：「皇上對臣妾的厚愛臣妾明白。只是想到儀貴人……好好一個人，竟如此想不開，白白送了自己的命不說，還連累了皇嗣……」

皇上目光微冷：「貴人不懂事便罷了，枉費朕一向如此信任皇后，竟然任她宮內的妃嬪做出這樣的事。」

貴妃星目流盼，嬌聲說道：「這樣說來，臣妾倒覺得純妃真是不容易。當年嘉妃還只是小小的貴人，住在鍾粹宮，卻能母子均安的產下四阿哥，兩相比較，皇上，臣妾說啊，純妃這一宮主位，才真的是當的起，當的好。」

皇上微微頷首：「純妃是不錯，心思純正，不枉朕當初為她起的封號。只是三阿哥似乎顢頇了些……」

貴妃掩不住興奮的說道：「皇上，那是三阿哥秉性純厚，不爭功，不強出頭。純妃自那日壽宴後，託臣妾加以調教永璋，臣妾發現永璋其實悟性極高，只是羞於表達。臣妾這幾日教導下來，永璋大有長進。不如皇上召純妃及永璋來，便知臣妾所言不假。」

皇上的好奇心似被挑起，唇邊的笑意愈深：「那行，朕倒要好好瞧瞧，你一雙巧手除了能彈琵琶外，竟還能讓朕的三阿哥化石成金？」

這年冬天，長春宮的陽光顯得彌足珍貴，因為所有的暖意，都匯集到了鍾粹宮，久久未曾散去。

＊＊＊

容翠從紫禁城專供太監及宮女出入的小門步出，被外頭亮晃晃的日光一時扎了眼，險些跌倒。

有人扶住她，低沈的嗓音帶著微微的笑意：「這麼迫不及待投懷送抱？」

她抬頭，石濤帶著笑的臉映入眼中。

容翠沒好氣的甩開他：「誰投懷送抱了。我奉嫻妃之命出宮辦事，你來做什麼？」

石濤嘆口氣：「別生氣了。我就是嘴笨，如果惹你不開心，我道歉。」

容翠一下子便心軟了。已過三十的臉上煥發著光彩，小小聲的說：「木頭。」

石濤望著身旁嬌小的身影，被一條醜惡的刀疤險險繞過的眼中，有著罕見的柔情。

從沒想過自己會動心。他從小便被富察家族收養，因為骨骼奇佳，自小便以戰將的規格被訓練。十三歲被送上戰場，他習慣漠視疼痛，習慣忽視傷口。二十二歲那年，他在運送糧草的路上被敵軍襲擊，拼死力戰，撐著最後一口氣將糧草送到清軍營帳，才放心倒下。

臉上那道猙獰的刀疤，便是當時留下的。

他的傷太重，與他情同兄弟的三少爺富察傅勤再不讓他上戰場，他隨遇而安，聽從主子的安排，先在盛京當個閒差，後來到了寶親王府做護院，因此認識了容翠。

他第一次注意到這個女子，是護送她到盛京尋找未婚夫，到達當天又帶著她踏上回程的那次。在他印象中，那原本只是個哭泣不止，面目模糊的女子。但那個女子卻在到達府邸，見到焦急候在門口的櫻福晉時，靈動了眉眼。

她們相擁，櫻福晉高挑的身影守護著懷中嬌小的婢女。夜裡的燈火忽明忽滅，她們的身影也忽隱忽現。

他在那一瞬間，羨慕起那樣的情感。也在那一瞬間，在心中印上了那副靈動的眉眼。

從此之後，他在府裡，視線總莫明的追逐容翠的身影。十分能幹、有些潑辣、手腳乾淨俐落、什麼都會、打掃、做菜、指揮其他下人，而最多的時間，她都在幫櫻福晉收拾莫明其妙的爛攤子。

明明有著嬌柔的身形，卻處處顯露出颯爽的明快。

他不敢奢想，只敢遠遠的追逐，用目光戀戀的追逐。

可是他的心事被那個表面看來大而化之，實則對自己在意的人心細如髮的櫻福晉看出來了。她有意無意的撮合他們，還表情兇惡的給過他下馬威，要他善待容翠，否則讓他死無全屍。

他有些失笑，果真是有什麼樣的主子，就有什麼樣的奴婢。

「咦，你帶我回富察府邸做什麼？」容翠疑惑的聲音將他自回憶中拉回。

他笑笑。帶著她到了自己的屋子，取出一盒錦匣。容翠望著裡頭燦光耀眼的一對純金龍鳳鐲及純金耳環，傻了。

石濤黝黑的臉透出幾許紅。「容兒，我知道自己一介鄙夫，能得你為知心人已是高攀。但我答應過你家小姐，等錢存夠，能夠安身立命，一定將你明媒正娶。容兒，你可願嫁給石某為妻？」

容翠清澈的眼看他看的分明，唇畔隱有笑意，秀麗的臉平添幾許嬌態。

「石濤，你知道我一向是大喇喇的，學不來小女兒家那些矜持。你這樣慎重對我，我自然是歡喜的。可是……」她眼中閃過歉意。「可是我不能離開小姐，出宮嫁人。」

石濤露出如釋重負的笑容：「所以說，只要你能陪在你家小姐身邊，便答應嫁我？」

「容兒，我知道你離不開你家小姐，也明白你怕因此不能為我生兒育女，耽誤到我。但這些，我都不在乎。你我父母皆已亡故，婚嫁之事，天知地知，你知我知，便已足夠。」

他鼓足勇氣，微笑著大聲說道：「如此這般，容翠姑娘可願委身在下？」

容翠傻笑。她聞到空氣中飄來微微的花香，她有許多話想說，最後卻只說了聲：「好。」

容翠要離開時，被一個匆忙經過的婢女撞到。婢女連聲道歉，容翠好脾氣的要她不必介懷。卻在看清她的面孔時，怔了怔。

其實只是個小家碧玉的姑娘，白淨的臉孔，中上之姿。但這樣的臉上卻長了一雙飛揚的眉，似黑緞裁成，和小姐的，如此相像。

她看著婢女離去的背影，問向石濤：「你認得那個丫鬟嗎？」

石濤漾開清爽的笑：「認得，她是幼瑛，是夫人買來讓恆少爺做通房丫鬟的。」

容翠驚訝：「通房丫鬟？」

石濤聳聳肩：「是呀，聽說夫人因為自己子息單薄，一直頗為自責，去年買了幼瑛伺候大人，說若大人喜歡，可收做妾侍。」

容翠聲音有些顫抖：「大人不是說，今生只娶一妻？那他，收了她嗎？」

石濤似乎察覺什麼，認真的看進容翠的眼：「應該是還沒，依大人的個性，若真收了她，一定會給她個妾侍的名份，不會讓她這樣不明不白的跟著。容兒，你別胡思亂想，我必定不會負你。」

容翠心煩意亂的笑了下。仰頭想吸口新鮮的空氣，卻終究積鬱在胸中。

婧櫻低頭和手上的繡線廝纏，偷偷瞥向旁邊的長姐和芷蘭，卻見兩人的素手都靈活熟稔的在絹布上起伏，有些挫敗的回頭看向自己手中的針線。然後，冷不防抬頭：「赫，被我捉到了吧。

你你你，過來，為什麼一直偷看本宮？」

被嫻妃逮住的年輕宮女滿臉通紅，訥訥走上前：「嫻妃娘娘恕罪，嫻妃娘娘恕罪。」

婧櫻纖長的手抬起那宮女的下巴：「長的挺標緻的。怎麼沒見過你？叫什麼名字？」

宮女似乎有些激動：「奴婢是嫣兒，三年前分來皇后宮裡的。嫣兒之前都負責些粗使的活兒，今年承蒙桂姑姑賞識，將奴婢升來內殿裡侍候。」

她三年來曾幾次遠遠的看過嫻妃的身影，只覺得有些眼熟，並未注意。今日見到嫻妃的容貌，竟然與當年的救命恩人一模一樣，心裡原想，那少年會不會是嫻妃的兄弟？但剛才被嫻妃抬起下巴的瞬間，指節間細繭摩擦的觸感傳來，她肯定，那便是多年來放在心底的人兒。

可是，她似乎不記得她了。

皇后笑著對嫻妃道：「你也是的，做什麼嚇唬宮女。今年辰兒遠嫁出宮，桂兒特地為我挑了嫣兒替補辰兒的空缺。這丫頭倒是挺伶俐的。」

婧櫻偏著頭想了下：「嫣兒……你的本名是？」

嫣兒連忙答道：「奴婢本名嫣然，姓魏。」

「是了是了，你的心上人是不是在富察府邸當差？」婧櫻想起容翠提過，石濤有個屬下曾經在茶餘飯後提過自己的心上人在長春宮當差。原也不是什麼值得掛心的事，但石濤那個粗人居然記得屬下提起心上人閨名時的詩句，「嫣然一笑竹籬間，桃李漫山總粗俗」，讓容翠當成趣事說給了婧櫻聽。

皇后一聽，興致也來了，大抵後宮長日漫漫，后妃們對作媒都頗有興趣。

「哦？在本宮母家府邸做事？這樣算來也真是有緣。」

嫣然卻是咬了咬嘴唇，略微狼狽的低下頭。片刻，抬起面龐，眼中流露堅決：「皇后娘娘，嫻妃娘娘，莫取笑奴婢。奴婢沒有什麼心上人，那只是奴婢的舊識，奴婢只願永遠在宮中伺候皇后。」

皇后及嫻妃當她害羞，也就不以為意，擺擺手示意她下去。

待她走遠，婧櫻問向斕妡：「姐姐對皇上的氣還沒消嗎？」

斕妡原本平靜的目光轉冷：「你說這是什麼話，那是皇上，我憑什麼生他的氣？是他始終沒有出夠胸中的一口惡氣罷了。」

儀貴人死後，皇上追封她為儀嬪，表面上雖未再對皇后有任何懲戒，卻是所有人都看的出來他冷了皇后。即便在固定的日子到皇后宮裡用膳，也不過夜，多數是去了純妃的鍾粹宮或新寵舒嬪的景陽宮。翊坤宮及啟祥宮因為五阿哥及四阿哥，至少有著細水長流的眷顧，儲秀宮倒是隨著長春宮一併的沈寂了下來。

芷蘭語調溫和：「皇后娘娘，先不論皇上的態度，亭兒事後被你貶入浣衣局，想著留個活口才能細細追查。依咱們查到的，她家裡人近年來在蘇州一帶買了良田、蓋了美舍，過著比從前好上十倍不止的日子。這和當年的事，不可能毫無關聯。娘娘難道不想再追查下去？」

斕妡有些倦怠：「即便不查，我也知道咸福宮及鍾粹宮脫不了干係。皇上掌著朝廷管著天下，你們道後宮這些戲碼他當真看不出？他只是不想管罷了。說到底，他對我也並不是全然的信賴。當你真正相信一個人的時候，不論有多少證據指向他，你還是會相信他。當你不相信一個人的時候，哪怕那證據有多薄弱，你還是認為是他做的。」

婧櫻默然。其實若皇后放下身段，去向皇上示個弱，認個錯，也就沒事了。可是婧櫻知道長姐心寒。她心寒的不是皇上對她的冷落，她心寒的是皇上明知道後宮爭寵的手段，明知道儀嬪可能是受到其他妃嬪誘惑而服禁藥送命，明知道整件事疑點重重而皇后是首當其衝的被害者，他還是當著所有宮人的面給了皇后臉色，並且在後來繼續的冷落皇后。長姐心寒的便是這個。

「其實，」婧櫻緩緩開口：「長姐不覺得和朝廷上的事也隱隱有些關係？」這幾年淮、揚大水，皇上與諸大臣為水患之事焦頭爛額。高斌因早年在江浙一帶治水的長才，被皇上授以重任，卻屢屢與其他重臣引發衝突。原任兩江總督的鄭親王德沛，因河事與高斌理念不合，被皇上召回京師轉任吏部侍郎。張廷玉多次參奏高斌父子耗費重金築堤建壩的成效，亦屢遭皇上駁回。一時間，高氏一派獨佔鰲頭，盡擁君心，權勢之大，竟是無人可及。三朝重臣張廷玉也因此事，受盡皇上冷落。皇后黨勢微，貴妃黨崛起，是六宮這一年多來心照不宣的耳語。

爛妡黑玉眼眸迫視著婧櫻：「不論有沒有關係，都不是我們能干涉的。婧櫻，你記住了，『萬言萬當，不如一默』，這也是張大人的名言。君心難測，你千萬別說些不符合自己本份的話，無謂傷己，明白嗎？」

婧櫻點頭。心裡卻生出一種陌生的感覺，似乎那個從來不違背本心的自己，已逐漸和堅持的信仰，背道而馳。

「皇阿瑪。」

小小的人影搖搖晃晃的走進養心殿。書桌前清俊的男子漾開漫天笑意，語音溫潤：「永琪，來，來皇阿瑪這邊。」

隨後步進的高挑女子，含著抹神祕的笑，提著食籃走向他。

男子挑起一邊的眉：「又發明什麼點心了？」

女子但笑不語。打開食籃，端出一碗湯麵。翠綠色的瓷碗裡，瑩潤的麵條在淡金色的湯裡顯得飽滿，上頭半熟的蛋白雪色光滑，綴著細細的蔥花，熱騰騰的冒著煙。

男子懷裡的小胖孩睜大眼睛：「香……香……」

男子笑彎了狹長的眼眸，把小胖孩還給高挑女子。「這是你嫻額娘煮給皇阿瑪吃的，你想吃，自己找你嫻額娘去。」

婧櫻搖搖頭，沒見過這麼小氣的阿瑪。她從籃中拿起另一個小碗，一口一口的餵了小胖孩。在熱湯的煙霧氤氳間，看著男子唏哩呼嚕吃完了麵，把湯喝的一口不剩；再看著小胖孩一口接一口吃完了麵，把湯喝的一口不剩，不自覺的翹了嘴角。

皇上眸光溫和：「朕記得從前在潛邸，你做的湯麵也是這樣的味道。這麼多年了，一點也沒變。」

婧櫻笑咪咪：「沒變的不只是湯麵，臣妾也沒變。」

皇上往後躺上御座椅背：「你是不是想說，皇后也沒變？」

婧櫻表情不變：「皇上和皇后兩夫妻鬧彆扭，臣妾才不攪和。」

皇上目光微沈：「朕知道皇后覺得委曲，也知道儀嬪的死因不單純。可是婧櫻，朕是天下的皇上，不可能花費心思去理會這些勾心鬥角的小事。不論這事背後究竟有沒有人指使，事情在長春宮內發生，朕就不能不去想到皇后的過失。可是她全然不覺得自己有錯，朕特意冷著她，她也就由得朕，朕可是一國之君啊。」

婧櫻心下一鬆。「皇上相信姐姐的清白，臣妾就放心了。」

皇上眉眼清朗，語氣不鹹不淡：「這樣你便放心了?滿宮裡的流言蜚語當朕不知道嗎?」

婧櫻眸光清湛：「後宮之事，都是些家裡的小事，自然比不上天下大事。皇上的心胸，不是臣妾能夠揣測的。」

然後，她腦中浮起一個老者的身影。她與那個老者只有數面之緣，卻是從小聽阿瑪、聽阿恆談論的太過頻繁，恍惚間有了熟悉的感覺。那人謹小慎微，忠肝義膽，與先帝的關係，大約如同當今的皇上與阿恆。

曾經的重臣，始終的忠臣，即便時移事往，也值得一個，雍容的謝幕吧？

她終是開口。有些人就是學不會明哲保身，沈默是金，她想她應該是箇中翹楚。

「皇上，忠言逆耳，真話刺心，入宮之時，皇上曾命臣妾，不論發生什麼事，都要知無不言，言無不盡。臣妾想著，皇上以孝養天下，而一日為師，終生為父。尊師重道，也是大孝的一環呢。」

皇上的眉眼冷淡了幾分，看著她，不語。

婧櫻有著衝動過後的不知所措，杏眼裡帶著小小的尷尬。

「看在這碗麵的份上，皇上饒恕臣妾的僭越吧。」

皇上看著眼前的女子。陽光斜斜灑進，照在她略顯成熟風韻的眉眼，裡頭有著一如既往的真實。

這時的他，還很年輕，還有著清明的思緒，還沒有被權勢的猛虎吞噬殆盡。

所以他終是淡去被真話刺心的不悅，覆上桌上纖長的手，珍惜著已經幾難聽見的諫言。

皇家獵苑裡，兩匹駿馬並轡走著，其上的兩個男子，一俊美一清雅，在向晚的霞彩籠照下，沈默。

俊美男子臉上看不出喜怒，看著身邊亦臣亦友的男子，淡聲道：「沒什麼想問朕的嗎？」

清雅男子眼中不起波瀾，坦然回視：「有。」

「哦？」

「皇上曾對微臣說過，你我之間，先是兄弟，才是君臣。微臣想問問皇上，是否還記得？又是否還算數？」

狹長俊目染上珍珠般的流彩，眼前已近而立的男子化為那年白玉雕成的男孩，那男孩在某次密訪時為他擋下一箭。他紅著眼，還只是少年的瘦弱身軀抱著男孩，走了幾里路，死也不願放下摯友。當男孩終於清醒，他對男孩說：「恆，如果我真的坐上那個位置，千萬記得，你我之間，先是兄弟，才是君臣。」

俊臉笑得溫暖，他頷首：「自是記得，當然算數。」

「那麼，」清雅男子揚起一抹乾淨的笑：「兄弟之間，只信不疑。」

「好，好個只信不疑。」俊美男子開懷大笑，胸臆間有些激越的情緒翻湧。

「富察傅恆接旨……」

清雅男子翻身下馬，跪在地上接了旨意。

乾隆八年秋，傅恆升任戶部右侍郎，出任山西巡撫。一時間，朝野震動。一向被視為聖上心腹的皇后胞弟被調離京師重地，明升暗降，后族至此，似是再也無法力挽狂瀾。

嫣兒戰戰兢兢的準備著食皿及菜餚，這是她第一次在皇上來時佈菜，緊張的一顆心都快跳出胸膛了。皇上和當年一點都沒變。隨著年歲增大，更有成熟男子的魅力。把她一顆少女芳心，撩撥的不得閒。

「你是新來的？朕沒見過你。」皇上的聲音傳來。嫣兒抬頭，正好對上他疏懶的目光。心中剎時狂跳不止。

「回皇上的話，奴婢是嫣兒，蒙皇后娘娘及桂姑姑賞識，今天是第一次為皇上佈菜。」

皇上漫不經心的掃過她紅透的雙頰，羞怯的雙眼，帶出了一抹蕭索的笑。

「朕彷彿記得，當年在潛邸時，芊兒也是這樣為咱們佈菜。沒想到一晃眼，人事全非。」

皇后看著皇上，眼前的人明明帶著溫和的笑，她卻覺得那笑有著灼熱的溫度，讓她不知如何接話。

皇上失了興致。他放下烏木鑲金筷，平靜的說：「純妃肚裡的胎兒今日似乎不太安生。朕去鍾粹宮看看。皇后慢用吧。」

他起身，毫不留戀的離去。

嫣兒嚇的發抖。她跪在皇后腳邊，淚水不住的落：「皇后娘娘，皇后娘娘，是不是奴婢做錯了什麼？惹皇上生氣了？」

皇后看著她，黑玉眼裡無悲無喜。她說：「像你這樣還哭的出來，多好，多好。」

晚膳時分，幼瑛端著一碗熱湯麵進來。

傅恆不動聲色的看著扮作男裝的幼瑛。接著，目光移向那碗湯麵，怔楞了一會兒。

「這是？」

「奴婢聽聞大人曾在盛京待過，奴婢有個姨娘是盛京人，近日來京城訪親，特意教了奴婢盛京的大滷麵煮法。奴婢想著大人即將遠行，便做來讓大人嚐嚐。」

傅恆微微點頭，舉箸嚐了起來。

幼瑛眼神溫柔：「好吃嗎？」

傅恆笑意淡淡：「好吃。辛苦你了。」

幼瑛雙頰帶著薄紅：「大人喜歡就好。」

半晌，她深吸一口氣，忐忑開口：「大人，幼瑛喜歡你。」

一年來，她照顧著大人的起居，管家陸群將大人的喜好都告訴了她，她一樣一樣認真記著。她知道他喜歡穿玄色衣裳，極厭惡青色，書房裡什麼花都可以供，就是不能供櫻花。他總是早出晚歸，甚少與她交談，都是她絮絮叨叨的跟在大人身旁說話。可是她感覺得出大人對她是不同的，每當大人似乎厭倦了要叫她住嘴時，總會在看到她的臉時和緩了語氣，淡淡的說他乏了，要她退下。

此刻，繼續吃著麵的傅恆面無表情，似乎沒有聽到。

幼瑛有些著急，她提高了音量，說，大人，我喜歡你。

傅恆終於抬眼看她：「然後呢？」

幼瑛愕然。一年前，他好像也是問她，然後呢？

「然後，大人曾說讓幼瑛努力試試，看能不能讓大人喜歡上幼瑛。大人，你喜歡幼瑛嗎？」

傅恆笑，斬釘截鐵。「不喜歡。」

幼瑛的表情有些不可置信。

「怎麼會？夫人明明說，幼瑛和大人喜歡的人長的極像。夫人明明說，大人從不讓女人管理你的起居。夫人明明說……」

她突然睜大眼睛，捂住了嘴：「夫人要幼瑛扮作男裝向大人表明心跡，難道，大人喜歡的是男子？」

傅恆看著她，突然覺得一切是那麼滑稽，他不可遏止的大笑，笑的鳳眸泛出淚光。

「你知道什麼叫做喜歡？若我只是個街邊的乞兒，你也會喜歡我嗎？若我被狼群攻擊，你敢捨命救我嗎？若我死後只能下到地獄，你也願陪著我嗎？」

他是個冷情的人，許多人都以為他淡漠疏離，其實，他只是太過懶散。

他的天資過人，家世顯赫，許多事，都不費吹灰之力便可得到。因此，當別人還在努力背書，費力練武的時候，已經背的滾瓜爛熟，練的駕輕就熟的他，便只能發呆。

然後，那種發呆的神情，被人們稱之為，淡漠疏離。

原本以為，他大概就這樣冷情一世，卻沒料到，會在盛京遇到皇城的那個小丫頭。每個人，包括那個丫頭，都以為是她先喜歡他的。他們卻不知道，他費了多少心思，讓她喜歡他。

當他意識到自己對那個黑眉杏目的愛笑小姑娘動心時，卻發現她根本是個沒心沒肺的人，她對私塾裡許多男孩都有著稱兄道弟的交情，對他，並沒有特別不同。

他威逼利誘，脅迫恐嚇，讓那些男孩全部寫了絕交信給她。然後，心滿意足的看著那個傻姑娘哭倒在他懷裡，說，為什麼他們都要和我絕交，說，阿恆，我只剩下你了，你千萬別跟我絕交。

他是從她身上明白什麼叫喜歡一個人。不一定是男女之情，但絕對不含雜質。

他從沒有設防，對雪晴，對幼瑛，都一樣。他也想喜歡上她們，可是感情這種事並不是想要就可以得到，並不是努力就會有回報。又或許，感情根本就不需要努力。它該像呼吸那樣自然。

他溫和的看著幼瑛。他不喜歡她，可是對著她的眉，他總硬不起心腸。

「我不知道我究竟喜歡男子或是女子。我只知道我喜歡她，她是女的，我便喜歡女子，她是男的，我便喜歡男子。」

他大步走向門口，開了門，視線準確捉住一直在門外的夫人。

「瓜爾佳雪晴，如果你真的這麼有心，如果你真的無所不能，我求你，能不能幫我要回我心裡那個人？」

「如果不能，請你停止這些無意義的舉動。因為再怎麼相似，終究不是。」

＊　＊　＊

婼兒醒來的時候，晟安已經將熱騰騰的早膳放在桌上。他看見婼兒醒了，帶點脂粉味的臉上浮現笑容，迎向她：「婼兒，你醒啦？來，我幫你穿衣，再幫你梳髮。」

婼兒忍住胃裡翻攪的感覺，木然的任晟安為她更衣，然後摟著她坐到梳妝枱前，替她梳髮。

晟安長得十分清秀，白淨的臉，細長的眼，有張玫瑰似的嘴。他初進宮時，因為美貌，成為許多大太監垂涎的目標。有次被欺負時，正巧被太后身邊的雙成姑姑遇見，因禍得福，被帶到慈寧宮當差。因著善於察言觀色，又嘴甜討喜，短短幾年便升任慈寧宮副總管太監。

婼兒記得他倆所謂的洞房花燭夜那天，她顫抖著，想著聽說過的那些變態的玩意兒，不知自己會被怎麼折騰。晟安卻溫和的要她別怕，說他不是那種人。

「只是，」他有些羞怯，紅了臉。「我希望能日日為你沐浴、更衣、梳髮，這樣便心滿意足了。」

她想，她有什麼立場拒絕呢？他這樣的要求，也許已經是對她最大的寬和了。

他對她不錯，不知從哪裡打聽到她喜歡的糕點菜食，常常張羅來討她歡心。

她惟一需要做的，只是忍受她裸身沐浴時，他在她肌膚上游走的手，以及望著她的曲線時發光的眼。

她不動聲色的在他轉身整理床鋪時，往他的豆漿裡倒了點粉末。

白底藍花的瓷碟上，最底層淺淺鋪著一層上好的紫韶細茶，第二層是甫摘下來新鮮的荷辦，最上層綴著幾顆飽滿潤澤的紅棗，整個茶盤色澤明亮，頗具巧思。

雙成走到婼兒身邊，眼裡有著讚賞的神采：「心思及手藝倒是都全了。」

婼兒謙卑的福了福：「姑姑繆讚了。這都是奴婢份內之事。」

雙成點點頭：「這些年，你的性子磨了不少，若肯拿定心思，腳踏實地的過活，老身也必不會讓晟安虧待了你。」

雙成一直視晟安如子，想到晟安坎坷的人生，終於能得個可人兒相伴，心下也寬慰不少。

「你將茶盤端進去吧。」

婼兒依言，恭謹的端了茶具進入內殿，眼角瞥見皇后正伴在太后身旁。她隨即收回目光，輕巧的離去，獨留雙成在裡頭煎茶。

太后看著皇后秀美的輪廓，輕輕嘆了口氣。

「氣了這麼久，還想不透嗎？」

爛妡微楞：「皇額娘莫取笑兒臣，兒臣豈敢生氣。」

太后眼中，是看盡人生百態的智慧。

「哀家知道，皇上對你的猜疑，令你心寒。可是你有沒有想過，皇上也許不是猜疑你，而是對你寄望太深，責之過重？」

「儀嬪之死，已確定是由禁藥造成。不論那藥方是旁人給她，或是她自己找到，最後喝下去的，都是她自己，是她自己做了這樣的決定，便與人無尤。即便追查到了提供藥方的人，那人畢竟沒有逼著儀嬪服藥，又要如何治罪？而你身為皇后，儀嬪又是你舊時婢女，你卻沒有注意到她的不尋常，讓旁人有機可乘，藉此佔了便宜。皇后，你當真覺得，自己一點錯處也無？」

「這兩年來，哀家看著你和皇上互相冷著對方，一直沒有出面干預，一方面是知道你氣性頗高，家底又厚，風頭上未必聽的進哀家的。另一方面，朝廷上的事，也讓哀家暫時緩了緩。如今淮揚大壩已然建好，水患緩解，這些年藉治水之便，行貪污之實的官吏們，不日也會一個一個被揪出。但是皇后，水清則無魚，你道對百姓而言，是無能的清官好，還是能幹的貪官好？」

太后執起雙成端上的茶，啜了一口，眼眶微紅。「若是哀家的心頭肉永璉還在，哀家便也由著你。可是眼下中宮無子，其他妃嬪便起了不該有的心思，哀家斷然不能再任由後宮如此下去。皇后，從哪裡跌倒，便從哪裡爬起。皇上介意儀嬪之死，你便再選個可心聽話的宮女，舉薦給皇上，順勢低個頭，伏個軟，皇上還會不給你面子嗎？」

爛妡乖順的低著頭，讓人看不見她黑玉眼中的酸楚。她清楚記得，當年舉薦毓芊，是因為初嫁到王府，四周都是高沁玥的勢力，富察鈴依又過於軟弱，她需要有身邊的人去分散王爺的注意力。時過境遷，想不到十多年後的今天，貴為皇后的她，還是得靠這樣的伎倆復寵嗎？

她抬起頭，黑眸淡然，唇角淺笑：「兒臣明白了。兒臣謝皇額娘教導。」

「所以皇后娘娘，是想舉薦嫣兒？」長春宮內，芷蘭若有所思的問道。

皇后抿著唇：「她初次佈菜時，便讓皇上想起了毓芊。本宮看她單純乖巧，模樣也周正，那氣韻和毓芊倒是有些相似。」她挑了眉：「怎麼，你覺得不妥？」

芷蘭輕笑。「能有什麼不妥。皇上要什麼樣的人沒有，不是她也會是別人，今日乖巧也不能保證日後便一直聽話。眼下只要能讓皇上把心思放回長春宮便成。」

爛炘看向另一旁有些悶悶的婧櫻。「你這個樣子，又在無謂的惆悵了？」

婧櫻眨了眨輕恬的眼眸，慢慢的說：「可她……她不是有個心上人……」

芷蘭忍俊不住，笑了出來。爛炘也掩不住笑意，搖了搖頭。

「芷蘭，你看看她，怎麼入了宮這麼久了，還不時犯傻？」

婧櫻瞪圓了眼：「我怎麼傻了。是你們都忘了，她明明在富察宅邸有個心上人……」

爛炘止住笑，正了正神色：「婧櫻，你日子過的太好了，不是每個人都像翠兒或桂兒一樣。你忘了婼兒？忘了新兒？人都是看高不看低的，嫁個守衛和成為妃嬪，你說這些奴婢會怎麼選？我也不會為難她，如果她想等二十五歲出宮去嫁人，不願服侍皇上，我也由得她。長春宮這麼大，我還怕找不到像樣的宮女嗎？」

芷蘭含著笑補上：「嫻妃娘娘，妹妹跟你賭半個月例銀，嫣兒絕對會欣喜若狂的向皇后謝恩。」

婧櫻看著跪在地上的嫣兒，瞬間輸了半個月的例銀。她不會看錯，如何會看錯，嫣兒青春明亮的眼裡，分明是驚喜交加的光芒。

原來，是自己弄錯了。婧櫻澄淨的眼裡有著釋然。她想，那個守衛，大約是一廂情願吧。如果可以得到一心人，誰願意在深宮裡爭著皇上虛無縹緲的寵愛呢？

她的世界由太多溫暖組成，以致於她對周遭的人總是抱以善意。明明知道人心百樣，世事難料，也知道憑一己之力並不可能真正去改變什麼，仍然希望，被她微笑對待的人，即便不能回以等量的真心，也能不拔刀相向。

她想，皇后扶持著嫣兒上位，皇上如何對待嫣兒，等同於皇后的臉面。嫣兒必然會全心護著長姐。

可惜她總是忘記，自己身處的地方，不按常規，不講道理。

在紫禁城裡，善，不一定有善報；惡，也未必就有惡報。

乾隆九年春，淮揚大壩完工。夏末，高氏父子麾下多人被查出藉治水之便，勒索商家，貪污瀆職，魚肉百姓。高斌及高恆雖未直接涉案，高黨卻因此士氣大落，並遭皇上重斥。同時間，去年甫升任戶部右侍郎兼山西巡撫的富察傅恆，再被加任軍機處行走，正式進入權力中樞的軍機處。原備受冷落的顧命大臣張廷玉，亦在朝堂上獲皇上當眾讚賞：「不茹還不吐，既哲亦既明」。

貴妃因父兄遭斥，胸懷鬱悶。秋冬交接之時，舊疾再發，沉痾難癒。

「你來做什麼？」貴妃虛弱的躺在床上，氣勢卻一點不減，冷淡的問向床前的婉貴人。

陳蔓鵑看著那張浸潤在光影中的憔悴臉龐，分不清心中是喜是悲。

「妹妹考慮了很久，還是想來問問貴妃姐姐，姐姐對於妹妹的種種作為一向是不屑參與，也懶的攪和的。可那時，又為什麼願意教導永璋，在皇上面前拉了純妃一把？」

「本宮愛做什麼便做什麼，還需要向你解釋嗎？」

高沁玥帶著特有的高傲答道。那個黑暗的想法只有她自己知道就好。她想看到那個搶走正妻位置的女人失勢，哪怕只有一天也好，哪怕只是冷落也好。

那年，那個女人以嫡妻之尊嫁入王府。她原本也不放在心上，想著，不過是政治聯姻。大婚的前夕，她特意纏著四阿哥，歡愛到天明。帶著小小的狡黠，她將兩人的單衣緊緊的綁在一起。

然後，婚禮的隔天，只是個小小使女的她，依例需向嫡妻行禮敬茶。她見到了傳聞中秀外慧中，賢淑溫婉的富察嫡女。

那樣與生俱來的尊貴，帶著大戶人家的氣度。那女人更改了宅邸的擺設，原本俗麗的王府，竟然在她的巧手下，煥然一新。一桌一椅，一草一木，都別具巧思，那樣的平衡與優雅，她一輩子也達不到。

王爺對那女人很好，一點也不遜於她。她怔怔的對著緊緊綁在一起的兩件單衣落淚。始知結衣裳，不如結心腸。

她可以忍。她告訴自己，四阿哥對那女人的好，只是為了她的家世。可是第二年，被封為寶親王的王爺生了一場大病，那女人衣不解帶，日夜侍奉。她在門外焦急，哭泣乞求，說讓妾身也為嫡福晉分憂，照顧王爺吧。那女人無動於衷，只遣個婢女出來，冷冷對她說，玥夫人請回吧。福晉說，夫君染病，理應由妻子照顧，請夫人切莫掛心。

她無話可說。是啊，她是妻，她是妾。雲泥之別，勝負已分。

她的恨，自那時升起，再也無法消除。

她恨透那個女人。那女人佔了名正言順的位置，那個位置，是惟一。他可以娶千千萬萬個妾，可以寵千千萬萬個人，可是妻子，只有一位。

蔓鶊卻不知道貴妃心裡的愁思百轉。她看著高沁玥的病容，心裡微感疑惑。太醫院時時會診，日日照看，怎麼會把個人越治越虛弱？她明明記得，高沁玥的舊症，若在窮苦人家，的確難將養；但在富貴人家，只要時時服藥，不足以致命。

她上前，輕輕執起沁玥的手，在心裡沈吟。

「姐姐可有想過，自己的病，怎麼會越治越嚴重？」

高沁玥怒氣橫生，甩開陳蔓鶥。「你這話是什麼意思？」

陳蔓鶥有些淒然的笑了笑。「姐姐不妨託人帶著太醫院送來的藥出宮，請宮外的大夫看看，這究竟是什麼神奇的藥，竟然還能催命？」

皇后為皇上舀了一碗湯，輕輕放到皇上面前。放定，卻見串串珠淚跌進碗中。

皇上動容，輕聲道：「怎麼哭了？」

皇后原本只是想藉著落淚開場，卻在聽到皇上輕柔的問話後，再止不住二年來的委曲，無可遏抑的哭了起來。

皇上起身，將她擁進懷裡。「好了，沒什麼事，做什麼哭。」

皇后抽泣不止：「臣妾以為，皇上再也不理臣妾了。」

皇上失笑：「你氣性這麼高，倒反說是朕不理你。」

皇后取過嫣兒遞來的手絹，輕輕拭去淚水：「皇上瞧，嫣兒是不是和當年的芊兒同樣貼心？」

「臣妾仔細想過了，毓芊在宮中一直過得不快樂，以致走了錯路，失了性命。臣妾身為她的舊主，卻疏忽了她的心事，沒有好好開導她，確實是臣妾之過。」她仰起臉，綻出一抹端麗的笑：「既是臣妾之過，讓皇上失了可心的妃嬪，便該由臣妾補過，讓身邊的貼心人兒服侍皇上，以緩解皇上的憂思。」她帶著嫣兒跪下：「請皇上收下臣妾一片心意。」

皇上默默看著地上的皇后及嫣兒。清亮眸中有些捉摸不定的光。半晌，他溫和的說：「既是皇后的一片心意，朕便收下了。都起來吧。」

他執起嫣兒的手：「你本名是？家裡如何？」

嫣兒羞紅了臉：「奴婢母家姓魏，本名嫣然，是鑲黃旗包衣。嫣兒的阿瑪是內管理清泰，在內務府當差。」

皇上笑意越發溫煦：「人如其名，果然是個美好如春的麗人。鑲黃旗包衣的出身也不算太低，既是皇后舉薦，便先封為貴人罷。」

嫣兒沒想到初封便得這樣高的位分，忙跪在地上謝恩。

皇后雖知這面子是做給自己的，仍忍不住心裡微微的澀意，像是咬了一口還未熟透的青梅，酸意浸骨。「那麼，今夜是不是便讓魏貴人侍寢？」

皇上擺擺手，望向皇后的眼裡有著舊日的情誼。「你是皇后，朕今晚，自然是與皇后同宿。」他似想起什麼，有些感傷的嘆了口氣。「貴妃現在身子不大好，秦晁說，是早晚的事了。此刻也不宜進封新人。這樣罷，你先照貴人的規格撥些人給嫣兒，朕打算明年為資歷深的妃子們晉一晉位，到時再一併冊封罷。」

夜晚，斕妡伏在皇上胸前，聽著那許久不見的心跳聲，有些失神。

「在想什麼？」皇上慵懶的聲音傳來。

斕妡微微苦笑：「臣妾在想，色衰則愛弛。年輕的新人們像是含苞待放的花朵，臣妾則已在枝頭顫顫巍巍，一陣風吹過，便凋落了。」

皇上抬起她的臉，眼中難得的浮現幾許真是的情感：「斕妡，朕喜新，但絕不厭舊。你永遠都是朕的皇后。」

斕妡笑了。她重新回到皇上懷中，任晶瑩的淚珠自眼角滑落。她沒有問，皇后，等不等同於妻子？也沒有問，他們之間，除了責任，除了敬重，是否還有其他？

她明白，皇上的回答，已是她在這座宮裡所能得到的，最好的結局。

婧櫻握著手中的紙卷，緩緩走進咸福宮。冬雨剛落，宮內一片枯木蕭瑟，地上一窪水色瀲灩，映著她手上素色油傘，天地間彷彿只剩山水墨色，再無繽紛綺麗。

她走進寢殿，向床上的貴妃行了周到的禮。

為著嫻妃的到來，一直臥病在床的貴妃特意打扮了下。但胭脂水粉又如何掩得住病魔催殘下凋零的容色？

「難為你還會想來看我。怎麼，你不是一向依附著皇后，不覺得是本宮害了你的好姐姐？」

婧櫻的臉上有冰涼的雨絲，她想擠個得體的笑，卻連假裝都無力。這間華麗的房裡，有生命流逝的氣息。面對油盡燈枯的人，她恨不了，也笑不出。

「永璜去年大婚，既已成家，便不能再隨意進出嬪妃宮殿。可是貴妃姐姐這些年來對他的疼愛和教導，他都記在心裡。這是永璜特地為貴妃姐姐所做的畫，他請嬪妾無論如何都要親手交到姐姐手上。」

畫卷徐徐展開，貴妃看到幾年前明艷的自己，躍然於紙上。淡淡的柳眉帶著溫柔，細細的美目有著關愛，畫中的她對著大約十歲的永璜，宛如慈母。

她看了許久，抬頭對婧櫻說，畫的真醜。

珍珠般的淚一顆又一顆滾落，她說，醜到本宮都忍不住哭了。

婧櫻臉上冰冷的雨絲化為溫熱淚液，她進潛邸的時間晚，不清楚貴妃和長姐之間的恩怨。可是她與貴妃間畢竟沒有深仇大恨，這些年因著永璜，也有些點到即止的交情。不論高沁玥是什麼樣的人，她對永璜是真心的好，便衝著這點，婧櫻怎麼都無法討厭她。

她坐到貴妃床邊，溼潤的眼中清澈溫暖：「永璜還讓嬪妾跟姐姐說，說他這些年來一直想喚卻喚不出口的一句稱呼。

「姐姐，他想喚你一聲，玥額娘。」

彷彿有什麼東西，碎落進高沁玥心裡。灼熱的，蒸騰的，那是她這一生似乎從來未曾得到過的，真心。

她痴痴的看著婧櫻。她想，為什麼富察爛忻身邊有婧櫻，她身邊卻只有蔓鶥？心口一甜，她嘔出一口血來。想起早晨和妙兒的對話。

——大夫怎麼說？

——大夫說這藥水都是用極為名貴的藥材熬煮出來的。

她吁了一口氣，怪自己真不該聽信蔓鶥的話，胡亂疑心。

妙兒卻囁嚅著，小小聲。

——可是，大夫看了小主的病症，咦了一聲，說……說……

——說什麼，做什麼吞吞吐吐。

——說藥材雖好，可是全然不是對症下藥。

她愣然。不是對症下藥？所以，她這些年來服的藥，全然與治病無關？所以，她的舊症，在沒有任何藥物治療的情況下，一點一滴的加深？是這樣嗎？原來是這樣嗎？

淒然一笑，她對婧櫻說：「爭了這麼久，到底，我還是輸了。」

她閉上曾經勾魂攝魄的美目，再不肯看向眼前的女子。帶著薄繭的微涼指節撫上她的眉。她聽見那女子輕啞的聲音響起。

「你沒有輸。在這宮裡，誰都贏不了。」

乾隆十年正月二十三，貴妃陷入昏迷，皇上冊封其為皇貴妃，同時諭示嫻妃晉為嫻貴妃，純妃晉為純貴妃，愉嬪晉為愉妃，魏氏著封貴人。

貴妃在朦朧中輾轉，忽然間，所有的病痛彷彿都離去。她又回到生命中最美的時光，有著十多歲最好的年華。她是四阿哥惟一的使女。他們在狂潮中生澀的探索彼此，在激情的顫慄中各自成為男人和女人。他們說著無意義的傻話，她感到那樣滿足。

熹妃不喜歡她，嚴竣的臉龐總是對她不假辭色。她吐吐舌頭，心想，她才不在乎，有四阿哥對她好，一切便已足夠。

她為四阿哥整理書房，無意間在抽屜裡發現一個暗盒。她好奇的打開，看見裡面是一張畫，畫著一個年約四、五歲的小格格。彎彎的黑緞眉，大大的杏仁眼，笑的燦爛耀眼，那樣的笑容穿透了畫紙，讓她的嘴角也忍不住上揚。

「真可愛。」她心裡想著。不動聲色的蓋上暗盒。

她不知道四阿哥有沒有發現，只是後來管家再也不讓她進入書房。她不以為意，她想男子一般都是不喜歡女子插手朝政大事的。至於那張畫，早被她塵封在記憶中，畢竟，誰會去在意一個也許連話都說不清楚的小娃娃呢？

後來，四阿哥成了寶親王，後來，她成了側福晉，後來，寶親王請旨又求來一個側福晉。那個側福晉，她的思緒有些混沌，怎麼好像很熟悉？她記得敬茶禮那天，她端詳著側福晉的容貌，怔楞了好一會兒，卻想不起來在哪裡見過。

有另一個聲音對她說，那個側福晉早就不是側福晉了，她被封為嫻妃，即將晉位為貴妃了。嫻貴妃。

高沁玥猛然驚醒。

寢殿內充斥著藥味，三天前，皇上親封她為皇貴妃，而嫻妃排在純妃前頭，晉位成了嫻貴妃，是貴妃位之首。那個一直屈居於她之下，看來完全不具威脅的小姑娘，憑什麼讓王爺請旨成為側福晉？憑什麼取得大阿哥和五阿哥的撫養權？憑什麼不論其他妃嬪如何爭鬥都影響不到她？憑什麼毫無所出卻能越過資歷比她深、生育比她多的純妃？

那張黑眉杏目，總是笑咪咪的臉，和當年畫中的小格格合而為一。

她想起方才的夢，終於恍然大悟。那小姑娘什麼都沒有。她有的，不過就是皇上的私心罷了。

她感到萬念俱灰。

她爭了一世，鬥了一生，卻原來，所怨非人。

她愛了一世，戀了一生，卻原來，所託非人。

殿門開啟，明黃色的身影緩緩步入。那身影的主人說：「沁玥，你醒了。」

她想，是啊，她終於醒了。她早該醒了。

她掙扎著開口：「皇上，你告訴我，那年，我掉了二個孩子，是天意嗎？我從此之後再也無法生育，是天意嗎？我的病藥石罔醫，也是天意嗎？」

她曾經如花的容顏已然灰敗。那喘不過氣的詰問，語意輕輕，卻如此淒厲。

皇上眼中有盈然的淚光，他憐惜的撫著她的臉：「說什麼傻話呢，自然是天意，那都是天意，你何需自苦？」

可是高沁玥太瞭解他。所以她沒有錯過他眼中一閃即逝的，快的幾乎捕捉不到的。愧疚。

「好，我不自苦。那麼，皇上，你告訴沁玥，你愛我嗎？哪怕只有一點點，你愛過我嗎？」

皇上看著她，喉頭滾動，卻始終沒有發出聲音。

那年，他在白馬寺意識到一股注目的視線，轉頭見到一個白荷似的女子，在風中俏立。他便突然懂了，他需要的，就是這樣溫婉美麗，善體人意的女子。可以疼寵呵護，卻不會操縱他的喜怒哀樂。即使她們離開了他，他的世界也不會崩毀，他的天地也不會坍塌。

他輕輕開口，語氣鄭重：「沁玥，朕對你用情至深，你當明白。」

是了。她想。

那是情慾，不是愛。

那是情份，不是愛。

只是，為什麼要騙我呢？

沁玥，你在我心中的位置，無人能取代。

我在你心中根本沒有位置，誰能取代一個根本不存在的位置？

「沁玥，」皇上沈痛的聲音傳來。「朕給你的寵愛，給你母家的權勢，無人能及。你究竟，還想求什麼？」

她還想求什麼呢？她想，她永遠也不會知道，他所給她的一切，究竟是因為她的父兄，還是因為她這個人？她相信，他並沒有想要取走她的孩子，剝奪她做母親的權利，也沒有想要致她於死。

只是，他的額娘這樣做的時候，他也並沒有阻止。

她想求的，也許只是，他能真心的對她說一句話。不帶虛情，沒有假意。

即使那句話可能是……高沁玥，我從來就沒有愛過你。

她睜大已然看不清楚的雙眸，仔細凝視眼前這張臉，那眉那眼那鼻那嘴，都要刻牢在心底。就算喝下了孟婆湯，也一定一定不要忘記。

下一世，看到這張臉的時候，一定要記得，有多遠躲多遠。

她閉上眼，再不看他。淡粉色的唇，吐出此生最後一句話。

「我為女子，薄命如斯。君是丈夫，負心若此。」

＊＊＊

「此話當真？」

鍾粹宮裡有股輕甜的香氣，端坐在正位的純貴妃止不住喜色，問著太醫程億。

「回貴妃的話，微臣所言不假。雖然脈象尚淺，但微臣確定娘娘已有月餘的身孕。」

純貴妃只覺四肢百骸都舒暢了起來。前些年皇后失寵，她順勢崛起，產下六阿哥永瑢。原本以為榮寵從此不減，怎知去年底皇后藉著舉薦身邊的宮女翻身，長春宮再次春意長駐。年初的晉封，除了她以外，全都是皇后的人馬。想想真不服氣，她服侍皇上的資歷、生育皇子的數量，都遠在嫻妃之上，憑什麼嫻妃可以越過她成為貴妃首位？

幸好，幸好，她想著，自己又有了孩子。皇上只有一個嫡公主，千寵萬愛，若這次能生個公主，自己此生便該長樂安綏了。

程太醫叮囑了幾句，便行禮告退。卻見外頭小太監進來恭敬說道：「貴妃娘娘，婉貴人求見。」

純貴妃聞言，自前年生下六阿哥後便略顯圓潤的臉龐，流露幾許厭煩。

「嗯，讓她進來吧。錦兒，看茶。」

「貴妃娘娘這兒的香味真好聞，讓人神清氣爽。」婉貴人輕輕放下茶盞，笑著對純貴妃說。

純貴妃有些冷淡：「也不是什麼名貴的香，就是添了些玉梨膠罷了。錦兒，你去取一些來給婉貴人吧。」

錦兒有些為難：「小主，啟祥宮的玉梨膠都用完了，昨日你已將宮裡剩下的全數賞給嘉妃了。」

純貴妃不在意的說：「這樣啊，婉妹妹，那真是對不住。下次再補給你罷。」

婉貴人唇畔揚起淺淺的笑：「娘娘對嬪妾如此厚愛，嬪妾先謝過娘娘了。娘娘如今已為貴妃，僅次於皇后，嬪妾一直沒有機會向娘娘親自賀喜呢。」

「行了。心意到了便好。」純貴妃有些敷衍。

婉貴人不再說話，似笑非笑的望著純貴妃。

殿內輕甜的香味漸漸令人感到窒息。純貴妃沈不住氣，怒聲道：「你這樣看著本宮做什麼？」

婉貴人語音輕輕，眼裡帶著憂傷：「自潛邸至宮中的姐妹們，如今只餘嬪妾還苦苦在貴人的位分上熬著。原本以為這次的大封，皇上會為嬪妾晉個位分，怎知皇上將個小小宮女一舉封為貴人，卻絲毫未想到嬪妾。」她拿起手絹按了按眼角。抬眼，丹鳳眼中繚繞縷縷冷意：「只是，皇上想不到嬪妾也就罷了。娘娘如此受寵，怎麼就不記得幫嬪妾美言幾句呢？」

純貴妃圓潤的下巴倨傲揚起，畫出尖銳的弧度：「你這是在威脅本宮？」

婉貴人笑的溫婉：「娘娘是貴妃，嬪妾是貴人，一字之差，天壤之別。嬪妾又豈敢威脅娘娘。只是想到當年娘娘握著嬪妾的手，許諾來日必讓嬪妾成為一宮主位，頓時覺得物換星移，此一時，彼一時罷了。」

純貴妃精心描繪的眉眼此刻泛著寒芒似的薄光，在心裡盤算眼前這個連妃嬪都還算不上的小小貴人究竟有多少斤兩。

「婉妹妹，」她刻意放柔了語調。「本宮也不是不想為你爭取，只是，」她搖了搖頭：「你從來就不受皇上注意，鍾粹宮與咸福宮也沒什麼交情，本宮貿然為你說話，難保皇上或是旁人不會疑心起咱們兩宮來。」

「這樣吧，」純貴妃似是高高在上的神祇，憐憫施捨著卑微的凡人。「本宮再找機會在皇上面前提提吧。婉妹妹就別急於一時了。」

婉貴人笑顏明媚，似乎極為滿意純貴妃的回答。置於膝上的左手護甲不經意劃破了右手手背，在白皙的肌膚上留下灩灩血色。

結束了早晨向皇后例行的請安，魏貴人獨自走向長春宮內的涼亭，望著花團錦簇的園子，兀自怔忡。前幾天，她第一次侍寢。鳳鸞春恩車將她載到了養心殿，她全身赤裸的被包在錦被裡，自皇上腳邊緩緩爬上龍床。皇上的眸光溫柔慵懶，既不是對著皇后時的敬重熟稔，也不是對著嫻貴妃時的放鬆真實。她想，皇上知道她是誰嗎？溫熱的氣息覆了上來，她想起教養姑姑們的叮嚀，柔順的承寵。眼前卻浮現一張端正清朗的臉，那臉不若皇上俊美，也沒有渾然天成的尊貴氣質，可是看向她時，總會浮現光芒。那光芒讓她知道，她可以對他頤指氣使，可以對他予取予求……突然一陣痛楚傳來，她正式成為了皇上的女人。她覺得好疼、好不舒服，卻謹記著宮規，不敢流淚，不敢掙扎。

當一切終於結束，她被帶到暖閣穿衣。明芳姑姑微帶憐惜的對她說：「老身為小主清理，請小主忍耐一下。」她略感不適，下身似有液體被取出，她覺得極度屈辱。待衣飾穿好，明芳姑姑又端來一碗藥湯，讓她喝下。她明白，這樣的舉動表示皇上暫時還不想讓她生育。明芳姑姑見她眼中含淚，輕聲解釋道：「小主莫喪志。因著前些年有位小主懷胎後，仗著身孕將滿宮鬧得雞犬不寧，因此除了自潛邸便服侍著皇上的資深小主們，不論位分皆被允許生育外，皇上諭令新入宮的小主除非升至妃位，侍寢後暫不留龍種。即便是榮寵風光的舒嬪小主，也還未被允許生育呢。小主還年輕，會有機會的。」

春日特有的薰風拂來，她微微側首，想甩去明芳姑姑的話。耳邊卻傳來嬌脆的聲音。

「魏貴人一人在這兒賞花嗎？不知妹妹有沒有榮幸加入。」

嫣然回頭，身著湖水色宮裝的俏麗女子含笑立在涼亭階梯上。是前年因服侍鍾粹宮主位純貴妃平安產下皇六子有功，而獲皇上晉封為貴人的陸景默。

嫣然慌忙起身，向陸貴人行了平禮。「陸貴人服侍皇上的資歷較奴婢……嬪妾為久，陸姐姐願意陪嫣然賞花是嫣然的福氣。」

景默走向嫣然，親熱的執起她的手。「你我皆在貴人的位分，本是沒有高下之分的。我下個月滿十八歲，不知該稱呼你一聲姐姐或妹妹呢？」

嫣然笑答：「我上個月剛滿十八，這樣看來倒是要喚你一聲妹妹了。」

陸景默莞爾一笑，流露幾許稚氣。「姐姐，景默真高興有你出現。後宮裡的新人不多，大部分是自潛邸時便已服侍皇上的姐姐們，身份貴重。與我同期的新人只有舒嬪和柏貴人，她們都是滿家軍，我和她們說不上話。姐姐，景默的額娘也姓魏呢，雖然不是真有親戚關係，但也算是難得的緣份了。」

嫣然一聽，只覺心頭一熱，莫明的溼了眼眶。

景默忙道：「姐姐怎麼了？是景默說錯話惹姐姐傷感了？」

嫣然落寞的搖搖頭：「不是的。」她看著景默妍麗的小臉，覺得似乎找到了可以傾吐的對象，幽幽的說：「人人都以為我飛上了枝頭，卻不知……其實我也只是儀嬪的替身，皇后的工具罷了。」

「姐姐怎麼這麼說呢，要知道，寒梅最堪恨，常作去年花。」

嫣然臉上浮現幾許戒備。「你在說什麼，我聽不懂。」

景默清澈的眼裡帶著暖暖的光：「姐姐，梅花雖然在冬天有過一時的榮景，但春來之時，卻早已失去生命，反而滋潤了土壤，讓新的花朵綻放的更耀眼。儀嬪之於姐姐，不正像寒梅之於春花？儀嬪之死，讓皇上有些懊悔，在她生前沒能待她好些。姐姐的出現，正好讓皇上將那份虧欠轉移到姐姐身上，從而對姐姐更加憐惜呢。」

嫣然聽懂了景默的話，玉蕊般的臉透出幾許光彩。

「景默，你真聰明。」她有些自卑的低下頭：「我書念的少，不像你們這些秀女懂的多。」

景默微微笑開：「姐姐，滿宮裡都是知書達禮的秀女，你說皇上不嫌煩嗎？皇上要的，是知情識趣的女子。」

她深深看入嫣然眼裡：「姐姐，景默的額娘只得景默一女，卻能夠穩坐著嫡妻的位置，你道為何？額娘自小便教導景默，妻妾之間的事，要當成棋局來看。在這宮裡，每個人都想得到歷久不衰的恩寵，不是靠家世，便是靠子嗣。姐姐應該和景默一樣，還不被允許……」

嫣然紅著臉，點了點頭。

景默繼續道：「像咱們這樣沒有家世的，便只能靠子嗣了。眼下雖然沒有機會，可是姐姐比景默多了一樣法寶，便是皇后。你說皇后為什麼甘心讓自己的婢女分寵呢？因為寵愛是在婢女身上，面子卻在皇后臉上。皇上對你的賞賜，會被視作對皇后的愛護；同樣的，你若能讓皇后高興，便也能藉著皇后，得到皇上的重視。姐姐，舊人會老，老了便倒，咱們這麼年輕，還怕沒有出頭的機會嗎？」

嫣然對景默一番頭頭是道的分析佩服的五體投地。她仰起臉，誠摯的說：「景默，姐姐真有福氣，今日得以結交到像你這樣的人才。他日若姐姐真有出頭之日，必不會忘了妹妹。今後也要請妹妹多加提點姐姐呢。」

陸景默燦爛的笑顏點亮了素雅的涼亭。她沒有說的是，棋局棋局，當局者迷，旁觀者清。身為旁觀者，自是要多找幾顆好棋備用。

純貴妃看著表情莫測的皇上，只覺一顆心似被吊在半空，背脊莫明滲出冷意。

約莫一刻前，養心殿副總管太監信忠到鍾粹宮傳了皇上旨意，要她儘速到養心殿。她詢問半天，信忠只是禮貌的說，他真的不清楚是什麼事。她惴惴不安進到殿裡，看到皇上及皇后端坐塌上，一旁還有新寵魏貴人。她向皇上及皇后請了安，皇上並未發言，倒是皇后賜了座，和藹的問了她腹裡胎兒的情況。

「多謝皇后掛心。嬪妾一切都好，龍胎十分乖巧。」純貴妃恭敬答道。

皇后寬慰的點點頭。接著又無奈說道：「原本妹妹有著身孕，本宮不願太過驚擾妹妹，想著等年底妹妹平安產下皇嗣後再做定奪。可是皇上不喜下人胡亂誣衊主子，命本宮調查清楚。只好勞煩妹妹過來一趟了。」

她平和的對著身側的魏貴人說：「嫣然，你仔細的把事情經過說給純貴妃聽。」

魏貴人略帶歉意的看了眼純貴妃，輕輕開口：「是這樣的，嬪妾有個同鄉好友彩茗在浣衣局當差。嬪妾蒙皇上及皇后賞識，成為貴人後，特意去浣衣局探望彩茗，看有沒有能幫到她的地方。閒聊時，不經意聊起了被發落至浣衣局的儀嬪舊婢亭兒，彩茗同嬪妾說，亭兒這些年十分怕黑，不論到哪總要拉著人陪。即便是大白天，也時常會莫明的驚嚇到。上個月，原本和亭兒同房的宮女出宮嫁人了，彩茗搬去和亭兒同住，晚上時常聽到亭兒夢囈。嬪妾一聽，直覺事情並不單純，便要彩茗晚上留意聽著，究竟亭兒在夢囈些什麼。」

魏貴人故意停頓了下，眼波清澈流轉：「結果彩茗說，亭兒總是喊著：『小主，小主，不要怪奴婢，奴婢也是被逼的。小主，小主，對不住。』」

純貴妃勉強開口：「這亭兒如此心虛，難道當年竟是她害了儀嬪？」

皇后唇邊綻開溫煦的笑容：「是不是她害了儀嬪，直接問問本人不就知道？」

只見全身素白的亭兒憔悴的被帶進來，直挺挺的跪在地上。

魏貴人從容不迫的說：「亭兒，皇上與皇后皆在此，你當年的一念之差，已鑄下大錯，切莫一錯再錯，讓害死你主子的真兇逍遙自在。你還是快將當年的事一五一十從實招來罷。」

亭兒滿臉淚痕，先對著皇后磕了個響頭：「皇后娘娘，奴婢當年未將實情和盤托出，以致皇上誤會了娘娘，請娘娘恕罪。」接著仰頭對著皇上說道：「皇上，奴婢不知道當年究竟是誰給了小主密藥的藥方。只知道小主命奴婢照著藥方熬煮，讓小主在侍寢前服下。那時，奴婢的阿瑪生了重病，家裡急需用錢，純貴妃的貼身婢女錦兒姐姐與奴婢素來交好，她告訴奴婢說，只要照著她的話做，便可以得到一大筆賞銀，奴婢阿瑪的病便有著落了。」

她痛哭失聲：「奴婢沒有辦法，一時迷了心竅，竟答應了錦兒姐姐，在小主出事的那天夜裡，故意假裝沒有聽到小主呼喚，任小主失血過多，終於不治。」

她永遠忘不了，那惡夢一般的夜裡，床上的小主嘶啞的喚著，亭兒，亭兒。她瑟瑟發著抖，咬著手臂不出聲，任房內的血腥味越來越重，任小主的呼喚聲越來越微弱。

殿裡四下無聲，只亭兒痛苦的哭泣聲敲打在每個人心裡。

純貴妃只覺全身的血液瞬間凍結。她想要反駁些什麼，卻無話可說。她太明白，在這宮裡，不講證據，只講運氣。那年，她曾經有著滿身的好運氣，天時、地利、人和，成就了她的六阿哥，以及此刻腹中的孩子。可如今，運氣已然遠離，不論她辯解些什麼，皇上都不可能相信她了。

她起身跪倒：「皇上，臣妾百口莫辯。可臣妾也只有一句，臣妾全然不知情，臣妾確然無辜。」

皇上的眉稍是溫和的線，眼角是柔情的光，臉上卻帶著淡淡的冷意：「朕明白，你當然是無辜的。一切都是錦兒的錯，是做下人的太不懂事了。」

「傳朕口諭，將亭兒和錦兒發入慎刑司，細細審問，務必將當年與儀嬪案有關的相關人等徹查清楚。」

「至於純貴妃，」皇上眼裡波瀾不興：「至多也只是教導下人不周，此刻又有孕在身，朕又何忍苛責？愛妃記得好生調養。養胎最求清靜，即日起，所有人等非得朕允許，不可隨意入鍾粹宮打擾純貴妃。」

純貴妃頹然，全身帶著絲絲痛意，眼前彷彿漫過一陣霧，皇上的面容在霧中變得模糊。她並沒有預料到，從此之後，她竟是再也沒有看清楚過皇上的模樣。

婧櫻站在桌案前，執筆寫著字。她在草原成長，外向奔放。惟一喜歡的靜態活兒，便是寫字。進宮後，她再不能隨心所欲。情緒低落時，只能藉練字平復心情。就如此刻，她自貴妃薨逝後一直無法散去的鬱悶，彷彿便在執筆揮灑間，逐漸有了撥雲散霧的效果。只是，她看著宣紙上的字，有些疑惑那顏彩為何會有暈開的墨漬。

「練個字也能練出淚來？」皇上帶著笑意的聲音傳來。

婧櫻抬頭，卓然挺立的身影映入眼中。他漾著全然放鬆的笑容走向她，眼裡有著溢不住的喜悅。

「朕剛自長春宮過來，這個消息朕想第一個告訴你。櫻櫻，皇后有喜了。」

婧櫻眸光溫存，她沒向皇帝說她早就知道了。那時，長姐也是拉著她的手說，這個消息，長姐想第一個告訴你。

也許是因為這樣複雜的情感糾葛，她時常想主動的，不顧一切的，抱住眼前這個男人。卻總是不敢。

明淨清澈的眼裡盈滿真誠的笑，她說：「臣妾恭喜皇上，賀喜皇后。」

皇上繼續說道：「皇后說魏貴人是個福星，先是讓帝后恢復和睦，又藉著亭兒洗刷了皇后的冤屈，現下皇后又懷上了身孕。朕想想六嬪之位目前只有薏婕一個，決意晉魏貴人為嬪，封號令。年底與你們一同舉行冊封大禮。」

婧櫻靜靜的看著他：「如圭如璋，令聞令望？」

皇上開懷：「朕的心思，你果然全都明白。」

婧櫻不語，亭亭站在那裡，眉眼寧靜。

皇上挑眉，一貫揶揄的表情：「吃醋了？」

婧櫻坦然：「心裡是不太舒服。」

皇上安靜注視著她，目光被桌上的墨跡吸引。她的字寫得極好，不若閨閣女子秀氣婉約，卻有著疏闊大氣的格局。就好似十多年來每每與她閒聊之時，總能感覺到她胸懷天下萬民的壯闊。他太明白如何寵一個人，位份綢緞珠寶子嗣，卻總是抓不準該如何待她。她是隻野性難馴的鷹，被他捉住，養在深宮，但始終沒有真正被馴服，隨時都會振翅遠飛。

皇上視線回到婧櫻身上，光影下的她輪廓模糊，似是很近，又離的很遠。他一把將她攬進懷裡，拋開所有似是而非的情緒。那個瞬間，狹長眼中，分明的溫柔。

正式的冊封大禮，是在十一月某個晴空萬里的好日子舉行。

嫣然穿著嬪位吉服，柔順的仰承皇后訓誨，禮成，端莊溫雅的起身，掩不住志得意滿的神色。

突然，左耳的碧玉雕花耳墜鬆脫掉落。她一時愣住，在原地不知所措。

一抹高挑的身影緩緩走近，纖長的手為她戴好左耳的墜子。

嫣然看向眼前的麗人。同樣在今日冊封的嫻貴妃一身紫色吉服在燦陽下泛著銀光，潑墨青絲盤成高貴的雲髻，額間一點碧玉，由皇上親自繪成櫻花圖樣，紅豔的唇微抿，容色傾城。

嫻貴妃扯開半邊唇角，微帶倦意的問：「嫣然，這便是你想要的？」

嫣然望進她山水明淨的眼裡，堅決的點了點頭。

嫻貴妃淡然一笑：「那就好。」輕輕旋身，緩步離去。

嫣然楞楞的看著嫻貴妃的背影，脫口而出：「貴妃娘娘……」

嫻貴妃回首，溫和看著她。

嫣然微窘，囁嚅的說：「沒什麼，嬪妾只是覺得……娘娘身段亭亭，若扮成男裝，一定很好看。」

嫻貴妃漾開白曇般的笑意：「是啊，本宮從前，是喜歡扮男裝。可惜，那都是從前了。」

嫣然看著那涼月曇花般的笑容，不知為何有了落淚的衝動。

她想對著嫻貴妃說，哥哥，我好像，又迷路了。可是心裡明白，這一次，再沒有人能帶她找到回家的路。

家，在這裡。可這裡，不會是任何人的家。

他一向是個自制力極好的人，幾年官場生涯下來，即便酒酣耳熱，也絕不容自己在外頭醉倒。

可是此刻，他只想醉，身旁的雪晴一杯又一杯為他斟滿旋即又空的酒晟，他沒有制止，甚至，帶著感謝。

今日是皇上登基十年來後宮第一次大封典禮，皇上特意在冊立禮後宴請位高權重的諸位大臣。皇上左側，坐著僅次於皇后的嫻貴妃，從前略帶稚氣的美麗輪廓，如今已出落的豔麗絕倫，煥發著不可褻瀆的高貴氣質。

上一次見到她時，她倒在血泊裡，垂死掙扎。他在不遠處，強忍著飛奔上前將她劫掠上馬的衝動。他知道，錯過那次，他便只能永久的隱藏在黑暗之中，孤獨的等待末日到來。

他寬慰的想，至少，她此刻一人之下，萬人之上。到底，皇上待她不薄。

殿裡歌舞昇平，萬花繁重，他俊臉一反平時的冷淡，笑態魅人。

殿檯上，那雙杏子般的眼眸漆黑一片，宮燈十里，卻映不進半絲亮光。纖長的手執起月白酒杯，銀炭烘暖的室內，掌心因那人反常的醉態，冰寒徹骨。

他搖搖晃的進到房裡，帶著桃色的雙頰和俊魅的醉態。

太醉了。他想。房裡似乎有著異樣的香味。他皺眉，想出聲斥喝，卻覺得全身灼熱。

黑暗中，站著一個人，容貌模糊，只有一雙黑眉，那樣好看。

那人輕輕上前，溫柔的將他扶至床上。

那眉，他恍惚著，是她嗎？她終於來看他了嗎？

「阿櫻？」他呼喚出聲。思念成傷，他想他不能傷她，可是好熱、好熱……

他摸索著她的臉，怎麼看不清呢，他甩甩頭，是了，這眉，少有的濃麗墨黑，緞色天成。

「阿櫻。」他笑了，霸道的擎住她的後頸，迫著她抬起頭，然後，疾風暴雨的吻了上去。

紅羅帳暖，幼瑛卻覺得渾身冰冷。

傅恆滿臉茫然，脆弱的像個孩子。

她擁著錦被遮住赤裸的身子，怯怯的喚：「大人。」

傅恆楞楞的轉向她，鳳眸裡看不出情緒。過了好一會兒，幼瑛才想通，她看不出裡頭的情緒，因為裡頭什麼都沒有。

已然被掏空。

「為什麼？」那個總是冷然的男子忽爾緊皺著眉，痛苦的彷彿就要死去。他粗粗的喘著氣，滿眼通紅：「我待你不薄。即使沒有男女之情，也想著你畢竟被人所利用，若他日你找到值得託付的對象，我便以義妹之禮為你送嫁。可你為什麼，為什麼和她一起設計我？她看不透，你也跟著想不開嗎？」

他的雙拳緊握，牙根緊咬，鳳眸裡淚流得洶湧：「我並不是故作清高，也不是坐懷不亂的柳下惠。可是幼瑛，人之異於禽獸，便是兩情相悅才會行男女之事。你們為什麼，為什麼，要逼著我……」

他咬牙切齒的迸出那個詞彙：「苟合。」

幼瑛看著他向來清俊淡漠的眉眼此刻悲痛狂暴，她想這是她喜歡的人，她願意做任何事來換他一抹真心的笑。可是她不僅沒有讓他笑，還讓他哭了。

傅恆翻身下床，顫抖著穿上衣物。恢復冷然的眉眼仍暈出濃重的痛苦神色。他打開房門，不意外的見到沐在月色下的雪晴。

她神色迷離，全身抖顫，十一月的寒冷天氣，只穿著單薄的外衫。

是她，親手準備了媚香，囑咐幼瑛點燃。是她，扶著醉態撩人的夫君進到房裡，將他交給自己親手挑選的婢女。是她，候在房外，任心裡那把鈍刀一寸一寸的凌遲自己。

此刻，她綻著笑，嗓音柔媚：「大人曾允諾，一生只得雪晴一妻。話雖說得冠冕堂皇，到底，還是毀諾了。」

傅恆不發一語，神色空白。她想，他約莫要打她了。她不甘示弱的抬起臉，閉上眼，準備承受他的痛責。

空氣中滿是月桂的清香，沒有迎到預期中的掌摑，她只聽見他喑啞的嗓音響起，似秋葉般蒼涼。

「你們不仁，我卻無法不義。這個院落給幼瑛住罷。她入門為妾的事，交給你辦。這府邸留給你們，我另外找地方住。」

他轉身欲走，雪晴一把拉住他。嬌媚的眼睛滿是淒楚，想要開口，卻無語凝噎。

傅恆看著她握住他袖口的手，淡聲：「放開。」

她微愣，鬆了手。院落裡只剩幾個燈籠供著模糊的光，他頭也不回的身形在暈黃的光影中遠去。

人間芳菲盡，天上一輪孤寒的月，緩緩沈下了天際。

＊＊＊

十二月的雪夜，遭冷落近一年的純貴妃產下四公主。

因著之前已產過二胎，純貴妃此胎並未承受太大的痛苦。全程伴在一旁的嘉妃見到是個公主，眸色歡欣的對純貴妃說：「姐姐，是個粉嫩嬌貴的公主呢。皇上不知會多麼高興。」

純貴妃掩不住喜色，帶著期盼說道：「本宮也希望這個孩兒能讓本宮翻身。」她有些焦急的問：「皇上呢？皇上還沒來嗎？」

嘉妃安撫著說：「姐姐莫急，皇上心頭的氣還沒消，自是不若從前會候在外頭。妹妹已命人速去通報姐姐平安產下公主的喜訊，皇上一會兒就會來了。」

她憐惜的拿著溫熱的毛巾為純貴妃拭了細汗，柔聲道：「姐姐先睡會兒吧，妹妹先將公主抱去大殿等候皇上。」

嘉妃此刻亦懷有身孕，她示意萍兒從穩婆手中接過公主，向太醫程億使了個眼色，三人緩緩步出寢殿。

一進到無人的偏殿，嘉妃眸中精光乍現：「程億，本宮看這公主健康聰明，倒還真的有希望讓純貴妃復寵。你倒挺本事的啊。」

程億與萍兒青梅竹馬，這些年來一直苦苦等著嘉妃鬆口，將萍兒指婚給他。聞言忙道：「嘉妃娘娘的吩咐，微臣豈敢不留心。公主雖然四肢健全，但可惜……」

他鬆開紅緞襁褓，執起小公主的右手，嘉妃及萍兒見了，都不由得倒抽了一口氣。

半晌，嘉妃露出甜美的笑：「你果然是個知恩圖報的老實人。這樣，本宮總算放心將萍兒交付給你。」

她無限不捨的看著萍兒：「你在潛邸時便一直跟著本宮，與本宮的情誼，比那些表面上的姐妹們要深厚多了。若不是你機伶，發現玉梨膠有異，讓本宮焚香時不再添加，本宮還不知要何時才能再懷上孩子呢。」

萍兒有些氣憤的說：「奴婢一直覺得奇怪，小主的恩寵雖然不算頂尖，但四阿哥頗得皇上歡心，啟祥宮總是有著細水長流的眷顧。怎麼可能自四阿哥之後小主就沒有消息了呢？後來純貴妃失寵，鍾粹宮卻仍時時掛念著啟祥宮的玉梨膠夠不夠用。奴婢便有些懷疑，會不會是這東西有問題。」她帶著笑意：「果然，小主才停用玉梨膠二個月，便傳出好消息了。」

嘉妃慈愛的將紅緞錦毯仔細的包裹住小公主：「你也別怨姨娘，你是金枝玉葉，這點小小的缺點不致於讓你失了寵愛，只是你額娘……怕是再難翻身了。」

乾隆十年冬，純貴妃產下四公主，公主聰明可愛，只右手三指間長有蹼狀肉膜，宮中議論紛紛，傳言說是純貴妃狠心害死儀嬪，報應到孩子身上。皇上對公主的疼愛不受影響，但鍾粹宮從此再無聖意眷顧。

宮中歲月流轉，乾隆十一年四月，嫡子七阿哥永琮誕生，萬千寵愛集於一身。對比同年七月出世的八阿哥永璇，皇上雖有著雙喜臨門的歡欣，但嫡庶畢竟有別，啟祥宮自是冷暖在心頭。

永琮雙滿月的這天，皇后特地召見了胞弟傅恆去年底新納的妾室柳月英。柳月英原是傅恆的丫鬟，按府邸規矩改名幼瑛，後獲傅恆垂青，搖身成為如夫人，改回本名。此刻，柳月英挺著約七個月的身孕，有些緊張的向皇后行禮。

皇后抱著永琮，好心情的說：「免禮免禮。你有著身孕，快些起身吧。桂兒，賜座。」

待月英坐定，皇后關懷的問：「胎兒一切都好吧？太醫定期都有去為你看診的，若有什麼不舒服的地方，千萬別憋著。」

月英感動的回答：「月英承蒙皇后娘娘厚愛，自診出喜脈後，娘娘一直關懷備至，月英……月英……」說著說著，竟哽咽了起來。

皇后嘆了口氣：「本宮胞弟的性子本宮瞭解，你是如何入門的，本宮不想過問。可你有了富察氏族的血脈，本宮便不能坐視不理。那嫡夫人豈是好相與的，你同她日夜相對，少不了受些閒氣。可路是你自己選的，也怨不得旁人。你此刻最要緊的，便是把孩子好好生下來，本宮也不會讓旁人虧待了富察子孫的額娘。」

正說著，外頭的小宮女進來通報，說嫻貴妃來了。

皇后心下一緊，黑玉眼中掠過一抹痛意，喃喃道：「這死心眼的孩子……」

月英只覺一陣暖風驟至，緩緩回頭，看見一抹淡綠的高挑身影立在殿門，皮膚白晰，杏眼清澈。帶著一股哀婉的風韻，鮮艷又頹麗，似是獨綻在風中轉瞬極逝的曇花。

月英怔怔起身。望著那雙濃麗的眉，輕聲道：「嫻貴妃吉祥，臣婦富察府柳氏月英拜見貴妃娘娘。」

嫻貴妃扶起了她，笑意溫存：「你有孕在身呢，就別這樣拜來拜去了。」

月英望著嫻貴妃的眼睛，明鏡似的，映出自己相似的黑眉。有些自卑的低下了頭。

「肚子已經這麼大了。」嫻貴妃眉眼柔軟的撫上她隆起的腹部。

突然間，兩人都感受到腹中胎兒踢了一腳。

月英心念一轉，對著燦笑的嫻貴妃道：「貴妃娘娘，這個孩兒喜歡娘娘呢，不知有沒有福氣讓貴妃為這個孩子賜名？」

嫻貴妃微楞了下，隨即頷首。沈吟道：「本宮與這孩子有緣呢。他的兄長叫靈安，想來是個機靈的孩子。若這孩兒是個男孩，便喚隆安吧，希望他福澤隆盛，歲歲平安。若是個女孩……」她眼中微染涼意：「若是個女孩，她阿瑪想必歡喜得緊，還是讓做父親的為女兒起名罷。」

皇后聲音放得柔柔：「嫻貴妃總是幫著旁人照顧胎兒，賜福起名，怎麼就沒想過自己多加把勁，快點生個娃兒？」

嫻貴妃接過宮女遞來的茶盞，輕輕吹著浮在水上的茶末，飲了一口：「永琪頑皮得緊，前年又開始上學，臣妾一刻也不得閒呢。可是娃娃長大了真不省心，一點也不似小時候可愛，」她的視線落在皇后手中的嬰兒：「還好現在有了永琮，嬪妾又有胖娃娃可以玩了。」

月英震驚，看著嫻貴妃臉上頑皮的神色，偷偷覷著皇后，擔心貴妃不知輕重，觸怒了國母。卻見皇后憐惜的輕撫嫻貴妃耳邊細碎的髮，縱容親暱，宛若長姐。

她再看向嫻貴妃，只見那高貴女子蹭到皇后身邊，螓首輕靠皇后肩頭，臉上的表情，是撒嬌得逞的滿足，絲毫未加以掩飾。

福隆安出生的那天，整個富察府邸的菊花似是約好了似的，一夕之間，崢嶸怒放。

賀著孩子的出生，祭著母親的死亡。

柳月英生了一天一夜，筋疲力竭，卻仍頑強的掙扎。她知道瓜爾佳雪晴不會讓她活，這個小

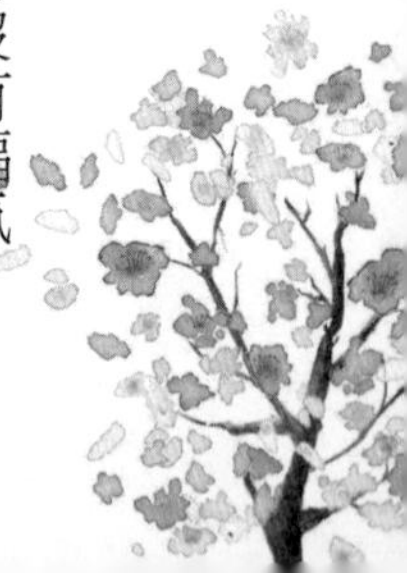

小的婢女利用了夫人的嫉妒，巧妙的圓了自己的夢，還懷上了孩子，夫人斷然容不下她。可是她的孩子流著富察氏族的血，他有權利來到這個世間。

一聲嘹亮的啼哭振奮了虛脫的她，她喃喃說著：「孩子，我的孩子，讓我看看他。」

穩婆笑容滿面的將孩子抱給她：「恭喜恭喜，是個公子呢。」

月英蒼白著臉，看著懷中的孩子。還來不及感受他的溫暖，婢女幼荃遞來一碗藥，眼裡有著不忍：「二夫人，這是大夫人念你辛勞，特地命大夫熬煮的生化湯，有助產後排出污血，還請二夫人快快喝下，莫辜負大夫人一片心意。」

月英接過藥碗，含著淚，一飲而盡。不到半刻，下腹劇痛，大量的液體湧出，一張臉慘白如紙，二道生的極好的眉，此刻看來竟像二把利刃。

幼荃大喊：「不好了，二夫人見紅了。」

傅恆進房的時候，便是看到這樣的景像。他愕然抱住奄奄一息的她，而她在他懷裡漾出一抹絕艷的笑：「大人，你終究還是放不下幼瑛，對嗎？」她哆嗦著：「其實，我一直想告訴你，我很討厭幼瑛這個名字。大人，我叫月英，請你記住了，我是月英。」

傅恆抱著她，腦中一片混亂。自去年那夜之後，他再未見過自己的一妻一妾。國事如麻，他將自己全然沈浸在朝堂政務。幼瑛生子的事，還是皇后派人通知他的。

「我記住了，你是月英。」他的聲音有些沙啞，為著這些複雜的、理不清的、無法回報的感情：「原本你跟這一切都沒有關係的，是我……我害了雪晴，也害了你……」

月英吃力的眨著眼，表情有些複雜，她逐漸失去溫度的手輕輕撫過傅恆的臉，那是她夢想過千百次的動作。「……你沒有害了我，是我對不住你，是我……」

下身又傳來劇烈的痙攣，讓她美麗的黑眉糾結扭曲，她氣若游絲：「可是我不告訴你，我不會告訴你，我為什麼對不住你……」

是她看出了夫人的不甘心，揣測夫人的心思，向夫人獻上了那樣的計謀。原本只是姑且一試，她沒想到夫人真的會採納，而她，更利用這樣的機會，私下向大夫要了調養身子好受孕的藥方，事先做了準備。

直到看見傅恆清醒後受傷的痛楚神色，她才意識到自己做了多麼不可饒恕的事情。這樣的事情，並不是只有女子，才會痛不欲生。

「大人，我可以喚你一聲，傅恆嗎？」她渴盼的望著他。

傅恆點了點頭。

月英傾盡最後的力氣，湧起此生最動人的笑容：「傅恆，這是我們的孩子，他叫隆安，福隆安，是嫻貴妃為他起的名字。」她毫不意外的看見傅恆的瞳孔驟然緊縮。「這是我惟一能為你做的事。嫻貴妃說，願這孩子，福澤隆盛，歲歲平安。」

她的聲音越來越弱，她眷戀的看著傅恆的眉眼，終於呼出最後一口氣，安詳的閉上雙眼。

細雨霏霏，御花園假山旁靜靜立著一個纖弱女子，女子周身流動清冷氣流，雪白的額頭下是兩道輕煙似的細眉，新月般的眼眸，秀巧的鼻樑，薄淡的粉唇。她著一襲銀色宮裝，整個人在微風細雨裡，彷佛一朵孤芳自賞的冰上雕花。

但是，這朵冰花再也忍不住了。

「婧櫻姐姐，你究竟畫好了沒？妹妹都快僵成雕像了。」那冰山美人正是舒嬪葉赫那拉蕙婕。她的阿瑪年輕時曾在嫻貴妃阿瑪那爾布手下做事，後來調回京城，因為聰明謹慎，料事如神，一路升至兵部侍郎。雖然她與嫻貴妃未曾謀面，但入宮前阿瑪曾向她提起這段淵源，兩人又同屬那拉氏族，因此格外親厚。

水閣內的愉妃芷蘭笑著說：「快好了，已經畫到眼睛了。」

皇后端起熱騰騰的百合蜜菊茶，啜了一口，眼裡溫暖：「婧櫻，你饒了薏婕罷。讓個一宮主位在外頭淋雨，不知道的人還以為你妒嫉她受寵，故意罰她呢。」

婧櫻有些苦惱，卻也不忍心，唉聲嘆氣道：「薏婕，你先進來吧。快喝口熱茶，別凍著了。」然後又說：「天氣太冷了，我的手不聽使喚，才會畫得這麼慢。」

所有人都笑了。

皇后看著婧櫻，斂去笑意。「婧櫻，不是姐姐要說你，嘉妃去年剛產下一子，眼下又懷上第三胎了。你這些年的坐胎藥都喝去哪兒了？」

婧櫻有些心虛，陪著笑：「姐姐，有些人的身子就是不容易受孕呀。這種事得隨緣，強求不來的。」

皇后摸了摸光滑的下巴，深沈考慮。然後，揚起一抹讓婧櫻膽顫心驚的笑。

「傳本宮懿旨，即日起，嫻貴妃的坐胎藥送至長春宮，請嫻貴妃親至長春宮進藥。」

婧櫻無力的垂下肩膀，小小聲：「怎麼和你弟弟越來越像？」

皇后柔軟微涼的掌心覆上婧櫻的手。婧櫻終是抬起頭來，綻開嘴角，笑靨如花。

許多年以後，婧櫻常常會想，如果儀嬪離世後長姐鐵了心不要復寵，即便再得不到聖意眷顧，她們姐妹是不是至少可以在深宮裡相伴到老？不再有那個俊美無儔的尊貴男子相伴，也不會有數不盡的綾羅綢緞阿諛奉承，但是終年都會有微微的涼風吹拂，淡淡的花香撲鼻。春天的時候，一起去儲秀宮看芷蘭令人嘆為觀止的織品；夏天的時候，一起赴圓明園避開膩人的暑氣；秋天的時候，一起來翊坤宮品嘗她釀製的菊露；冬天的時候，一起到景陽宮觀賞慧婕最愛的白梅。

她一直相信人定勝天。直到嘗盡生離死別，她才明白這句話是多麼殘忍的諷刺。

永琮離世的那晚，外頭落著細雪，殿內供著碧綠晶瑩的綠梅，一室冷香。

十天之前，他發了痘症。其實大清入關這麼些年，痘症早已不是絕症，太醫院有著各種好藥，這些年來幾個阿哥也都染過，在太醫院的醫治下，皆順利出痘，平安存活。

但是不知為何，那些藥到了永琮身上，似乎都起不了作用。

長姐和她只能眼睜睜的，看著那些可怖的紅疹一點一點冒在永琮白嫩的小臉上，看著他奇癢無比卻不能止癢，看著他哀哀啼哭卻無能為力。

斕妡自永琮發了痘症之後，一直有著連自己也無法相信的平靜。她早已不復當年的意氣風發，只有一顆千瘡百孔卻依然柔軟的心。

母親的心。

看著愛子在痛苦中掙扎，她想，讓他安寧的死去，難道也是一種奢求？她甚至不求他活下來了，這宮裡危機四伏，即便他過了這關，還有多少苦難等著他去承受？她抱起永琮，貼著他的臉，柔聲的說：「孩子，是額娘對不住你，硬是將你生在這帝王之家，白白受了這些苦。你好好走罷，去找你哥哥。額娘知道你和哥哥一樣貼心，一直忍著這些折磨是捨不得額娘。你別擔心，額娘會好好的，額娘有你櫻姨陪著呢，沒事的。」

那個不到二歲的小小嬰孩似是聽懂了額娘的話，熬了幾夜沒睡、綜合了阿瑪和舅舅優點的狹長鳳眸緩緩閉上，頃刻便沒了呼吸。

斕妡托起永琮的小腦袋，想要再說些什麼，卻喪失了語言能力。淚水順著眼角滑落，一顆顆滴在永琮臉上，看起來像是這小小嬰孩捨不得母親傷心，也跟著落下淚來。

婧櫻赤紅了雙眼，一向平和的個性，卻有了將所謂的神佛徹底粉碎的衝動。壓抑滿心的恨意，她逼迫自己柔軟溫和。輕輕的，將前方嬌小的身軀攬進懷裡。

斕昕感覺自己落入一個溫暖熟悉的懷抱，令她安心。她恍惚的說：「婧櫻，還好你在這裡。」

婧櫻表情悲愴，語氣溫柔。她說：「長姐，不管發生什麼事，我總會在這裡。」

乾隆十二年十二月二十九，皇七子永琮殤，富察皇后從此大病。

元宵節這天，皇上在家宴時宣佈，二月將奉皇太后之幸東巡，由皇后隨侍。其餘隨行妃嬪，交由皇后定奪。

婧櫻進到養心殿的時候，一襲杏白宮裝帶著無邊寒意，裙襬栩栩如生的繡了幾枝紅梅，麗到極致，冷到極點。她開口，聲音顫抖：「皇上，皇后鳳體違和，經不起這樣的舟車勞頓。能不能讓皇后留在宮中調養，由臣妾代皇后隨侍太后？」

皇上眼中有著無奈：「婧櫻，皇后的病，是心病。你便是讓她在宮中鎮日躺著，她看不透想不開，依然是無藥可醫。朕執意帶著她東巡，除了帝后同遊是重要的象徵外，主要還是想藉著散心讓她緩解喪子之痛。枉你一向為朕的知己，怎麼會不懂朕的用心良苦？」

婧櫻默然。皇上所言，並不是沒有道理。但太后命她留守宮中主持大局，只要想到長姐蒼白病弱，自己卻不能陪伴，她的心便隱隱作痛。

斕昕卻是毫不在意，黑玉眼眸雲淡風輕：「婧櫻，你別擔心，長姐也想出去看看。這麼多人伺候著，長姐不會有事的。」

她找了令嬪陪同，想著畢竟是舊時婢女，有需要時讓她服侍也不覺得彆扭。此外，她還找了一直被冷落在宅邸的弟媳瓜爾佳雪晴，讓雪晴直接到當地行宮與她會合。

婧櫻微涼的手拉著斕忻：「長姐，你千萬別把自己弄丟了。婧櫻在這裡等著你呢。」

斕忻依戀的摩挲著婧櫻掌上的薄繭：「長姐知道。不管怎麼樣，你總會在這裡。」

皇上此次東巡，先是在曲阜停留，接著詣闕裡、謁孔林、祭少昊、周公，並登泰山。每日皆有大小不等的午宴及晚宴，皇上與後宮眷屬的行程基本上是分開的。因此，東巡至今，皇上與太后及后妃們見面的次數寥寥可數。

而難得窺見聖顏的地方官員們，自是忙著進獻各種各樣的珍寶，以及，美人。

皇后卻因水土不服，持續反覆的病著。

這日，皇上甫結束杯觥交錯的午宴，帶著醺然的酒意，緩緩步入行宮。

春風拂來，桃紅李白，紛飛如花雨。花雨中盈盈立著一個牡丹般的女子。散落的花瓣飄過她滑若凝指的頸間，微風吹起她隨意綰起的黑髮，她揚起絲質的水袖，姿態優美的轉身。一抬頭，嬌媚眼眸落進一抹風中佇立的修長身影。

他漫起輕佻的笑，緩步走近。執起她的下巴：「你便是陝西巡撫索晢爾方才提的那位，名動川陝的美人？朕怎麼覺得有些面熟？」

那女子豐潤的嘴唇微張，似是有些愕然。頃刻卻漾出一抹傾城笑容，頰邊梨渦淺淺，她粉頰微紅，眼中閃過狡黠的光，蝶翼般的長睫旋即半掩，看來無限嬌羞。

皇上摟著她的纖腰，相偎離去。他應該認出她，她應該提醒他，她的婢女在迴廊望見，應該出聲制止。可是他在酒意氤氳裡記不起這張只見過不到三次的容顏，她在一念之間拋開道德矜持只想縱情報復，而婢女幼荃被夫人臨去前那凌厲的一眼震懾住，已到嘴邊的呼喊，只能硬生生的吞下。

皇后疼愛弟媳，夫人的寢房座落在桃林深處，此刻春光爛漫，緊閉的門扉內想來應是一室旖旎。

爛姸在滿身的高熱中醒來，覺得極渴，輕聲喚著：「桂兒？」

映入眼中的卻是令嬪青春姸麗的臉。

「皇后娘娘，現在剛過午膳時間。嬪妾用過午膳後，便想著來和桂兒替換下。」

嫣然貼心的端來溫熱的茶水，伺候爛姸喝下。微甘的液體滑過乾燥的喉嚨，爛姸覺得舒暢。她示意嫣然扶她起身，換了衣飾，在嫣然攙扶下向外頭走去。

「本宮這樣醒醒睡睡的，倒難為你身為嬪位還這樣費心伺候。」

「皇后這麼說真是折煞嬪妾了。侍候皇后，本就是嬪妾份內之事。」

爛姸點點頭。望著滿園緋色桃花，突然想起什麼，問道：「傅恆大人的夫人到了嗎？」

嫣然答道：「昨日到了。夫人說因為二公子尚年幼，安排上費了點時間，因此來晚了，還請皇后恕罪。」

皇后眉頭輕蹙：「本宮不是讓她把二公子交給本宮額娘撫養嗎？她還要安排什麼？」思索了下，她說：「本宮要去見見她。令嬪，你帶本宮去她居所。」

兩人踏過桃林小徑上的片片落花，眼看那雅致的小屋已在眼前，天空卻落下霏霏細雨。嫣然忙扶著皇后進到屋前門廊，看了看天色：「皇后，夫人昨日剛到，房內不知有否備傘。嬪妾還是回去取把傘，比較安心。」

爛姸答允了。看著她嫋嫋的背影消失在小徑盡頭，轉身走向房門，卻在貼近時聽見了女子的嬌喘，與男子露骨的調笑。

那聲音……分明是……

即使隔著一扇門，爛炘彷彿都能看見房內兩人交纏的身影。多年來的記憶排山倒海而來。有多少次，她在高沁玥的院落前寂寞佇立，想著，他在吻她嗎？他在逗她開心嗎？他們此刻相擁而眠嗎？

後來，高沁玥換成黃毓芊，黃毓芊再換成蘇予蓁……一個又一個，前仆後繼，她終於麻木。是啊，普天之下，莫非王土。只要他想要，什麼樣的女人不可以？

她在門前靜靜佇立，孱弱的身子不住抖瑟。四周桃花漫天飛舞，絲絲細雨紛紛飄落。她伸出手，任微涼雨絲打在手上，然後，她無意識的站到門廊外頭，任雨絲流淌過她的臉龐、纖頸、雙臂、指尖……，自永琮離去後一直壓抑在心底的傷痛，混合此刻的憤怒，幻化為徹底的冰寒。她顫慄著蹲下身子，乾涸眼中卻再也落不出淚。

屋內紅眠床上，歡愛過後的男女靜靜相擁。驀然，皇上卻覺有微涼水滴落在肩上，他望向女子，輕笑：「現在才害羞不嫌太遲？」

女子的淚珠晶瑩閃熠，她楚楚可憐的啟口，皇上突然冰涼了四肢。

她說：「皇上，臣婦是富察傅恆的嫡夫人，瓜爾佳雪晴。」

皇上墨黑眼底有著森冷寒意，修長身軀卻不住發抖。他胡亂穿上衣袍，大步向外走去。

推開房門，落入眼中的，是結髮妻子心如死灰的神情。

＊＊＊

皇后殯天的那一日，皇家舟次正航至德州。

據說幾天前，皇后在桃林漫步時落下細雨，舊病未癒又感染風邪，病情日益嚴重，竟然就此一病不起。

令嬪跪在地上，心似油煎。那天，她取了傘，走回桃林，卻見皇上扶著碎布娃娃般的皇后往她的方向走來。她本能的閃躲至旁邊的桃樹後頭，害怕被皇上看見。

她不敢去想，皇上為何會出現在那裡；也不敢去想，皇后為何是那樣的表情。

她只知道，那必定是件攸關性命的大事。

而從那天之後，皇后只讓桂兒伺候，誰都不見。

直到剛才。命懸一線的皇后召見她，捉著她的手，聲音已經那樣微弱，還是固執地：「令嬪，不論你那天看見了什麼，都不要告訴嫻貴妃，不可以告訴她，答應本宮，你快答應本宮……」

嫣然楞楞的流著淚：「皇后娘娘，嬪妾什麼都不知道，嬪妾答應娘娘，嬪妾什麼都不會說。」

皇后似乎終於安心，黑玉眼裡透出光亮神采，似是終於卸下重擔。慘白嘴唇動了動，嫣然上前靠近皇后唇畔，極輕的幾個字傳進她耳裡。

「婧櫻，好好活下去。」

她等了一會兒，卻再沒聽到任何話語。心裡突地一跳，直起身，顫抖地將手探向皇后的鼻息。

桂兒已經失了走路的力氣，幾乎是爬著到了房門，喚著候在門外的太醫進來。可太醫也只是悲慟的搖了搖頭，率著房內所有人跪了下來。

消息傳到皇上那兒的時候，宴廳裡聞名天下的煙霞舞姬們正款擺著不盈一握的纖腰，起舞迴旋。內官驚慌的奏報聲切斷了絲竹樂音，皇上的神色在剎那間凍結成冰。

他優雅地進入皇后寢房，無視跪了一地的眾人，走到床邊，端詳著床上那張一貫秀雅的面容。平靜地、沈默地，將皇后已無氣息的身軀攬進懷中。

似乎有一滴淚，滴落在皇后冰冷的臉上。

他輕輕的，用自己才聽的到的音量說：「朕知道你恨，那日荒唐，是朕錯了。朕知道，你期盼的，並不是像朕一樣的夫君。可是一夜夫妻百日恩，共處這二十多年的日子，你真沒有一絲留戀？真捨得離開？真如此恨朕？」

可是那個被賢字框制住一生的女子已不能回答。他所有的愧悔，便像是晚歸的遊子，凋零的落花，只得二字。

太遲。

令嬪跪在離皇帝最近的位置，心念飛快的轉著。皇后臨死前囑託她的話，分明代表，那個桃花微雨的午后，皇上與那人……。如果真是如此，皇上此刻必定十分愧疚，若有人能減輕他的自責……

還沒思索透徹，她已聽見自己帶著濃重悲傷的聲音響起。

「皇上，皇后娘娘臨去前告訴臣妾，她一直不願意見皇上，是因為想在皇上的記憶裡，留下最美好的容顏，不願意病重時枯槁的樣貌，徒增皇上煩憂。皇后並囑託臣妾，要臣妾代她侍候皇上。」她緩緩抬頭，心底深處原本隱晦的意念逐漸清晰，她一字一字：「皇后說，皇上若是思念皇后，可召嬪妾緩解憂思。」

她想，她萬劫不復了。如此，欺瞞君上，利用死者。

皇上的眼眸深沉似潭，帶著冷漠和距離，嘴角卻掛著柔情似水的笑：「這樣看上去，是有幾分相像。」

婧櫻好奇的打量眼前眉清目秀的小太醫。他是石濤屬下的侄子，年紀輕輕醫術精湛，半年前以十八歲之齡入選太醫院。

容翠帶著笑，像個稱職的嬸母。「你別光愣著，快向貴妃介紹自己呀。」

小太醫不好意思的撓了撓頭：「微臣顧允柏，年十九，尚未娶親，醉心醫術……」

婧櫻笑了出來。「倒是個實心眼的。你在太醫院好好當差，本宮日後還得仰仗你呢。」

顧允柏忙道：「微臣不敢當。微臣自當為貴妃娘娘，」他恭敬看向坐在婧櫻身側的芷蘭及薏婕：「以及眾位小主盡心盡力。」

芷蘭菱形的嘴唇微抿：「顧太醫，用人不疑，疑人不用。現在咱們是把你當成了自己人，本宮也就打開天窗說亮話。七阿哥犯了痘症離世，太醫們說是因他的體質排斥所有的解藥，這樣的渾話，本宮是不信的。你在太醫院雖然資歷尚淺，本宮還是想聽聽，那段時間，你是否有觀察到什麼不尋常？」

顧允柏微微沈思：「微臣也對痘症解藥竟對七阿哥起不了作用十分疑惑，但事關嫡子，太醫院確實是傾盡所有力量想方設法。」

他抬起臉，清亮眼中有著醫者特有的仁厚：「七阿哥這樣的狀況，微臣前所未見，聞所未聞。為此，微臣特地翻遍醫書，想試著找出一點蛛絲馬跡。」

「依微臣鑽研出的結論，要與痘症解藥相衝，只蜈蚣毒有此效果。但七阿哥身上並無蜈蚣咬傷痕跡，且七阿哥年紀過幼，若真遭蜈蚣咬傷，服侍的乳母、宮女及太醫們斷不可能無人發現。」

薏婕清冷開口：「若是乳母遭蜈蚣咬傷，蜈蚣毒可會藉著乳母過至七阿哥身上？」

顧允柏微驚：「小主所言，確有可能。只是……若真有背後主使者精心籌劃了這一切，先不論他的心計有多麼精細縝密，光是他的醫學造詣，便恐怕不下於院判秦太醫了。」

一陣狂風吹來，婧櫻還來不及開口，一向最是穩重的闐寶滿眼是淚，跌跌撞撞走近殿內，哐的一聲直直跪倒：「小主節哀，德州那邊消息傳來，皇后娘娘，殯天了。」

在年少的夢中，她見到一株幼小的櫻樹。櫻樹旁站著一個端莊秀美的少女，黑玉眼眸帶著隱隱笑意，朱唇輕啟：「你便是阿櫻吧？」

她開心的笑：「是啊，我是阿櫻。長姐你好。」

身邊傳來男孩惱怒的聲音：「那是我長姐不是你長姐。」

她扁扁嘴，心想這人真小氣。拉著少女的手，厚著臉皮說：「你長姐便是我長姐。」

少女開懷的笑了起來，露出一排皓齒：「對對對，恆弟的長姐就是婧櫻的長姐。」

她楞楞的看著少女，突然發現自己掉了一顆牙齒，傷心的哭了起來。

「別哭啊，你哭了長姐會心疼的。」

「我聽人家說掉牙齒就是有親人要死掉了。我不要我的親人死掉。」

少女卻不說話了。她身邊那株櫻樹突然間長高茁壯，奇異的開滿了雪色的櫻花。然後，那滿樹的雪櫻紛紛跌落。一片又一片素白花瓣的飄墜，比雪花更令人感到寒冷。

少女黑玉眼眸在一片銀白世界中更顯幽深，淡色嘴唇動著，似乎想說什麼，卻聽不見聲音。

但那嘴唇開合之間如此清晰，她愣愣的，念了出來。

「婧櫻，好好活下去。」

乾隆十三年三月十七，皇上東巡回鑾途中，皇后崩逝。皇帝哀慟逾恆，舉國同悲。

婧櫻褪盡顏色，成為一隻白色的素蝶。靈堂白燭高照，她的身影在烏木棺槨旁顯得蒼涼。美麗臉孔卻不顯絲毫悲傷，朦朧火光流沙似的灑落，溫柔了輪廓。

皇上輕輕喚她。婧櫻緩緩抬頭，看了皇上一眼，隨即低下頭。

高高的白幡被風吹得漫天飛揚，婧櫻猛然回頭：「長姐？」

可眼裡所見只有白衣素縞的一眾妃嬪，那個黑眸淡然的嬌小身影再也不會出現了。她秋水般的杏眸隨即黯淡，茫然的，想要起身，麻痺的雙腿卻使不出力。

皇上望著她空白的神情，一直壓抑著的洶湧痛楚瞬間爆發，他彎下身，緊緊擁抱那個伶仃的身軀，像是抱住大海中惟一的浮木，再也鬆不了手。

懷中女子略顯疑惑的看向他，半晌，似乎終於認出他。杏眸染上怒意，她說：「你把她弄丟了？你趁我不在的時候把她弄丟了？」

她奮力想掙脫，他卻死命不肯放手。所有的絕望全部迸發，她鬱結在心底的淚水瞬間湧出，在他懷中哭得聲嘶力竭，乾啞的嗓音喃喃念著：「你把我的長姐還給我……還給我。」

敬事房首領太監姜坤戰戰兢兢的走進養心殿，捧著綠頭牌恭敬道：「皇上已經好些日子沒有翻牌子了，奴才奉太后懿旨，請皇上看看是否召哪個小主侍駕？」

皇上頭也不抬，揮揮手：「下去吧。」

姜坤苦著臉：「皇上，太后命奴才今日一定要讓皇上翻牌子，奴才……實在不知如何是好。」

皇上終是抬頭，形容有些憔悴：「朕這些日子都宿在翊坤宮，皇額娘也不是不知。朕實在……實在……」他忍住接下來的話，嘆了口氣：「既是太后開了口，朕也不讓你難做，便翻嫻貴妃的牌子吧。」

姜坤興高采烈的離開了。皇上望著他離去的方向，嘴角微微苦澀。他實在，很討厭翻牌子。討厭看著一個又一個名字，思索著背後代表的價值。討厭每次想指向最想翻的那個牌子時，便得顧及澤陂蒼生、雨露均霑的帝王之道。最討厭的，便是看著心底那個名字，毫無尊嚴的混在其他綠頭牌中，等著被選中，或是撂下。

他望向窗外，此刻落日西斜，餘暉絢麗。想起一張略帶天真的憂悒面孔，微微笑開。喚了狄裕進來：「擺駕翊坤宮。」

．

婧櫻在暖閣塌上，將自己蜷縮成一團。一向的歡喜開朗已不復存在，此刻的她，沈靜憂悒。容翠、長姐及芷蘭是她心底的三大支柱，支撐她笑顏明媚的過著紫禁城裡的每一日。長姐離去，便是剜去了她心頭一塊肉，鮮血淋漓，痛徹心扉。

突然似有人影遮住了光，她抬眼，漾開孩子氣的笑容，捉起面前一隻潔白修長的手，將那人拉到身邊。然後，將那大大的手掌湊到頰面靠著。她瞬間便安穩了心神。她記得，知道長姐離世後，她總是睡不著。尤其是做過那個雪櫻的夢後，她再不敢入睡。

後來，這人來了。他待她極好。尤其是那雙手，潔白瑩潤，指節修長，烘在她的頰上，她便能安心入睡。

「婧櫻，」那人的聲音似乎有些無奈：「你怎麼，便連朕也記不得了呢？」
卻還是伸出另一隻手替她撥開落在臉上的髮絲。她眷戀的偎著那手，好溫暖啊，那暖意一直蔓延至身體。

皇上輕攬住她的身子，讓她靠在自己身上，一隻手被她固執地貼在頰面，只能用另一隻手擁抱著她，忽而，看見了什麼，微皺著眉，細細解開了與耳墜糾纏在一起的細碎髮絲，怕她粗心，不慎傷了耳垂。皇上像是談論天氣般的絮絮說著：「朕打算將長春宮擺著，不再讓人入住。你知道，帝后之間，與其說是夫妻，其實更像君臣。忠臣自是值得盛大的哀榮。還有啊，皇后臨走前最後一面見的是令嬪，她此次東巡，盡心盡力的侍奉皇后，朕想，也許過陣子晉她個位分。至於桂兒，朕原想幫她指個好人家，可她死活不肯，說要來翊坤宮侍候你，朕也允了。」

婧櫻昏昏沈沈的，只覺有個溫柔的聲音不停在耳邊說著話。這聲音似是春日裡和煦的陽光，暖洋洋的讓人安心。

她知道這人與她有著很深的羈絆。他似乎一直待她很好……很好……

她猛然張開眼睛，迷茫中，只見一雙狹長眼眸，那樣溫柔的凝視著她，卻帶著無邊倦意。她的乾淨清澈的杏眸便這樣看著他，看了很久，很久。

然後，輕輕的，吻上那張薄薄的嘴唇。那個吻，微涼。他的心，極熱。

他吁了一口氣，無奈開口：「婧櫻，皇額娘等不及要冊你為后了。你快些清醒，好嗎？朕無法再這樣顧著你了。」

婼兒噙著淡淡的笑，為晟安縫補著單衣。相處的久了，婼兒漸漸習慣了晟安這個人。時常，會與他天南地北的聊，有一種類似親人的情感，在兩人之間滋長。

她早已不再下藥了。有時和晟安說笑時，會突然害怕，怕那藥會不會哪一天突然發作，帶走了這份得來不易的溫暖。她安慰自己，那藥只是讓人的抵抗力變差罷了。都這麼多年了，不會有事的。

銅鏡裡模糊的映出她微紅的雙頰。有時，她會偷偷看著晟安精緻的臉，想著，如果他不是太監該有多好？然後又會斥責自己。曾經犯過那樣不可饒恕的大錯，還能這樣安穩度日，已屬難得。

可是上天似乎並未饒恕她。夜裡晟安發起高燒，她焦急找了與晟安親厚的雙成，靠著雙成找來小太醫顧允柏。可顧允柏為晟安把了脈後，卻搖搖頭，不忍的說：「晟公公之前從未發過傷寒、風邪等症吧？」

「適時的發些小病不是壞事，可以讓身子汰舊換新，增強自我療癒的功能。可晟公公已近十年未曾有過病痛，此次一病，將十年來所有蟄伏在體內的毒素全部帶出，恐怕……」

晟安釋然的笑著：「多謝顧太醫。生死有命，我便聽天由命罷。」

他對雙成說：「雙成姑姑，晟安自入宮以來，你便如同晟安的再造恩人，請姑姑原諒晟安，不能為姑姑盡孝。」

他柔情無限的看了一眼婼兒：「晟安若真不幸先走一步，勞煩雙成姑姑為她找個好人家，讓她出宮去，過過平靜安穩的日子。」

雙成老淚縱橫：「你這孩子，別說這些晦氣的話。不過就是高燒嘛，你多喝點水，乖乖吃顧太醫抓的藥，睡一覺醒來便沒事了。」

雙成帶著顧太醫離開了。房裡只有燭火搖晃的光影，便似床上發著高熱的病人，風中殘燭，搖搖欲滅。婼兒淚流不止：「晟安，是我害了你，你知道嗎？是我，我們剛成親那時，我不甘心，我竟然……」

晟安微笑：「傻婼兒。我知道，我都知道。我也知道你半年後就沒再下藥了。這次，純粹是我福薄，與你無關。」他嘆息，輕輕撫摸婼兒的臉，像摸著上好的瓷器：「婼兒，我第一次見到你的時候，你在當時的嫻妃身邊，笑逐顏開。也許每個人都只看得見嫻妃，可是我卻獨獨看見了你。我想著，紫禁城裡，怎麼有人可以笑得這麼開心？」

「後來你走了錯路。我在慈寧宮見你傷心欲絕的神情，心如刀割。婼兒，你可知道，原本太后是想將你賜給內務府首領太監王慶的。你知道，王慶向來惡名在外，是嫻妃哀求太后，幫你找個好一點的對象。我便藉著雙成姑姑和太后對我的疼愛，求來了你。」

他的臉因為高熱泛著紅暈，像是一朵血紅的玫瑰。「婼兒，我小時候因著貧窮，只想可以不用餓肚子，八歲就入宮做了太監，一直覺得挺好，沒有什麼遺憾。一直到與你成了親，相伴了這些日子，我才第一次知道什麼叫做後悔。」

他握著婼兒的手：「婼兒，我真希望我是個真正的男兒，可以保護你，愛護你，給你一個完整的家。」

婼兒柔聲對他說：「晟安，你在我心裡，便是一個真正的男兒。這些年來，是你保護著我，愛護著我，給了我一個完整的家。在我心裡，你是我真正的夫君。」

晟安長的極好的眼眸發出琉璃般的光采：「婼兒，我真開心，不論你是不是騙我的，我都開心。」他的呼吸越來越急促：「婼兒，我知道你這些年的心結。你相信我，嫻妃已經原諒你了。你答應我，拋開過去，離開紫禁城，去過新的生活。」

婼兒的回答他卻已經聽不見。她的眼神繾綣，輕輕的，吻上那雙總是溫柔看她的眼眸，吻上那張總是對她輕聲細語的柔軟嘴唇。

她無奈的對著晟安帶笑的遺容說：「我的夫君在這裡，做妻子的，又能去哪裡？」

清晨，皇上在翊坤宮用完了早膳，親暱的摸了摸婧櫻的臉頰，微微嘆了口氣，起身離去。婧櫻看著那抹離開的背影，清瘦如梅骨，幾不可見的皺了眉。

眼前有個宮女跪倒在腳前。婧櫻看著她，很熟悉的一張臉。她有些抗拒。覺得藏身的那個安全的堡壘即將傾倒。她聽見宮女嗓音沈沈：「嫻貴妃，桂兒奉皇后之命，從此將伴隨嫻貴妃左右。嫻貴妃如今這個樣子，有沒有想過，皇后見了會有多麼傷心？」

她自懷中掏出一封信，輕輕放在婧櫻手上。「嫻貴妃，看完了，便該醒了。」

婧櫻，當你看到這封信的時候，長姐已經不在這個世間。

噓，別哭。別讓長姐心如刀割。

你知道，長姐一向要強。忍了許久的懺悔，也只有在生命將盡的此刻，才終於願意說出口。請原諒。我曾經那樣的傷害了你。

還記得長姐母家那株櫻樹嗎？是恆弟那年去盛京避禍時，來信讓我替他種下的。櫻樹還沒長成，我便見到了櫻樹的真正主人。

那是秋天，你帶著純真的笑容朝我走來。就像是我一直夢想著的，妹妹的樣子。

我喜歡看你和恆弟說笑打鬧的樣子。喜歡看他被你氣的怒髮衝冠的樣子，喜歡看你被他罵的無話可說的樣子，喜歡你們和好之後破涕為笑，手拉著手又跑去玩耍的樣子。

那是當時還未出閣的我，對愛戀的具體想像。

婧櫻，長姐不想說些矯情的話，說如果當初如何，現在也許如何。

這一生，長姐每一次做出的選擇，都不後悔。

不後悔因為恆弟認識了你，不後悔任夫君向先帝請旨迎娶了你，不後悔一面疼愛你一面算計你；不後悔在百轉千迴後，終能與你成為，沒有血緣的姐妹。

儘管上天剝奪我許多，我仍然想感謝祂，感謝祂讓你在我生命中佇足，陪我走過這一程，陪我度過紫禁城裡那樣難熬的時光。

記得你曾說過，離世之前，若說出自己的願望，來世便能實現。

婧櫻，若有來世，我希望能遇見屬於自己的惟一。他也許沒有俊美的容貌，也許不能供給我富裕的生活，可是我開心的時候，難過的時候，他都在我身邊。只在我身邊。

如果我能遇到這樣的惟一，我想嫁給他。買幾畝田，種幾棵樹，我會為他生下一個男孩，一個女孩，我們會彼此相依，白首不相離。

你說，這樣的願望，來世能否實現？

婧櫻，長姐真想看你生下自己的孩子。如果長姐還在，一定遵守諾言，保你們一世無憂。

可是長姐即將不在了。

你是長姐在塵世間惟一的不放心，請你，一定要為了長姐，保重自己。

最後，容我再喚一聲你的名字。

婧櫻。

幸會。

再會。

長姐　富察斕妡　絕筆

卷四

婧櫻望著眼前低頭批閱奏折的皇上，心想他真是個很會作戲的人。長姐是個屏障，將她和皇上隔開。因著長姐，她始終沒敢真正的、仔細的、好好的、看這個男子。當她自長姐離去的夢魘中清醒，突覺恍如隔世，從前事事有長姐擔著、護著，現在沒有了。她被迫在一夕間長大，看清了許多從前並不在意的事。

他與妃嬪們調笑時，目光和煦似水，笑容清越如風，投入的情感，不多不少，分毫不差。一個、二個、便也罷了，可是所有女人都能得到他這樣深情一致的對待，那便不叫多情，而是無心了。

皇上抬起頭來，見到婧櫻怔怔望著他，綻開嘴角，笑彎了眼。

婧櫻微感疑惑，那樣的笑容，和她方才記憶裡他慣常對著妃嬪們的，完全不同。十多年來她曾見過幾次，都是私下和她吵鬧打罵時顯露的。興許是她的錯覺，總覺得那看起來，真像是真心的笑。

「都要做皇貴妃的人了，怎麼看來還是像長不大的孩子？」

婧櫻微微苦笑。「幸好皇上先讓臣妾做一陣子的皇貴妃，慢慢學習如何當皇后，否則怕是要貽笑大方呢。」

皇上朝她伸出手，她下意識上前握住。

「會不會怪皇額娘？朕知道你和斕炘感情深厚，也知道后位至高孤寒，朕原想，讓你做個皇貴妃也就罷了。可是皇額娘始終覺得帝后是國運的象徵，后位虛懸對朕、對大清都不好，所以……」

婧櫻笑：「臣妾明白。歷來大清皇后總有著顯貴的母家。臣妾除了姓氏高貴，並沒有能撐起后位的實力。」

她因長姐驟逝犯著昏病的那些日子，皇上日日對她說著大小瑣事，自然也包括了太后諭令皇上儘快冊立新后，且明定人選為嫻貴妃之事。姑母的苦、長姐的苦、她都看在眼裡，自是知道皇后的辛酸不足為外人道。可是，從前有長姐為她撐起一片天，現在，是不是該換她為芷蘭及薏婕撐起一片天？

她深吸一口氣：「但既然太后及皇上如此看重臣妾，臣妾自當義無反顧。」

皇上柔聲道：「沒有顯貴的母家又如何，朕及皇額娘便是你最顯貴的後台。」

兩人帶著笑意，繼續喁喁私語，皇上突然想起什麼，拿起一本冊子：「嘉妃再過一個月便屆產期了，內務府送來這些名字，你幫朕看看哪個好？」

婧櫻看向一排的名字，思索了下：「臣妾覺得永瑜挺好的。若是個公主，臣妾喜歡和順這個封號。」

皇上點點頭，正想說什麼，卻聽狄裕在門外朗聲道：「皇上，方才啟祥宮來報，說是嘉妃在御花園散心時突被飛鳥驚嚇到，動了胎氣，此刻太醫正在診治。」

皇上聞言，眸光略沈，攜著婧櫻，向殿外走去。

嘉妃有些虛弱的躺在床上，掩不住焦急的神情，問向身邊的婢女：「珍兒，你究竟通知皇上了沒？怎麼到現在都沒見到皇上身影？」

床邊一個古典婉約的女子安撫道：「姐姐莫急，從養心殿來這兒也是需要點時間的。姐姐是三子之母，是這後宮裡最有福氣的，皇上怎麼可能不來看望姐姐？」

嘉妃嘆了口氣：「婉妹妹，皇上對本宮從來也不是最看重的，這你也明白。可是再怎麼樣，也不曾像這三個月一樣，一次也未曾留宿啟祥宮。」

婉貴人笑道：「皇上對嫻貴妃的心思，滿宮誰看不出來？現在兩人正熱著呢，咱們便看看，在紫禁城裡，這能熱多久？」

正說著，外頭傳來內官的通報聲：「皇上駕到，嫻貴妃駕到。」

嘉妃原本聽到皇上駕到時的喜色，在聽到嫻貴妃也到了時蒙上一層陰霾。

「愛妃無恙吧？朕方才問了程太醫，雖說並無大礙，但到底是受了驚嚇。你都生過兩胎了，怎麼還這麼不小心？也不怕朕擔心，嗯？」皇上清潤的墨眸凝視著嘉妃，看來似是十分心疼。

嘉妃只覺心頭一陣暖風吹過，美目微泛淚光：「是臣妾大意了。皇上這麼久沒來看臣妾，臣妾還以為哪兒惹得皇上不開心了。」

皇上神色不變，眼神卻略帶悲傷：「你一向最是穩妥，怎麼會惹朕不開心呢。只是自先后離世以來，朕心裡總是不舒坦。還好嫻貴妃與先后感情深厚，總能開解朕。」他說著說著，一雙俊目已經微微轉紅，隱隱還有著熒熒水光。

婧櫻目瞪口呆的看著皇上，再看向四周。果然，在場的幾個宮女皆有動容之色，覺得皇上真情流露，對先后果真一往情深。

嘉妃連忙轉移話題：「皇上，臣妾此次能化險為夷，都得感謝婉貴人呢。」她看向坐在床邊的婉貴人。「臣妾被突然振翅飛起的雀鳥所驚，險些跌倒，多虧一旁的婉貴人眼明手快，扶住了臣妾。為了臣妾，婉貴人還扭傷了手腕，卻一聲不吭，一直到確定臣妾無事才讓太醫也順便看了下。」

「哦？」皇上看向婉貴人，眼裡浮現幾絲歉意：「蔓鶥，這次真是多虧你了，救了皇兒及芸熙。」他沈吟了一會兒，片刻，朗聲笑道：「這事朕原打算七月再統一宣旨的，但先讓你們知道也無妨。嫻貴妃將晉位為攝六宮事皇貴妃，二年後正式冊立為后，這事你們大約也聽說了。芸熙為朕誕育了二個皇子，眼下即將再添一喜，朕決定晉你為貴妃。至於婉貴人，侍奉資歷已久，此次又立了大功，便晉你為嬪，為咸福宮主位。」

嘉妃明眸燦燦，連聲謝恩。婉貴人則是一貫的沈著，起身對著皇上行了禮：「臣妾謝皇上恩德。」接著又對著婧櫻露出恭敬的笑容：「臣妾恭賀嫻貴妃大喜。」

婧櫻面容恬然，淡聲道：「同喜，同喜。」

此時是六月，日暖花開，氣候宜人。室內洋溢一片喜氣，只一對幽深的丹鳳眼，注視著一隻潔白修長的大手，與另一隻纖長細緻的小手，十指緊扣，始終未曾分開。

乾隆十三年七月初一，嫻貴妃晉為皇貴妃，攝六宮事，嘉妃晉為嘉貴妃，令嬪晉為令妃，舒嬪晉為舒妃，婉貴人晉為婉嬪。諭令隔年四月舉行冊封禮。

十五天後，嘉貴妃順利產下皇上第九子，名永瑜。只不知是否母體於生產前受到驚嚇的緣故，永瑜出生後的啼哭聲較其他阿哥微弱，出生甫三天便染上寒症，後雖治癒，但體弱多病的態勢已然成型。

一陣熟悉的輕甜香味傳入鼻中，嘉貴妃睜開眼睛，看見純貴妃靜靜的注視著她。

壓抑住心裡的驚慌，嘉貴妃笑道：「姐姐何時進來的？嚇了妹妹一跳。」心裡暗自惱著珍兒，果然還是不如萍兒謹慎貼心。

純貴妃幽幽道：「咱們姐妹何時竟淪落到如此生分的田地上了？」

嘉貴妃溫和道：「姐姐說這是什麼話呢？永瑜身子不若他二個哥哥強健，妹妹日夜掛心，所以容易受到驚嚇罷了。」

純貴妃勉強笑道：「是啊，我自受到冷落以來，也只有你還時常前來探望。迎靈的時候，明明大阿哥和三阿哥都受到了皇上責罵，皇貴妃卻未受到絲毫牽連，還平步青雲。我得罪了先后，皇貴妃對我想必是恨之入骨。她如今可是專房之寵，我便是個沒有指望的人了。」

嘉貴妃聞言，雖有著玉梨膠的芥蒂在，也不免感傷。

「姐姐何必如此喪氣呢，三阿哥只是一時遭到責罵，畢竟是皇上的親骨肉，皇上還是會念著骨肉親情的。何況，姐姐還有六阿哥和四公主呢。」她轉而冷笑道：「皇貴妃現在是得意，那也不過是皇上念著她與先后的交情，一時情難自禁罷了。她膝下一子也無，父母皆已亡故，母家再無達官顯要，即便當了皇后，也得看能當多久啊。」

純貴妃眼睛睜得大大的，看了嘉貴妃許久。最後似是下定決心，開口說道：「這宮裡，我是只認你為姐妹的。因此，不論你聽不聽得進去，做姐姐的都要奉勸你一句，心別太大，別因此，被婉嬪套住了。」

嘉貴妃回望著純貴妃，似是要看進她眼底深處。她想問，你是這麼對待你的姐妹嗎？時時提供讓她不孕的玉梨膠，便是你所謂的姐妹？

最終仍只是低眸淺笑：「妹妹記住了。蓁姐姐，芸熙在這宮裡，也是只認你為姐妹的。」

純貴妃憂傷的凝視著嘉貴妃含笑的面容。天空突然落下一聲驚雷，可是從前那個遇到雷聲便嚇的抱住她發抖的姑娘，已經不在了。

「啊，好痛。你壞。壞安安，壞壞。」八歲大的永琪抱著二歲的福隆安玩耍，冷不防被正在長牙到處找東西啃的小小孩咬住手指不肯放。

婧櫻笑著拿了小點心引開福隆安的注意：「乖，別咬永琪哥哥。」一邊對著永琪道：「不過是小嬰兒嘛，這麼不經咬。」

瓜爾佳雪晴掩嘴笑道：「皇貴妃對小孩真有耐心，臣婦自嘆弗如。」

婧櫻溫和的說：「也難為你了，隆安年幼，靈安又正是好動頑皮的年紀，你還記掛著帶隆安來給本宮請安。本宮看你身形柔弱，自己可得注意著身子。」

雪晴望著皇貴妃清澈的眼神，浮起落寞的笑：「是啊，自己的身子只能靠自己注意。多謝皇貴妃掛心臣婦。」

婧櫻深深地看向她，淡聲問道：「夫人何出此言？本宮聽聞夫人的衣食用度都是頂尖的。」

雪晴輕輕擰起蛾眉，眼裡滿是苦澀：「皇貴妃有所不知，大人始終放不下年少時的戀人，對臣婦不屑一顧。便連月英，據說也是因為與大人心裡那個人有幾分相似，才得以被納為妾的。」

時間彷彿定格於此。皇貴妃身邊的容翠及桂兒皆已變了臉色，雪晴卻只是定定的望著皇貴妃，一向嬌媚的眼眸此刻只餘淒楚。

婧櫻容色瑩白，杏眸望著眼前嬌艷的女子。那雙眼裡盈滿的，是絕望的愛。而她，即便未曾做過什麼，只是存在著，便是破壞這女子幸福的劊子手嗎？

「夫人，」雪晴看見皇貴妃眸色溫柔，漾著乾淨的笑容，輕輕對她說：「興許你喜歡的，便是那個心底有著年少戀人的大人。與其想盡辦法將那年少戀人趕離大人心中，或許你可以試試，連同大人心底的那個人一同喜歡？也許那才是，完整的愛。」

雪晴沒有料到這樣的回答，豐潤的嘴唇微張，眼中一派迷茫。

外頭闐寶帶著歉意進來：「皇貴妃，皇上吩咐過的，為怕耽誤皇貴妃休息，傅恆夫人晉見皇貴妃的時間只一個時辰。」

復又帶著賀喜的笑容道：「對了，方才皇上晉升傅恆大人的諭旨也下來了，是難得的殊榮呢。升任川陝總督、兼任軍機大臣、戶部尚書、兵部尚書，最要緊的，便是授保和殿大學士，加太子太傅、太保。」

雪晴臉上卻無喜色。只是淡淡的對闔寶點點頭，向皇貴妃行禮告退。伸手，欲接過福隆安。皇貴妃輕柔的將已然熟睡的孩子抱至雪晴懷中，素手拂過雪晴手背，微微的涼，帶著薄繭。那雙杏眸望著她：「孩子是無辜的。你怎麼待他，他便怎麼待你。雪晴，一切操之在你。」

時值仲夏，空氣中是凝窒的、吹不透的風，雪晴的眼中卻拂過一陣輕霧。她沒敢再看向那雙似乎洞悉一切的眼眸，匆匆的，抱著孩子離去。

婧櫻依著養心殿小太監的指示，帶著容翠及桂兒來到清影閣旁的漪蓮榭，見到皇上已愜意的坐在裡頭，執著茶盞，閉目養神。秋天的風裡有著桂花的香氣，他在滿園秋色裡帶了抹出塵的味道。

還未出聲，皇上已睜開眼眸，笑著道：「你總算來了。快坐。」

婧櫻覺得皇上的笑意令她頭皮發麻，露出戒慎的神情，坐了下來。

皇上見到她的表情，笑的更加開懷：「你這是什麼表情？難道朕會陷害你不成？」

他神秘的俯身向她：「朕要賞你一苦一樂，你說，你是要先苦後樂，還是先樂後苦？」

婧櫻不假思索：「自是先樂後苦。」

皇上啞然失笑。「朕素知你及時行樂的性子，可你真選了先樂後苦，朕卻不明白了。」

婧櫻泰然自若的答道：「世人都說先苦後樂，可是臣妾想啊，先選了苦，如果捱不住，一命嗚呼了，什麼樂都沒享受到，不是很虧嗎？所以臣妾當然選擇先享樂呀，也許享著享著，帶著笑容先行離開了，半點苦都沒嚐到，不也挺好？」

皇上放聲大笑，婧櫻低著頭，不敢看向四周宮人，覺得有些丟人。

好不容易止住了笑，皇上卻說：「不成，朕還是覺著你得先嚐苦再享樂。」

他抬起手，一個小太監端了一碗藥放到婧櫻面前。熟悉的坐胎藥味道傳入鼻中。

皇上柔聲道：「斕妡之前同我說過，她擔心你熬不住苦味，坐胎藥可能喝了一口，吐了一半，才會這麼多年都沒有消息。」皇上停頓了下，眼裡帶著感傷：「朕知道前二年你都是按時到長春宮服藥的。現在斕妡不在了，這藥究竟喝不喝，朕也由得你。」

婧櫻心裡想著，若真由得我，不如，你喝了它？終是不敢，端著得體的笑，一口飲盡。

桂兒趕忙遞上梅子水，讓婧櫻淡去嘴中苦味。容翠則用絹子輕輕擦拭她嘴角殘餘的藥渣。

「皇上說的苦，臣妾已經嘗過了。現在可以把樂賞給臣妾了嗎？」

皇上優美的薄唇微微上揚，向後使了個眼色，溢著香味的小竹籃放到了桌上。

那油膩膩的味道，分明是……

「酥脆小油雞！」婧櫻欣喜若狂的喊道。

滿福樓的酥脆小油雞，是她尚未嫁入王府時，每每來到京城必定要吃的美食。嫁入王府後，長姐也只答應讓她溜出去滿足口腹之慾一次，她已經十多年沒有嘗到這味道了。籃內的雞肉皆已去骨切好，婧櫻可以優雅的舉箸品嘗。味道仍是記憶中的味道，可是再不能用手抓著雞腿大啃，吃得滿嘴油膩膩的，然後對上一雙嫌惡的鳳眸……

「好吃嗎？」皇上清潤的聲音傳來。

婧櫻抬眸，笑容明媚：「好吃。皇上費心了。」

皇上墨黑眸中有著粼粼的波光，似是隱藏了許久，此刻終於不再需要閃躲。

婧櫻心中一慌，連忙低下頭。食不知味的繼續咀嚼。

皇上斂目，若無其事的開口，語氣略帶無奈：「好吃就好。」

傅恆帶著慈父的笑容，對著二個孩子招招手：「來，來阿瑪這兒。你又長高了，真乖，還會照顧弟弟。」

十歲的福靈安牽著搖搖晃晃的幼弟福隆安，童稚的聲音恭敬有禮的說著。

「阿瑪，孩兒帶弟弟來向阿瑪請安。」

望著兒子們純真的笑臉，停頓了一會兒，仍是問道：「你額娘帶你們過來的？」

福靈安有些早熟的說道：「是啊，額娘在外頭庭院賞花。阿瑪要不要去和額娘說說話？」

傅恆走到庭院的時候，雪晴正望著一池盛開的碧荷若有所思。聽見腳步聲，她輕輕回頭，見到夫君神色平和的朝她走來，突然覺得如夢初醒。她望著那雙英挺的劍眉，上挑的鳳眸，心裡恍惚想著，這便是我愛著的男子嗎？我真的愛著他嗎？還是，我一直愛著的，只是一個幻影？如同皇貴妃說的，我只是愛著那個，有著溫柔眼神的長街少年。儘管那眼神，並不是因我而生。

「怎麼一個人在這兒？不和兒子們一同進來喝杯茶？」傅恆問道。

雪晴自嘲的笑：「我以為，你不想見到我。」

傅恆微嘆一口氣：「你將孩子們教得極好，對隆安也視如己出。雪晴，你是個很好的母親，是我兒子們的額娘，便憑著這點，我有什麼理由不想見你？」

這個心高氣傲的女子終於無法再維持那些假裝的不在意，淚水順著臉頰淌下。

「富察傅恆，我真恨你。如果可以，我真希望從來沒有遇見過你，沒有因為你變成一個這麼可怕的女人，一個連我自己都厭惡的女人。」

她哭得不能自己。出身名門，阿瑪位高權重，外祖母是多羅格格，她從小便睥睨群芳，沒有要不到的東西。因愛生恨做出了那麼多匪夷所思的事，她時常在午夜夢迴嘶喊著驚醒，希望自己仍是瓜爾佳府邸那個天之驕女。沒有害過人，沒有殺過人。

傅恆在她身前站定。鳳眸滿是對命運俯首稱臣的無奈：「我很抱歉。雪晴，給不了你想要的，我很抱歉。」

雪晴那雙生得極美的眼眸褪去所有武裝，盈滿深沉的痛意。她喃喃的說：「我也是……我也是。」

「恭喜皇貴妃娘娘，今日還有皇祖母親自加徽號的大典呢，皇貴妃果真是萬千寵愛集於一身。」

少女嬌脆的聲音傳來，正端坐鏡前任容翠及桂兒打扮的婧櫻驚喜回眸。

「柔馨，你回來了。想死姨娘了。」

閨名柔馨的和敬公主眨著肖似母親的黑玉眼眸，上前握住婧櫻伸出的手。眸中帶著慧黠的頑皮神色。到底是皇上寶愛的嫡長公主，比她皇額娘多了幾分恣意的瀟灑。

「櫻姨娘，柔馨也好想你。」公主坐在婧櫻身旁，柔柔的撒著嬌。私底下，她總習慣喚婧櫻潛邸時的稱呼。

「在公主府還習慣嗎？額駙有沒有被你欺侮得生不如死？」

「姨娘你就會笑話人家，把人家說得像個刁蠻公主。」柔馨露出可愛的笑容：「皇阿瑪說，本公主小時候可是全愛新覺羅家族公認最可愛的娃娃。」

婧櫻無語。你阿瑪一個人認為便是公認了呀，傻孩子。

白皙秀美的手慈愛的撫著柔馨粉嫩的小臉。「色布騰那孩子九歲就養在宮中，與你也算是青梅竹馬。姨娘看他對你挺好的。」

公主嬌美的臉泛起紅暈，眼裡卻有一絲不確定：「櫻姨娘，他待我是很好。可是，我不知道他是待固倫和敬公主好，還是待柔馨好。」

婧櫻眨著漂亮的杏眸：「那你呢？你是待色布騰好，還是待科爾沁博爾濟吉特氏輔國公好？」

公主眼中浮現瞭然神色。她嘆息著鑽進婧櫻懷裡，就像是小時候那樣。

「櫻姨娘，你說人為什麼要長大呢？我時常希望睡一覺醒來以後，我還是王府裡的小格格。那時候，璉弟還在，皇額娘也在，我們大家都在。」

這個尊貴公主的傻話被四月微暖的風吹散。一身皇貴妃吉服的婧櫻抱著懷中的長姐嫡女，容色悠遠，神情溫柔。

皇貴妃與其他眾妃嬪的冊立大典這天，前年甫出嫁的固倫和敬公主帶著額駙及多位蒙古王爺貴族回宮。公主因著皇上的厚愛與不捨，並未遠嫁蒙古，而是與額駙住在京城的公主府。只是握有兵權的主要蒙古貴族仍是駐守在西北草原上，這次進京，意義非同凡響。皇上特地在這天晚上舉行了自孝賢皇后離世以來第一場宮宴。一方面慶賀幾位高位妃子的晉升，一方面為蒙古來的嬌客洗塵。

皇上穿著華貴的龍袍，坐在最高的位置上，威嚴尊貴有如神祇。

婧櫻略略瞥了一眼皇上，隨即回眸，覺得此刻那個君臨天下的帝王，一點也不像她熟悉的男家梳洗打扮很花時間的。

子。冊立大典結束時，為了晚上的宴會，眾人皆趕著回各自殿內梳洗打扮。她和皇上短暫交談，內容十分乏味，兩人卻捨不得停止。皇上問她累不累，她說還好。她問皇上餓不餓，皇上說不餓。皇上又問她渴不渴，她說有一點。她又問皇上還有事嗎？沒事臣妾先告退了。你知道，女人家梳洗打扮很花時間的。

皇上輕笑。手在她臉上眷戀的輕撫了下，才轉身上了轎輦。

此刻，大殿裡歌舞昇平，美食醇酒，觥籌交錯。

和敬公主柔馨問向身邊伺候的太監：「怎麼沒有見到傅恆大人？」

那太監恭敬答道：「回公主的話，川陝一帶近日盜賊之亂頻仍，大人抽不出身回京，不克與宴。」

公主嘟著嘴：「嗯，知道了。」許久沒見到小舅舅了，原想今日可以見上他一面的。柔馨心裡想著。

婧櫻卻是對著滿桌美食發楞。這一年來，皇上待她極好，好到，柔馨說她的臉好像圓了點。她想這樣下去不行，雖說承恩不在貌，但皇上應該不喜歡楊玉環類型的女子。更重要的是，她可不希望明年冊封時，成為大清最胖的皇后。長姐應該會覺得丟人，阿恆約莫又要嫌棄。

「怎麼吃那麼少？」皇上的聲音在耳邊響起。

婧櫻微皺著眉：「柔馨說臣妾臉變圓了。」

皇上笑得張揚：「沒的事。她胡說的。」

此時，蒙古王爺鄂克里舉杯向皇上敬酒：「皇上，微臣許久未來京城。近日入京一見，京城裡果然繁華熱鬧。微臣恭賀皇上，治民有方，天下太平。」

皇上墨黑眼中掠過一抹鋒芒，嘴角揚起，歡喜笑道：「滿蒙本一家，承愛卿吉言，朕與眾人同飲。」

鄂克里卻藉著酒意繼續說道：「皇上雖說滿蒙一家，可微臣來到京城，見到男子皆是溫文儒雅之流，女子皆是弱柳扶風之姿，再也沒有咱們草原兒女那樣颯爽的風貌了。」

另一個蒙古貴族敏鎬也跟著說道：「皇上雖然口口聲聲說是滿蒙一家，可是在微臣看來，滿漢似乎交融得更加完美。」他輕輕掃過列席的妃嬪，鷹一般的眼裡有著草原男子的傲氣：「便說服侍皇上的美人們吧，怎麼就不見半個蒙妃呢？」

殿裡原本和暖的氣氛驟冷。太后清醇的聲音適時響起：「敏郡王所言極是。只是皇上念舊，登基以來，主要侍候的都是潛邸時便在身邊的妃嬪，新選進內宮的秀女不多，至今未有顯赫的蒙妃，倒是哀家疏忽了。」

額駙色布騰被自己的血親們弄得滿身冷汗，連忙開口打圓場：「是啊是啊，雖然沒有蒙妃，但有蒙額駙，哈哈……哈哈……」

婧櫻看著色布騰憨厚的模樣，忍不住笑了出來。她的笑感染了大殿裡其他人，不論是真心或是做戲，此起彼落的笑聲從此不絕，方才的尷尬似乎瞬間便被遺忘了。

和敬公主卻是滿臉不服氣：「兩位王叔，咱們大清是在馬背上得的天下，阿哥、公主、格格們的騎射都有專人在教導的。」她看向婧櫻，得意的說：「便說皇貴妃吧，她的騎術和鞭法可是一等一的，是真正在東北大草原長大的滿族女兒。」

婧櫻不禁潸然淚下，她想柔馨啊柔馨，你今天是和櫻姨娘有仇嗎？

鄂克里和敏鎬的好奇心卻被挑起。鄂克里挑眉道：「能被和敬公主如此盛讚的女子，想必不同凡響。」

一個衣飾華麗的蒙古少女仰著臉對皇上說道：「皇上，臣女哲雅擅使彎刀，幼時原想練習使鞭，但軟鞭較彎刀難以駕馭，最終放棄。今聞皇貴妃使鞭堪稱一絕，臣女斗膽，能否請皇上讓皇貴妃指導臣女一二，圓滿臣女的兒時願望？」

婧櫻掛著雍容的笑，心裡糾結，你兒時願望干我什麼事呢？一雙杏目帶著溫柔的殺氣，看向身邊一直淺笑的皇上。皇上原本被二個不知好歹的蒙古人激起的不悅，全被公主的一番話平息下來。他極自然的握了握婧櫻的手，思索著該如何回話。

那樣的心思，是忍不住想向挑釁的人炫耀心中珍寶的好，又怕那個珍寶不甚情願，會在心中惱了他。

於是不太負責的朗聲答道：「這得看皇貴妃是否願意指點你幾招了。」他轉頭看著婧櫻，眉目含笑：「不知皇貴妃，意下如何？」

婧櫻高挑的身形在夜色中顯得纖長。清冷月華鋪灑而下，在她的四周暈出一圈銀白光暉。為著此刻的表演，她換了一身紫色衣飾，上頭有金黃的絲線繡出鳳鳥的形狀。

婧櫻甩出手中銀色軟鞭，狹長鞭影在風中似有自己的意識，俐落收放，婧櫻的速度越來越快，銀鞭幻化為燦亮光芒，環繞著她身上的紫衣，翩然身姿似是浴火鳳凰，在月耀下彷彿便要展翅飛去。

所有人皆被震撼，蒙古人素來直爽，遇到心服口服的高手自是不吝給出讚賞。哲雅首先不可置信的喝采出聲，緊接著，一波又一波的掌聲及喝采聲響起。所有宮人看著皇貴妃颯爽端華的身姿，心裡都盈滿了感動與驕傲。許多許多年以後，這些宮人早已垂垂老矣，世間風華幾度輪迴，有新的后妃，有新的帝王，拋下了舊時的所有。但在他們心中，始終只供奉著那隻，惟一的九天鳳凰。

而那個墨髮未束的女子，在一次快過一次的翻旋中，額角沁出薄汗，雪白面龐滲出微紅。曾經有雙鳳眸，執著長刀與她對打，不論她迴旋的多快，那雙鳳眸都不曾離過她半刻。可是那鳳眸已再不屬於她。她的眼眸微染薄光，月華下，四周人影模糊不清。但有雙始終不曾離開她身影片刻的狹長眼眸，帶著淡淡笑意，似乎，越來越近了。

* * *

婧櫻踏進那間滿是藥味的房間時，杏眸瞬間被淚水刺痛。那個終於在成親前喚了她一聲嫻額娘的少年，纏綿病塌已近半年。半年來她千般懇求，終於得到皇上同意，讓她得以逾制，探望已成年的病重皇子。

「嫻額娘。」少年蒼白著容顏，氣若游絲的喚著。

「永璜。」婧櫻顧不得避嫌，握著少年早已比她寬厚的大手，淚流滿面。

永璜費力的扯動嘴角，想擠出笑容：「孩兒還沒恭喜嫻額娘呢。只是，孩兒怕沒有機會，能喚你一聲皇額娘了。」

「臭小子，你再亂說話，嫻額娘一定不饒你。」婧櫻兇狠的說著，纖長手指卻輕柔的撫著他瘦削雙頰：「唉呀你被兩個福晉虐待呀，嫻額娘從前把你養得白胖胖的兩坨肉呢？怎麼都不見了？」

半臥著的永璜黑眸溫和清恬：「嫻額娘，皇阿瑪對你好嗎？」

婧櫻微笑，搖了搖頭：「他對嫻額娘最壞了，從以前就是這樣，你也知道。」接著嘆了口氣：「永璜，為了迎靈不敬斥責你的事，你皇阿瑪是做得過了。可是你也明白，當時朝中大臣醞釀著讓皇上儘早立儲，戳中了皇上的痛處，你和三阿哥，只是代罪羔羊罷了。你又何苦往心裡去？」

永璜的眸子漸漸變涼：「嫻額娘，永璜接下來要說的事，請嫻額娘仔細聽好了。」

「孩兒其實一直懷疑當年額娘的死因不單純。一直等著長大了，有能力了，再仔細查探。可追查的結果，卻發現當年伺候額娘的婢女們，都無故失了聯繫。先皇后崩逝前不久，我終於找到了當年一個婢女的行蹤。可是約好見面的當天，前來的卻是她的表弟，說她突然染了急病而亡。我還未能釐清這詭異的狀況，便傳來皇后殯天的消息。接著，便發生了皇阿瑪當眾斥責我及三弟的事情。」

「嫻額娘，你說這兩件事有沒有關係呢？剛被皇阿瑪痛責的時候，孩兒真是生不如死，覺得委屈莫明。可是漸漸的，孩兒卻看清楚了事情的來龍去脈。」

永璜停頓了一下，望著茶几上皇帝派人送來的長青樹，空落落的聲音再度響起。

「孩兒如此執著於額娘的死因，又有什麼用呢？她的夫君根本不在意。她是真的病死，或是讓人害死，對他，並無差別。」他肖似父親的薄涼唇角湧起嘲弄的笑：「若是額娘還活著，也許連貴妃都當不了，何況是皇貴妃呢？」

「嫻額娘，你說皇阿瑪追封我額娘為哲憫皇貴妃，是不是顯示出他很看重額娘？可是他若真對額娘有一絲絲情份，又怎麼會捨得在眾人面前這樣重踹她惟一的骨肉，一點情面也不留？都說他對先皇后的死悲慟至極，一時失了理智。可是他若真對先皇后如此深情，怎麼會不顧念孩兒身上留有一半富察氏族的血液，怎麼會沒有想到孩兒是他所有在世皇子中，與先皇后血緣最親近的？」

婧櫻聽得出神，腦中浮起永璜小時候天真無慮的笑容。彷彿又看到那年選擇養母時笑著走向她的男孩，那男孩慣常賴著芷蘭撒嬌，慣常在沁玥身邊露出罕見的羞澀靦腆，慣常像現在這樣，掏心掏肺對她說著心裡所有委屈。

她含笑看著永璜：「難道你現在才知道，天家無情？永璜，不要自苦。與皇權相比，什麼都是次要的。你皇阿瑪正值壯年，你卻已及弱冠，他又對立嫡為儲有著執念，先后驟逝，密探又對他說了群臣將上奏立庶為儲的意圖。永璜，他只是做了被威脅到皇權的帝王，都會做的事。」

永璜咳了起來，滿臉通紅。一口氣似是緩不過來，益發加劇。婧櫻著急，忙扶起他，拍著背，倒了杯茶，讓他慢慢喝下。

「怎麼會這麼嚴重？你才多少歲，身子怎如此不中用？」

永璜淡淡笑了笑，不理會婧櫻的問話。他輕輕吁了一口氣，有些眷戀的看向婧櫻的臉。這不是他的親生額娘，卻是他進了紫禁城後能夠安然成長的原因，是他溫暖與光亮的源頭。他原想著長大成人後，能將她護在身後。可是……

「嫻額娘，你可不可以像孩兒小時候那樣，哄孩兒睡著？」

他不捨的望著那雙溫暖的杏形眼眸，輕輕閉上了眼。記憶中微涼的手隨即覆蓋在他眼上，上頭的薄繭帶來微糙的觸感，讓他安心。

他像小時候入睡前一樣嘮嘮叨叨。

「嫻額娘，我小時候，一直覺得阿瑪為什麼那麼不喜歡你。對額娘和所有姨娘都輕聲細語，獨獨對你不假辭色，卻又喜歡去你那兒找罵挨。」他笑了下：「後來我懂了男女之事，才終於明白……」

「嫻額娘，太醫說，永璜天生便有心疾，只是調養得極好，一直未發。此番鬱鬱，心境轉折過大，牽動痼疾，怕是好不了了。」他的聲音越來越低：「嫻額娘，就算以後你有了自己的孩子，請你記得，永璜是你第一個孩子。請一定一定，不要忘記。」

那孩子沒再發出聲音。像小時候一樣，蜷縮著，嬰兒的姿態。

床前的女子眨著眼，眼中流動的光承載著無數的從前。她憤怒極了，責備的嗓音卻那樣輕柔。似是害怕吵醒了床上熟睡的少年。

「你這種敢比額娘先走一步的不肖子，誰忘得了？誰忘得了？」

乾隆十五年三月十五，皇長子愛新覺羅永璜因二年前迎喪時悲痛不足，遭皇上痛斥，憂憤成疾，溘然而逝。皇上痛悔，追封定親王，諡號安。

「微臣傅恆，叩見皇上。」

一身玄衣的修長男子，跪在地上行禮。月白長衫的儒雅男子，滿臉笑容的擺了擺手。

「恆，你果真不負朕所託，將川陝之亂平定了。朕此番召你回京，便是要告訴你，朕決定讓你回京專任軍機大臣，封一等忠勇公，賜寶石頂、四團龍朝服。」

傅恆容色平靜，唇角微微上翹：「臣謝皇上恩典。」

皇上望著面前比手足還親近的男子，柔聲問道：「你姐姐離世未久，朕便下詔冊立新后。你可會怨朕？」

傅恆微笑，俊雅容貌一派清朗：「生死有命，而國不可一日無母，皇上何錯之有？臣又何怨之有？」想了想，又淡淡道：「皇貴妃與先皇后情同姐妹，相信必能不負皇上與太后期望，母儀天下。」

皇上斜倚著屏風，一貫的風雅悠閒。悅耳的嗓音隨著午后的微風吹進傅恆耳中。

「如果你不能和弟妹好好過日子，她又如何能安心做朕的皇后？」

窗外的陽光斜斜照進，光影下的皇上神色莫辨。那些幾乎被遺忘的過去，不曾上心的對話，驀然如潮水，向著傅恆奔湧而來……

那時，他九歲。族裡旁支的九表叔密謀奪權，想把阿瑪手上富察族長的位置搶走。身為嫡子，他和三哥都必須離開是非之地。

「阿恆，你想好去哪兒避禍了嗎？」四阿哥問著他。

他想了想：「還沒有具體的想法。不是西南，就是東北。」

四阿哥眼神清湛：「那不如去盛京吧？」

鳳眸微顯茫然：「盛京？」

四阿哥顯得興致高昂：「是啊，盛京。你們家大業大，總不可能在盛京沒有落腳處。」

鳳眸楞楞的看著那個十四歲的皇子像介紹自己故鄉似的，說盛京是多麼山明水秀的好地方，有白山黑水的東北大草原，有老祖宗當年定都的故宮，有健壯的駿馬，兇悍的狼隻，還有……

「好，就盛京。」他在四阿哥把接下來的時間變成盛京導覽大介紹前，搶先回答。

四阿哥似乎意識到自己的失態。俊臉微紅。

而他竟然一直到此刻才恍然大悟。那樣迫不及待介紹一個陌生城市的表情……叫做思念。

「微臣和夫人一直過得很好。」他的喉頭有些乾澀。

皇上看著他，眸裡有著不再壓抑的情感：「恆。你我之間，先是兄弟，才是君臣。身為兄長，為兄的想請你，孔融讓梨。」

那樣柔軟的表情只不過瞬間。傅恆一個失神，還來不及消化上一句話的意義，帶著帝王威嚴的話語已然落下：「身為君主，朕思索良久，決定命你為皇后冊立大典的正使。」

殿內一片寂靜。兩雙眼眸注視著彼此。那在歲月流淌間快要被湮沒的前因，終於有了隱約的輪廓，似乎逐漸將要清晰。傅恆卻是，完全沒有想要一窺究竟的欲望。

乾隆十五年八月初四那天，是個萬里無雲萬里天的日子。婧櫻在滿院的蟬鳴中醒來，彷彿做了一個好長好長的夢。在夢裡，她在姑母懷中咯咯笑，有二個男孩逗著她，一個拿著糖葫蘆，誘著她喊恆……恆……，另一個抓著杏仁酥，哄著她喊弘……弘……。她覺得有趣，笑容可掬的學著兩人喊出……

「小姐。」「娘娘。」

容翠及桂兒的聲音響起。婧櫻恍惚望向她們，看著容翠手上的鳳冠，桂兒手上的后服，終於意識到即將發生的事情。

她被兩個婢女架到了鏡子前，望著銅鏡裡如玉的面容，她微微笑了，問道：「我的臉，好像尖回來了？」

桂兒笑道：「娘娘，都一年多了，你怎麼還把公主的惡作劇放在心上呢？」

她輕柔的將胭脂勻開，塗在婧櫻臉上：「奴婢有幸，得以伺候二任皇后。娘娘，先皇后會在天上看顧著你，奴婢便是她在這塵世間派來守護你的。」

婧櫻想起長姐，再想起今日冊封的正使，心中猛然一抽，心臟像是被人狠狠攥住，疼得無法形容。那些年少往事一幕幕在眼前閃過，當她終於回過神，銅鏡裡卻早已不是從前笑鬧任性的少女了。

一切穿戴妥當，她在容翠及桂兒的攙扶下緩緩起身。朝著自己早已注定的命運，直直走去。

外頭亮晃的日光刺痛她的眼。她閉了閉眸，讓眼睛適應八月陽光的燦爛。端著合宜的姿態，她一步一步踏下了玉階，寶光流轉的步搖，在鬢畔潄潄作響。她眸光流轉，視線定在前方負手站立的男子身上。

劍眉鳳目，面如冠玉。男子一身玄色大學士朝服，彰顯他正使的身份。

「有勞富察學士。」如水般清涼的聲音自背後傳來，瞬間澆息傅恆所有煩躁。

他緩緩轉身，那個魂牽夢縈的女子盈盈立於身前。高挑身影包覆在明黃色的廣袖寬身后服，與金黃色的曳地鳳裙裡。濃如烏雲的髮盤成氣勢萬千的燕尾髻，上頭插戴著赤金鳳釵，每一鳳釵分作九尾，尾上皆綴明珠，下綴金珠為絡。烏黑如緞的眉細細繪如遠山橫黛，頭上華麗的鳳釵綴有極長的流蘇，直直垂至眉間。

可是這樣隆盛的裝扮他卻視而不見。鳳眸裡只看見那張不曾或改的容顏，一樣的黑眉，一樣的杏眸，一樣的笑容，一樣的在她眼裡，只看見自己。

他們都在太小的年紀遇見彼此。因為最真，所以最深。如果可以，他們多想死生契闊，與子成說。可是此刻，他與她，都沒有別的選擇。

養心殿總管太監狄裕恭敬道：「聖旨到。命大學士富察傅恆為正使。大學士史貽直為副使。持節冊立攝六宮事皇貴妃烏拉那拉氏為皇后。」

婧櫻低首跪下，所有人也隨著她一同低下身子。

傅恆接過聖旨，朗聲誦讀冊文：「……咨爾攝六宮事皇貴妃那拉氏。秀毓名門。祥鐘世德。早從潛邸。含章而懋著芳型。晉錫榮封。受祉而克嫻內則。噙躬淑慎洵堪繼美于蘭幃。秉德溫恭。信可嗣音於椒殿往者統六宮而攝職。從宜一準前規。今茲閱三載而屆期。成禮式遵慈諭。恭奉崇慶慈宣康惠皇太后命。以金冊金寶立爾為皇后……」

語畢，傅恆將手中的聖旨，親手交給了跪在地上的婧櫻。

皇后冊立禮隆重非凡，冊文宣讀完成，還需至景運門外，捧節授內監。之後，再至慈寧宮跪拜皇太后。皇后冊立禮成暨皇太后升慈寧宮座後，眾官更需於午門外集結，同行慶賀禮。

傅恆上前，依著禮節，示意婧櫻起身。因為太過熟悉，他並沒有錯過那雙清澈無瑕的杏眸裡，難以察覺的恐懼。於是，擦身而過時，她聽見他清晰的聲音，傳進心裡。

「別怕，我會一直陪著你。」

婧櫻，別怕。從前，我是皇后的幼弟。今後，我是皇后的兄長。

我會一直陪著你。

容翠端著水進房時，婧櫻正睜著眼睛，愣愣望著窗外大好的陽光。似乎弄不清楚自己在哪裡。

皇后冊立禮後，皇上一刻也等不及，以展謁祖陵的名義，帶著婧櫻西巡嵩洛、五台山進香，又下江南巡視。於是每天早晨，一向散漫的婧櫻便得重新思索自己身在何方。

此刻，她環視房內簡樸的擺設，看著容翠身上輕薄的蘇綢，於是想起，自己正在江南。也許是身在宮外，她與皇上似乎又回到潛邸的時光。打打鬧鬧，嬉笑怒罵。陪著他微服出巡時，更以民間夫妻相稱。她一雙杏目轉啊轉，看向昨日杭州巡撫呈上的一件淡紫長袍。那長袍目測較皇上的身形小些，她來穿恰恰適合。她記得皇上今日要聽南部五個都城的官員呈報地方政務。所以她一定要把握難得的機會，出去蹓躂蹓躂。

「小姐，你如今可是國母，若扮成男裝出去，萬歲爺一定會怪罪的……」容翠看見婧櫻對著那件紫袍發呆，心裡已知她想做些什麼，苦著臉勸道。

婧櫻卻無動於衷的走向那件衣袍，朝著容翠努努嘴：「還不快來幫本少爺穿上？」

高挑的紫袍青年執一柄摺扇，在街道上閒逛著。這是江南典型的水鄉小鎮。經歷了古老歲月的沖刷，依然是流水潺潺，碧幽生色。房子座落在河流兩側，比起京城的巍峨，多了古樸空靈的味道。每家屋檐下垂掛著一串串紅燈籠，在風中輕盈擺盪，美的不食人間烟火。

南方城市不若京城裡步調快，來來往往的男女都悠閒得緊。也許是身高上的落差，每個人走過去，都會回頭望向那紫袍男子一眼。

婧櫻杏眸微瞇，看什麼看，沒看過修長高挑的男子嗎？

就像遠方那個人，好像看了她很久了。婧櫻故意裝作不在意，天高皇帝遠，哦，皇帝不遠，但正在洽公，管不到她。她有些自得的笑了笑。卻見那人依然盯著她。

她有些生氣，向那人走近，想不著痕跡修理這個不識好歹的路人。越來越近越來越近，撞進一雙熟到不能再熟的狹長眼眸。

婧櫻呵呵笑著，有些鄉愿的說，這是幻覺，這都是幻覺。然後撇下容翠，拔腿狂奔。她頭也不回，不停的跑著，風呼嘯而過，那人緊追不捨。

出了城郊，婧櫻再也跑不動，認命的停了下來。同樣跑得喘不過氣的皇上瞪著她。

晚夏的風中，他們瞪著彼此。空氣浮動著暗香，那些壓抑了許久許久的情愫，穿越時空而來。婧櫻突然有一種奇怪的煩躁感，好像某些事情將要發生，或其實，已經發生。

皇上的臉，卻變得驚駭莫明。婧櫻正想開口，耳邊傳來嗡嗡的聲音。眼角餘光，看見成群的蜂，以鋪天之勢朝她飛來。

那陣暗香……從她身上的淡紫衣袍傳來……

還不及反應，她被皇上護在懷中。她想掙脫，想著該是她保護皇上。

上方傳來的沙啞聲音卻讓她再不能動彈。

「別動。這或許是我這輩子，惟一能隨心所欲救你的一次。」

他抱著她，跳進護城河。

縱是夏天，冰涼的河水仍是有著沁骨寒意，碧綠河浪瞬間淹沒了他倆頭頂。皇上緊緊抱住懷中的人，世界瞬間變得無聲。他在越來越稀薄的氣息中漸漸迷離，昏亂中卻有個溫軟的人自他懷中掙脫，眼前浮現一張熟悉的臉，紅灩的唇貼上他，竟是想為他渡氣。

即便這不能算是她心甘情願獻上的吻，他也想假裝它是。即便命運的滾輪已經往前走了這麼長這麼久，他也想假裝生命裡最陰暗的那天其實並不存在。假裝近三十年前的他並沒有被迫做出選擇，假裝那一年的一切其實都沒有發生……

那一年，景仁宮前，小小人兒眼看就要跌落，六歲的富察公子上前穩穩接住。十一歲的皇四子回過神來，對著抱住小人兒的富察傅恆說：「放開她。」

一向穩重的傅恆竟然倔強回嘴：「偏不放。」

他正要發怒，卻見皇額娘走出殿門，於是壓下情緒，向皇額娘請安。

之後一連數天，他一下課便跑去景仁宮，一邊斜睨著身邊比他矮一個頭的傅恆：「我去向皇額娘請安，你跟來幹嘛？」

男孩端雅持重：「皇后娘娘看重恆兒，命恆兒隨侍四阿哥左右。你去哪兒，我便去哪兒。」

他哼了一聲，不再理傅恆。進到景仁宮，卻見皇阿瑪也在，抱著櫻格格，笑得開懷。皇額娘素白臉蛋帶著薄紅，看見他們，止不住滿臉笑意：「我說你們，最近來得這麼勤，真是來看皇額娘的嗎？」

皇阿瑪興致頗高：「哦？四阿哥一向與你親厚，來向你請安也是應當。皇后方才的話，似乎意有所指？」

皇額娘一向敦厚，顧著孩子臉面，沒再說下去。皇阿瑪卻不肯輕易放過，他用難得戲謔的語調對他說：「啊，朕知道了，你喜歡櫻櫻。」

他漲紅了臉，小孩子心性：「才沒有。她只會笑還會流口水，誰會喜歡她。」

說完才想起自己太沒有規矩，忙想請罪。

皇阿瑪倒沒動怒，只是捉狹的說：「也是，你們畢竟差了七歲。」他慈藹的望向傅恆：「不然便許配給恆兒吧。」

傅恆小小的臉有些苦惱，半晌，開口問道：「請問皇上，許配是什麼意思？」

所有人笑成一團。他帶著笑意，與傅恆返回上書房繼續下午的功課。

傍晚回永壽宮途中，他心裡有點懊悔早上跟皇阿瑪說了反話。繼而又想，不如請額娘帶他去稟明皇額娘，將那小格格指給他做嫡福晉。他躡手躡腳從偏門進入，想如同小時候那樣嚇嚇額娘，卻聽見額娘寢殿傳來低低的談話。

談話內容讓他白了臉，他摒住呼吸，想不動聲色的離開，卻終是忍不住，在樹下乾嘔了起來。

聲音驚動額娘。他向來光明磊落、非黑即白的世界，在那一瞬間終結。

他敬愛的額娘說，她並不想取那小格格的命。才會讓婢女們故意談話，讓小格格聽到。

他敬愛的額娘說，在這宮裡，一樣計謀若只能得一個結果，便是下策。高明的謀略，是如同她這樣，既未傷人性命，又能嫁禍年妃，還能讓皇后把格格送走，讓皇上不再去景仁宮，杜絕再有嫡子的可能。

他敬愛的額娘說，我好不容易，讓你成為半個嫡子，為你鋪好了路。絕不容許，任何阻礙。

他敬愛的額娘說，弘曆，你已經十一歲了，是時候該明白紫禁城內真正的生存法則。千萬別學你皇額娘一樣心軟，一輩子只能被人欺壓。

清爽的空氣撲面而來，婧櫻藉著河水的浮力讓兩人冒出河面。他驀然回神，深吸一口氣。看著身邊那張溼淋淋的臉，與十一歲時便撩動他心的粉嫩臉蛋重疊，他兇狠的吻上那張紅灩的嘴，瘋狂向內探索，舌頭與她緊密交纏，頃刻，又是快要溺斃的纏綿。

再不要記起額娘打在他臉上的那一巴掌，含著淚說，我苦苦熬了這麼些年月，你若不為人上人，便枉為人子。

再不要記起皇額娘心如止水的神情，含著淚說，我已經將她送到盛京了，她配不上你，你忘了她吧。她只是乳鷹，不是鳳凰，你弄錯了。

再不要記起他在代表各方勢力的美人間流連輾轉，彷彿交易一般，取他要的，給她們要的。

此刻，他不是用盡心機的皇子，不是凡事算計的君主。

此刻，他只是想用一己之力保護所愛的平凡男子。

此刻，他是夫，她是妻。

此刻，只此一刻。

天階夜色涼如水。江南墨藍的夜空下，滿院芍藥被夜風吹起一層又一層花浪。

皇上步進院子。

「夫君。」清脆中帶著醉意的聲音響起。

皇上循聲看去。院裡的水閣裡，坐著醉態可掬的婧櫻。

這個出了宮便酗酒的酒鬼。他想著，忍不住笑，撩過衣襬，朝她走去。進了水閣，才看到她竟抱著酒壺在喝。

「夫君，你也喝。」她眉開眼笑。

他微皺眉頭，伸手欲拿走她的酒壺。

她死死抱著。扁嘴：「就剩今晚了。明天就要回宮了。你得做回皇上，我得做回皇后。你可以左擁右抱，我只能獨守空闈。」

他的眉眼柔軟。嘆了口氣，將手掌輕輕包覆在她微涼的手背上，柔聲道：「不是不讓你喝，喝多了明天會鬧頭疼的。」

她大大的眼睛在月光下顯得稚氣。瞪著他，忽然說：「你總不肯顯出真正的實力。你跟我好好打一場吧，若你贏了，你想怎樣都行。」

她最後一個字才說完，懷中的酒壺以迅雷不及掩耳的速度被奪走，她起身要奪，眼前修長身影輕巧側過，回手拉下她頭上鬆鬆挽住的髮帶，潑墨般的長髮披散及腰，她怔怔傻住。

他攬住她，在她耳邊親暱低語：「我想怎樣都行？」

她一個迴身，取下他束著辮子的繫帶。濃密黑髮瞬間散開，帶著淡淡的松子清香。

她像個孩子，得意的笑：「你想怎樣？」

他嘆口氣：「櫻櫻，這麼多年了，我想怎樣，你還不知道嗎？」

她抬頭看他，許是醉過了頭，整張臉，包括耳朵，都紅通通的。

「凡事都有個先來後到。你知道，長姐才是你的妻，她在你心裡的位置，我連想都不敢想。就算沒有長姐，還有沁玥姐姐呢。即便她們都走了，予蓁、芸熙也都排在我前頭，她們位分比我低，年齡可都比我大，陪著你的時間也比我長。」

她的聲音微微沙啞，踢掉了鞋子，赤足跳上石椅。

「弘曆，你是皇帝，我是皇后。從前，你無法只對長姐好，以後，你也不可能只對我好。」

皇上目不轉睛的看著她，一字一語，慢慢說道：「你怎麼知道不可能？」

她猛地抬頭，皺眉看了他好一會兒。無奈說道：「因為你想做的，是賢君，是明君。」

他眸中翻轉著洶湧的情緒，從初登龍座的忐忑，到習慣權勢的自得，他還以為自己仍是十一歲那年的純真少年嗎？他執著的，究竟是眼前的女子，還是十一歲前美好純粹的自己？

忽然，他伸出長臂，將身前纖細的高挑身子牢牢擁住，密合緊束，不露一絲密縫。

他執著的是什麼都沒有關係。他眼中狠意驟起，只要她一直在他身邊就好。不管他能不能一直待她好，她都不能離開。

她溫順的伏在他懷裡。她想，她又不是傻子，怎麼會不知道他的心意呢？可是他心裡有太多東西要顧及，她與他，無法對等的心意，又能持續多久？

如果你是阿恆，我一定無法容忍和那麼多女人分享你。

如果你是阿恆，我一定要你在江山和我之間做出選擇。

如果你是阿恆……

可是你不是，你是弘曆。

所以，生給你，死給他。

凡事都有先來後到。我給過阿恆的，我再無法給你。

但那並不代表，你不重要。

但那並不代表，你不在我心裡。

這是此次南巡的最後一天了。皇上在一處擺滿墨寶的小攤前看著，隨意買了幾幅丹青，帶著淡淡的笑，走向不遠處擺滿香囊、如意結、織繡等隨身飾品的小攤。溫柔眸光追隨著盈盈站立的高挑女子。

婧櫻目瞪口呆的看著小攤主人熟練的打著同心結。纖長手指依樣畫葫蘆的打著，卻略顯笨拙。她嘆口氣，自己對女紅，真的很不在行啊。

一旁有雙指節分明的修長大手，飛快的打好一個同心結，執起她的手，輕輕放在她掌心。

墨黑眼裡帶著期待：「不知要具備什麼樣的條件，才能得到姑娘的同心結？」

婧櫻望著他，歪頭思索了下。片刻，溫和的說：「不能騙我，不能傷害我，要一直陪著我。」

他漾開耀眼精緻的笑，篤定從容：「在下等著。希望有生之年，終能等到姑娘的同心結。」

＊＊＊

「姐姐！」

清晨的大殿門口，有抹紫色身影，在九月的涼風中，清爽明亮。

婧櫻綻開真摯的笑靨，忘了已換回宮中厚重的花盆鞋，提起裙裾就想向芷蘭奔去。

「芷蘭，我不在的這段時間，你還好嗎？」

芷蘭菱形的嘴唇微翹：「好，怎麼不好。帝后開心出遊，咱們這些做妃子的，樂得清閒。」

婧櫻雙頰酡紅，瞋怪的瞪了芷蘭一眼。

「好你個伶牙俐齒的愉妃，這樣笑話我。」

芷蘭笑。親暱的理了理婧櫻額上的細髮，嘆了口氣：「姐姐，你冊立禮後便隨皇上出遊，今日是第一次以皇后的身份接受所有宮嬪的請安。妹妹要提醒你一句，這二年多來皇上對六宮進御頗稀，所有人的怨氣都對準了翊坤宮。一會兒的請安，想必也會有些不中聽的話，姐姐可要有心理準備。」

婧櫻點點頭，看著芷蘭，欲言又止，像個心虛的孩子。

芷蘭苦笑，柔聲道：「姐姐，皇上現在對你好，是因為他還喜歡你。可是一旦這喜歡不在了，你便什麼都不是，只是個象徵，只是個擺飾。妹妹明白，這樣的寵愛和權勢砸下來，哪個女人能不動心？可你真動了心，便注定痛苦。」

婧櫻抿著唇，看來有些無辜。半晌，柔柔的說：「即便會痛苦，有你在，我便不怕。」

思嫚天未亮便起床，沐浴更衣、梳妝打扮。她是去年選秀進宮的，因為阿瑪是都統兼輕車都尉，又屬滿姓巴林氏，太后頗喜歡她，初封便為貴人。可惜進宮時正當皇貴妃盛寵，至今連皇上的面都沒見過，遑論侍寢了。今日她將依晨昏定省之禮向新皇后請安，同屬滿妃出身，她希望能藉著皇后得到皇上注意，因此格外費心。

侍女竹兒端上首飾盒讓她選擇，她沈吟一會兒，選了一支素面如意簪。看著鏡中竹兒小心為她別在髻上，故作不經意地問道：「竹兒，你在宮裡的資歷也不算淺，皇后性子如何，你可清楚？」

竹兒微笑道：「皇后人可好了，她自小在草原長大，性格爽俐，和一般宮妃不同。小主別擔心，皇后必定不會為難你的。」

思嫚點點頭，望著鏡中年輕飽滿的容顏，綻開端莊的笑容。

思嫚抵達翊坤宮的時候，和她同期的所有秀女皆已抵達，嬪位以上的主位們也已到了八九成。她心下一驚，自己已經刻意早到了約半個時辰，想不到所有人對今日的請安竟都如此看重。

她進了殿內，按著自己的位次坐下。秀美的眼睛忍不住看向已落坐的妃嬪們。按著位次、年紀、以及穿著，思嫚大約可以猜出是哪位妃嬪。位次最尊的是純貴妃及嘉貴妃，但其中一個位置空著，還未落座。思嫚偷偷打量那個穿著貴妃服、略顯福態的女子，猜測應該是失寵已久的純貴妃。

妃位的三個女子氣質各異，她毫無困難的認出出身顯貴的舒妃，帶著清冷氣息端坐位上。卻似是與身邊一身紫衣的清麗女子十分交好，淡唇帶著笑容，凝神傾聽。她整理一下近日蒐集來的情報，判斷紫衣女子應是皇后的心腹，五阿哥的生母愉妃。而舒妃另一側的嬌柔女子，臉色有些憂悒，想來便是靠著先皇后上位的令妃了。

思嫚覺得有些頭昏，光是妃位以上便讓她有些混亂了，正想再往嬪位看去，一陣溫暖的風拂來，她看見一襲明黃服飾的高挑女子，在兩個姑姑的簇擁下緩緩自殿內步出，帶著春風般的笑意坐上了正座。

思嫚忙隨著眾人跪下請安，口中喊道：「皇后娘娘萬福金安，千歲千千歲。」

皇后發出悅耳的笑聲，清脆地說：「免禮，都平身吧。」

翊坤宮的首領太監闐寶示意思嫚等新進秀女繼續候著，恭敬對皇后道：「皇后娘娘吉祥，這是去年新進宮的秀女們，依宮規需向皇后行跪拜大禮。」

思嫚是新進秀女中位分最高的，她領著眾人行了跪拜大禮，口中沈穩：「嬪妾貴人巴林氏，參見皇后娘娘。」

皇后幾不可聞的嘆了一口氣，和煦的說：「都快起來吧。一早的這樣折騰，快賜茶。」

思嫚回座，帶著些許仰慕看著皇后。她的玉雕似的艷麗臉龐有種讓人安心的氣質，像是夜海上閃著亮光的燈塔。望著她，心頭便會覺得很暖。

此時，內官的聲音突兀響起：「嘉貴妃到。」

一陣華貴的香味襲來，嘉貴妃款擺著身子，慢條斯理的走進殿內。嘴裡直嚷：「皇后娘娘恕罪。嬪妾的八阿哥清晨起來咳了幾聲，嬪妾著急，延誤了請安的時辰，還請娘娘切莫怪罪。」

思嫚連忙瞄了眼嘉貴妃，見她保養得宜，一張麗容描繪得精緻無瑕，嬌美非常。

皇后溫和的說：「與皇子的健康比起來，請安只是小事。永璇還好吧？請太醫看過了嗎？」

嘉貴妃氣勢萬千的坐下，笑著說：「謝皇后關心。太醫說沒事，只是秋天易發咳症，喝個藥便沒事了。」

皇后頷首：「那就好。你如今顧著二個阿哥，自己的身子也要多注意。」又對著純貴妃道：「純貴妃，本宮聽說柔嫿前陣子食慾不振，如今可都調理妥善了？」

純貴妃似是受寵若驚，忙道：「回皇后的話，公主當時只是暑熱胃灼，現在入秋了，便也好了。」

「那本宮便安心了。孩子們病痛，做額娘的總是掛心。」皇后憐惜的說道。

闐寶此時趨前在皇后耳邊說了會兒話。皇后點點頭，綻開笑容，對著殿內眾人道：「皇上此次出巡，準備了許多禮品要賞給各位妹妹。方才內務府已經送到各自宮裡了，待會兒回去便可以見到。江南的蘇綢是天下聞名的，不分位次，所有妹妹們都有二匹，相信你們會喜歡的。」

嘉貴妃的臉色卻沈了沈，有些感傷的說：「喜歡又如何呢？女為悅己者容。嬪妾即便將蘇綢裁製成華麗的衣裳，也要皇上願意欣賞呀。」

皇后還未答話，舒妃清冷的聲音已然響起：「嘉貴妃所言甚是。只是皇上願不願意欣賞，卻也不是皇后能夠決定的呢。」

思嫚心中暗自驚嘆。她進宮時便知皇貴妃鋒芒過露，只是當時皇貴妃雖然攝六宮事，到底不是名正言順的皇后，並無晨昏定省的規矩。六宮儘管怨氣衝天，卻也不可能衝去皇貴妃面前發作。今日的請安，這些忍了二年有餘的妃嬪們，怕是不會善罷甘休了。

果然，婉嬪眨著古典的丹鳳眼，笑容可掬的說道：「舒妃姐姐說的是。只是皇上與皇后親愛和睦，二年來同食同寢，倒顯得咱們這些妹妹多餘了。」

陸貴人略顯怯怯的開口說道：「皇后娘娘請別生氣。嬪妾們只是太久沒有見到皇上了，希望皇后能為咱們姐妹向皇上美言幾句。」她不忍的朝思嫚的方向望去：「便說去年新進的秀女們吧，至今連皇上的面都沒見過呢。」

嘉貴妃眼眶一紅，接著道：「本宮的永瑜福薄，早早去了。可是自永瑜後，宮裡已經三年沒有喜訊了。皇后娘娘即便不為眾位妹妹想，也要想想如何讓皇家開枝散葉呀。」

皇后纖長手指執起茶盞，輕輕啜了一口，漫不經心道：「都說完了？」

殿內便突然沈靜下來。眾人屏著氣息，不敢再放肆。

皇后美麗的杏子眼眸帶著火焰般的流光，紅唇微啟，嗓音清脆：「同樣的話，說一遍就行了。你們這樣一直重複，本宮不喜歡。」

慈寧宮內一貫的寧靜，太后沈靜坐在位上，手上持著一卷佛書，髮上以玉步搖簪成簡單的髻，素淨臉上只施了淡淡的妝容。不知是否此次出巡時日過長，太后容色略帶憔悴。

「太后，皇上來了。」雙成走進殿內，向太后輕聲說道。

太后飽經風霜的嘴角微微抿起，望著雙成的眼眸帶著一絲脆弱。雙成眼眸低垂，走到太后身

後，輕輕按摩太后僵硬的肩膀。太后閉上眼，享受著雙成力道適度的按捏。半刻過去，她再次睜開眼，裡頭只餘不容置喙的堅毅與威嚴。

「讓他進來吧。」

皇上剛才下朝，穿著明黃龍袍，襯得面色瑩潤，心情似是極好，薄唇綻開美好的弧度：「兒臣向皇額娘請安。」

太后莊重的點點頭：「坐吧。」

皇上笑著說：「按規矩，今日是六宮諸人第一次向新后晨昏定省。皇額娘怎麼不讓皇后和兒臣一同來向皇額娘請安，順便說說早晨請安的情況？」

太后的目光落在皇上身上，微微停滯。接著，輕輕嘆了口氣。

「皇上，你這個樣子，莫不是要逼哀家，賜杯毒酒給皇后？」

高瘦挺拔的身子微顫，瞬間跪在了地上。

「皇額娘……」

太后神色冰冷：「皇上，你想要的，哀家都已為你做到。你要在天下人面前樹立明君的形象，行，哀家為你擔起罵名，媳婦屍骨未寒便催著兒子續弦。你藉先皇后喪期未滿為由，不願寵幸六宮妃嬪，行，哀家一聲不吭，幫你擋下那些望穿秋水的怨婦。你以和新后培養感情為名，二年來與她同寢同食，如膠似漆，行，哀家想你是個有分寸的孩子，不至於永遠糊塗。可是皇上，新后冊立禮已經過了，祭祖謁靈、江南訪查也已結束了，皇上昨夜為何還是宿於翊坤宮？若哀家再不開口，皇上要何時才會醒來？要何時才會想起，除了皇后，還有十多個女子在苦苦等著皇上臨幸？」

「皇上，哀家費盡千辛萬苦，不惜算計最親的姐妹，並不是為了讓你成為一個，深情繾綣的丈夫，子息單薄的君主。」

這個已屆不惑之齡的帝王跪在全天下最尊貴的長者面前。安靜而沈默。

他總想著，再一天就好。明天，明天他一定會讓姜坤呈上綠頭牌，翻一張別人的牌子。可是每一個明天都變成了今天，那個明天始終都到不了。

她不是櫻花。她是罌粟。

因著太后的淚目症，慈寧宮內所有窗上皆垂有布縵。儘管是白天，也只有微弱的幾束陽光透過間隙灑進殿內，將皇上的身影在地上映出長長的影子。

時間緩緩的流逝。殿內寂靜而寒冷。不知過了多久，皇上終於開口。

他笑著，聲音悲傷而隱忍：「皇額娘的教誨，兒臣明白。傳宗接代嘛，兒臣會。開枝散葉嘛，兒臣會。」他抬眸看向太后，清湛眼裡已然是從前那個冷面帝王的狠辣。

婧櫻偏頭看了看恭敬站著的闐寶及容翠，轉身獨自走向慈寧宮正殿外頭一棵棵高大的合歡樹，心裡有些忐忑。

早晨的定省完畢，她便來到慈寧宮要向太后請安。卻聞皇上已在裡頭，太后讓她先在外面候著。

她看著亮眼的陽光自濃密的樹葉間篩落，伸出手，光線深深淺淺的在手掌上錯落出棋格似的陰影。便想起出巡那幾日與皇上下棋時的種種，不覺笑了出來。

「你在癡心妄想什麼呢？」有些熟悉的嗓音自身後傳來，嬌脆中帶著冷意。婧櫻回頭，看見婼兒似笑非笑的站在她身後，明媚的輪廓。

晟安死後，雙成原要為婼兒做主，許給某個四品帶刀侍衛做妾，但婼兒在晟安的葬禮上不惜以死明志，雙成終是心軟，讓婼兒繼續留在慈寧宮當差。她已不是當年的小小宮女。如今在慈寧宮，有著舉足輕重的地位。大家都尊稱她一聲，婼姑姑。

「婼姑姑如今身份不同，說的話也越發難懂了。」婧櫻平靜如水，溫和說道。

婼兒彎月般的眼裡微微有著溼意。她走到婧櫻身後，像從前那樣，熟稔的順著婧櫻的筋絡按著。

「你如今是皇后了，從此，再不可能往上，只會不時的有人想把你拉下來。」婼兒的氣息在婧櫻耳邊呢喃：「所以，好好做你的皇后。其他的，想都別想。紫禁城裡那些虛無縹緲的情啊愛啊，你千萬別癡心妄想。」

那些字句像是泥濘裡的水蛇，黏膩又滑溜的鑽進婧櫻心裡。正想回些什麼，雙成的身影自殿門步出，端謹的向婧櫻行了禮：「皇后娘娘吉祥。太后有請，勞煩皇后移步。」

婼兒帶著合宜的笑，乖順的跟在雙成身後，引領著婧櫻走進殿內。背影端正沈穩，彷彿剛才什麼事都沒有發生過。

「皇額娘萬安。願皇額娘福綏安康。」婧櫻跪在地上，笑容燦爛的向太后請安。

太后溫煦的笑了：「快起來。容翠，小心扶著皇后起身。這陣子在外頭，日日都是皇后伺候著皇上，說不定肚裡已經有了哀家的皇孫呢。」

婧櫻臉微紅，起身朝皇上身邊的空位走去，迎上他安撫的眼神，略略放寬了心。

太后閒適的往座位後方靠去，語氣像是對著自家人說話般輕鬆：「婧櫻，你如今是皇后了，可不能再像從前那樣孩子氣。皇后最重要的任務，便是協助皇上管理後宮。後宮說穿了，便是一群女人組成的。女人多的地方，少不了爭風吃醋、勾心鬥角。那麼婧櫻，身為六宮之主，你要怎麼管理這群女人呢？」

婧櫻眨著水靈靈的眼睛，想了想：「讓她們多生些孩子？心思花到孩子身上，便不會只看著彼此了。」

太后撫掌道：「哀家就知道你這孩子只是散漫，頭腦卻是拔尖的。」

她的布滿歲月刻痕的手，輕輕覆在婧櫻手上，幽黑眼眸定定望著婧櫻。

「孩子，在後宮裡，你可以是第一，但絕不可能是惟一。你可要記住了。」

雪晴和薏婕好起來，是完全在雪晴意料之外的事。

她只是看當時身為皇貴妃的婧櫻很喜歡福隆安，便時常帶著福隆安去向婧櫻請安。自己也不知道為什麼會想親近那個占據自己夫君所有心思的女子。去的多了，便時常遇到在翊坤宮陪伴婧櫻的愉妃芷蘭和舒妃薏婕。薏婕同樣出身滿家大戶，才貌雙全，兩人一個清冷，一個高傲，聊起詩詞歌賦各有見解，卻也能異中求同，和平共處。

而芷蘭慣常的拿著針線，有時繡帕、有時刺花。閒拈針線伴櫻坐，大約便是她的寫照。雪晴覺得新奇又惶惑。在她近三十年的生命裡，未曾經歷過這樣的柔情溫存。她在洛陽生長，一向以自我為中心，覺得天下所有女子都比不上她，從來不曾想像過，女子之間也能有這樣真摯的情感。

有時，她看著婧櫻，總覺得這個女子看似尊貴無比，卻其實最是平凡。在紫禁城裡，用最質樸的方式，一日一日過著真實的生活。而自己曾有過的傷痛，好像便在她那樣平凡而真實的對待中，漸漸走遠了。

「皇后娘娘吉祥。景陽宮舒妃向皇后娘娘請安。」舒妃清冷的嗓音傳來，喚回了冥想中的雪晴。

「行了，你什麼時候這麼守禮了。快坐下吧。」皇后清脆的聲音帶著笑意響起。

薏婕緩緩坐下：「雪晴，你也來啦。」

雪晴頷首：「是啊，隆安吵著要見皇后娘娘，我便帶著來向皇后娘娘請旨覲見。」

薏婕的笑容一向淡然，今日卻似乎有著掩不住的喜色，精緻臉龐微微漾著緋豔。芷蘭覺著不對勁：「薏婕，你今天看來喜上眉梢，是有什麼好事嗎？」

薏婕終於忍不住，半是嬌羞半是開心地對婧櫻說：「婧櫻姐姐，方才顧太醫來診過平安脈，確定妹妹已經有約一個月的身孕了。」

皇后輕輕揚起嘴角，清澈眼中滿是笑意：「那真是天大的喜事了。你身子一向單薄，千萬要仔細保重。皇上知道了嗎？」

薏婕搖搖頭。她走到皇后面前，有些擔憂的望著皇后：「薏婕想讓婧櫻姐姐和芷蘭姐姐先知道。」她側頭看了眼雪晴：「還有你這個擇期不如撞日的，也讓你先知道了。」

薏婕滑嫩的手握著婧櫻：「姐姐，宮裡的孩子難將養。妹妹的孩子，若只想靠著皇上保護是沒有用的。只能指望咱們姐妹一場，兩位姐姐能為妹妹保住。」

皇后的眼裡有著煙雨繚繞的絲絲柔和：「薏婕，先不說你我的情份，我是皇后，宮裡的每個孩子，我都是要拼了命保住的。」她的臉坦白的無以復加：「要說我心裡一絲難受都沒有，那便真是矯情了。可是薏婕，那一絲難受，抵不過我的職責，抵不過我的良心，更抵不過我們的姐妹情份。」

雪晴細細地望著皇后的神情，她從來不覺得那張容顏有任何動人之處，但此刻，那張臉在她心中拓印上清晰的印記。

「結果啊，皇后娘娘就說，那個孩子連腳都沒有了，鞋子對他來說太過奢侈。隆安想想，就哭了。天下間竟然有孩子連腳都沒有，而隆安還一直吵著額娘要買新鞋。」

福隆安窩在傅恆懷裡，嘰哩呱啦的說著皇后教導他的一些道理。傅恆神色柔軟，凝神細聽孩子的每一句話。鳳眸有些出神，似是在揣想那女子說話的神情。

「喝杯茶吧。」雪晴沏了壺龍井，為傅恆倒了一杯。又指著一旁的蜂蜜水，對福隆安道：「你這長舌的，額娘幫你準備了蜂蜜水，你快潤潤喉。」

福隆安接過杯子，一口氣喝光，溜下傅恆懷抱，跑去園子玩耍了。

雪晴漫不經心的說：「舒妃懷孕了。她是皇上少數滿旗貴族出身的妃子，太后極為看重，囑咐皇后多費心照料。」

她想起皇后皺著眉的神情，帶著笑意：「皇后回到宮裡轉述太后的話，吐著舌頭對舒妃說，又不是我讓你懷孕的，為什麼是我要費心照料？」

傅恆難得的笑出聲，眼眸燦如星子：「這是她會說的話。」

雪晴看著他發亮的眼，一時怔忪。

傅恆有些歉然：「雪晴，其實你不必……」

不必這樣往返家裡宮中，只為轉述那個女子的日常瑣事讓我知道。

雪晴卻驕蠻的抬頭，惡狠狠道：「夫人我空閨寂寞，難得找到事情打發時間，大人連這點樂趣也不讓嗎？」她挑眉靠近傅恆：「還是，皇后對雪晴太好，大人吃醋了？」

傅恆嗤笑：「倒是低估她的影響力了。連你都學壞了，沒個正經。」

雪晴冷哼了聲。執起茶壺為自己倒了杯熱茶，藉著氤氳的熱氣，偷偷覷著傅恆染上淡淡暖意的俊朗眉眼。

半生已過，她需要為自己，找出繼續活下去的希望。

＊＊＊

「表姐，景陽宮那位懷上了，你怎麼看？」

說話的女子面容俏麗，在窗外斜透進來的月光下帶著幾分清純。

另一旁年紀較大的女子素淨古典，燭火映出她深海似的眸色。

「她是這麼多年來，第一個非潛邸宮嬪懷上孩子的，滿旗大戶，又與皇后交好，此胎必定被密密實實的護著。」

俏麗女子不以為然：「她再怎麼顯貴，能顯貴過從前那位皇后嗎？咱們還不是……」

「咱們？」深不見底的眼眸有些凌厲。

「表姐的意思是？」

「沒有咱們。出手的不是你，也不是我。我們只是提供個計策，要不要做，是那位的決定，與旁人無關。」

俏麗女子點點頭，若有所悟：「表姐的意思是，那位自然會出手？」

嘲弄的笑聲在空盪的室內迴響著，透著幾許詭異：「你知道什麼是人性？愉妃的出身如此低微，她的孩子也能因為被現在的皇后養育，又是血統純粹的滿子而備受寵愛。若是舒妃也生個兒子，現在這些皇子，想來都要靠邊站了。那位雖然有兩個皇子傍身，出身到底不如人，必定會為了自己的孩子，爭上一爭。」

那個深沈的女子繼而又道：「延禧宮那位似乎沈寂很久了？皇上這幾個月總算開始召幸皇后

以外的妃嬪，舒妃和那位的侍寢次數是最多的，你和新來的貴人巴林氏也算不錯。可魏嫣然怎麼似乎完全被遺忘了？」

俏麗女子點點頭，疑惑道：「我也覺得奇怪，要說她不受寵嘛，皇后出巡回來特地賞了她一只晶瑩剔透的水晶碗，上頭還有皇后親筆提的字，嫣然無瑕，是天大的榮寵呢。」

「只有她有？」丹鳳眸微微彎了下，似是真的感到有趣。「皇上晉了她位分，卻不願寵幸她，看來是不想見到她，觸景傷情。會造成這樣的結果，若不是皇上愛極先皇后，便是皇上對先皇后有愧。」

「為什麼會有愧呢？」俏麗女子不解。

窗外下起細雪，丹鳳眸的主人起身走至窗前，望著幾支枯木被新雪壓彎。

「不急。總有一天，她會願意告訴你。當那一天到來，便是咱們換新棋的時刻。」

「允柏，你別這麼拘謹嘛，坐啊。桂兒，快把皇上賞的雪山蓮茶沏一壺來給顧太醫。」婧櫻滿臉笑容，殷勤的招呼著渾身不自在的顧允柏。

「皇后娘娘，微臣不敢當，不敢當。皇后有什麼事，儘管吩咐行了。」顧允柏入太醫院也已三年有餘，因著石濤的關係，皇后把他當成自己人，除了賞賜不斷，便是常常問他一些醫理常識，儼然有想改行當女太醫的傾向。

婧櫻卻是雙頰微紅，難得的有些扭捏：「是這樣的，本宮聽舒妃說，她的體質偏寒，不易受孕，是你介紹了融合西洋學理的一些祕方，才讓她懷上的？」

顧允柏瞪大了眼。「皇后恕罪。微臣知道宮裡禁用外國醫術及偏方，實在是舒妃娘娘求了微臣很久，還保證不會說出去，微臣才讓她試試的。」

婧櫻安撫的說：「你別怕，本宮不是要治你的罪。」她有些羞怯：「本宮，也想試試。」

舒妃有孕的喜事讓皇上龍心大悅，將與舒妃同時進宮的貴人陸景默晉為嬪，封號慶，居永和宮；而甫進宮的貴人巴林思嫚，則因太后垂青，也頗得皇后喜愛，同樣晉為嬪，封號穎，居承乾宮。

於此同時，婧櫻為了懷上孩子，偷偷地試著顧允柏自行研創的各種稀奇古怪的祕法。

首先，在飲食上，她戒掉了所有油炸、辛辣、調味、醃漬的食物，而扣掉這些食物，剩下的其實也就是食不知味的清粥蔬果。這對婧櫻算是極為嚴重的折磨。然後，她必須讓桂兒和容翠充當顧允柏的女助手，在顧允柏的指示下，進行各階段的療程。第一階段，是薰臍，據說像她和薏婕這樣寒涼的體質，需先以薰臍暖化孕育孩子的臟器。薰臍並不難受，薏婕很幸運，在薰臍過後便懷上了。但婧櫻不同，她比薏婕大了快十歲，又有早先佛珠的影響，依顧允柏診斷後含蓄的說法，大約只比不孕好上那麼一點。所以，她必須再接受炙腹。

炙腹是將磨的晶亮的黑石烘烤至透紅，放置在肚臍周圍。腹上會先置一塊絲布，以防熱石燙傷皮膚。桂兒膽小，只敢負責烘烤，在一旁端著放置熱石的瓷盤，不忍的看著容翠將一塊又一塊熱石放到婧櫻的腹上。婧櫻僵直著身子，眼睛睜得大大的。容翠含著淚水，說小姐，別逞強了，順其自然好嗎？婧櫻總是不回答，倔強的轉頭望向窗外，那裡藍天渺遠，冬陽映雪。

炙腹後會留下圓圓的石印，約要一天左右才能消除。若遇到皇上召幸，婧櫻總吵著要滅燭火，皇上順著她，卻也發現歡愛時她似乎忍受著極大的痛苦。「很疼嗎？」皇上疑惑，心疼的放輕力道。婧櫻笑，說不會啊，腹上熱石傷口帶著蝕心的熱度，燒得她薄汗直冒。

三個月過去了，炙腹也未能讓婧櫻帶來好消息。於是剩下最後一個方法，烙針。

皇上午憩醒來，柔和的春風吹進殿內，他起身步至窗前，望著園裡花繁遍地，眼裡湧上柔和的光。

皇家儀仗行至翊坤宮前，門口的闐寶卻大驚失色。他面色慘白，杵在門口，遲遲未進殿通報。

皇上瞇眼：「你在做什麼？總管太監是這樣當差的嗎？」

闐寶跪在地上：「皇上，皇后午膳過後突感不適，奴才不敢驚擾，所以……」

「不適？放肆，皇后不適為何沒有即刻向朕稟報？」龍靴踢開闐寶，逕自走向殿內。

寢殿裡，顧允柏隔著屏風，仔細指導著容翠：「翠姑姑，你做的很好。就剩最後十針了，來，這一針插在……」

「你們在做什麼？」寒潭般的聲音響起，顧允柏抬頭，望進皇上冷凝眸中，只覺末日到來。他儘量深入淺出的解釋自己究竟在做什麼，皇上悟性極好，他才說了三句，皇上便似乎全部明白。下一刻，他被踹出寢殿，看著房門在他面前闔上。

「那個，」他摸摸頭：「要除針也是得要我去口傳啊。」

寢殿內一片寂靜。皇上眸色濃得化不開，他掀開容翠慌忙蓋上的錦被，觸目驚心地看見婧櫻平坦腹上密密麻麻插了近百根銀針。每根銀針皆被火烤到極熱，散出朦朧的熱氣。他顫抖著，視線往上移，看向那張艷麗容顏。婧櫻眼睛睜得極大，眉心皺得厲害，嘴唇咬得幾乎滲血。表情卻那麼決絕：「大家都生得出孩子，我不相信就我生不出來。」

皇上張著口，卻說不出話，想擁她入懷，又怕銀針傷到她。最終只能跪在床邊，輕輕抵著她的額頭，唇貼在她如緞的眉上：「傻姑娘……真是個傻姑娘……」

顧允柏在婧櫻的力保下只被罰了三個月的俸祿。但整個太醫院卻被皇上下了任務，用盡各種方法讓皇后有喜。翊坤宮於是鎮日充斥著藥味，婧櫻只覺若此刻割開自己的手，流出的會是藥水而非血水。

但還未等到婧櫻的好消息，舒妃卻在五月早產了。

那是個繁星滿布的深夜，整個宮城安靜無聲。忽地傳來群鳥的哀叫聲，景陽宮門柱上一盞宮燈掉落，莫明地撩起園內遍植的梅林著火，火勢瞬間漫天，滔滔熱浪裡，宮人驚叫聲不絕：「景陽宮走火，景陽宮走火。」

大火雖未造成傷亡，宮殿仍有一定程度的毀損。孕期忌動土及搬遷，舒妃卻迫於無奈，在景陽宮修整期間搬遷至儲秀宮。身子原本就嬌貴，此一折騰，原本七月的產期，硬是在十日後便早產。

「婧櫻姐姐，芷蘭姐姐，是誰要害我，是誰這麼狠心要害我？」薏婕面色如紙，剛生產完的虛弱身子顫抖不已，仍提著一口氣，恨恨的問道。

芷蘭輕輕擦拭她的臉，嗓音堅定：「不管是誰，姐姐們都不會饒過她。但是薏婕，你得先好好活著，才能收拾她們。」

婧櫻抱著瘦小的嬰孩，輕聲安慰：「薏婕，至少孩子很健康，秦太醫說雖然早出世了二個月，但看來脈象正常，一切妥當，沒有讓她們得逞。皇上方才看了很是歡喜，賜名永珏。薏婕，你抱抱他，他是十阿哥，你的兒子。」

「珏，神國奇玉也。」舒妃綻開清艷的笑容，似是雪地裡突然盛放的紅梅。「皇上很看重你呢，孩子。」她柔軟的眼神注視著懷中熟睡的嬰孩，一向冷情，卻在那一瞬間懂得了血脈相連的熾熱。

婧櫻纖長的手，一邊握著芷蘭，一邊握著薏婕。腦海裡閃過永璉的死、永琮的死、永璜的死，乃至於永琪和永珏出生前的種種疑影。

她最大的敵人，叫做未知。除了身邊這兩個女子，滿宮裡所有人，都可能是兇手。她與芷蘭細細揀選了太醫、宮女、乳母，衣食用度無一不防，卻躲不過旁人算計的一場大火，卻避不掉因此帶來的早產。

婧櫻望著薏婕柔和的慈母神色，耳邊迴盪著她不敢告訴薏婕的，秦晁跪在地上對她說的那番話。

——皇后娘娘，舒妃身體並不強健，產前受到大火驚擾，皇子又早產近二個月，老夫即便傾全力續命，至多也只能……只能保住三年。

中秋節是紫禁城的大節日，婧櫻前兩年雖以皇貴妃之名協助太后操辦過，今年卻是以皇后之尊親自打理，神經繃得極緊，深怕出一絲差錯。太后及皇上喜歡熱鬧，各皇子公主在晚上的家宴表演了各種絕活，可愛逗趣，把晚宴氣氛帶至最高潮。

皇后的座次便在皇上身邊，眼巴巴的望著眾人飲著佳釀，她的杯子裡卻只有水，真的是水，透明無色的水。旁人是有孕了才不能喝酒，她卻是為了想要有孕不能沾酒。杏眸泛著水氣，認命的舉起杯盞，正欲飲下，眼下突然出現一隻潔白修長的大手，執著他的杯盞，放在她鼻前。

那杯盞裡……也是水。

婧櫻看向皇上，他芝蘭玉樹般的面容帶著無奈，殿內歌舞音繁、人聲嘈雜，他做出口型：

「朕陪你。」

她施了胭脂的臉剎時染上紅潮，麗得驚人。不敢再看向皇上，裝作專心的欣賞歌舞。

一曲舞罷，眾人鼓掌喝彩。嘉貴妃似是盛開的玫瑰，眼眸流轉著醉人的波光，舉杯對著皇上說：「皇上，臣妾有個喜事，已經知道一段時日了。但想著在中秋這樣的大節日讓皇上和太后知道，才有著月圓人團圓的意境。」

大殿裡眾人皆靜了下來，只聽見她柔媚的聲音字字清晰。

「臣妾已有孕三個月了。」

中秋夜，皇上照例宿於皇后宮中。只是翊坤宮內人人大氣都不敢吭一聲，皇后繃著臉，氣呼呼的走進寢房。碰的一聲關上房門。不知是真忘了後頭還跟著皇上，還是故意的。

皇上俊目掃了闐寶一眼，四周宮人便如退潮般刷的全部不見。他嘆口氣，進了房門，輕輕關上，還沒想好要怎麼安撫婧櫻，便被婧櫻拉著掠過桌椅，撩開床縵，推到床上。

她動作非常快速，跨坐在他身上，拉開他的衣襟，想了想，歪著頭問道：「你有什麼話要說？」

皇上直勾勾的望著她：「輕點，朕怕疼。」

婧櫻皺著眉：「不正經。先說好了，我可不管什麼男尊女卑，今天我主歡，如果再懷不上我就……我就……」

皇上輕輕拉下她的頸子，撩開她垂下的髮：「就每次都讓你主歡。」

婧櫻方才惱怒的情緒漸漸平息，冷靜下來發現自己大膽的姿勢，渾身發熱，面色通紅。她看皇上俊臉雖然微紅，卻還頗為鎮定，心下一惱，正在思索該如何下手，皇上自己主動吻上她的唇。

她一時失察，被取走了主導權，心智有些沈淪。半晌，瞪大了眼，推開他：「你犯規。明明是我主歡的。」

皇上嘆息：「那你可不可以專心點？再恍神下去，朕……」

皇上沒能再繼續說下去，婧櫻俯身狠狠的吻住了他。小手拉開他的衣衫，隨手一拋。

終是沒忘了扯下紗縵。紅燭掩映，一室春光正濃。

中秋過後便是重陽，重陽是太后的大日子，婧櫻自是費心籌備重陽大慶。待得重陽一過，婧櫻整個人累癱，竟日昏睡，只覺疲累非常。

這日，婧櫻與皇上一同去慈寧宮向太后請安，太后絮絮話著家常，聽在婧櫻耳裡，頗有催眠的功效，又看著大殿裡煙霧渺渺，不知不覺，竟睡著了。

睜開眼時，她有一瞬間不確定自己身處何處。她躺在床上，四周的擺設陌生，並不是翊坤宮或養心殿，眼前皇上的臉色有些詭異，似是喜極，耳根都發紅，卻又有些矜持。

「皇上，你怎麼了？」婧櫻不解的問道。

不遠處傳來太后洋溢著喜氣的聲音：「他要做阿瑪了。」

婧櫻小臉一沈，卻又想起太后也在，難怪皇上明明欣喜卻又得裝做矜持。她酸澀的問道：「又是哪位妃子遇喜了？」

皇上似是再也忍不住，狹長眼眸難得的燦亮，他緊緊擁住婧櫻，在她耳邊說：「傻姑娘，你要做額娘了。」

養心殿裡，傅恆狐疑的望著嘴角不停抽搐的皇上，不動聲色的呈報著幾件重要政務。

皇上心不在焉，眸色恍惚，從來沒有過的溫柔。

傅恆心頭一跳，聲音有些乾啞：「皇上似乎，有什麼喜事？」

皇上望著他，開了口：「呵呵呵呵呵呵呵呵。」

傅恆皺眉。

皇上試著莊重，再次開了口：「呵呵呵呵呵呵呵呵。」

傅恆覺得耐心快要沒有。這個已逾不惑的尊貴男子，彷彿退化為十一歲的少年，上課總不住傻笑，在論語和孟子上頭畫著黑眉杏眼的小娃娃。

他忍住心內複雜的感覺，淡淡的說：「能讓皇上如此開心，想來是與皇后有關了。」

皇上終於止住笑。卻仍掩不住心內的激動，他起身，上前抱住傅恆，還未登基前那種患難兄弟的姿態：「恆，櫻櫻她有孩子了，她要做額娘了。」

修長的身軀驀地一僵。在那片大草原上，這個即將做額娘的女孩曾經偷偷親了他一下，向前快步跑去，邊跑邊回頭大聲喊著，阿恆阿恆，我以後要幫你生很多很多孩子，全部都是我生的哦，你不可以去找別人生。

十月秋涼，蕭颯的風中，皇上感覺到了傅恆的僵硬。他放開他，輕輕拍了拍他的肩膀，像個慈愛的兄長，眼神那樣溫和。

他說，謝謝。恆，謝謝。

婧櫻斜斜倚在塌上，望著皇上振筆疾書。

「在寫些什麼呢？」婧櫻懶懶問道。

皇上只是微笑。約莫一刻過去，一張紙洋洋灑灑，遞給了婧櫻。

辰時一刻起身　辰時二刻早膳　巳時進藥　巳時一刻晨步　巳時三刻進小點……非常緊湊充實的作息表。

婧櫻頭疼，含糊的說，行了，臣妾知道了。

皇上彎著眼，胸有成竹，說回頭讓容翠和桂兒日日準備一張，需填寫實際執行情況才算數的。

婧櫻眼角有著隱約的笑意，一顰一笑都是風情。皇上有些怔楞，這張臉多麼熟悉，可怎麼每天都比昨天更惹人憐愛？

「皇上。」門外傳來闐寶的聲音。

皇上不悅：「夜這麼深了，不怕驚擾皇后休息嗎？」

闐寶的聲音帶著無奈：「皇上，啟祥宮總管太監方德海來報，說是嘉貴妃胎兒鬧騰得厲害，太醫都候在那兒了，是不是請皇上過去一趟？」

皇上心下微感歉意。自婧櫻診出有喜，他渾然忘了還有另一個女子也懷著他的孩子。俊目看了眼婧櫻，卻不知該說些什麼。

起了身，終是開口：「那麼，朕去看看嘉貴妃。」

婧櫻似笑非笑，美人托腮的姿勢。按以往的她，便是露出溫和的笑，說皇上快去吧。可是此刻，她卻再無法像從前那樣大度。她只是微微挑起美麗的眼睛，說：「知道了。」

日子便這樣無聲無息的過。轉眼除夕過去，又是新的一年。嘉貴妃在年節後的二月，順利產下健康的男嬰，皇十一子永瑆。

三月桃花當詠歌，韶光爛漫的春日，雪晴照常與薏婕及芷蘭伴著大腹便便的皇后談心。

皇后有孕卻不顯胖，只是肚子極大，四肢纖細，走幾步路便氣喘吁吁。此刻，皇后拿著如意線，有些笨拙的打著同心結。討好的看向芷蘭，精於女紅的芷蘭卻故意不理她。

皇后有些氣悶，轉頭望見雪晴看著她，杏眸閃過興奮的光。「雪晴，聽說你針線女紅也是一等一的，同心結難不倒你吧？快教教我，究竟要怎樣才能打得體面些？」

雪晴楞楞的接過如意線，仔細的教了一遍。皇后一個步驟一個步驟學著，模樣認真，雪晴忍不住笑了。「皇后娘娘性格爽朗，做這些小女兒家的針線活兒，看了真不習慣呢。」

皇后難得的有些害羞，睨了雪晴一眼，帶著嗔怪。

雪晴卻覺心裡一緊，那眼神……

她裝作不經意的說道：「同心結是漢家姑娘打給心上人表明心跡的。皇后學著打同心結，是要送給心上人嗎？」自己都沒發覺聲音帶著微妙的緊繃。

皇后眸光溫柔：「都老夫老妻了還什麼心上人呢。只是有人眼巴巴的想要，便打算做個送他罷了。」

「是要送給皇上的？」雪晴聲音有些尖銳。

皇后笑咪咪的望著她：「瓜爾佳姑娘，不送給皇上，難不成要送給你嗎？如果你想要，我也是可以打一個送你，就不知道你夫君會不會吃醋。」

雪晴卻彷彿受到了重大的刺激，她搖著頭，看來傷心欲絕：「你怎麼可以？你怎麼可以……」

你怎麼可以把他放在心上？怎麼可以把傅恆以外的男人放在心上？

沒有人知道，她這樣心高氣傲的人，是經過多少柔腸寸斷的迂迴心思，才終於懂得什麼叫做成全。她告訴自己，不是她不夠好，只是他們相遇得不夠早。既然只是敗給了時間，她可以接受她深愛的男子，和他心裡的年少戀人。

她可以接受，他們在心底戀慕著對方。

她可以接受，做一個傳遞彼此相思的鵲鳥。

只是為了，他每次聽到那女子的一舉一動時，眉眼不自覺透露出的溫柔。她貪戀那樣的溫柔，即便那溫柔不是為她而起，卻是因她才有。

「雪晴，你還好嗎？」皇后擔憂的聲音傳來。

雪晴抬頭，輕輕笑了下，將所有的思緒斂在了眼底。

「夫人，夫人，你走錯方向了。」幼荃牽著福隆安，喚著神不守舍，往府邸相反方向走去的雪晴。

雪晴回神：「你先帶隆安回去吧。我想去市集逛逛。」

她心亂如麻的朝熱絡的市集走去，想要找點事做，驅散心中的煩悶。市集裡有許多新奇的玩意兒，她東看看西瞧瞧，嘴裡念著，這個薏婕應該會喜歡，這個那女人一定會愛不釋手……。然後突然頓了下，想到自己竟然將那女人的喜好放在心上，雪晴微皺起眉頭。

「晴姐姐？」帶著遲疑與不確定的聲音響起。

雪晴轉頭，見到一張已十多年未見的面容。

「戀棠？」

那個被喚做戀棠的年輕姑娘遇見了當年心中崇敬如神祇的偶像，開心得幾乎手舞足蹈起來。

「晴姐姐，沒想到真的是你。戀棠真沒想過今生能再遇見晴姐姐，真是太好了，今天是什麼日子啊。」

雪晴自得的綻開嬌媚的笑容。從前那個被眾人膜拜敬仰的自己似乎瞬間又回來了。

「你怎麼會來京城呢？我記得舞團一直都只在洛陽表演的。」雪晴疑惑問道。

戀棠似乎有些為難，但看著從小便放在心底的偶像，又不想欺瞞。她靠近雪晴耳邊，極為小聲：「晴姐姐，戀棠跟你說了，你可千萬別說出去，不然戀棠怕是要掉腦袋的。」

「聽說是有極為貴重的人，要請我們入宮表演。」

入宮表演？雪晴在腦中苦苦蒐尋記憶，這幾次入宮，並未聽說有洛陽舞團要進宮表演呀。

戀棠繼續說著：「咱要表演的，便是那首洛花囀。是當年一直屈居在你之下的千濤姐姐挑大樑。」戀棠扁了扁嘴：「千濤姐姐自是跳的極好的，可是，實在及不上晴姐姐你的萬分之一呢。」

戀棠腦中浮現一抹綽約身姿，遙想當年，一曲洛花囀，那個牡丹似的女子，顛倒眾生，媚惑天下。一舉手，一投足，俱是勾人心魂。

雪晴卻是無暇顧及戀棠的回憶，她心思飛快轉著，千濤，入宮，舞蹈。

「戀棠，我記得，千濤的姓氏和家世頗特別，似乎是……是……」

「是當年和滿人一起入關的朝鮮後裔呀。千濤姐姐本姓金，咱們從前時常取笑她的姓氏俗氣呢。」

「你可知何時入宮？」

「我也不清楚，聽說是要給皇上驚喜，不能事先曝露。所以晴姐姐，你可千萬別說出去。」

「你說你們要入宮表演，那為何你還在宮外呢？」

「確切日期還不曉得，聽說是四月中。」

四月中。

雪晴在嘈雜的市集裡聽見了自己如擂鼓的心跳聲。

皇后的產期，在五月初。

婧櫻望著躺在掌中的同心結，心裡微微有些羞澀。她與皇上，自成親以來，都以最真實的一面對待彼此。以一個帝王來說，他真的待她極好。可是，同心結是要彼此都在對方心中的。她記得皇上說過，動情不動心，她得先弄清楚，皇上對她究竟有沒有動心。

總不可能快二十年了，還在對她發情吧？

「小姐。」容翠輕手輕腳的走進寢房，怕嚇著有孕的婧櫻。

「怎麼了？小廚房的菜都備好了嗎？皇上應該一會兒就來了。」婧櫻柔聲說道。

容翠咬著唇：「小姐，嘉貴妃以十一阿哥雙滿月為由，找了皇上過去慶祝。皇上晚上不會過來了。」

婧櫻眼眸瞬間黯了黯，她在容翠面前向來不用假裝，大大的眼睛頃刻布滿霧氣。

容翠心疼的上前將婧櫻攬在懷中：「小姐，不哭不哭，翠翠疼你。」

婧櫻完全符合了孕婦喜怒無常的特性，懊惱得將手中的同心結丟在地上：「我最討厭他了，討厭死了。」

「大人，外頭有兩位訪客求見。說是大人約他們來的。」陸群進了別院書房，對傅恆說道。

訪客？傅恆微微訝然。起身向外走去。

「傅恆大人。」那兩人竟是太醫院院判秦晁，以及資歷頗深的太醫江儀廷。

「秦大人，江大人。快請進，用過晚膳了嗎？不知蒞臨寒舍所為何事？」

秦晁及江儀廷疑惑的對看了一眼。

「不是傅大人找我們有要事相談？」

傅恆看兩人風塵僕僕，心中隱隱覺得不對，趕緊將兩人先請進大廳，命人奉茶。待兩人坐定，喝了幾口熱茶，傅恆才開口問道。

「傅某並未曾找過兩位，不知傳話的人是如何說的？」

秦晁沈吟：「五天前，老夫突然接到遠在江西的阿瑪病重的消息。微臣算算，宮裡現在最要緊的事，便是皇后產子，但皇后產期在五月初，此刻不過四月上旬，所以老夫特地告假回鄉。但才至半途，便遇見自家中趕來的堂弟，說阿瑪無事，要我快回京城，至傅恆大人別院候著。」

江儀廷也道：「按排定的班表，微臣是明日休沐，但昨日程億程太醫突然說家中有事，想與我調換。我便允了，改為今日休沐。方才有人至微臣家中，說傅恆大人有事求教，微臣便過來了。在路上巧遇秦大人，便結伴而行。」

傅恆在心中琢磨，兩位太醫是皇后的御用大夫，依他們所述，似是被故意調離了京城，但不知被誰發現，破解了這個佈局，還把兩人都叫到這裡。算算自己的別院離紫禁城不過半刻鐘路程，心下便有了主意。

「兩位大人，傅某確實不知發生何事。但事已至此，此處離宮城也近，不如請兩位留下來靜觀其變。」

秦晁與江儀廷思忖了下，也想弄清楚究竟是何狀況，便都同意了。

啟祥宮內，一片和樂笑聲。因著十一阿哥雙滿月，嘉貴妃的四阿哥及八阿哥也來共饗盛宴，一家五口共敍天倫，皇上龍心大悅。

晚膳用罷，二位阿哥各自請安離席，十一阿哥也被乳母帶下去。皇上帶著溫存的笑，對著嘉貴妃道：「愛妃如今三子傍身，可享享清福了。剛生完孩子，可得好好歇息，朕改日再來陪你。」

嘉貴妃細嫩的手握住了皇上：「皇上別急著走嘛。臣妾好不容易才能見到皇上一次。」她委屈的扁了扁嘴。接著又神祕的靠向皇上，吐氣如蘭：「皇上，臣妾知道皇上為了皇后的頭胎十分緊張，這幾個月都未能真正放鬆。臣妾特意為皇上準備了洛陽最負盛名的舞團表演，皇上，你不會不給臣妾這個面子吧？」

皇上看著眼前為自己孕育過四個孩子的女子，眉眼柔和：「說這是什麼話呢？愛妃為朕如此費心，朕自當好生欣賞。」

嘉貴妃靨生雙頰，端起一旁溫著的酒壺：「皇上，這是臣妾母家特釀的雪蔘酒，喝了之後，壯發情暢。這舞團的首席舞孃是臣妾母家族女，若皇上看的中意，臣妾願能效法娥皇女英，與族妹一同侍候皇上。」

皇上斜睨了一眼嘉貴妃，修長的手擰了擰她保養得極為滑潤的頰，有些邪佞的笑，接過嘉貴妃奉上的酒杯，一口飲盡。

嘉貴妃雙手對著空中拍了拍，殿內便突然響起纏綿的樂音。四個身段曼妙的女子蓮足纖纖，簇擁著正中媚態誘人的舞孃，翩然入場。那舞孃身著雲英紫裙，質料是南越才有的碧瓊輕綃，雪白豐腴的肌膚若隱若現。心型的臉上罩著精緻的面具，那面具是由新鮮牡丹製成，難得一見的紫色牡丹與舞孃優美的顴骨嵌合得天衣無縫，宮燈映照下，是一張國色天香的花顏。

皇上的酒一杯又一杯喝著，空氣中漸漸彌漫著淫靡的氣息。舞孃的舞撩人，舞孃的眼勾人，豐潤的唇綻著誘惑的笑，妖嬈嫵媚，放蕩恣意，撩撥男人最原始的渴望。

皇上腦裡閃過一雙澄澈的杏子眼眸，卻隨即被迴旋至身前的女子分去了心神。大殿只餘皇上及那舞孃，舞孃凌空躍起，嬌弱無骨的落進皇上懷中。皇上伸手要取下她面具，舞孃不讓，俯在皇上身上，連說話語音都帶著醉人的餘韻。

「洛花囀的規矩，便是與牡丹歡愛。皇上可不許摘下牡丹，壞了規矩。」

舞孃烏黑的長髮橫過雪白的胸脯，吹彈可破的肌膚，因為方才激烈的舞蹈，急促起伏。飲了近一壺雪蔘酒的皇上被撩撥的血脈賁張，一把抱起舞孃，往寢殿走去。

懷中，似有幾顆露珠般的淚水，自牡丹花上緩緩滴落。

晚膳過後，婧櫻蜷縮在軟塌，看了半天的「育兒誌編全集」，一個字也看不進去，嘆了口氣，還是換回「三國志」，俱精會神的看了起來。

「嗞嗞。」「嗞嗞。」

角落裡傳來怪異的聲音。婧櫻的背脊升起一股涼意，那聲音，似乎是……

她看向陰暗的角落，杏眼發直，全身顫抖。她不怕豹狼虎豹，貓狗鷹蛇，獨獨怕，此刻出現在她寢房的那幾隻

耗子。

慘絕人寰的尖叫聲，頃刻響徹翊坤宮。

「芷蘭，我好痛，好痛好痛。」婧櫻額頭冒著汗，漆黑眼裡流光輾轉，嘴裡不住喊著。

幾隻耗子嚇得婧櫻動了胎氣，宮人忙把那幾隻耗子捉住，婧櫻卻是無論如何不願再待在翊

坤宮，連夜來到了儲秀宮。才見到芷蘭，便覺腹痛如絞，被抱進了芷蘭寢房，下人們忙去尋找太醫。

「婧櫻，沒事的，我在這裡，我不會讓你有事。」芷蘭握著她的手，堅定的說。

薏婕慌亂的看著穩婆及宮女進進出出，焦急的等著太醫。卻看到闐寶領著程億及顧允柏匆匆進來。

「程太醫？怎麼是你。秦太醫及江太醫呢？皇后的胎一向是他們照顧的，你知道皇后一直以來的脈象嗎？」

程億帶著沈穩的笑：「舒妃娘娘莫慌，秦太醫告假返鄉，江太醫今日休沐，主管太醫只剩微臣。但顧太醫一直是隨著兩位太醫看顧皇后的，有顧太醫為輔，微臣有自信，必不會出任何差錯。」

程億轉頭細細問了顧允柏皇后有孕以來的狀況，思索了一會兒，寫了藥方，吩咐幾個宮女按方去熬催生湯。顧允柏微微皺眉：「程太醫，皇后娘娘的產期在五月初，此時安胎為宜，不需催生吧？」

程億略帶不悅：「顧太醫，你是助理太醫，按理，是不該質疑本大夫的。皇后如今疼痛不已，方才又受了驚嚇，胎兒若硬是留在母體，反而不利。此時生產，也只早了約半月，對胎兒不會有太大影響。」

舒妃望著他們爭執，卻一個字都聽不懂。屏風後，婧櫻的慘叫聲越來越大，她心急如焚，一時間竟不知如何是好。

「大人，大人。」別院內，趙群領著氣喘如牛的幼荃進到大廳。

「大人，宮裡傳來消息，皇后受了驚嚇，動了胎氣，怕是要生了。煩勞大人帶著兩位太醫儘速入宮。」

儲秀宮寢殿內，婧櫻的手抓著被褥，一波又一波的陣痛讓她幾乎要滅頂。她抬起惶苦傷痛的眼，睜睜地望著芷蘭。「皇上呢？為什麼皇上還不來？」

容翠柔聲說道：「小姐，皇上在啟祥宮，此刻怕是睡下了。」

「叫他來。」婧櫻被另一波痛楚震得聲音破碎。「我要他在這裡。」

屏風外的闐寶緊握著雙手，他一早便去請狄裕找了皇上，但狄裕帶來的消息卻是啟祥宮不讓人進去通傳，只說皇上已睡下，無人敢冒大不韙去吵醒皇上。

薏婕突然想起什麼，對著闐寶叫：「太后，去通知太后。」

另一旁，顧允柏端著程億命人煎好的藥，輕聲喚容翠出來接。將藥碗端給容翠時，顧允柏擦過她耳邊，語不落四方：「不要喝。」

容翠會意，端著藥碗入了內裡。此時，外頭響起狄裕歡天喜地的喊聲：「秦太醫和江太醫回來了，傳恆大人帶著兩位太醫回來了。」

婧櫻似乎回到了草原上的日子。她一時不察，被狼群攻擊，軟鞭效力有限，她全身都是狼爪的傷痕，好痛……好痛……

熟悉的清香傳入鼻間，婧櫻模糊的視線看見容翠閃著淚光的眼。容翠手上握著一只草蚱蜢，那是草原特有的馨蘭葉編出來的。她學了很久，始終沒能學會。阿恆望著懊惱的她，鳳眸帶著隱約的笑意，說沒關係，我會就行了。你遇到困難的時候，草蚱蜢就會代表我去幫助你。

容翠將那隻草蚱蜢放在婧櫻頸邊，靠近她頰面，輕聲說：「小姐，他來了。他帶回兩個太醫，在養心殿偏殿陪著你。小姐，恆少爺會一直陪著你。」

婧櫻漆黑無神的眼終於有了一絲光亮。她想，雪晴，對不住啊。那是你的夫君，卻是我心上的一塊肉。一次就好，讓我小小的自私一回，讓你的夫君，陪我這一回，好不好？混亂的思緒卻忽而想起，自己的夫君呢？那個對自己無比溫存殷勤的男子，此刻又在哪裡？

屏風外，秦晁皺著眉看著程億開的藥方，不著痕跡的打量了他一眼。他揉掉那藥方，大步走至角落處，示意顧允柏跟上：「穩婆說胎頭已經下降了，看來今晚一定得生出來。皇后體涼脾寒，但胃燥血虛，剛才的藥方表面上看來穩妥，卻易引發妊娠心悸，皇后沒有喝吧？」

顧允柏忙道：「沒有，微臣有囑咐了翠姑姑。」

秦晁點點頭：「看來太醫院是該好好清理一番了。」他重新開了一張藥方，命顧允柏親自監督熬藥，一邊對著屏風朗聲喊道：「皇后娘娘，微臣攜江儀廷為娘娘護胎，請娘娘放寬心，按穩婆指示吸氣用力。微臣等必保娘娘母子均安。」

婧櫻的額髮已被汗水浸透，嘴唇咬得血跡斑斑，卻不肯咬住芷蘭湊上來的手臂。穩婆用力的推了下婧櫻的肚子，婧櫻只覺骨骼都移了位置，張口大喊，聲音卻早已沙啞。心底最深處那個禁忌的名字，無論如何都不能喊出口。這樣生死交關的時刻，她只能喚出那個珍而重之，一直認真對待的名字。

「弘曆……弘曆……」

可是他不在她身邊。

秦晁的聲音焦急的響起：「不是已經灌了二碗藥？還沒見到孩子的頭嗎？」

穩婆滿頭大汗，回道：「秦大夫，娘娘的產道過窄，此刻又失了力氣，孩子始終出不來呀。」

芷蘭焦急的拍著婧櫻的臉：「婧櫻，別睡，這是咱們的第二個孩子啊，你不想見見他嗎？再用點力，再用點力他就出來了。」

婧櫻意識渙散，覺得人生這樣漫長，覺得時光就停止在這裡也好，再不會有數不盡的離別和憂傷。

房內，婉轉的、悠揚的吶笛聲緩緩響起。

婧櫻原欲睡去的神智被吸引住，這笛聲，這曲調，那樣熟悉，雖然吹奏者顯然不太熟練……

草原上空曠的風漫天吹拂，她和那個男孩靠在樹旁。男孩吹著吶笛，她亂七八糟編著小曲……

風兒吹，鳥兒叫，當時我們年紀小。你愛發呆我愛笑，歲月如斯永靜好……

笛聲動處，婧櫻用盡最後一絲力氣，尖叫出聲。伴隨而來的，是嬰孩宏亮的啼哭聲，振奮了殿內所有人心。

顧允柏呆呆地停止了吹奏吶笛的動作。三個月來，他每遇休假，便被傅恆捉去練習吹奏吶笛。傅大人說這是皇后幼時的記憶，也許千鈞一髮之際可以派上用場。

養心殿偏殿，那個獨自吹奏了一整夜吶笛的男子，嘴唇早已磨出血絲。終在聽到狄裕報喜的聲音後，癱倒在了地上。

啟祥宮華麗的床縵凌亂翻飛，皇上頭痛欲裂的醒來，見到梳妝枱上的嫵媚背影，溫和的說：「還不讓朕見見你的模樣？」

女子回眸，面具下，絲毫不遜於牡丹的容顏。

瓜爾佳　雪晴。

皇上到底是在位十七年的天子，面上波瀾不驚，眸色濃黑如墨：「又是你？」

雪晴頰邊梨渦深深：「皇上不就是喜歡臣婦嗎？否則那年，何苦以認錯人為藉口，寵幸了臣婦？」

她容貌傾城，自信沒有男人見了她之後會記不得。那年，皇上藉著酒意假裝認不出她，她便明白皇上只是個覬覦她美色已久的尋常男子。而當時，她被愛而不得的恨意吞沒，便未出聲制止。以為皇上會開口向傅恆要她，以為傅恆會因此憤怒。

現在想想，多傻。

皇上終於有了表情，滿臉的不敢置信：「朕喜歡你？」他彷彿想起什麼，雙眼微瞇：「所以當年，你是自願的？」

當年的事，他一直不願回想。那天午宴，陝西巡撫索晉爾在席間不停試探他是否真如外界所傳的貪戀美色。川陝盜匪之亂頻仍，他知道索晉爾是個無能的昏官，卻與握有川陝重軍的耿氏交好，便順水推舟的收了索晉爾口裡名動西陲的美女，讓他送至行宮。他在酒意氤氳裡錯認雪晴，一直以為是自己藉著醉意強迫了她，卻沒料，她是自願的？

雪晴在皇上的神色裡明白了自己的一廂情願。原來，他是真對自己的美色不上心？原來，那女人身邊的兩個男子，竟是都對她引以為傲的容貌不屑一顧？

她笑，嬌媚眼中空無一物：「無所謂了。不是我，也會是千濤。若是千濤，皇上不就又要納個新人，皇后不就又多個勁敵？」

她望著那個才與她激情纏綿過的君主，一字一句殘忍清晰：「皇上可知，皇后晚上驚動了胎氣，此刻正在拼死掙扎？若不是臣婦發現了這整樁陰謀，興許，皇上今夜便要再次喪后了。」

皇上的神色瞬間冰冷，嗓音卻在發抖：「你說什麼？」

雪晴淡笑：「狄裕來了好多次，說皇后疼得緊，一直喚著，皇上的名諱。」

皇上張了口，卻沒發出聲音。他起身，朝門外急步而去，在門檻處一個踉蹌差點摔倒。他的身影越來越遠，雪晴朦朧中憶起籌畫這整件事時，找了薏婕幫忙，那個清冷女子知道是為了幫助皇后，並未多問，暗中留意了秦晁和江儀廷的動向。她笑著問薏婕，為什麼對皇后這麼好？薏婕冷冷說，誰對她好了，是她巴著我不放，我便應付應付她。雪晴笑，說是啊，她不只巴著你不放，也巴著我不放，還巴著我全家不放。兩個自視甚高的女子相視而笑，笑出了淚。薏婕說，雪晴，紫禁城裡利出而聚，利盡而散。可咱們卻與那些因利結合的人不同，因為她們是以利換利，皇后對咱們卻是，以心易心。可是不談利益的，才是最貴的。

她望著面前的銅鏡，霧面的鏡子映出自己花樣的容貌，映出纖頸及胸前密密的吻痕，終於再也忍不住，痛哭出聲。

「傅恆，你永遠不會知道，我愛你愛的有多麼卑微……」

＊＊＊

皇上匆匆來到儲秀宮門口，正想踏進，瞥見一旁杵著發呆的人影，不確定的喊：「永琪？」

十三歲的少年身姿英挺，親生額娘的清麗五官在他臉上顯得俊秀，他有些不好意思：「皇阿瑪吉祥。永琪聽說皇額娘生了弟弟，想要第一時間來看看他。可是孩兒已成人，不能私入母妃們的宮殿，所以候在這裡，想向皇阿瑪請旨。」

皇上一聽，愛子之心油然而升，另一方面，又有著小小的私心。他搭著永琪的肩，親熱的說：「你愛護幼弟，朕自然是允。不過，一會兒若皇阿瑪有用得著你的地方，可記得好好表現。」

永琪憨直，覺得皇阿瑪的話十分深奧：「孩兒自當全力以赴。但全力以赴什麼，還請皇阿瑪明示。」

皇上擠眉弄眼：「就是……如果你皇額娘生皇阿瑪的氣，記得幫皇阿瑪美言幾句。你皇額娘一向最疼你了。」

說著，兩人已進到了殿內。只見太后愛不釋手的抱著十二阿哥，慈祥的逗弄著。見到皇上，眉眼冷了幾分，但宮人皆在，也不便發作，只是繼續搖著小皇孫，不理會眼巴巴想抱一下孩子的皇上。

「愉妃，皇后一切都好吧？朕進去看看她。」皇上神色有些憔悴，邊說話邊向寢殿走去。

芷蘭眼眸半垂，掩去其中的厭惡之色，輕聲說：「皇后一切安好。只是此刻已經睡下了，皇上也早些歇息吧。」

皇上腳步略停，轉身：「朕今晚便宿在此。」他眼睛一亮，發現太后已經將小皇子放在永琪懷中，快步上前一把奪走了孩子。

永琪哭，皇阿瑪，孩兒才剛抱到啊。

皇上笑意滿盈，裝作沒聽見。太后見到兒子孫子這副模樣，剛才生的悶氣也消了，含笑問道：「皇上為十二阿哥起好名字了嗎？」

皇上雙眼明亮，看了永琪一眼，對著太后道：「皇額娘，小十二的名字，兒臣當年為永琪命名時便已起好了。」

他朗聲道：「玉其盈輝，玉基澄慧。璂琪相生，功豐業偉。十二阿哥的名字，便是永璂。」

永琪開心擊掌：「十二弟與孩兒的名字發音一模一樣，皇阿瑪對咱兄弟真好。」

皇上望著懷中的嬰兒，剛出生還看不出輪廓像誰多些，但一雙眉毛較其他皇子濃黑，想來承繼了他額娘飛揚的緞眉。心頭柔軟，他抬頭對著眾人道：「你們今晚都辛苦了。皇后順利產子，朕心大悅，賞，今晚所有當值宮人著加三個月例銀，明晚起連加十日酒菜。」

輕手輕腳的踏進寢房，終於，他看見了婧櫻。

錦被外小小的臉蛋，蒼白素淨，眉目如畫。他的原本提在半空中的心，便瞬間疼痛起來。

他脫了鞋，跪坐在床畔，輕輕撫著她的臉。

婧櫻緩緩甦醒，看見他，杏子般的眼眸狠狠瞪著，瞬間便染上水霧。

皇上著急：「你要怎麼惱我都行，就是千萬別哭。剛生完孩子便落淚，眼睛會壞的。」他拿起容翠放在枕邊的絲絹，仔細的按著她的眼，不讓淚落下。

她開口，濃濃的鼻音：「你討厭。你最討厭。我真沒見過你這麼討厭的人。」

他笑，嘆息：「我知道。我也很討厭我自己。」

他瞧著她，帶些祈求：「你說，要怎麼樣才能原諒我？」

婧櫻咬著下唇，看著他。能怎麼樣呢？今晚絆住他的女子，曾經歷過四次像她方才那樣的折磨，為他誕育皇嗣。他去陪伴她，何錯之有？面上仍是浮起一層惱意，她斜睨著他：「你將天上的星星摘下來給我，我便原諒你。」

他眼裡隱隱帶著笑意，說好。不過不是現在，能不能先欠著？

婧櫻哼了一聲，說無賴。卻忍不住笑了出來。皇上打蛇隨棍上，說勞煩讓個位置。

婧櫻皺眉：「你想做什麼？」

皇上憐惜的看著她：「方才來不及陪你，現在讓我照顧你。」

婧櫻頰邊泛起紅雲。「我動不了，你將我移過去一點吧。」

皇上知道婧櫻終是原諒了她，心下一鬆。緊張又帶點笨拙的，將婧櫻移往床內一些，自己也鑽進了被窩。他心滿意足的聞著身邊女子熟悉的淡香，想著，這一次我來不及陪你，下一次，下一次，我總會趕上的，我總會陪著你的。

嘉貴妃坐在皇上身邊，望著御書房琉璃瓶中斜斜插著的兩束素白杏花，臉上帶著空幽寂然的神情。

千潯被下迷藥遭調包、兩個太醫半途被攔截回宮、皇后母子均安，她便知大勢已去。琉璃瓶在陽光照耀下刺了她的雙目，她閉了閉眼，再睜開，皇上漆黑如夜色的眸落進她眼底。

「芸熙，朕待你不薄。事到如今，你還有什麼話說？」

皇上清冷嗓音沉沉，迴盪在靜謐的空間。嘉貴妃有些恍惚，他說，他待她不薄？

「皇上，臣妾自始至終，只是邀請了洛陽舞團，安排了族妹，想為皇上添個可心人。臣妾不知何錯之有，也不知皇上所指何事。」

嘉貴妃揚著臉，輕聲說道。日光下，胭脂水粉再掩不住歲月的滄桑。

皇上望著她，緩緩道：「你要朕將程億叫來，當面與你對質嗎?芸熙，這些骯髒事即便挖到最底，興許也只會找到一個替死鬼，可是你心知肚明，幕後主使者是誰。」他淡然卻又殘酷的，問：「芸熙，你演了那麼久，忍了那麼久，不累嗎？」

嘉貴妃眼中亮起一絲寒芒，嘴角微微揚起。一向甜美的笑容，此刻只顯淒涼。

「皇上，你可真喜歡皇后。只是生產時沒能陪在一旁，便氣成這樣。臣妾為皇上誕育了四個皇子，又有哪一次，皇上是全程陪在一旁的呢？」

她的眼光朦朧：「永珹是臣妾的頭胎，卻遇到端慧太子大喪，鎮日裡，所有人都愁眉不展。臣妾不敢多想，知道嫡庶有別，庶子的生，又如何比得過嫡子的死？臣妾生產的那天，先皇后病重，只有當時的嫻妃和純妃來相伴。嫻妃安慰臣妾，說讓臣妾體諒皇上。怎麼，換成了她，便不能體諒了？」

「後來，臣妾好不容易又有了永璇，卻遇到先皇后也同時有了七阿哥。臣妾還是不敢僭越，嫡庶之差，雲泥之別。然後，終於到了永瑜，可是皇上當時，與皇貴妃如膠似漆，恩愛逾常，根本無暇搭理臣妾。永瑜離世的那天，正巧是皇貴妃冊立大典的前夕。皇上，臣妾一直想問一句，你還記得曾經有過永瑜這個孩子嗎？」

她的柳葉般的細眉緊緊擰著，始終未能釋懷的喪子之痛隨著一直以來的不滿迸發。她淚流滿面，嘶啞的，說了一直放在心裡的那句話。

「皇上，臣妾的心也是肉做的。你不重視它，並不代表它就不會疼。」

空氣一時寂靜無聲。書房似被暖陽炙燒，彌漫著焦灼的氣息。皇上看著嘉貴妃眼裡心裡滿滿的哀慟，臉上神色莫辨。良久，發出一聲無奈的笑。

「你為朕生育了四個皇子，是大清的有功之人，你確實盡了身為臣妾該盡的責任。可是朕也給了你身為臣妾應得的榮享，一分不少。你卻不滿足，還想求更多。可惜，超越了君臣的，朕無能為力。」

皇上清湛的眼毫無溫度，背著光的臉，即便模糊不清，仍看得出隱約的俊美。

「於公，你是四個皇子的額娘，生前的寵遇，死後的哀榮，朕都不會虧待。可是芸熙，於私，你傷了朕的心，朕留不得你。」

他很累了。眼前低著頭的男子，正等著他的一句話。生或死。

「程億，你所犯的彌天大罪，萬死難辭其咎。你可知錯？」

程億跪倒在地：「皇上，微臣罪該萬死，請皇上降罪，微臣自當領罰。可微臣請皇上明察，所有一切皆是微臣一人所為，與任何人無涉。」

皇上笑，那樣疲憊：「你若想保住妻兒，便照朕的話做。朕只問你一句，做不做？」

程億抬頭，眼裡有著惶惑。終是咬牙，點了頭：「只要微臣的妻兒平安，微臣願為皇上赴湯蹈火。」

「朕不需要你赴湯蹈火。」皇上的聲音暗啞：「程億，方才你說，嘉貴妃病了？」

程億皺眉，他何時說過嘉貴妃病了？

「程億？」

程億摸不著頭緒，只能硬著頭皮答道：「回皇上的話，是的，嘉貴妃病了。」

皇上微微頷首，語調和煦的下了指示。

「十一阿哥剛出世，朕想，三歲內的孩子是需要額娘的。所以，你無論如何，也要盡力為嘉貴妃續命三年，明白了嗎？」

程億終於聽明白。額角滲出冷汗，身體顫得發抖。

皇上繼續說道：「既然嘉貴妃如此信任你，以後你就專心照顧嘉貴妃和三個阿哥吧。其他后妃不需你費心。」他修長手指攏了攏眉間的皺褶：「朕乏了，你跪安吧。」

程億踉蹌的行了禮，往門外走去。要踏出房門時，背後再度響起皇上的聲音。

「記住了，只三年。」

婧櫻整整在床上躺了一個月。她其實覺得自己早就可以下床了，可是皇上不讓、太后不讓、容翠不讓、桂兒不讓。她們說月子要做得好，便是得躺在床上，讓身體休養生息。

皇上以她為藉口，夜夜來陪伴。太后因為多了小十二這個心頭肉，未多說什麼。待得五月底，婧櫻終於被准許下床走動，她開心得扶著容翠行走，許是月子真做得好，她的身型已然恢復，也覺得自己和生孩子前沒有絲毫不同。

傍晚的時候，桂兒帶著笑意進房：「娘娘，皇上有請，勞煩你移駕漪蓮軒。」

婧櫻坐在轎輦上，看著沿途漆黑一片，有些納悶為何去漪蓮軒的路上一盞宮燈也無。未及細想，轎身一頓，她見到了佇立在晚風中等候的皇上。皇上伸出手，牽著她下了轎輦，她的眼睛隨即被皇上的大手覆住。皇上引領著她，向前走了約十多步後，將大手移開。她緩緩睜開眼，面前出現了墜落人間的星海。

一隻、二隻、三隻……成千上萬隻閃閃發光的螢火蟲，璀璨奪目，像是人間的銀河，在無任何其他光源的黑暗中，恍如夢境。

「婧櫻，我將天上的星星摘下來給你了。喜歡嗎？」皇上的聲音在婧櫻耳邊親暱響起。

婧櫻小小聲，極為虔誠地：「我覺得，好像在做夢。好像下一刻，就會醒來。」

皇上輕輕摟著她：「你夢，我陪你一起夢。你醒，我陪你一起醒。」

婧櫻抬眸，在螢火蟲的瑰麗光采中，望進皇上飽含情感的墨瞳。

「皇上近來，怎麼都自稱我了？」

皇上輕笑：「朕為君，爾為臣。我是夫，你是妻。」

他在這片如夢似幻的影像裡鄭重啟口，字字真心。以為時光會定格在這裡，以為這裡便是永遠。

可惜組成這片美景的螢火蟲，一生縱然光耀，卻只得短暫的七個朝夕。

六月的時候，夏蟬啾鳴。傅恆難得休假，自己沏了茶，手持一本左傳，細細看著。

「大人。」

一聲倉惶的呼喚打斷了傅恆的俱心會神。他抬頭，看見幼荃站在門口，淚流滿面。手上似乎拿著一包藥材。

形狀優美的鳳眸在聽完婢女斷斷續續又間雜著啜泣的敍說後，瞬間積聚了波瀾。

雪晴臥在床頭，焦急等著幼荃回來。她的月事已遲了近二月，卻不敢找大夫來診。心一狠，她命幼荃直接去中藥鋪抓了掉孩子的藥，想要自己處理這麻煩事。門外傳來腳步聲，她正想斥責幼荃去了太久，卻落進一雙神色難辨的眸中。

傅恆的聲音在房內輕飄飄響起：「是誰？」

他低頭俯視著她：「雪晴，你別怕。告訴我是誰，我替你做主。」

雪晴青絲裡的蒼白面容瞬間布滿淚痕，她怔怔看著他：「你為我做主？」豐潤的嘴唇漾出一抹苦澀的笑：「他是皇上，你如何為我做主？」

傅恆修長的身軀瞬間晃了下，他的臉上滿是不敢相信的震驚，狠狠瞪著她，張著口，卻無話可說。

雪晴一向嬌柔的嗓音此刻嘶啞非常，她娓娓訴說了自己精心籌劃的一切。從在市集遇到戀棠開始，一步步引戀棠告訴她舞團最新收到的消息，找薏婕協助，關注秦太醫和江太醫的動向，在發現兩人同時被調開時命人前往攔截，再安排兩位太醫去找傅恆。最後，在事發當晚對千濤下

藥，自己頂替上場，做了那個銷魂蝕骨的舞孃。

她的眼眸被淚水洗的清亮，笑意帶著嘲諷：「大人，你說我是不是很多管閒事？我告訴你啟祥宮進獻舞孃的計畫也就罷了，何苦為那個女人做那麼多？可是大人，即便我告訴了你，你能怎麼做？事情沒發生之前，你如何知道她們究竟想傷人到什麼程度？又有誰會相信進獻舞孃是為了讓皇后難產？」

她伸出雙手捂住臉龐：「至於我為什麼要和皇上歡好，為什麼不在緊要關頭告訴皇上一切……」她失聲痛哭，淚水漫出指縫：「一方面，我想讓你陪著那女人生產，只是你，只有你；另一方面……我以為皇上喜歡我。你知道，做一個怨婦久了，也會有被愛著的需求。」

她終於再無法克制自己的羞恥和罪惡和不甘和委屈：「傅恆，你是不是覺得，我很賤？」

這句輕聲的問話在風中散開。遲遲，未能得到答案。

良久，雪晴感覺自己的手被移開，有雙指節分明的大手溫柔的拭去了她的淚痕。那雙大手的主人說：「瓜爾佳雪晴，你是我富察傅恆今生今世的恩人。」

怎麼也想不到，竟然是雪晴救了婧櫻母子。只要想到，如果不是雪晴，他心底那個女子此刻已然母子雙亡，他便幾乎不能呼吸。甚且，在她垂死掙扎之際，他不會在她身邊，她的夫君也不會在她身邊，她會是在怎樣絕望孤寂疼痛哀傷的情況下離世？

「雪晴，你那些姑娘家迂迴曲折的心思，我不懂，我可能永遠也不會懂。可是你救了阿櫻，便是我的恩人。這個孩子，是我富察傅恆第三個孩子，和靈安，和隆安，沒有什麼不同。雪晴，我會照顧你，不管你是什麼樣子，不管你做過什麼，這輩子，你是我的妻子，我會照顧你。」

雪晴嘴唇微張，似乎無法明白傅恆話裡的意思。下一刻，她撲上前緊緊抱住他，哭出聲來：「傅恆。」

風吹過湖畔柔軟的柳枝，已是七月的天。御花園裡只兩個高大身影，明黃龍袍、玄色朝服，流動的空氣在兩人身邊，凝滯成吹不透的風。

傅恆的聲音在皇上耳邊響起，他說：「我以為，你真想跟我做一輩子的兄弟。」

皇上愕然，轉頭望他，心頭卻驀然似刀割。那雙鳳眸，總是冷情看他玩弄心機權謀，冷靜為他處理所有難題。可是從來也沒有皺過眉掉過淚拒絕過他任何一次要求的那雙眼，此刻卻有著比悲傷更加深刻的東西流淌。

「朕的確是想跟你做一輩子兄弟。恆，朝堂之上，文武百官，朕獨信你一人。」

傅恆笑，他說：「雪晴診出喜脈了。」

這是鶯歌蝶舞的春末夏至，親若兄弟的人說出的那道喜訊，卻如轟天驚雷震破皇上的耳膜。他喉頭緊縮，望著傅恆，不知所措。

傅恆眼眸半垂，平靜敘述。他說，夫人體弱，自靈安之後，我再未與她同房。皇上，她為了救你心底那個人，做了傻事。她腹裡的胎兒，會是我傅恆的孩子，可是這終歸是龍脈，我不能不讓你知道。

這個歷盡風霜，已近不惑之齡的男子，抬起臉，在滿園繁花中眉眼悲愴。他說，皇上，這一次，是雪晴救了你心底那個人。可是下一次呢？下下一次呢？會是誰來救她？為什麼她最需要你的時候，你總是不在她身邊？

一襲明黃龍袍的帝王靜靜站著，他不看傅恆，只是盯著自己的手，忽而緊握，忽而放開。然後，笑了，無奈而自嘲。

「原來你真的喜歡她。是啊，她是罌粟，誰沾了能不上癮？」

他喃喃自語：「我知道你和她在盛京很好，可是你一向冷情，我想，誰小時候沒這樣過？稍微要好些就以為非卿不娶了。你和她，也不過是較聊得來的兒時玩伴罷了。」

皇上眼眸忽抬，直視著傅恆：「我給過你機會的。我告訴你要納她為側福晉時，我問過你，我問你是不是喜歡她。我都在心裡做好決定了，只要你說，只要你敢不顧一切的對我說，我就放棄，我就成全你們。」

「可是你沒有。恆，當時我以為，是因為你並未對她上心，現在方明白，原來你對她的情感比我想像的深。可是恆，不論她對你有多麼重要，為了你姐姐，為了整個富察氏族，你終究只是沈默，一個字也沒有說。」

皇上眼裡閃過瞭解的溫柔。

「承認吧，恆。你和我，並沒有不同。她從來都不是，我們的第一選擇。」

八月的時候，已經近四個月未進宮請安的福隆安，由幼荃帶進了翊坤宮晉見皇后。

福隆安和皇后撒了嬌，逗弄了眉眼豔麗、和母親如出一轍的十二阿哥永璂，便跑去殿外的花園玩耍。他記得，剛才幼荃牽著他的手進來時，他依稀見到一個小姑娘在涼亭裡獨自坐著。

「你是誰？為什麼一個人在這裡？」福隆安果然在涼亭裡見到了那個和他年齡相仿的小姑娘，疑惑問道。

小姑娘回頭，眉目秀麗，隱隱有著與生俱來的嬌貴：「大膽，本公主在這兒賞花，豈容你一個小奴才胡亂猜測。」

福隆安卻不害怕，也不驚慌，他挑起飛揚的黑眉，捉狹道：「公主何苦獨自在此孤芳自賞？」

那姑娘正是純貴妃的四公主柔嫿。皇后喜歡女孩兒，純貴妃自知再無和皇后親近的可能，便把希望放在女兒身上。時常派人帶公主來向皇后請安，承歡膝下，希望能藉著皇后的疼愛，至少讓公主找個好人家，不至遠嫁和親。

柔嫿聽了福隆安的嘲弄，羞憤至極，她不假思索伸出右手，卻又急忙藏到身後，換了左手，指著福隆安：「你……你究竟是誰，竟敢對本公主無禮。」

福隆安卻似乎楞住了。他喃喃道：「你的手……」

柔嫿眼中淚光乍現，正欲發作，卻聽福隆安繼續說道：「你的手上開了一朵拂桑花，好美。」

柔嫿微怔：「是皇額娘教你這麼說的嗎？」

那時候，她約莫五歲，窩在皇額娘懷裡聽故事。皇額娘說了牛郎和織女的神話，她悠然神往於牛郎對織女堅貞的愛。低首，見到自己畸型的肉蹼小手，哭了。她說，皇額娘，一定不會有人喜歡柔嫿的。這些宮人當著額娘和柔嫿的面畢恭畢敬，可是柔嫿時常偷偷聽見，他們說柔嫿是怪物，是怪物。

皇額娘清脆的嗓音彷彿有著魔力，她說，柔嫿乖，別聽那些沒知識的人瞎說。皇額娘跟你說，這是咱們的小祕密，不能跟別人說哦。其實，柔嫿是花仙子投胎的，可是轉化為人的時候出了點小差錯，所以右手沒能轉化完成，還留著花的形狀。

她被皇額娘唬的一楞一楞的，卻滿心歡喜。原來自己是花仙子呢。

而此刻，這個看起來很討人厭的男孩說，她的手，是一朵拂桑花？

福隆安眼中帶著隱約的笑意，對著眼前倔強又脆弱的小公主說：「在下富察傅恆次子福隆安。敢問公主芳名？」

柔嫿望著男孩微微上挑的眼眸，不由自主答道：「我是柔嫿。愛新覺羅柔嫿。」

殿內，皇后將已然熟睡的永璂交由乳母帶走。笑著問幼荃：「隆安這麼久沒來了，怎麼雪晴這回沒跟著來呢？本想讓她見見阿璂的。」

幼荃望著皇后溫和面容，樸實臉上帶著幾分訝然：「皇后沒聽說嗎？夫人她，已經有孕約四個月了。」

皇后原欲伸手取杯的手一顫，臉上神色未變。一雙眸卻瞬間如古潭般深幽，彷彿暗夜裡天際的寒星。半晌，她看向幼荃，杏眸帶著微微的苦澀：「她把本宮當成什麼？這樣瞞著本宮，是要與本宮生分了嗎？」

幼荃嚇得跪倒在地：「皇后明察，夫人她不是有意的。只是夫人好不容易才又有了孩子，大人十分緊張，將夫人照顧得妥當密實，不讓夫人隨便外出，怕驚動胎氣。夫人實在是沒有機會親口向皇后告知喜訊，也不知整座宮裡竟然無人向皇后報告這樁喜事。請皇后恕罪，請皇后恕罪。」

皇后從容拿起茶杯，飲了一口，展顏一笑。

「本宮又沒怪罪任何人，你這是做什麼？傅恆大人與你家夫人終於又傳喜訊，本宮也為他們感到高興。你讓夫人萬事小心。回去時幫本宮帶句話給你家夫人，就說，說，恭喜她得償所願。這是她應得的，本宮真心為她開心。」

八月中秋，九月重陽，婧櫻的日子在宮妃們的晨昏定省，永璂的日漸茁壯，皇上的悉心陪伴中平靜度過。穎嬪巴林思嫚心思細膩，性格爽直，頗得聖心，也與婧櫻投緣，是除了愉妃及舒妃外，與皇后最交好的妃嬪。

十一月的這天，思嫚陪著皇帝與皇后，一同到了慈寧宮向太后請安。

太后日日總要見上永瑆至少一面，此刻對著他們三人眉開眼笑道：「哀家今早聽見阿瑆喚了聲祖母，你們說這小子是不是天賦異秉？」

皇帝眉眼帶著縱容，搖著頭對太后道：「皇額娘，阿瑆不過半歲大，怎麼可能發得出祖母兩個字呢？」

太后微惱，瞪著皇上：「你不相信哀家的阿瑆聰明過人？」

皇后笑著打圓場：「皇額娘別惱，皇上怕是吃醋了，嫉妒他的額娘稱讚他的兒子。」

思嫚聽著皇后的邏輯，噗嗤一聲笑了出來。太后及皇上也忍不住笑開了眉眼。

太后賜了眾人茶，掀開杯蓋，讓那芬芳宜人的茶香隨著熱氣竄入鼻間。半晌，滿意的飲了一口，含笑對著皇后道：「哀家問了秦太醫，他說女子的體質，可以靠著坐月子改變。你之前雖然體寒難孕，可這次月子做得極好，依他們診治的結果，你現在女體循環快速，宮熱氣旺，隨時可能再受孕。哀家看皇上除了固定該去皇后宮裡的日子，平常也時不時的往翊坤宮跑，你說，你什麼時候再生個阿哥或公主給阿瑆做伴啊？」

皇后羞紅了臉，一時竟不知如何回答。

皇上見狀，乾笑道：「兒臣很努力，應該快了，快了。」

這句話卻讓皇后臉上紅暈更甚，思嫚見到滿面通紅的皇后狠狠瞪了皇上一眼，皇上卻回以一抹親暱的笑，心底不由得起了幾分羨慕。

太后朝著思嫚看了一眼，對著皇上道：「穎嬪善解人意，知所進退，哀家很是喜歡。如今皇上只得八個皇子，二個公主，子息還是略顯單薄了些。皇上是不是考慮考慮，解除妃位以上才讓

生育的限制？」

婧櫻聞言，慌忙起身，跪在太后身前：「皇額娘恕罪。這事本應由兒臣主動提起，如今反讓皇額娘煩心，是兒臣之過。」

太后靜默片刻，輕嘆一口氣：「哀家知道，要你主動提起這樣的諫言，是難為你了。哀家也不怪你，只是，就像哀家告訴過你的，阿瑪在哀家心底是排在第一的位置，但哀家心底卻不會只有這唯一的位置。你先起來吧，這樣跪著，不說皇上心疼，哀家也不好受。」

思嫚原想上前攙扶皇后起身，卻見雙成姑姑身邊的婼姑姑動作更快，一個箭步上前扶起了皇后。兩人眼神交會，並未交談，神情也無任何變化，思嫚卻感覺她們之間有著難言的默契，彷彿那一瞬間，她們已對彼此說了千言萬語。

皇上等皇后落座，對著太后說：「皇額娘的吩咐，兒臣明白了。是兒臣糊塗，渾然忘了曾下過這樣的口諭，兒臣等會兒便讓人通傳敬事房，取消這樣的禁令。」

太后露出滿意的神色。接過雙成重新加滿的熱茶，輕輕吹了吹，優雅的啜了一口，對著婼兒道：「鈺斐準備好了嗎？讓她出來見見大家吧。」

婼兒恭敬的點點頭，轉身朝內殿而去。不一會兒，領著一個雪樣嬌容的少女出來。少女約莫十六、七歲，不算是頂尖的美麗，但有著桃緋的雙頰和純真的氣質，一雙眼烏黑明亮，像是靈動的兩丸黑水銀。

「臣女戴佳鈺斐參見太后，參見皇上，參見皇后，參見穎嬪。」

少女未脫稚氣的嗓音一一喚著面前尊貴的人們。

皇上思索了下：「戴佳氏？你可是閩浙兼兩廣總督那蘇圖的女兒？」

鈺斐漾開少女獨有的純真笑容，點著頭：「皇上聖明，臣女的阿瑪便是那蘇圖。」

太后柔和的看了看鈺斐，對皇上說：「那蘇圖的額娘是鈕祜祿氏，算是哀家的族人。你上回向哀家提了幾句，說東南沿海亂事不斷，還有白蓮教支派在蠢蠢欲動，全賴總督那蘇圖坐鎮，指揮若定，哀家便想到了這層關係。召了那蘇圖的額娘入宮與哀家閒聊，才發現原來他們家有個未出閣的嫡女，上回選秀正好生病未能趕上，便讓他們把鈺斐帶進宮來，養在哀家身邊調教。等時候到了，再好好伺候皇上。」

鈺斐一張小臉浮起紅霞，偷偷覷著皇上清俊容顏，卓然的身型帶著帝王特有的尊貴氣息，讓她一顆少女芳心亂了套。

皇上清澈眼中滿是笑意，溫和的說：「皇額娘費心了。」

思嫚看著鈺斐羞怯的模樣，在心底暗自嘆了口氣，慶幸自己並未對這位俊美的萬歲爺上心。也因為未曾上心，她看的分外清楚，這位風流的帝王，心底早已有人了。思及此，思嫚抬眼看向皇后，卻見皇后臉色有些蒼白，思嫚微微皺眉，皇后即便不開心，也不至於直接表現在臉上啊？下一刻，皇后似是再也忍不住，捂著胸口，乾嘔了起來。

太醫診斷結果，皇后再傳喜脈，太后及皇上歡喜非常，冊立戴佳鈺斐一事便暫時被拋至腦後。

隔年初春，福建一帶傳出天主教民遭官員壓迫究補，而遭有心人士利用，將事端擴大，釀成暴民鬧事。皇上下旨封那蘇圖為奉天將軍，授權其平定此亂，私下並命精兵隨扈侍駕，親至東南瞭解實際狀況。

密訪期間，皇上的書信每隔二日便隨鴻雁飛來。上頭是他瀟灑字跡，開頭總是「愛妻櫻櫻如晤」，結尾署名「夫弘　親筆」，內容只是日常瑣事，說自己今天吃了些什麼，抱怨福建氣候炎熱潮溼，問問阿瑾乖不乖，胎兒好不好，字裡行間平淡樸實。婧櫻慵懶看著，嘴角掛著似有若無的微笑。

有天，她裝做若無其事的問著芷蘭：「芷蘭，你能不能教教我，要怎樣才能把小字繡得整齊點？我繡小字總是繡得歪歪扭扭。」

芷蘭菱形的唇罕見的凌厲。「婧櫻，」她這麼喚她，不知何時開始，她已不再喚婧櫻為姐姐了。「我是不會教你的。說來說去，我也只有這麼一句話，別為不值得的人，勞心傷神。」

婧櫻眼眸半垂，認命的拿起針線，自己反覆練習。也許終究是不值得，她茫然想著，可是他對她點點滴滴的好，她無法視而不見。

三月底，捷報傳來。四月二十，桐花遍開，整個宮城內似被薄雪覆上一層瑩白地毯。婧櫻穿著繁複后服，挺著已經七個月大的肚子，不理會容翠和桂兒的勸阻，坐在兩人為她搬來的藤椅上，靜靜等在皇上密訪時專門出入的東武門旁。

酉時末刻，容翠及桂兒在暖風吹拂下幾欲睡去，婧櫻卻自藤椅上站了起來，側耳傾聽。不一會兒，城門開啟，一匹駿馬彷彿自天際飛奔而來，漸近的馬蹄聲敲在石道路上，與婧櫻腹內的胎動形成共鳴。

「孩子，你聽，阿瑪回來了。」婧櫻聲音壓地柔柔的，低頭對著隆起的肚子說道。

泛起水霧的杏眸看見馬匹上那抹風塵僕僕的高大身姿俐落的翻躍而下，張開手臂向她急速而來。又一陣風吹過，無數的桐花翻飛，一片鵝雪似的花瀑裡，婧櫻撲進皇上懷中，聽見熟悉的心跳聲在耳邊響起。過了一會兒，她的下巴被皇上輕輕抬起，看見那張略顯清瘦的面容掛著心滿意足的笑容，墨黑眼裡映出她煥發著幸福光采的絕麗眉眼。

晚膳過後，兩人手牽著手在花園內漫步。

婧櫻右手被皇上牽著，左手緊緊攢著一個同心結。她心不在焉的聽著皇上絮絮叨叨，想著心底那個問題究竟何時提出才好。

「櫻櫻？」皇上的呼喚傳來。

婧櫻回過神，擠出歉然的微笑：「嗯？我有在聽啊，你方才說的是，那蘇圖這次立了大功，是該好好賞賞。」

皇上柔聲道：「是，我剛是說，要好好賞他。」他沈默了一會兒，眼裡有些掙扎，終於還是沙啞說道：「櫻櫻，身為皇上，有些事，我不得不做。那蘇圖有功，朕決定冊他女兒為嬪，封號忻。」

婧櫻下意識的仰頭望天，天邊已是下旬的殘月。她有些恍惚，前幾天，不是還是皎潔明亮的滿月嗎？她脫口而出：「封號心？所以皇上，是對她動心了？」

皇上訝然，輕笑了聲：「你在說什麼。是忻忻然有喜色的忻。怎麼可能是你說的那個心呢？朕自決定逐大位後，便立過誓，此生，絕不動心。可是……」

遠處突然傳來夏蛙的嘓叫聲，湮沒了皇上淡如呢喃的最後一句話。

婧櫻緊緊攢著那個同心結。手掌瞬間失了熱度。

絕不動心，原來。

婧櫻依然柔順地伴在皇上身邊走著，心裡卻忽然有了疲憊和清醒。

握著一雙永遠不會鬆開的手，望進一雙只看著她的眼眸，走進一顆只住著她的心房，是她少女時候的夢想。

曾經有那樣一個人。曾經她的夢想就快要實現。

可終究敵不過命運的捉弄，那個無法實現的夢想，凍結在了十四歲的秋天。

她與那個人，只有死後的緣份。只能死生契闊，與子成說。

於是，她乖巧的認命，與情誼深厚的長姐、芷蘭共侍一夫，平靜的生活。盡一個妾侍的本分，過著與情愛無涉的日子。然而，這個成為她夫君的男子，不肯善罷甘休。對她殷勤呵護，關懷倍至。於是，她被撩撥的起了妄心，奢望在赴那場死後之約前，也能過上一段夫妻同心的日子。奢望能和丈夫肆無忌憚的談笑，旁若無人的恩愛。奢望能和普通妻子一樣，每天早晨送著丈夫出門，每天晚上迎著丈夫回家。奢望可以每一天都為丈夫準備飯菜，奢望每天醒來都能見到丈夫的睡顏。

曾經，就在不久之前，她忘了那個丈夫是帝王，忘了帝王從不動心。忘了她對幸福的微小渴求，始終只是奢望。

婧櫻緩緩的，將同心結塞進了衣襟的暗袋裡。

假裝自己從來沒有那樣不自量力，妄圖走進這個權傾天下的男子心中。

皇上志得意滿的牽著婧櫻微布薄繭的纖長素手，渾然未知，有些什麼，已經永遠地與他，擦身而過。

月影霜華，在地上拖曳出兩人長長的影子。細碎的風裡，若有似無的迴盪著帝王未能被聽清楚的那句呢喃。

「可是你這丫頭，早在我知道什麼叫動心前，就已經住進去了。」

（上篇完）

國家圖書館出版品預行編目資料

花開剎那的櫻樹之如夢令 上篇 (共兩冊) / 桑 桑 著 --初版--
臺北市：博客思出版事業網：2014.8
ISBN：978-986-5789-19-0(上篇：平裝)
ISBN：978-986-5789-22-0(下篇：平裝)

857.7 103002062

現代文學 15

花開剎那的櫻樹之如夢令 上篇 (共兩冊)

作　　者：桑 桑
美　　編：鄭荷婷
封面設計：鄭荷婷
封面畫家：可彌
執行編輯：張加君
出 版 者：博客思出版事業網
發　　行：博客思出版事業網
地　　址：台北市中正區重慶南路1段121號8樓14
電　　話：(02)2331-1675或(02)2331-1691
傳　　真：(02)2382-6225
E—MAIL：books5w@gmail.com
網路書店：http://bookstv.com.tw/
http://store.pchome.com.tw/yesbooks/
博客來網路書店、博客思網路書店、華文網路書店、三民書局
總 經 銷：成信文化事業股份有限公司
劃撥戶名：蘭臺出版社 帳號：18995335
香港代理：香港聯合零售有限公司
地　　址：香港新界大蒲汀麗路36號中華商務印刷大樓
C&C Building, 36,Ting, Lai, Road, Tai,Po, New,Territories
電　　話：(852)2150-2100　傳真：(852)2356-0735
總 經 銷：廈門外圖集團有限公司
地　　址：廈門市湖裡區悅華路8號4樓
電　　話：86-592-2230177
傳　　真：86-592-5365089
出版日期：2014年8月 初版
定　　價：新臺幣280元整（平裝）
ISBN：978-986-5789-19-0